U0899465

法医秦明

VOICE OF THE DEAD

众生卷·第1季

# 天谴者

THE DOOMED

法医秦明 著

众生皆有面具，一念之间，人即是兽

江苏凤凰文艺出版社
JIANGSU PHOENIX LITERATURE AND ART PUBLISHING, LTD

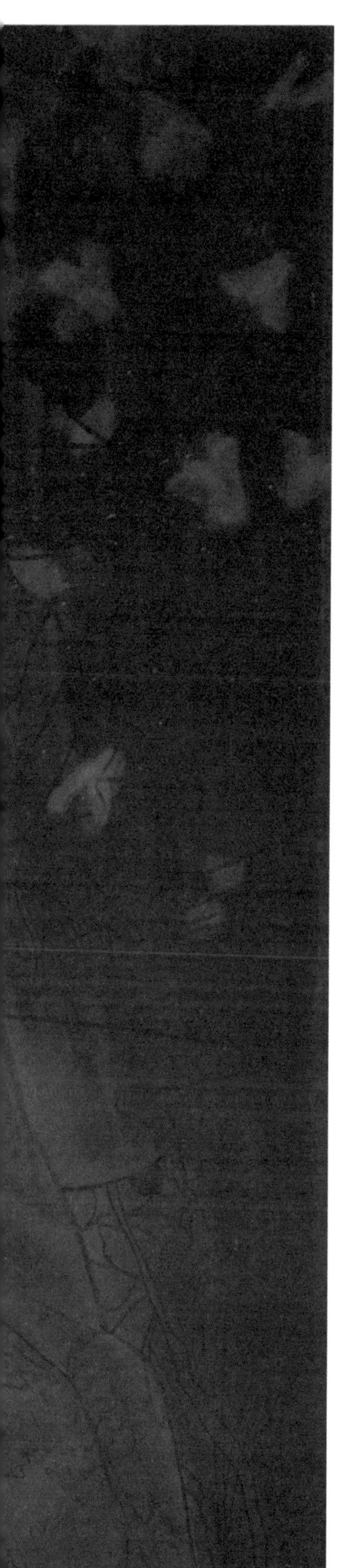

当你向黑暗伸出手，
那所谓的天谴者也许就会出现。

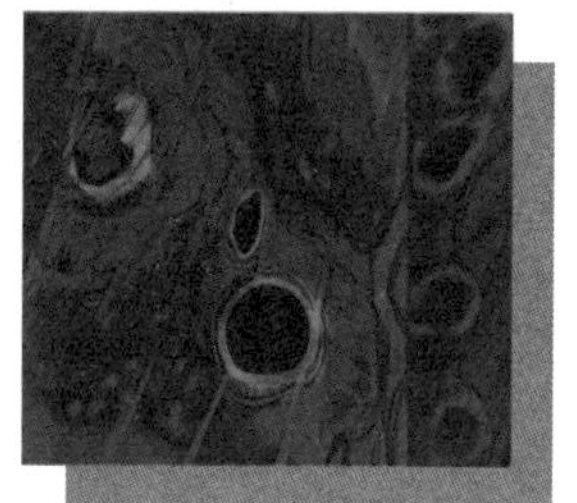

THE DOOMED
众生卷·大谴者

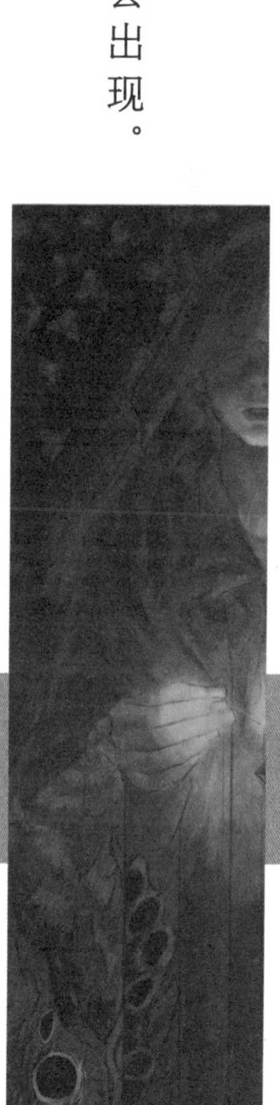

THE DOOMED
众生卷·天谴者

他似乎可以操纵一切生物。

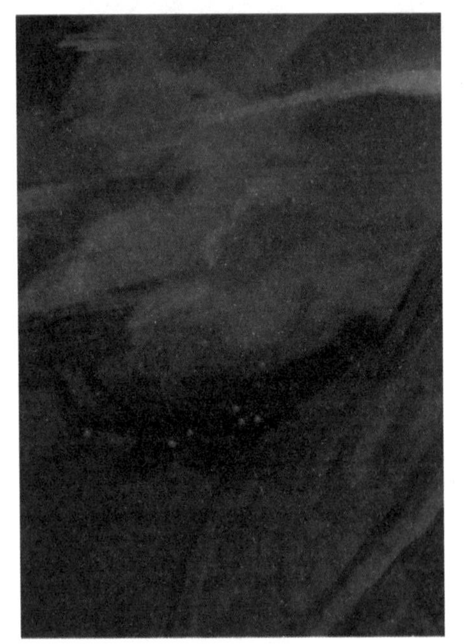

他无处不在，
随时寻找下一个目标。

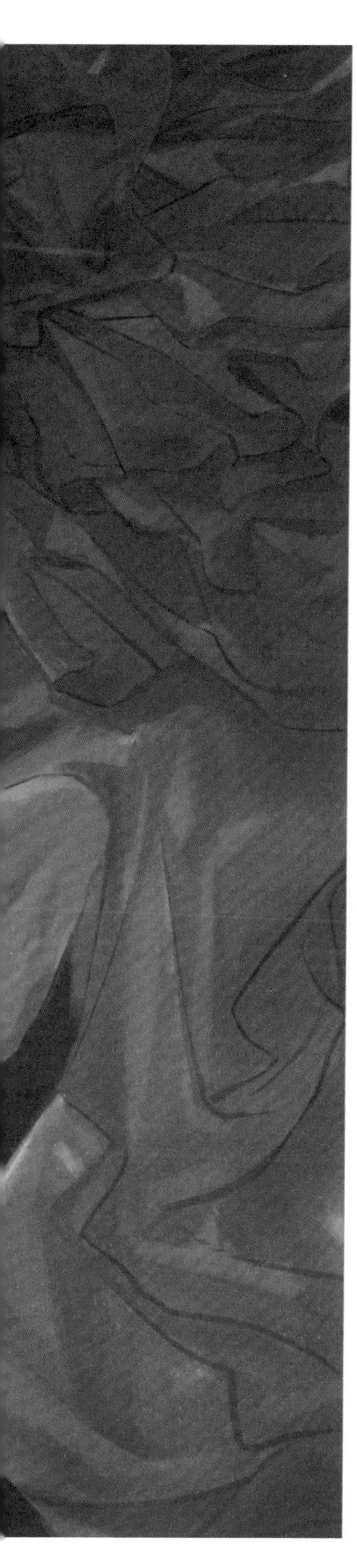

# 众生卷·开启 ▶

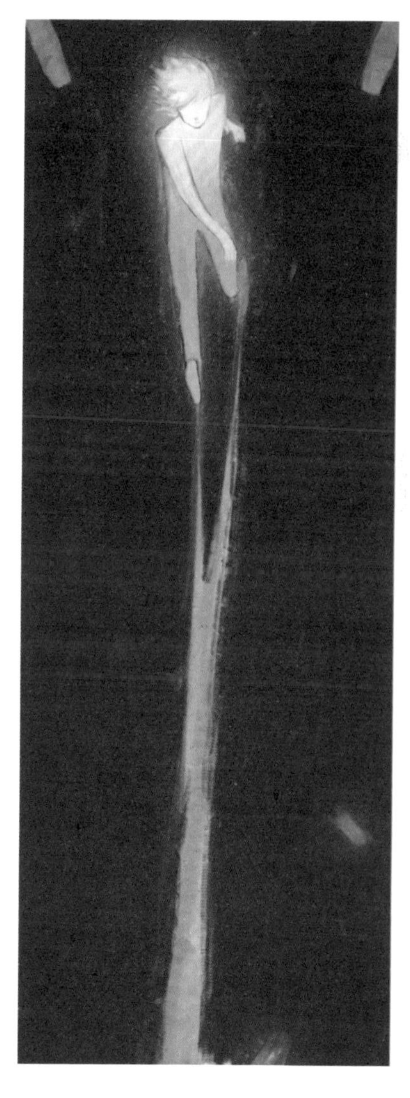

谨以本书献给热爱法医的你

# THE DOOMED
# 序

“万劫不复有鬼手，太平人间存佛心。抽丝剥笋解尸语，明察秋毫洗冤情。”

这是我第七次写下这首表达法医内心之语的开篇诗。细心的朋友们可能注意到了，这本书居然不是“法医秦明”系列的第七季，而是“法医秦明·众生卷”的第一季，这说明“法医秦明”系列要发生变化了吗?

写新书的这一年里，也不断有朋友问我：“你的‘法医秦明’系列会一直写下去吗? ”

在这里先给大家心里打个底，虽然“法医秦明”系列开启了新卷第一季，但这个系列的风格和结构都不会发生改变。不管以后我会写出多少其他系列的小说，我还是一名法医，一名热爱着这个行业的法医。基于此，无论“法医秦明”的读者是越来越多，还是越来越少，我还是那句话，只要还剩一个读者，“法医秦明”系列就会继续写下去。

既然“法医秦明”系列还在继续，那么，大家一定很好奇，新开启的“众生卷”又有什么特殊含义呢?

2016年，由“法医秦明”系列第三季《第十一根手指》改编的网剧《法医秦明》在搜狐视频上播出了。我从来没有想到过，这部剧会收获近二十亿的播放量。托网剧的福，“法医秦明”系列小说的读者比以前更多了，有更多的人开始了解法医，网络上关于法医的报道一时间也是铺天盖地，这是我最乐意看到的。

当然，也有很多朋友都问我：“为什么要用真名做剧名？”“主演那么帅你不惭愧吗？”

说起来，我还真是挺尴尬的。“法医秦明”系列小说的开篇作《尸语者》是我在2012年初开始动笔的，说白了，那时候我是个文学界的门外汉，别说把故事搬上荧幕了，就连出书，当时也未曾想过。我以“记录工作的点点滴滴”为本意，在自己的微博上连载了这些故事。承蒙读者朋友们的厚爱，它就在不知不觉中萌芽了。因此，这本以第一人称叙事的小说里的主角，也就被读者们认为是“法医秦明”；随着后续小说的完成，这个系列也就被命名为“法医秦明”系列；而衍生出的影视剧，也就被称为《法医秦明》了。“法医秦明”的诞生，不是我一个人的战斗，而是你们和我一起见证的历程。在这里，我要感谢新读者们的关注，更要感谢最初的老读者们的支持，谢谢你们。

我写这个系列的初衷，就是让更多的人可以接受法医职业、了解法医知识、理解和支持法医事业。现在，我的初衷得以实现，我自认为，这个系列小说还是有一定积极意义的。现在越来越多的人了解到，法医职业真的很不容易，不仅要掌握着大量的专业知识，还要接触常人不愿意接触的事物，拿着微薄的工资，却要进出于极端恶劣的环境。但是，这是我们肩负的责任，为生者权，为逝者言。我们负重前行，也渴望你们的喝彩。

在第一部《法医秦明》网剧之后，我的其他作品也会陆续被改编成影视作品，以不同的形式，继续为法医职业进行更多的宣传。我希望所有的读者可以一如既往地支持我，支持法医职业。再次谢谢你们！

不知不觉，“法医秦明”这个名字走到今天，已经和大家朝夕相处六个年头了。六年，六本小说，八十多个具有代表性的案例，可以说涵盖了大部分的法医工作。现在，朋友们在微博上看见某地发生案件了，都会不由自主地想到“法医秦明”系列里似乎写到过的类似案例。因此，我的读者们成了科学辟谣界的“急先锋”，对此，我为你们感到自豪!

那么，既然读者们都熟悉了老秦，老秦是不是也该更加成熟一些呢？老秦的故事能不能更加吸引人一些呢？故事的格局能不能更高一些呢？这段时间，我一直在思考这些问题。

如果说，在前六本书里，我们一起看到了法医故事、了解了法医知识、感受到了奋战在一线的法医风采的话，我觉得接下来，该融入一些更深的思考了。

因此，我做出了这个决定：将《尸语者》《无声的证词》《第十一根手指》《清道夫》《幸存者》《偷窥者》六本小说结集为“法医秦明”系列的第一卷——万象卷。

在万象卷里，秦明初出茅庐，怀揣着一腔热血，闯入法医的世界，目睹了人间万象，以初生牛犊不怕虎的勇气，步步前行。

如稚子般探索世界，如赤子般挑战凶险。

但年轻人总会长大，会知道这个世界并非自己想象的那么单纯。芸芸众生的命运交织在一起，一个人的一个小冲动，或许就会改变另一个人的一生。善意有时候也会变成恶意，人有时候也能成为兽。

在复杂的世界里，保持前行的勇气。在喧嚣的众生中，寻找内心的归属。

这，就是众生卷的由来。

就像开头保证的那样，“法医秦明”系列的众生卷依旧会保持本色：一、以个案为基础，加入穿插全书的主线；二、以真实案例为蓝本，以普及知识为目的，不矫情、不造作、不玄乎；三、绝不违背科学的精神。本书中每起案件的具体情节均系虚构，人名、地名都是化名，如有雷同，实属巧合，切勿对号入座，否则后果自负。所谓的真实，是书中法医的专业知识和认真态度，是书中法医一个个巧妙推理的细节，是书中法医的睿智和明鉴。

《天谴者》是众生卷的第一季。

写下这本书的时候，我有很多美好的愿景。我希望，一心向善的人，可以提高警惕、诸事平安；我希望，心存恶念的人，可以放下屠刀、悬崖勒马；我希望，法律可以被人们所理解、敬畏和尊重，大家携手推进法治进程；我希望，社会上的每个人都和善、宽容和冷静。

我希望，这些美好的愿景，能伴随着我的每一个读者，传播给更多的人。

在这里有必要再次感谢我的读者朋友们，在你们的支持之下，我在 2016 年获得了“CCTV 年度最具网络影响力的法治人物”的殊荣。“拿起手术刀，抽丝剥笋，探寻真相；提起手中笔，传递正义，书写精彩”，我希望我自己和“法医秦明”系列小说可以对得起组委会的评价，希望可以继续为社会安定贡献自己的微薄之力。

还是那句话：一双鬼手，只为沉冤得雪；满怀佛心，唯愿天下太平。

2018 年 5 月 20 日

THE DOOMED

# 目 录

THE DOOMED

THE DOOMED

# 引子

命运的悲剧，不如说是个性的悲剧。

——

三毛

THE DOOMED

## 1.

耿灵灿颓废地从写字楼的旋转门里走了出来，恶狠狠地往地上啐了一口唾沫。

想当初他在华阳当高管的时候，有多少公司都来高薪挖他，这种不知名的小公司，他当初连看也不会看上一眼。可是万万没想到，那事儿出了以后，居然连他们也和自己打起了官腔。

“虎落平阳被犬欺！”耿灵灿自己嘟囔了一句，松了松领带，算是出了一口恶气。

耿灵灿抬头看了看被雾霾遮住的阳光，感叹老天对他真是不公。为什么别人偷偷摸摸地那样去做都没事，轮到了他，就会出那么大的事儿？出事儿就出事儿吧，为什么关键的台账没有被大火毁掉，反而被警察轻而易举地找到了证据。一年半的大好年华啊！就这样送给了高墙之后。

现在他这个名牌大学的高才生，却落到了一个四处求人求职、饱受白眼的下场。更重要的是，被刑事附带民事诉讼之后，他那殷实的积蓄也所剩无几了，现在更是囊中羞涩，在不远的将来，就该喝西北风了。

耿灵灿漫无目的地顺着人行道走着，下一步，他又该去哪一家公司谋职呢？又该如何在面试的时候，洗清他的黑历史呢？

“即开即兑，大奖一百万，小奖百分之二十中奖率！”

路边一家小彩票站的广播聒噪着。

耿灵灿摸了摸裤子口袋，揪出一张皱巴巴的 20 元钱，说：“老板，我来十张。”

老板笑眯眯地看着耿灵灿刮完最后一张彩票，还是露出了“谢谢惠顾”四个大字，说：“我说这位小哥儿，您这可真有点儿背啊。别人花二十，少说也得拿回去十块啊。您这分文不取，我都有点不好意思了。”

听着老板酸不溜丢的话，耿灵灿狠狠地咬了咬后槽牙，悻悻地从彩票站里走了出来。刚刚出门，耿灵灿就被两名健身教练挡住了去路。

“先生，有兴趣了解健身吗？”小伙子嬉皮笑脸地说。

“没兴趣。”耿灵灿不耐烦地挥挥手，想绕开小伙子。

“我看您就是缺乏锻炼，您可以考虑一下嘛，我们会所现在正在打折呢。”小伙子丝毫不以为忤，依旧嬉皮笑脸地重新挡在了耿灵灿的面前。

“没钱！没钱行了吧！”耿灵灿低吼道，再次绕过了小伙子。

“哎哟。”耿灵灿一个踉跄，险些跌倒，原来他差点儿被彩票站门口阴暗角落里坐着的一个人绊一跤。

“这位先生，看你印堂发黑，显然是诸事不利啊。”一个由气流拼凑而成的声音从坐着的那人嗓子里挤了出来。

“印堂发黑，印堂发黑，你们这些冒牌的算命先生能不能创造些新词儿出来？”耿灵灿看都没看坐着的那人，恶狠狠地啐了一口，说，“装神弄鬼的，骗子也要找对对象好吧！”

“先生五行缺水，可名字却字字带火，哪有不‘财星破印’之理？”气流之声再次响起。

已经走出了五步的耿灵灿猛地停了下来。

“怎么？先生终于信我了？”气流之声里夹杂着冷笑。

耿灵灿在原地愣了几十秒钟，才怔怔地转过身来，细细打量着这个算命先生。

算命先生蜷缩着坐在阴暗的角落里，戴着一顶破旧的鸭舌帽，消瘦的脸庞一半都隐藏在一副大大的墨镜之后。不仅如此，算命先生的脖颈和下巴都缩在衣领之内，所以根本看不清相貌。准确地说，体态、性别、年龄一概不知。算命先生用一床军用毛毯裹着身子，从露出的衣角看，内里应该也是衣衫褴褛的。算命先生的周围并没有摆出算命的标识，显然他不是以此为谋生手段的。他就在那里静静地坐着，即便是说话时，身体也纹丝不动。

耿灵灿走到算命先生的身边蹲下，依旧看不清算命先生的样貌，于是问："您是认识我吗？"

"咫尺天涯，何来认不认识之说？"算命先生不置可否。

"您不认识我的话，怎么知道我的名字？"耿灵灿说。

"我可参透天机，一个名字又有何难？"算命先生说。

"您说话不能大点儿声吗？"

"泄露天机，自然难逃天谴，不言不语，不见不听，也是早晚的事。"

耿灵灿愣了愣，想起以前有个同事患了喉癌，做了手术之后说话就是这个样子了。看起来，这个算命先生也应该是有同样的遭遇。

"您刚才说什么'财星破印'，是什么意思？"耿灵灿试探着问。

算命先生冷笑了一声，开始唠叨起来："若柱中以印为用神，而逢柱中有财星冲、克印星，则为不吉之兆，人命逢此，一者背井离乡，二者职业不定，三者学业难就，四者因财致祸，五者早克母亲，六者体弱病多，七者经常搬迁，八者为人虚浮了无实学，九者婆媳不睦，以上诸等，必犯一二，又看此财印居于何柱而详言之。行运遇之，多主有灾，或丢掉公职，或因财丧命。"

"您绕来绕去，能不能简单点说？"耿灵灿听得不耐烦了。

"牢狱之灾……"

"您说我未来会有牢狱之灾？"耿灵灿打断了算命先生的话。

算命先生终于动了动身体，摇了摇头，说："这位先生还是不信我啊，你这是在试探我的真伪？我是说你啊，因财致祸、牢狱之灾都已经度过了。"

耿灵灿微微一震，说："那我是不是就没事了？"

"这些不过是小事。"算命先生说，"刚才若不是看你即将面临血光之灾，我也不会打扰的。”

“您刚才说了一大堆，不过就是职业不定什么的吗？”耿灵灿有些紧张地问，“怎么又是血光之灾了？是不是我换个名字就没问题了？”

“先生五行缺水，虽大名字字带火，也不过是事情的起因罢了。”算命先生说。

“什么事情的起因？”

“让你遭受牢狱之灾的那件事情。”算命先生说，“先生怕是很久都不愿意去面对那件事情了吧？”

耿灵灿的脑海里闪过了片片火光。片刻之后，耿灵灿晃了晃脑袋，说：“那只是起因？难道还有后果？”

“后果你自然知道。”算命先生说，“如今，先生身后煞气冲天，显然是被冤魂所附，所以终究难逃一劫，而此劫，是生死劫。”

“您是说，有死去的冤魂来找我索命？”耿灵灿的脸变得刷白。

算命先生点了点头。

耿灵灿咬了咬嘴唇，决定做最后一次试探：“既然你什么都知道，你能告诉我，我背后的冤魂，有几个吗？”

算命先生缓慢地从军用毛毯里伸出了一只手。

那一只手，不大，不糙，却惨白惨白。

手形慢慢地变化着，最后竖起了三根手指。

耿灵灿一屁股坐在地上，瞠目结舌。少顷，他连滚带爬地挪到算命先生身边，揪住了算命先生的军用毛毯叫道：“先生，救我！”

## 2.

黑洞洞的一间小屋子，伸手不见五指。

遮光窗帘挡住了密不透风的窗户，给人一种压抑的感觉。

“吱呀”一声，老旧的木门缓缓地被推开，一缕光线瞬间从打开的门缝中照射了进来。

一个消瘦的身影挡住了光线，从木门外走了进来，反手虚掩了房门。

一丝微弱的光线照亮了房间的内部。

房间过于狭小，除了房门对面摆着的一张长条案几，没有任何摆设和装饰。

案几上放着一张黑框的遗像，遗像上是一个眉目清秀的年轻男孩，二十三四岁的样子，留着短短的板寸。

男孩穿着淡蓝色的制服，露出无比阳光的笑容，一口洁白的牙齿在那一丝微弱的光线折射下，显得分外醒目。

在遗像的前面，放着一个铜制的香炉，香炉很小巧，炉壁雕龙画凤，做工精致，看上去价格不菲，可是香炉里并没有插着香。

消瘦的身影一步一步地走到案几的前面，后背遮住了从门缝里透进来的光线，遗像上男孩的笑容顿时又显得模糊不清了。

那人站在案几的前面许久，像是在默念什么，又像是在凝视遗像。总之，就那么纹丝不动地站着。

好一会儿，那人伸出了右手，轻轻地抚上了遗像，就像是真的在抚摸着男孩的脸庞，一下、一下、一下。

“城，还好吗？”那人终于开口了，声音冷静。

“……真的值得吗？”沉默了一阵子后，那人的声音仿佛有些哽咽。

那人停顿了一会儿，但哪里有人回应他。

“这是我第一千四百三十一次问你了。”那人声音不大，但足以在小屋内回荡，“别嫌我唠叨，我再问三十次，就不再问你了。我相信，到那个时候，你一定会明白，我为什么会一直问你，一直问你。”

风吹动虚掩着的木门，让射进房屋内的光线晃了一晃，遗像上的笑容依旧。

“哦，对了，我又给你带来了一段故事。”那人说。

他从大衣的口袋里拿出一个物件，又拿起了案几上的打火机。

“咯噔”一声，打火机点着了火，跳跃的黄色火焰照亮了那人的下巴。刀削似的下巴，竟和对面遗像里的男孩有些相似。

物件和火焰慢慢地靠近，“哧”的一声，物件着了。

瞬间，一股焦煳的味道伴随着一股青烟，在狭小的房屋内蔓延开来。

物件很快变成了灰烬，落进了遗像前的香炉里。

火焰灭了，房屋重新回到了黑暗里。那人放回打火机，捻了捻手指。

“不知道你能听得见这段故事吗？”那人说，“我查了很多传说，问了很多大神，才知道这样可以把故事讲给你听。我的良苦用心，你能感受到吗？”

那人又回到了之前的姿势，纹丝不动地站着，像是在等待着什么。

不知多久之后，那人又开始抚摸遗像：“听完了吗？感觉怎么样？你不要问我他现在在哪儿，他在他应该在的地方。我只想问你，真的值得吗？好吧，好吧，我今天已经问过了，你好好地想想吧，我明天再来问你。真的值得吗？”

“不知道你看得见吗？”那人继续说，“我努力地寻找，努力地思考，努力地去做，你应该看得见吧。不为别的，只为了你，只为了该有的结果。”

那人收回了胳膊，转身向木门走去，脚步沉重，像是寄托了万般不舍。

他轻轻地拉开木门，又回头向案几望去。

光线把遗像完全照亮了，遗像上的笑容似乎更加阳光、漂亮。男孩子咧着嘴，大方地朝他笑着，露出了一口整齐的白牙。淡蓝色的制服整齐而伏贴，似乎更增添了男孩子的俊朗。制服的左胸是一枚徽章，一枚线条简单的徽章。

简单的线条构成了一只威武的猎豹，跃然在胸口闪闪发亮。

# 第一案　河畔女尸

恐惧大都因为无知与不确定感而产生。

——戴尔·卡耐基

THE DOOMED

# 1.

春天的下午，阳光照进办公室，暖洋洋的，让人直打瞌睡。

办公室里的各位都在忙着自己手头上的事情，我抱着一本信访核查卷宗，怎么也打不起精神。林涛在看一则“错案”的报道，边看边低声读着网友们对警方的谴责。陈诗羽抱着闵建雄老师的《命案现场行为分析》吃力地学习。韩亮忙里偷闲地玩着他的贪吃蛇。大宝倒好，看起来是在法医论坛看帖子，但总能间断地听见他的鼾声。

省厅的勘查组虽然每年出差时间占一半以上，但是剩余的时间也是要正常坐班的。过完年之后的两三个月，省厅勘查一组似乎进入了工作的“淡季”，连续半个多月没有出差，实在是很难得的平静。

“明明办案没有丝毫瑕疵，却要查这么厚一本信访卷宗。”我心里暗暗想着。看着一沓沓基层法医被纪委、督察部门调查的报告，我暗自替同行们委屈。不过转念一想，相比林涛读的那起被宣判无罪的案件里的办案人员，他们算是好得多了。

本着“疑罪从无”的精神，近年省内有几起已决案件，因为当事人申诉而被提起重审，甚至有案件被再判无罪。这样的案件被称为“错案”，会被媒体广泛关注，当地的刑侦部门也会被谴责。

我们也参与会诊了几起案件，但是因为当年的技术有限，现场果真是没有什么有力的证据。虽然刑侦人员、技术人员都能够在内心确认案件办理无误，但是在法律的层面上，这些案件的证据链[①]是不够完善的。基层的刑侦人员愿意尊重法律的精神，但也很害怕面对外界的指责。毕竟，很多人并不知道“法律意义上的无罪”不等于“事实意义上的无罪”。媒体一旦报道，总是把“法律意义上无罪”的犯罪嫌疑人说成“事实意义上无罪”的无辜群众。他们不关心案件的核心争议点，更关心警方究竟有没有“刑讯逼供”。

“这案子不就是我们年前会诊的那个吗？”林涛说，“我觉得证据足以定罪。”

“你觉得有啥用？”我笑了笑说。

“杀了人被判无罪，出来还这么嚣张。”林涛恨恨地说。

“既然法院都不认定他是凶手，咱也不能乱说。”我说，“这是法律人的精神。”

“那就让他这样逍遥法外了？”大宝停下鼾声说。

“这些事儿啊，对我们是一个警醒。”我说，“一来，要更加努力提升能力，保证每起案件都能寻找到关键物证去证明犯罪。二来，对每起案件的证据都要从多方面考量，一定要有完善的证据链，而不能仅仅关注孤证[②]。”

“别价，您恁！”大宝学京腔学得捉襟见肘，“可别给我们上课了，我们就是觉得让凶手钻空子逃脱了法律制裁，心里很不是滋味。”

我翻了翻手上的卷宗，笑着摇了摇头，说：“咱们要相信，人在做，天在看。”

“什么天在看？做好你们的工作，把法网织牢了才是正事儿，还相信什么天谴吗？你们就是替天行道的人！”师父推门走了进来，手里拿了一个文件夹。

师父一般不会轻易到我们办公室里查岗的，最常见的原因就是有突发的特大案件，甚至在电话里都不好完全表述的，师父才会亲自下楼到勘查组里

① 证据链，法律术语，指一系列客观事实与物件所形成的证明链条。

② 孤证，指单一的证据。

布置任务。

这时候看到师父，我的心里自然一惊，心想，估计晚上又不能回家和儿子共进晚餐了。心里这样想着，我还是嬉皮笑脸地站了起来，说："师父，您下次听声儿能不能听全了？我刚才还在教育他们努力提升自身业务素质，培养打攻坚战的能力呢。"

"别贫。"师父说，"今天来宣布一个政治部的通知。"

"提拔我吗？"我仍一脸嬉笑地说，"我可不想当领导。"

"想什么呢？"师父白了我一眼，正色道，"为了能够与时俱进，拓展省厅勘查组的业务专业，特决定在全省范围内组织遴选工作，遴选图侦[①]专业技术民警一名。经过笔试、面试、考核、公示等组织环节，龙番市公安局刑警支队民警程子砚以总分第一名入选。接此通知后，龙番市公安局、省厅刑警总队即刻为该民警办理转职手续，即刻报到参与工作。特此通知。"

念完通知后，师父合起文件夹，静静地站在那里。

我们几个都很意外，一时半会儿还没有回过神来。我回头环视了一眼，大宝一脸惊愕，韩亮漠不关心，陈诗羽有几分不安的神色，倒是林涛的表情看起来丝毫没有波澜。看来这一次遴选，只有林涛这个家伙是事先了解的，毕竟他们专业对口。

程子砚我们都认识的，和龙番市局合作办过的那么多案子里，经常可以看到程子砚的身影。可是程子砚每次出现都是以痕迹检验员的身份出现的，居然以图侦专业的身份被遴选过来，倒是让人有些意外。不过，因为警力有限，基层痕迹检验技术员通常都是"万金油"，不仅仅要承担痕迹检验的分内工作，很多其他的专业，如刑事摄影、图侦、测谎之类的工作，都要一并承担。既然程子砚是一个有图侦天赋的痕检员，我们勘查组里多一个"万金油"也绝不是坏事。

---

① 图侦，指针对视频、图像进行侦查的技术。

不一会儿，办公室大门外走进一个瘦弱的小姑娘。

小姑娘和陈诗羽差不多年纪，穿着一身淡蓝色的运动服和干净的牛仔裤，她双手把双肩包抱在胸口，红着脸走进了我们的办公室。程子砚个子不高，瘦瘦的，标准的瓜子脸，唇红齿白，皮肤白皙，不太长的头发在脑后扎成短短高高的马尾辫。总之，不穿警服的程子砚，还真是给我们眼前一亮的感觉。

“大家好。”程子砚说道，声音不大。

“欢迎你。”我伸出右手，和程子砚轻轻握了握。

“这儿正好有张空桌子。”大宝每次都是这么殷勤。喜欢热闹的大宝，恨不得不停地进来新人，把勘查小组变成勘查处。

“哟，这次的反应我倒是有些意外啊。”师父笑着说。

“就是，真偏心。”陈诗羽仍然趴在桌上看书说。

我知道，陈诗羽刚到勘查组的时候，我非常抵触，这笔仇陈诗羽还没忘。

“当时不就是觉得有女同志，出差不方便嘛。”我尴尬地说，“现在两名女同志，出差还是开一间标间，不浪费纳税人的钱，又提高工作能力，何乐而不为啊。”

“贫嘴。”陈诗羽扑哧笑了出来。

“可是我们那辆破勘查车只有五座啊，现在咱们六个人了。老秦这体形，坐在后备厢里不知道挤不挤。”韩亮开玩笑道。

“不用不用，我坐后备厢就行了。”程子砚急了，连忙说道。引得大家哈哈大笑。

“小程，要不要这么单纯啊。”林涛说，“不过你很快就能适应了，我们这儿没几句真话。”

“就是，男人的话别信。”陈诗羽还是看书的姿态。

“这个组织上都考虑过了。”师父说，“你们的车交厅车队重新安排，现在给你们新配了一辆七座SUV[①]。”

说完，师父把一把车钥匙扔在韩亮的桌子上。

“哇，有新车开了。”韩亮拿过钥匙看了看，“这什么牌子的车？咋没见过？”

“你只认识宝马、奔驰吧！有车就不错了，还想挑吗？”师父瞪了韩亮一眼说。

“师父来就这事儿吧？”我说，“还以为有案子，吓了一跳呢。没事儿了，程子砚妹妹我们会给她安排好一切的。”

“你晚上请客吃饭吧。”韩亮对我说。

“不行，我和我儿子约过了，晚上和他共进晚餐。”我捂了捂钱包。

“你儿子才三岁！”大宝抗议道。

“谁说没案子的？”师父居然不知从哪儿又拿出个文件夹，说，“早晨青乡发生了一起命案，给我们省厅报了信息。虽然没有要求我们赶往支援，但我看你们最近挺闲的，所以你们去一趟吧，确保证据体系没有纰漏。”

“好啊！出勘现场，不长痔疮！”大宝一蹦三尺高。

“嘿，真的是你亲爹吗？”韩亮一边驾车，一边和副驾驶上的陈诗羽说，“这也叫新车？五年十万公里的老头子了，淘汰给我们做勘查车？”

“我爸什么时候说是新车了？你自己想的吧。”陈诗羽撑着脑袋说。

“有车就不错了。”我说，“现在公车改革那么严格，公车是全民监督啊，能换辆七座车，师父肯定是尽力了。”

“回头我来买辆七座SUV，私车公用没人说了吧。”韩亮愤愤道。

“你的私车不能改造，就不能装备发电机、强光灯什么的勘查设备，所以没法具备勘查车的功能。”我说，“不过SUV倒是坐着很爽，视野也很好。”

---

① SUV，为运动型多用途汽车，是一种拥有旅行车般的空间机能，配以货卡车的越野能力的车型。

“也是，比我的 TT[①] 强多了，回头我还是换一辆。”韩亮说。

“小程，听说你妹妹是什么神秘组织里的？”大宝坐在最后一排，趴在中排靠背上问。

坐在林涛身边的程子砚显然是在想什么心事，被大宝这冷不丁一问，吓了一跳，说：“啊，哦，是的，子墨在守夜者组织里当警察。”

“不该问的别问。”我反手打了大宝脑袋一下，说，“程子砚、程子墨，你家是不是有四个小孩？笔墨纸砚齐了？”

程子砚轻掩嘴角，腼腆地笑道：“程子纸，那多难听啊。”

“对了，对了，图侦到底是做什么的？”大宝对一切未知事物的好奇心果真是常人所不能比的。

“我们主要是做一些案件中有关影像的侦查工作。”程子砚声若蚊蚋，在车胎噪音里有些时断时续，“有关监控视频的研判、模糊图像的处理、人像的比对什么的。”

“哦，那倒是很直接有效。”我点了点头。

“就是看监控啊？那有技术含量吗？”大宝说。

“当然。”程子砚不以为然，认真地解释道，“即便是看监控，也是很有技术含量的，会看的人和不会看的人，获得的信息量可就差很多了。当然，我也还是个学生，要学习的有很多。”

“哎哟！什么破车！”韩亮一声惨叫。

“怎么了这是？”在高速上行驶的勘查车并没有急刹、颠簸，我很感疑惑地问。

“这车的方向盘怎么有刺啊？”韩亮一边看看前方，一边看看自己的手背，说，“原来是方向盘掉皮了！这什么破车啊。”

“回去装个方向盘套就好了，你都埋怨一路了！”我说。

---

① TT，奥迪的一款车型。

“能不埋怨吗？我手都破了！”韩亮举起右手，给我们看他手背上的一条浅表皮肤划痕。

林涛坐在中排的中央，被我和程子砚夹在中间。他从上车开始，就显得沉默寡言、十分拘谨，总是想方设法向我这边靠，仿佛生怕挤着了程子砚。

林涛见韩亮在诉苦，于是说：“好兆头啊，破了破了，说不定我们还没到现场，案子就破了呢，那我们正好青乡一夜游了。”

“如果真的是这样啊，那案子也是假破。”我笑着说，“法医学里，所谓的破了，是指皮肤全层[①]的分离破裂，包括表皮和真皮都要破，才能算是创口。我们做伤情鉴定的时候，并不是看伤者的伤一共有多长，而是看伤口中，皮肤全层裂开，形成瘢痕的那部分长度有多长。这一点，特别容易引起被鉴定人的不服，认为我们法医作假。”

“老司机啊，一言不合就开始科普。”大宝说。

我没理睬大宝，接着说：“韩亮手背上的，显然不是创口，而是浅表的皮肤划痕，不能算是破了。”

“行了，行了，我错了。”韩亮连忙挥挥手，说，“老秦这是在往唐僧的方向发展啊。”

当我们走进青乡市公安局刑警支队陈支队的办公室的时候，把陈支队吓了一跳。

“你们怎么来了？有什么大案吗？”陈支队说。

“哪有您来问我们有没有案件的道理？”我哈哈一笑，说，“这不是听说你们这里发生了一起命案吗？我们正好闲着，所以来看一看。对了，您怎么这会儿不在专案组啊？”

“哦，你是说今天早上的那起案件？”陈支队顿时放松了下来，说，“看

① 皮肤全层，由表皮、真皮构成，并借皮下组织与深层组织相连。

来我们的信息报晚了，这案子马上就要破了，我在专案组坐了一天了，这也是刚刚来了好消息，所以下来到自己办公室泡杯茶喝。”

“嘿嘿嘿，看见没，我的话灵验了。”林涛从车上下来，就已经恢复了往常模样，不再那么拘谨了。

“这就……破了？”大宝一脸的失落。

“是这么回事。”陈支队张罗我们大家在他狭小的办公室里坐下，然后，一边拿出纸杯泡茶，一边和我们说，“死者是一个四十多岁的妇女，平时的营生就是骑着电动三轮车在城郊不限行的地方拉客。”

“哦，我们那儿叫蹦蹦。”陈诗羽说。

“我们那儿叫达亚机。”我说。

“挺危险的，那种三轮车造成的事故特别多，乘客死亡率也很高。”韩亮说。

陈支队静静地等我们都插完嘴，接着说：“今天早晨，死者的尸体在我们青乡河的河边被人发现了，全裸。”

“性侵？”大宝说，“这样的对象，这样的侵害地点，犯罪分子的档次不高啊。”

“不是。”陈支队说，“犯罪嫌疑人是死者的姘头。”

“姘头？”我有些惊讶，“姘头选择这样的地点？还……全裸？”

“可能是想打个野战，然后发生纠纷，激情杀人吧。”陈支队说，“现场有关键物证。”

程子砚脸一红，把头埋得低低的。

陈诗羽倒是习惯了这帮公安大老粗的口无遮拦，问：“什么物证？”

“现场提取到了一张一次性的湿巾。”陈支队说，“因为湿巾很新鲜，又在现场，所以引起了我们现场勘查部门的注意。回来一检验，果真是案件的关键物证。湿巾上有死者的DNA，还有一名男性的精斑。后来，我们把男性的DNA放进库里一比对，比中了一个男人，这男人曾经因为猥亵女童被打击处理过，所以库里有他的DNA。再后来，我们经过外围调查，查出死者的私生活非常乱，这个男人就是她众多姘头中的一个。有了这层社会关系，又有了现场的铁证，他就算是百般抵赖也没用了。”

“人抓了吗？”林涛问。

陈支队点点头，说：“开始我们也担心嫌疑人逃窜了。不过，刚刚传来好消息，嫌疑人已经被前方的侦查员抓获了，现在正在辖区刑警队羁押，一会儿就要开展突审了，估计明早就可以发布破案信息了。”

“看来，我们真的是白跑一趟了。”韩亮耸了耸肩膀，说，“浪费纳税人的油。”

“师父说了，我们来不仅要帮助破案，也要帮助审查证据。”我说，“案件不要我们破，但是证据还是需要我们来审查的！别闲着。”

“哈哈，证据确凿！”陈支队信心满满地说，“这块硬盘里有案件的全部现场资料。天色不早了，你们赶紧回去休息吧，等明天破案信息到了以后，你们再慢慢审查证据也不迟啊。”

## 2.

夜猫子的春天就是这样。

困了一下午的我，此时精神抖擞。我把硬盘里的资料拷贝进了我的电脑，慢慢地看了起来。

同室的林涛则一会儿趴在地板上做平板支撑、仰卧起坐，一会儿到卫生间镜子前面观察自己的体形和肌肉线条，然后悻悻地过来抱怨自己随着年龄的增长，马甲线已经开始不明显了。

我对林涛的折腾视而不见，全心投入到观看案件资料中去。

报案人是青乡河的清淤工人，他在早晨的工作中，划船驶到青乡河的一段偏僻之处时，发现岸上有些异样。

工人就势停船靠岸，想看个仔细。这一看不要紧，把工人吓得差点儿从船上掉了下去。在靠河边有十米左右的岸上，俯卧着一具女尸，全裸，尸体下方有一大摊血迹，已经渗入了松软的河床泥土，于是工人赶紧摸出了手机报警。

因为这里是一处极为偏僻的地方，青乡河在这里绕过一座小山包，而小山包则成了这一片河床的天然屏障，所以算是青乡市中罕见的人迹罕至的地方。加之清淤工人是在河面上发现异样，然后报警的，所以这里没有其他人先于警察到达现场围观，于是有了得天独厚的现场保护条件。

出警民警的执法记录仪清楚地记载了民警处警[①]的全过程。两名民警接报警后，抵达现场初查情况，在远处即看到了女尸，于是直接在外围拉起了警戒带。此时报警人还在河面上的船里，民警在通知技术部门勘查现场之后，让报警人绕过警戒带登陆接受了询问。

死者的三轮车停在公路路边，并无异样。

技术部门抵达现场之后，打开了勘查通道。现场是松软的河床泥土，可以说是保留痕迹物证的绝佳地面。痕迹检验部门在现场提取到了两双鞋的鞋印，以及一个人的赤足迹。经过后期对这些痕迹的技术处理，判断其中一双鞋属于死者的鞋，而这双鞋就留在尸体附近；赤足迹经过纹理比对也确证是死者所留。那么，剩下的一双鞋印，自然就是犯罪分子所留了。

这是一双三十九码的板鞋鞋印，有一定程度的磨损。如果能找得到这双鞋，甚至可以做同一认定[②]。

因为现场的照片还比较凌乱，所以我没能在大脑里形成一个完整的现场状况。但是可以明确的是，死者把衣服脱在了一处草垛上，距离三轮车超过

① 处警，民警出警后，处理现场情况的行为。

② 同一认定，是刑事技术鉴定用语，是专门研究如何运用科学技术手段来确定受审查的嫌疑客体（人或物）同犯罪事件有关的，正在寻找的那个客体是否同为一人或同为一物的科学理论。

一公里的距离，然后赤足走到旁边。这个过程，都有板鞋伴随，板鞋印在衣服旁边有转圈和踱步的现象。不过，不知道为什么，赤足印和板鞋印在尸体附近发生了交错，应该是犯罪分子和受害人在这里发生了争执和打斗。然后受害人中刀倒地死亡，犯罪分子选择了从原路折返，离开了现场。

放衣服的草垛上，还有一张湿巾，很新鲜。技术部门对其进行了细目拍照[①]，并且予以提取。就是在这张湿巾上，技术部门提取到了死者的DNA，以及一名男子的精斑。也正是依据这个精斑，锁定了犯罪嫌疑人郑三。

经过前期调查，死者叫作张兰芬，四十五岁，个体三轮车非法营运户。她有一个懦弱的丈夫，平时在工地打工，还有一个患孤独症的儿子。张兰芬性格粗犷，经常欺负自己的丈夫。而且，她在外面的姘头数以十计。几乎是认识的人，对她有兴趣的人，不论老少，不论身份，与她都可以有染。

对张兰芬的尸体检验很简单，因为死者尸体上没有明显的损伤，只有颈部一处刺创，直接刺破了颈动脉，可以说是一刀致命。这倒很符合激情杀人的特征。死者的死亡时间是前一天夜里十一点左右，应该正是她在非法营运的工作时间。

“郑三是一个光棍，独居，平时他们都在郑三家里苟合，为什么这一次要选这么一个荒郊野外？”我说。

林涛正在做俯卧撑，费劲地说：“追求刺激，不很正常吗？”

“如果是在这里苟合，为什么现场没有臀印？”我翻着照片，现场除了尸体俯卧的位置无法确定地面原始状况，其他的部位都仅仅是足迹。

“这取决于姿势。”林涛笑着说。

“如果在草垛这里苟合的话，草垛这里留下的赤足印实在太少了。”我说，“如果是在尸体的位置苟合的话，是不是离衣服远了？离衣服远不要紧，关键是有两人DNA的湿巾离得远了。”

---

① 细目拍照，对现场个别物证进行单独特写拍照。

“尸体和草垛多远？”林涛问。

“不知道，方位图照得不好，看不出来。”我说。

“说不定很近呢？随手就扔那儿了。”林涛说。

我若有所悟地点点头，说：“如果不能寻找到凶手作案时穿的鞋，那么DNA证据就是孤证，是不能完整构成证据链的。”

“你最近是被错案报道搞害怕了吧？”林涛说，“如果今晚审讯下来，有了口供，或者有了鞋子，就不再是孤证了吧。”

我点了点头，暗自祈祷案件可以进展顺利。

“如果是强奸案件，死者体内没发现郑三以外的其他人的DNA吧？”林涛补充道，“而且死者身上又没有约束伤①和威逼伤②。”

“学得真快。”我笑了笑，指着电脑屏幕，说，“你看，这是尸体的原始照片，她的后背上是什么痕迹？”

现场照片中，死者俯卧在泥地上，后背赤裸。但是后背左侧肩胛骨位置，有一片擦蹭状的血迹。

“血啊。”林涛说。

“既然是一刀毙命，死亡过程会很快。”我说，“而且看现场地面的痕迹，死者俯卧倒地之后，就没有翻转了。那血液应该往下面的泥地里流淌，怎么会被擦蹭到尸体的后背上来？”

“这是衣物纤维留下的。”林涛放大照片的细节，看了看说。

“死者的位置低，又是全身赤裸，留下的衣服上也没血，哪来的衣物纤维？只有可能是凶手的衣物蹭上去的。”我说，“可是这么低的尸体位置，怎么会被衣服擦蹭呢？”

---

①　约束伤，被害人在被凶手控制的时候，留下的以关节部位环形皮下出血等为代表的损伤，称之为约束伤。

②　威逼伤，被害人在被凶手威逼的时候，留下的以轻微锐器刺伤、戳伤、划伤等为代表的特征性损伤，称之为威逼伤。

“擦蹭的方向规则，应该是凶手刻意为之。”林涛补充道。

“那是为什么？”我问。

林涛摇摇头，说：“每个人的心理都不一样，我们没法猜测啊。”

“而且死者的钱袋里只有一元的零钱十几枚了，没有大面值的钞票。”我说。

“这很正常，这种跑黑三轮的，能有多少钱？”林涛耸了耸肩膀，“你看她的银行卡还在包里，没有确凿的依据说明凶手有侵财的迹象。”

林涛说得也有道理，但是我总是觉得这起案件的证据好像有不少疑点，现场也有一些反常。但究竟是反常在哪里，我也说不清楚。把照片反反复复地看了几遍，也看不出所以然来，我心想只有等待今晚的审讯结果了，于是钻进被窝里，强迫自己这只夜猫子迅速进入睡眠状态。

第二天一早，我们勘查小组集结完毕，一起赶往专案组。

陈诗羽第一次在出差的时候有了同事室友，似乎睡得很好，而程子砚则有明显的黑眼圈。开始我们还以为程子砚出差不适应，认床睡不着，或者是陈诗羽打鼾吵着她了。结果，我们被陈诗羽一人捶了一下，才知道程子砚昨天拷贝了不少现场周围的监控视频，研判视频到凌晨三点才睡觉。不过她这么辛苦地工作，并没有换来好的回报，有关死者的三轮车影像好像并没有太大的意义。

毕竟案件有了关键物证，对于视频，我们也不是很重视，所以，也没有继续深问程子砚有什么发现，而是一起等待专案组给我们反馈的好消息。

可是，进了专案组的我们，被陈支队的一瓢冷水浇了个透心凉。

“一夜突审，郑三没有交代，而且一直喊冤。现在负责审讯的侦查员已经失去了信心。”陈支队面色严肃地说。

我知道，侦查员对审讯对象的观察判断，也就是我们常说的直觉，虽然说不出道理，但都是在潜意识里存在的，而且是科学的。有经验的侦查员几乎通过审讯的前几个来回，就能通过直觉判断嫌疑人是不是真的凶手。如果说侦查员失去了信心，那要么就是凶手太狡猾，要么就是抓错人了。

“嘿，老秦在来的路上就说这案子有可能是假破了。”大宝说，“他的乌鸦嘴果真是屡试不爽、名不虚传啊！”

我拍了大宝的后脑勺一下，对陈支队说：“那对他的外围调查呢？”

陈支队补充说道：“郑三承认在事发当晚和张兰芬发生过关系，不过地点是在他家。时间大约是在晚饭后半个小时，也就是七点左右。而且，郑三八点钟开始就和几个朋友打麻将，整整打了一个晚上，并没有离开。”

“死者死亡时间是十一点。”我说，“他没有作案时间。”

“不过，郑三的几个牌友说的是不是实话，是不是郑三和他们有攻守同盟，还不好说。”陈支队说，“我们正在展开外围调查。”

“如果调查没有重大突破，你们很快就要放郑三回家了。”我说，“事不宜迟，我们赶紧去现场再看看吧。”

昨晚看现场照片产生的诸多疑问，此时又一次涌上了我的心头。我知道这起案件肯定还是有新的情况的，但是问题究竟出在哪里，我一时还想不明白。于是，我催促陈支队抓紧时间派车，带着我们的勘查车，一路向青乡市郊、青乡河畔的小山坡驶去。

毕竟是一处极为偏僻的地方，虽然事发已经一天两夜，但现场保存得依然非常完好。远远的，我们就可以看到警方的警戒带还完整地围在那里随风摇曳。

我们跳下车，走到警戒带外面，往里看了看。果真，除了被白粉笔标出的嫌疑足迹，剩下的都是技术民警勘查现场时所留下的鞋套印。在这个地方，即便没有派出民警看守现场，也一样没有多事的群众进入。

“这就是放衣服的草垛。”陈支队和我们一起穿戴整齐后，走进了警戒带，指着一处草垛，说道。

我点点头，左右看看，并无异常。

“那边的白线处，就是尸体的位置。”陈支队直起身，向河边指去。

我吓了一跳，白线的位置，离我们至少有一百米。

“那么远！”我说。

“是啊。”陈支队不知所以然。

我说：“为什么尸体会离草垛那么远？照片上并没有反映出有这么远啊！”

“这，这，这有什么问题吗？”陈支队没料到我的惊讶。

“死者在这里脱衣服，为什么会走到那么远的地方遇害，这一点咱们想过没？”我陷入了沉思。

“那，会不会是在那边脱了衣服，然后衣服被人拿到这里来的？”陈支队说。

我摇摇头，说：“赤足印是从这里开始，往那边走的，说明死者在这个位置就脱了衣服、袜子、鞋子。”

“会不会死者在这里只是脱了袜子和鞋子，到那边被脱了衣服，然后凶手把衣服拿过来的？”林涛说。

我还是摇了摇头，说：“袜子在衣服的最上面，这是现场原始照片反映的。说明死者是先脱了衣服裤子，最后脱的袜子。”

“浑身赤裸地从这里走到那边？意欲何为？”陈支队也问道，“而且，而且她应该是自愿脱的吧？”

“自愿不自愿是我们先入为主了。”我说，“没有依据说明她自愿脱了衣服。”

“可是没有约束伤和威逼伤啊。”林涛说。

“如果凶手有刀，加以威逼其生命安全。”我说，“加上死者本身就是个生活作风不检点的人，脱衣服并没什么大不了的。那么，她自然不需要形成约束、威逼伤就会乖乖脱衣服了。”

“难道是有别人强奸？”陈支队说完，转头问青乡市局的李法医，“有被性侵的迹象吗？”

李法医坚定地摇摇头。

“如果是强奸，为什么不在这里强奸，而要跑那么远？”我说。

“那有郑三 DNA 的湿巾，要如何解释啊？”大宝插嘴道。

“我知道了！栽赃！”陈支队拍了一下大腿。

我微微一笑，想起了自己曾经被人栽赃的事情[①]，说：“如果是杀人，并且栽赃给郑三的话，一来，郑三的精斑他怎么去弄？二来，他等到死者脱完衣服就动手好了，为什么还要跑那么远？”

“说来说去，就是死者脱了衣服，还走了那么远才被害，这一点不好解释。”大宝总结道，“如果参透了这一点，案件就应该有进展了。”

我没有说话，其实心里已经有一些底了。

我沿着凶手和死者形成的伴行足迹[②]，向白线的位置走去。我一边走，一边观察着两行伴行的足迹。终于，被我找到了一处异常现场。

我指着地面上的足迹，对林涛说：“这个赤足迹和板鞋印，方向是不是一致的？”

“是的。”林涛肯定地说。

“可是，之前的足迹像是伴行的，但是这一处，有交叉重叠啊。”我微笑着说。

林涛蹲在地上，看了看，说：“不错，这样看起来，板鞋印压在赤足迹的上方了。”

“说明什么？”我问。

林涛说：“说明不是伴行，而是有先有后，哦，我明白你的意思了。”

毕竟是老搭档了，最能领悟我的想法，我满意地点了点头，继续向前行进。

尸体位置的足迹有一些凌乱，看不清方向和先后。然后，板鞋印独自沿

---

① 见“法医秦明”系列第一卷第三季《第十一根手指》。

② 伴行足迹，是指现场存在两种不同类型的成趟鞋底花纹、袜印、赤足印，两趟足迹平行伴行，说明有两人并列行进。

着过来的路线，又向回折返。

粉笔标画出的尸体位置下方的土壤都已经被鲜血染红了，甚至还可以看到大块的凝血块遗留在现场。

现场情况说复杂也简单，说简单也肯定没有看似的那么简单，但是毕竟已经看了一夜的照片，对现场的细节都已经了然于胸了，于是我招呼着大家离开，去看看尸体的情况。

“可以放人了，郑三是无辜的。”我对陈支队说。

“不无辜，他聚众赌博，行政拘留三日。”陈支队说。

我笑了笑，知道陈支队是不放心，不敢草率放人，于是合理合法地找了个羁押郑三的借口。

“小程呢？”大宝左顾右盼，找不到程子砚。

“在那儿！”还是陈诗羽的眼神最好使，她指着远处一辆电动三轮车。

程子砚正蹲在电动三轮车的旁边，拿着一个笔记本和一把卷尺，在测量着什么。

“我们要去尸检了，你在？”我们走到程子砚的身边，我问道。

“哦，这辆三轮车其实还是很有特征的。”程子砚用她柔柔的声音说道，“我测量一下，然后请一位侦查员同志开着它在监控头下行驶。我做好了侦查实验，也方便在众多视频中，寻找案发当晚被害人的行驶轨迹。”

“这也行？”我有些惊讶，心想果真是隔行如隔山啊。

程子砚脸微微一红，点了点头。简单的一个小动作，我却看出了她内心强大的自信。

## 3.

相比于现场情况，尸体情况更是简单多了，木来损伤就少，还经过一次尸检，我们还能再做的事情不多了。

我针对死者尸体上唯一一处损伤进行了细致的研究。

这一处损伤在死者的右侧颈部，是一个由单刃刺器形成的刺创。创口的底部，正好是颈动脉，锐利的刺器把颈动脉一切两半。

因为是刺创不是砍创，而且创道是向内水平倾斜的，所以颈动脉内的血液因为有外面软组织的遮挡，并没有喷射出来，这也是现场喷溅状血迹不多的原因。通过这一点，我们基本可以肯定，凶手的身上并不会黏附大量的血迹。

我用探针沿着创道探了一探，说："这创道上钝下锐，如果按照正常的持刀姿势，应该是小鱼际握刀式①，而不是虎口握刀式②。小鱼际握刀式一刀扎下去，创道还是水平的，说明什么？"

大宝用卷尺量了量尸长，说："尸长一米六。既然创道是水平的，那么说明凶手个子不高。如果凶手和死者身高落差大的话，这样扎下去创道应该是向下倾斜的。"

说完，大宝走到了陈诗羽的旁边，对着她的颈部比画了几下。

"你干吗？"陈诗羽白了大宝一眼，"我一米六五好不好！"

大宝坚定地说："反正凶手没我高。"

我点点头，和大宝合力把尸体翻转过来，看她的脊背。虽然经过了清洗，但是尸体左侧肩胛部分的血痕，似乎还能看到个轮廓。和看照片不一样，看实物的时候，更加能够发现这一处血痕均匀分布，边界整齐，显然是人为故意擦蹭上去的，而不是无意为之。

我摘了手套，说："虽然我还不知道该怎么破案，但是当务之急，是要赶去专案组，及时扭转侦查方向了！"

---

① 小鱼际握刀式，是指抓握刀具时，刀刃置于小鱼际以下的握刀方式。

② 虎口握刀式，是指抓握刀具时，刀刃置于虎口以上的握刀方式。

专案组会议室里，我站在投影仪的大屏幕前面。

“案件前期的勘查情况大家都已经很清楚了。”我说，“现在所有问题的关键点，几乎全部集中在一点上，就是死者在自愿或者被胁迫的状态下脱光了衣服，为什么还要走出将近两百米，然后再被害。”

大家都在拼命点头，做出一副愿闻其详的样子。

“如果在排除死者精神障碍，深夜裸奔的前提之下，”我说，“这应该是凶手的一种卸装行为。”

侦查员们开始议论纷纷，有的在否认死者生前存在精神障碍，有的在讨论什么是卸装行为。

“我先来说说卸装行为的特点。”我说，“主要有三点，第一，肯定在室外；第二，存在胁迫的行为；第三，尸体的位置远离衣服的位置。第一点和第三点是符合的，至于是不是存在胁迫，我认为，既然有第二人在场，很有可能存在。至于死者为什么没有威逼伤，我在现场的时候已经解释过了，这里就不再赘述了。”

“那么这个行为说明了什么问题呢？”陈支队问。

“卸装行为的目的，大多都是为了控制被害人。”我说，“在野外，如果让一个人脱得一丝不挂，那么这个人一来不敢逃跑，二来不好意思呼救。再加上远离衣物，可以给犯罪分子更多的犯罪空间和心理保障。”

“什么是犯罪空间？”有侦查员问。

“我认为，卸装行为不同于剥衣行为。”我说，“前者和性犯罪无关，心理动机应该是劫财。试想，让被害人脱光之后远离衣物，一来被害人还指望可以回来穿衣服，不会逃跑呼救，二来凶手可以轻松地翻找被害人衣物里的财物，这也就是所谓有了更多的犯罪空间。”

“这倒是很有意思的论断。”陈支队说，“不过，你怎么能印证你的推断呢？有什么依据吗？”

我点点头，指着大屏幕上林涛照下来的足迹照片，说：“开始，我们都被这两行伴行的足迹迷惑了。我们单纯地认为，这些足迹应该是凶手和被害人一起行走留下的伴行足迹。其实不然。通过这一处足迹，我们看到板鞋印压在了赤足迹之上，说明是赤足迹先走过去，板鞋印再走过去的。既然有先后顺序，说明板鞋印的主人，应该在赤足迹走过去的时候，在衣物脱掉的地方没动。那么他在做什么？最大的可能就是在搜刮财物。”

“那现场的湿巾，又是怎么一回事？”陈支队还是对固有的证据不太放心。

“我们在现场的时候也说了。”我说，“可以排除是郑三现场作案，也可以排除是有人蓄意栽赃郑三。那么，最大的可能，就是这个湿巾原本是被张兰芬揣在了自己的口袋里。我们别忘了，案发之前的几个小时，张兰芬和郑三发生过关系。凶手在翻找张兰芬的衣物的时候，不小心把湿巾从口袋里给翻了出来。这个动作，无意中误导了警方的侦查。”

“既然是这样，恰恰更加印证了这就是一起侵财的案件。”大宝点头说。

“开始我就感觉，这个湿巾是一个孤证，不能解释现场的反常现象。”我说，“现在看来，这一切都印证了我的这种想法。”

“现在连孤证都没有了。”林涛说。

“居然是抢劫黑三轮案件。”陈支队若有所思。

“会是熟人作案吗？”有侦查员问。

我摇摇头，说：“如果是事先就做好了杀人的准备，卸装行为就显得有些多余了。我觉得凶手最开始并没有打算杀人，他做出卸装行为，一来，是给自己创造抢劫的条件，二来，是认为抢劫结束后，被害人回来穿好衣服，也就追不上他了。不过，不知道是什么原因，两人发生了纠纷，凶手一刀刺死了被害人。从下刀的动作来看，凶手并不具备预谋杀人的特点，更像是激情杀人。”

“被害人是个不怕被强奸的人，又乖乖地脱了衣服。”陈支队说，“这么听话，就是舍色舍财为了保命。既然这样，那又是什么促使凶手要激情杀人呢？”

“这个就不好说了，可能的因素很多。”我耸了耸肩。

“明确了案件性质，我们下一步的侦查方向也就明确了。不过，现在的线索和证据还是很少啊。”陈支队说，“围绕有可能对此类人群下手的人来调查，会有很多。而且，没有证据的甄别，也不好排查啊。”

我点点头，说：“我知道。但是这个案子走了弯路，第一手的资料已经不是很全了。只能说，凶手应该是一个身材瘦弱矮小、自信心不强的年轻人。”

“哦？这又有什么依据呢？”陈支队说。

我说：“第一，凡是采用卸装行为的凶手，都有一个共同点，就是不自信。设想，如果是一个高大的壮汉，手里还有刀，那么控制一个中年女人，还需要用这么复杂的手法吗？正是因为凶手不自信，才会舍简取繁，用这种方法确保犯罪成功。第二，现场提取到的板鞋印是三十九码的，再根据死者颈部的刺创方向，可以判断凶手个子不高，绝对不会超过一米七。第三，凶手选择的抢劫对象，居然是非法营运的黑三轮。这样的黑三轮，就算运气很好，跑一晚上也挣不到一百块钱。谁会为了这些钱铤而走险？自然是那些心理不健全的年轻人。第四，在现场，我们可以看到，死者的后背上有一处擦蹭状血迹。虽然我到现在还是没有想清楚为什么会有这样的血迹，但是有一点可以肯定，这一处血迹肯定是人为故意涂抹上去的。不管出于什么目的，这个动作都可以反映出凶手的幼稚。”

“瘦弱的年轻人，以侵财为目的。”陈支队说，“我们现在掌握的就是这些。”

“不，还有很有特征的足迹。”林涛拿出一个石膏模型，说，“这种板鞋应该不多，通过排查销售途径，应该可以缩小侦查范围。”

“这可不容易啊。”陈支队接过板鞋足迹的石膏模型，说，“青乡这么多人，这么多鞋店，一点一点去排查，就不知道什么时候才能破案了。”

“毕竟案件可以发现的线索不多。”我说，“现在有这么多条件，已经是不幸中的万幸了。我相信只要调查得仔细，还是会有所发现的。”

陈支队无奈地点了点头，准备部署任务。

“我还有话要说。”

我们循声看去，程子砚站在专案组的门口，脸颊红扑扑的，额头上渗着汗珠。

被这么多人看着，程子砚很是害羞，垂下了眼帘。

“小程，没事，你有什么发现吗？”我像是发现了救命的稻草，赶紧把讲台让给了程子砚。

程子砚有一些局促地走上了讲台，红着脸把自己的U盘插进电脑，开始播放一段视频的剪辑合辑。

“各位领导。”程子砚尽可能地放大自己的声音，说，“这是昨天晚上我整理出来的现场附近城郊所有电动三轮车的视频。”

“所有？”我瞪大了眼睛。

程子砚点点头，说：“我大概做了一个视频的合辑，但是太多了，初步估计，至少有数百辆三轮车出现在视频里，所以没有什么意义。后来今天在看现场的时候，我发现死者的电动三轮车还是比较有特征性的。第一，三轮车的后轮轮毂锈得很厉害……”

“这个我们不关心，直接挑重点的说吧。”陈支队有些性急。

被陈支队打断，程子砚显得有些慌乱，赶紧重新整理了一下思路，说：“总之我觉得死者的三轮车在监控视频里是有可辨识度的。于是，我请了一名侦查员，骑着死者的三轮车在市郊转了一圈，然后采集了三轮车的影像。通过这个侦查实验，我基本上可以从昨天晚上做出来的视频里，挑出哪些是属于死者的三轮车的视频。”

“这已经很牛了。”我竖了竖大拇指，说，“三轮车之所以在城区被禁止，是因为无法进行号牌的管理。大多数三轮车的外形也都非常相似，所以一旦出了事情，几乎没有可能找得到。能从数百辆三轮车里，找出涉事三轮车，这就是很了不起的成就。”

在我的鼓励下，程子砚增强了一些信心。说起话来，底气也足了很多。

她说：“后来我统计了一下，能够反映出涉事三轮车走向的视频，从前天晚上七点到案发十一点之间，共有七十五段。于是我按照每个监控视频矫正过的时间，画出了涉事三轮车的轨迹。”

说完，程子砚播放出一张青乡市北城区的地图，然后地图上开始跑起了红线。这应该是程子砚制作的一个电子轨迹图，清晰地反映出张兰芬前天晚上驾驶三轮车的行驶路径，可谓是一目了然。这张电子轨迹图制作之精美，是我们之前没有看到过的，所以我们对程子砚刮目相看，想不到这小姑娘真是心灵手巧。

在红线跑完之后，地图上留下了复杂的轨迹图。程子砚指着地图上红线的末端，说：“这是晚上十点十分，监控头记录下的有关涉事三轮车的最后一段影像。而这个方向，正好是向案发现场驶去的方向。结合秦科长分析的作案动机，凶手应该是佯装租车，到偏僻地点后再实施抢劫。那么，这个时候坐在三轮车上的乘客，很有可能就是犯罪分子。”

“你确定这是最后一段了吗？”陈支队不放心地问。

程子砚坚定地点点头，说：“案发现场的区域，回到城区有七条路，但只有三条路可以行车。犯罪分子应该没有选择可以行车的路线回来，因为这三条路都有监控头，监控头也没有在十点十分之后记载涉事三轮车有返回的影像。”

我心里暗叹程子砚的厉害，在短时间内对一个陌生城市的地形可以做到如此了如指掌。这绝对不仅仅是因为她勤劳踏实，更重要的是她对地形掌握有先天的优势。

“那，坐在车上的人是谁呢？”陈支队说。

程子砚说："我仔细查找了每个监控头，都没有看到犯罪嫌疑人上车的影像，说明上车点应该没有监控头。而且，涉事三轮车是那种斗篷式样的，犯罪嫌疑人坐在车里的时候，斗篷几乎全部遮挡住了他的特征。所以，沿途的监控头也不能完整地记载下犯罪嫌疑人的体态特征和衣着特征。"

陈支队一脸失落："那就是说，在哪里上车都搞不清楚了。"

程子砚说："直接的证据没有，但是我有一个推断。"

听她这么一说，大家又都重新打起了精神。

"大家看一下。"程子砚重新播放电子轨迹图，说，"三轮车在九点四十至九点四十九分的这段时间里，多次经过我们的交警、治安摄像头，以及一些民间摄像头，方向飘忽不定。我觉得，这应该是她在九点四十拉完了一趟客人后，再次寻找客人时留下的轨迹。但是，在九点四十九分之后，再次出现的三四段视频里，三轮车都是坚定地在向北方行驶。直到十点十分最后一段视频影像的记录，方向都是指向案发现场，也就是向北。所以我推断，九点四十九分之后，在青乡市北区财贸市场附近，张兰芬接到了犯罪分子，并且一路向北，向犯罪现场驶去。"

"这范围就小多了。"陈支队坐直了身子，眯着眼睛看屏幕上节选的视频，"这个地方附近，行人多吗？可以发现可疑人的影像吗？"

"这一点很不凑巧。"程子砚说，"这个时间段，正是财贸市场夜市打烊的时间，所以人特别多，根本无法甄别谁有嫌疑。"

"那还是很难查，不过范围已经很小了，我们有信心抓住犯罪分子。"陈支队说。

"我还没说完。"程子砚见陈支队以为她说完了，都开始表态了，才讪讪开口，说，"其实还有别的发现。"

"什么发现？"陈支队还是一副急不可耐的样子。

"从刚才说的那么多视频片段中，我截取了一些截图。"程子砚开始播放一些从视频监控中截取的图片，画面很不清楚，只能看清三轮车的轮廓。

她接着说："有一段视频，三轮车车篷和驾驶座的中央连接部分，好像多出来一点什么东西，你们看，就是这个。"

程子砚指了指图片中的一部分。我看了半天，没觉得有什么异常。看来经常看监控的人，对于这些细节还是非常敏感的。

程子砚接着又播放了一张图片，说："这是我经过模糊图像处理技术，对这一块连接部分的处理图。像素不够，但是依稀可以看出来，这多出来的绿色的东西，应该是从车篷里伸出来的。"

"犯罪嫌疑人的腿？"还是陈支队眼尖。

"是的，我也分析这是犯罪嫌疑人变换了坐在车篷里的姿势，伸了一条腿出来。"程子砚说，"如果是这样，他应该穿着一条绿色的裤子。"

"绿色的裤子。"陈支队沉吟道，"绿色的裤子倒不多见，但是以这个为调查依据，似乎有些儿戏了。"

"是啊，我开始也是这样认为的。"程子砚说，"但是刚才你们开会之前，老秦告诉我，犯罪分子应该是个个子不高的年轻人。而且那种卸装行为，提示了犯罪分子之前并没有经过精心策划和预谋，应该是一种临时起意的行为。"

"是的，应该是因为身上带了刀，正好又需要钱，就临时决定去抢一把。"我补充道。

"我分析了一下财贸市场附近的商家，我觉得年轻人半夜三更在那个范围内停留，"程子砚舔了舔嘴唇，说，"最大的可能就是在网吧。因为上网耗尽钱财，于是，临时起意去抢劫。"

"有道理，但这只是推断。"陈支队说。

程子砚说："确实，毫无事实依据。但是根据这个推断，我查看了一下几家网吧的视频。巧就巧在，正好有一家网吧的吧台视频记录了一个男子在前天晚上九点四十五分的时候结账离开的影像。这个男子恰好就穿着一条不协调的绿色裤子，身材瘦小。"

“是吗？”陈支队瞬间精神焕发，“几个巧合在一起，就不是巧合了！”

“多大岁数？”我急着问。

“二十一岁。”程子砚说，“因为现在网吧都是实名登记系统，所以我也就获取了这个人的身份信息。”

屏幕上出现了一个人的大头照片，旁边有他的身份证号码。

## 4.

“你真是太牛了。”大宝看程子砚的眼神已经成了星星眼。今天程子砚的一番讲解，完完全全地把大宝给圈粉了。

在给出嫌疑人具体身份之后，不仅仅是大宝，几乎所有在场的侦查民警都表示折服，而且迅速开始筹划抓捕行动了。陈诗羽主动要求参与抓捕行动，而我们这些刑事技术民警则回到了宾馆，一起坐在我的房间里讨论案情。

“宝哥，你别这眼神，我都不好意思了。”程子砚掩嘴笑道。

“你这太夸张了。”大宝说，“我们分析来分析去，最多也就给出一个侦查方向，再好一些，能给出对嫌疑人的刻画。你这直接给出嫌疑人的身份证号码，太直接、太有效了！”

“随着现代技术的发展，确实有更多破案的捷径了。”我点头说道，“这些新手段，都是犯罪分子的克星。”

“完全没有想到所谓的图侦这么牛 × 啊！”大宝说，“我之前还在说呢，不就是看监控吗？哪儿还有什么技术含量？现在看起来，还真是隔行如隔山啊，这看监控也有这么多门道的。不会看的，那就是些监控；会看的，直接找出凶手啊。”

“也不是这样啦。”程子砚说，“若不是有老秦和你们之前的分析论断，如果不能明确案件性质和犯罪分子的个体特征，也不可能通过监控直接找出犯罪嫌疑人的身份啊。”

“即便是这样，也够牛的，那边人口那么多！”大宝说。

“这也是让小程加入我们勘查组的原因，多警种协作，才是破案最强大的力量。”我说。

“其实也不是每个案件图侦都能发挥这么大的作用。”程子砚说，“首先得有视频条件。我知道，很多案件发生在农村，或者发生在室内，又或者附近的监控都是坏的，那就不具备视频条件，我就只有做回痕检员的工作了。上次龙番湖的案件，不就是这样？”

我点点头，那艘“幽灵鬼船[①]”的模样又在我的脑海里浮现了出来。

“而且，这起案件也有很多巧合。”程子砚说，“诸多的巧合才造就了最后的唯一指向。并不是所有案件，我们都有这么好运气的。”

“巧合是不错，”大宝依旧是星星眼，“但通过细致观察能发现一些蛛丝马迹，那就是牛啊，毕竟犯罪分子不可能滴水不漏，被抓住了漏洞，自然就会有‘巧合’的出现了。”

“现在还有一个问题。”程子砚说，“抓人容易，但是寻证还是比较难的。这起案件的视频线索其实都是推断来的，在法庭上并不能站得住脚，除非能找到那双板鞋。”

“是啊，最终还是回到了证据问题。”我叹了口气，说，“大家休息吧，忙了一天了。我已经交代小羽毛[②]了，在抓捕之后立即搜查，并且详细调查这两天犯罪嫌疑人的活动情况。事情过去两天了，犯罪嫌疑人有充分的时间去伪装、善后，能不能找得到证据，就看我们的运气了。”

第二天一早，我们就迫不及待地赶到了专案组。

专案组的气氛几乎和一天前一模一样。

---

① 见“法医秦明”系列第一卷第六季《偷窥者》中“幽灵鬼船”一案。

② 小羽毛是陈诗羽的昵称。

犯罪嫌疑人阮豹已经被捉拿归案了，但是这个阮豹是个油盐不进的主。无论侦查员如何软硬兼施，他总之就是一句话不说。

“现在是打不得、骂不得、饿不得、困不得。”陈诗羽一脸倦容地说，“我们拿他丝毫没有办法。”

“唯一和一天前不同的就是，”陈支队说，“侦查员们还是很有信心的，坚信他就是犯罪分子。”

“可是法官可不会相信直觉。”我皱着眉头说。

“他的家里也搜查过了。”陈诗羽说，“没有什么发现。这人独居，家里有几亩地，平时在家务农，农闲的时间，就天天在外面游荡，也有盗窃的前科。家里和狗窝一样，非常乱。我们算找得仔细的了，但就是没有发现绿色的裤子，还有板鞋。”

“既然有前科，肯定懂得怎么去毁灭证据。”我说，“现在的问题就是，如果找不到这两样关键证据，怕是很难起诉啊。”

专案组顿时陷入了沉寂，大家都在思考如何是好。

“这两天，阮豹都在做什么？”我想了一会儿，打破了会场的宁静。

“他自己是一个字都不说。”陈诗羽说，“外围调查还在进行。他的几亩地种的是牡丹，现在没什么农活，天天要么就是在网吧上网，要么就是和狐朋狗友们喝酒赌钱。”

“他家住什么地方？”我问。

陈诗羽说：“就住在北边，离案发现场七八公里的路程。平时他自己溜达去城里的网吧，也有搭同村人进城便车的时候。”

“搭便车？那这些便车的车主都问了吗？”我问。

“正在调查。”陈诗羽说。

话音未落，一名侦查员走进了专案组，说：“按照总体的安排，我刚才是去调查阮豹在被抓获之前的行踪。昨天下午，阮豹自行到城里网吧上网，然后晚上的时候，电话约了同村的一个人，搭他的拖拉机回村。我们的人是在他家门口守候的，他回村后就被我们抓获了。也就是说，这个同村人是阮豹被抓获之前最后接触的一个人。据他的表述，阮豹在回村的一路上没有说什么话，总共不超过五句。大概都是一些诸如‘晚上吃什么啊’‘最近有没有赢钱’之类的话。总体感觉，阮豹像是有什么心事。中途没有遇见其他人，阮豹中途叫停车一次，说是去看看他的牡丹地里的牡丹长得怎么样了，顺便撒尿。”

“牡丹地？”我灵光一现，打断了侦查员的话，说，“走，去他的牡丹地里看看，带上血迹追踪犬。”

在一块牡丹地的旁边，我们正在穿戴勘查装备，大宝在一旁逗着警犬。

“能确定这里有问题吗？”陈诗羽问我。

我摇摇头，说：“不好说。但是我觉得吧，如果阮豹是犯罪分子，在这个时候，他是不会有心思去关注牡丹长得如何的。最大的可能，就是他把物证埋在了这里。他可能有预感自己会被抓，要来这里看看，确保万无一失。”

“如果真是这样，他可真是画蛇添足了。”林涛说。

“嘿嘿，警犬不都是大狼狗吗？”大宝蹲在一只史宾格的旁边，用手指撩着它长长的耳朵。

史宾格摆出一副不屑的样子，不去看大宝。

“这么小的狗，好使吗？能闻出血迹在哪里吗？”大宝接着说。

史宾格仍然乖乖地坐在训导员的身边，只是龇了龇牙。

“来穿鞋套，别撩狗了。”我无奈地说，“你是不是不服气？想和它比比谁的鼻子好？”

“搜。”训导员一声令下，史宾格像是脱了缰的野马，向牡丹地里冲了进去。

“它一定是在想，终于可以远离这个讨厌的家伙了。”我笑着说。

几亩地的面积，可以说不大不小，如果靠人力全部翻找一遍是不现实的。而且，如果这里真的没有埋物证，我们这种破坏庄稼的行为会被谴责。

史宾格大约找了十分钟的样子，在一处牡丹苗旁坐了下来，吐着舌头看着训导员。

我知道，这是血迹追踪犬发现血迹后的姿态。

我走了过去，看到这一处地方的泥土并没有新鲜的翻土痕迹，有些疑惑。

训导员明白我的意思，再次下达了“搜”的指令。

史宾格绕着这附近又搜了一圈，还是在这处牡丹苗的旁边坐了下来。

我怀疑地看了看史宾格，说：“那就挖吧。”

几名民警拿着铁锹开始挖地，没挖几分钟，一名民警就叫了起来：“有东西！”

我虎躯一震，赶紧跑到了土坑的旁边。土坑已经挖得很深了，大约有半米的样子，土坑里果真有一些东西。我戴好手套，把土坑里的东西清理了出来。

一件米色的外套，一条绿色的灯芯绒裤子，一双白色的破旧板鞋。

“案子破了！”我掩饰不住内心的激动，“有鞋子可以进行DNA检验，有裤子可以验证视频，衣服也可以寻找血迹。这就是完整的证据链条啊！”

“你真是可以啊！埋这么深都能找到！”大宝又开始撩起史宾格的长耳朵。

史宾格一脸无奈。

民警把一套衣物扔给阮豹看的时候，他先是惊讶，紧接着就是颓丧。但是真正攻破阮豹心理防线的，是那几份加急做出来的DNA报告。

阮豹凭借着几亩牡丹地，每年的收入倒也足够他的花销。不过最近手气不好，赌博连输，加之又迷上了一款收费网络游戏，这让他显得有些拮据。

之前他也总是会偷鸡摸狗，弄些小钱来花花，但他总是想着能抢一笔大的，至少能保证他几个月衣食无忧。盗窃他算是半个行家，但是抢劫还真是从来没有试过。那天，阮豹一边玩着游戏，一边想着可以找个抢劫的对象来试一试手。从网吧出来之后，阮豹挑选着抢劫的对象。原本他是想找一个刚刚从财贸市场打烊的个体经营户下手的，但是自己势单力薄、个头矮小，即便对方是女性，也没有把握能够一击成功。想来想去，他准备选择一辆出租车，到偏僻之地再动手。

这个时候的青乡市北城很少能看得到出租车，所以才会滋生出大量的黑三轮营运。阮豹觉得，这些黑三轮虽然没什么钱，但是既然没有出租车，不如就退而求其次了。

选来选去，阮豹选择了张兰芬，难得找到的女司机。

在商量好价钱之后，张兰芬载着阮豹向青乡河附近驶去，在经过现场那一片偏僻地的时候，阮豹掏出了匕首。

为了更好地控制张兰芬，阮豹让张兰芬脱光衣服远离自己，给自己更多寻找财物的时间。没想到这个张兰芬也真是百无禁忌。一不护财，二不护色。

虽然阮豹只在张兰芬的衣物里找到了一百多块钱，但初次抢劫就这么顺风顺水，还是让阮豹有些兴奋。

张兰芬浑身赤裸地在两百米开外，阮豹有了更多的时间去思考自己的作案过程有没有纰漏。他毕竟是被打击处理过的前科人员，具备一些反侦查意识。

想来想去，唯一可能出现纰漏的，就是张兰芬在脱光衣服之后，推她后背的那一把。

“会不会在她的身上留下指纹？”阮豹幼稚地想着。毕竟他之前因盗窃罪获刑的一个关键证据，就是他在现场留下了指纹。这时候的阮豹开始后悔自己为什么没有经过充分准备就来抢劫，要是戴了手套多好？

想到这里，阮豹走到张兰芬身边。只求活命的张兰芬以为阮豹要来劫色，于是对阮豹说，只要让她活命，让她做什么都可以。

阮豹哪里会对张兰芬产生什么兴趣，于是要求张兰芬到青乡河里面去洗一下身子。

虽然阮豹仅仅是害怕张兰芬的身上留下什么证据，但站在张兰芬的角度来看，这个阮豹显然是要杀人灭口了，而且运用的灭口手段是用水溺死她。

所以张兰芬一边央求阮豹，对天发誓她不会报案，一边伺机想向自己的衣服位置逃跑。张兰芬明明说好了让她做什么都会去做，结果让她下河去洗个澡都不干，显然她会去报警，阮豹想着。

两人因此发生了纠纷。

在阮豹看来，张兰芬如果这个时候跑上公路求救，自己将面临极大的危险。可是偏偏在这个时候，张兰芬做出了逃跑的姿态。几番撕扯之后，阮豹一时愤怒，朝张兰芬扎了一刀。万万没有想到，黑夜当中随随便便的一刀，就直接要了张兰芬的命。

只抢了一百块钱，就犯了命案，这让阮豹后悔不已。但是毕竟事情已经发生了，他开始思考如何逃避法律的惩罚。

现场有很多血，阮豹也不确定自己的身上有没有沾到血迹。所以，在回家思考后做出的第一个决定，就是脱下所有的外衣和鞋子，连夜徒步到自己家地里，找了个自认为隐蔽的地方，挖了深坑埋藏了血衣。

为了不被警方发现埋藏血衣的地点，阮豹精心伪装了土壤的表象，至少看上去不可能知道这里的泥土被翻挖过。一切妥当之后，阮豹徒步回家，一直酣睡到第二天中午。

为了探听案件的消息，这两天阮豹都像以前一样，到网吧上网。其主要目的，还是从众人的口中获知一些关于案件的消息。

毕竟北城区不大，发生了一起这么吸引人眼球的案件，口口相传还是范围很广的。对于案件，群众有诸多猜测；对于案件的办理情况，也有很多道听途说的小道消息。

在警方抓获郑三之后，阮豹松了口气。虽然他并不知道自己在翻找财物的时候翻出来一张湿巾，差点儿误导了侦查，但是警方把怀疑对象放在了死者熟人的身上，这让阮豹顿感欣慰。

获取这个消息之后，阮豹没有深夜才回村里，而是搭了同村人的便车，在傍晚的时候就准备回家。他是准备回家自己和自己喝一顿庆功酒的。

可是万万没想到，他为了保险，在辽阔的土地上多看了一眼，就给警方提供了线索，也给自己布下了天罗地网。

“这个案子，程子砚首功。”我坐在返程的车里，给程子砚点了个大大的赞。

“没有，没有，我就是做我该做的。”程子砚的脸蛋变成了红苹果。

“这个案子还是给我们提了个醒，任何孤证都不足以证明一切啊。”林涛感叹道，“证据链，真是法治的瑰宝。”

“嗯，不先入为主，不以己度人，”我总结道，“才是现实推理的精髓。”

“我回去就换车，SUV 开着就是爽啊。”韩亮显然没有注意到我们的收获，已经开始盘算着他的下一辆新车了。

# 第二案　消失的凶器

你让我生活在地狱，我就毁掉你的天堂。

——

《极度分裂》

THE DOOMED

# 1.

邢文长嘘了一口气。

这长达十五天的漫长时间里，他备受煎熬。父亲一个人带着一大群猫猫狗狗生活了半辈子，几乎不剩下什么亲朋好友。所以在最后的这段时间里，也只有他邢文一个人在努力了。

父亲邢安健早年离异，独自抚养邢文长大，在邢文去念了大学以后，父亲就做起了一件非常有意义的事情。他倾尽自己的积蓄，在山里买了块地皮，搭建了一个流浪动物收容所。几乎龙番市所有的流浪动物都会被送到父亲这里收养，也有人会来父亲这里免费领养宠物。可是，在父亲的收容所刚刚做得小有名气的时候，六十岁的父亲却突发心肌梗死去世了。

父亲失去意识之前，给邢文拨了电话。虽然邢文第一时间就把父亲送去了医院，但是父亲在医院 ICU 一躺就是十五天。十五天后，父亲回光返照清醒过来的唯一一句话就是："快去喂猫、狗。"

邢文没有去。

十五天里，邢文一个人忙前忙后，哪有时间去照顾那些猫、狗？收容所的猫、狗是圈在院子里养的，能逃出去的猫、狗不会死，剩下的估计在十五天后，也活不了了吧。就算是给父亲陪葬吧，邢文这样想。

在办理好父亲的后事之后，邢文去了收容所，清理父亲的遗物。可是，当他走进收容小院的时候，直接给吓得快尿了裤子。

院子里剩下几条没有逃出去的大型犬，但还没有被饿死。院落的角落里，居然躺着一具尸体，尸体裸露的部位都已经白骨化了，但是尸体却没有腐败的迹象。

恶犬吃人了！

邢文连滚带爬地跑出了收容所，拨打了报警电话。

胡科长给我们介绍完报警情况之后，带着我们走进了收容所的院子里。院子里很脏乱，到处都是动物的粪便。尸体就躺在收容所的角落里，面部已经部分白骨化了，但是衣着还是正常的。

“这人是怎么进来的？”我揉了揉鼻子，问道。

“不好说。”胡科长指了指院落后面的小山，说，“可能是翻栅栏进来的，也可能是从后面的小山上跌落下来的。”

“尸源查清楚了吗？”我问。

胡科长点点头，说：“死者的小轿车就停在不远处的小山下面，车内有明显的打斗痕迹。”

“哦？”我说，“那有有价值的痕迹物证吗？”

“没有。”胡科长说，“车窗玻璃可能是被砖块砸破了，车内坐垫有掀起的迹象，经过我们技术部门勘查了以后，并没有发现除死者外的其他人的痕迹物证。”

“难道是被劫财，然后逃离的时候跌落这里了？”我问。

胡科长说：“有可能。但也有可能是劫色。这里面的几条大狗已经十几天没吃东西了，所以对她进行了撕咬。”

“那这样的话，翻越栅栏的可能性就不大了。”我说，“小山上的痕迹有勘查吗？”

“小山上到处是杂草，不具备勘查的条件。”胡科长说，“但是杂草有倒伏的现象，所以也不能排除死者是从小山上坠落的。”

我走到院落栅栏的旁边，栅栏的外面就是一个不陡的小山坡，从小山坡上很容易跌落到院子里。

“是被咬死的？”我的心里一阵恶寒。虽然被恶犬咬死的案例不多见，但是可以推测，被害人在生前遭受了多么可怕的折磨。

“还不能确定。”胡科长说，“大概看了一眼尸表，颈部残存皮肤有齿痕，应该是有生活反应[①]的。”

“是不是可以通过图侦来确定死者的活动轨迹？”我问程子砚。

“嗯，不难。”程子砚说。

“那行，我们去尸检吧。”我见殡仪馆的同志已经开始在包裹尸体了，张罗着大家去解剖室准备验尸。

恶犬咬死人的案例，我曾经碰见过一例。是一名老太太在山里回家的时候遇见了数条恶犬，最后被恶犬咬死。现场有大量的血迹和大量拖拽、打滚的痕迹。死者的衣服被撕扯得不像样子。循着血迹，警方最终找到了恶犬的主人，结果是赔偿了事。

那起案件中死者全身大面积的擦挫伤，可以清晰地看见动物的齿痕，死因是大面积软组织损伤而导致的创伤性休克死亡。那起案件至今我记忆犹新，但是对比起眼前的这起案件，相差甚远。这起案件当事人的损伤似乎很少，现场地面也没有那么凌乱，死者的衣着还基本都是完好的。

尸体没有腐败，所剩的皮肤还都可以看出生前的样子。但是因为被狗啃食，其面部大部分已经白骨化了。这样的情景让人有些触目惊心。

除了少数几处暴露的头皮，尸体的头发大部分还在，是栗色的，结合死者的衣着情况，说明死者应该是个三十岁到四十岁的女人。女人面颅骨上，可以看到尖牙摩擦的痕迹，缺损的软组织周围，也可以看到轻度生活反应。

我们逐件去除了死者的衣服，每一件衣服都是穿着完好的，外衣口袋里

① 生活反应，是指人活着的时候才能出现的反应，如出血、充血、吞咽、栓塞等，是判断生前伤、死后伤的重要指标。

还有手机和钱包，都没有被翻动。

“没有任何性侵的迹象，也没有侵财的迹象。”我一边说，一边把死者的衣服整理好，逐件拍照。

衣服去除之后，死者躯干部的皮肤暴露出来。除了双手有被撕咬、指节缺失的损伤，其他部位没有明显的损伤。

“断指周围也有轻度的生活反应。”大宝说，“现在看起来，最大的可能性就是颈部被咬，然后死亡的了，可是颈部的皮肤缺损太多了，实在不好判断。”

“现场血液不多。”我说，“要么就是颈部被咬窒息死亡的，要么就是颅脑损伤了。”

说完，我用手术刀切开了死者残存的头皮，完整地暴露出她的颅骨。

“有骨折！”大宝指着死者的太阳穴，说。

死者的颞骨翼点处有一处凹陷性骨折。民间都说太阳穴是死穴，是因为太阳穴这里的颅骨是最薄的地方，而且颅骨下面有脑膜中动脉经过。一旦这里的颅骨骨折，就会累及下面的动脉而导致颅内出血死亡。死者的这一处骨折，即便我不开颅骨，也知道她的颅内会有大量的出血，她的死因也正是这个。

“竟然不是因为颈部被咬而死亡啊。”大宝说，“颅脑损伤死亡，怪不得被狗狗们撕咬的地方，生活反应都不是那么明显呢，原来是濒死期被撕咬啊。这样我心里好受多了。”

“她是摔死的？”陈诗羽在一旁问道。

我摇摇头，指着骨折线说：“这一处凹陷性骨折有直线形的棱边，说明致伤工具是有棱边的钝器。现场地面没有杂物，不可能形成这样的损伤。”

说着，电锯已经锯开了颅骨，我费劲地分离了死者的硬脑膜[①]，说：“你

---

① 硬脑膜，脑组织外包裹的一层致密组织。

看，死者脑损伤也没有对冲伤[①]，说明是打击形成的，而不是摔跌。”

“开始我们都预感错了。”胡科长说，“看来这是一起杀人案件。但是这么严重的颅脑损伤，应该是可以直接导致人昏迷的，那么，难道她是在小山坡上遇袭，然后直接跌落到了院子里？”

“也有可能是在别的地方被打击，再被人从小山坡上扔进院子里的。”我说，“不过，这样做毫无意义。如果是想延迟案发时间，最应该隐匿的是死者的轿车。轿车钥匙都挂在车上，开到偏僻地方藏起来，比这样藏尸体更有效。”

“那就是了。”胡科长说，“可能两人在车子附近发生了打斗，然后追逐奔跑到小山坡上，凶手用有棱边的钝器击打死者的太阳穴，把死者打得跌落到了院子里。死者因为颅脑损伤而死亡，但在濒死期的时候，遭到了快饿疯了的流浪狗的扑咬。”

“从尸检结果上看，这种可能性是最大的。”我说，“不过还要结合林涛那边现场勘查的情况，还有程子砚那边图侦的情况。”

“死亡时间也就三天左右吧，末餐饱餐之后两三个小时死亡的。”我们在分析死因的时候，大宝也没闲着，根据死者的尸体现象和胃内容物情况判断了死者的死亡时间。

“原本以为是一起意外，结果是一起命案。”胡科长耸了耸肩膀说。

“没事儿，至少这一起案件中，我们法医该做的事情已经做完了。如果不出我们的意料，剩下的工作都是侦查部门的活儿了。”我说，“咱不能想着每起案件我们都能发挥最关键的破案作用啊，大多数案件，还是要侦查部门主导的。”

---

① 对冲伤，是指在创口对应部位的脑组织有出血和挫伤，而且在其相对的对侧脑组织处也有出血和挫伤，而这一处的出血挫伤不伴有头皮的损伤和颅骨的骨折。这是在颅骨高速运动过程中，头颅突然静止，形成了头皮损伤处的脑损伤，因为惯性运动，对侧的脑组织撞击颅骨内壁，也形成出血和挫伤。所以对冲伤基本可以确诊是头部减速运动形成的损伤，比如摔跌、头撞墙等。

“不早了，结束工作，去专案组听听各组的工作情况吧。”胡科长看了看表说。

除了侦查组只回来了一队，其他各工作组都已经在专案组等着了。既然法医工作是决定案件性质判断最关键的因素，所以我也就最先发言：

“死者的衣着整齐，没有任何被性侵的迹象，随身有一个手机和一个钱包，钱包里有一千多元现金。根据尸体检验，死者应该是被有棱边的钝性物体打击头部导致颅脑损伤死亡的。因为只打击了一下，加之头皮大部分缺损，所以无法再进一步推断致伤工具了。”我有些遗憾地说，“结合现场的情况，死者应该和凶手在车的附近发生了打斗，然后追逐到小山坡。死者头部被击打后，跌落到现场小院内，遭到了流浪狗的撕咬，此时死者还有生命体征。”

“她被咬的时候还清醒吗？”程子砚一脸不忍的表情。

我摇摇头，说：“这么严重的颅脑损伤，应该瞬间失去意识了。只是距离机体死亡还有一段时间而已。”

“我们的勘查情况也和老秦说的相符。”林涛说，“凶手和死者的厮打应该是在车里开始的。凶手在副驾驶位置，死者在驾驶位置。厮打之后，两人来到车外继续厮打。在这个过程中，凶手或者死者用砖块袭击对方，结果砸碎了车玻璃。整个过程可以判断清楚，但是没有提取到可以证明犯罪的痕迹物证。因为现场路面条件很差，无鉴定价值，所以对于后面两人的行踪不好判断。但是小山坡上的杂草有明显的倒伏，这符合老秦的推断。车内抽屉里有一个手提包，里面有几千元现金。”

“我们组的工作结果也和秦科长分析的相符。”程子砚说，“我们对市区监控进行了研判。死者是三天前驾车往现场方向去的，当时是晚上，视频能确定是死者驾车，副驾驶没人，但是后排有没有人就不知道了。当天晚上所有能驶往现场的道路监控都显示，没有车辆尾随，或者在死者之前、之后往现场方向开。毕竟现场那里很偏僻。”

“会不会是行人，或者骑电动车呢？”有侦查员问道。

“只要是车辆，就要走在路上，都可以被监控记录。但是徒步的话，可以通过别的小路过去。”程子砚回答道。

“这个不影响推断。”我说，“死者是一个女性，案发又是晚上，虽然我们不知道她为什么半夜去那里，但是那么一个偏僻的地方，如果不是熟人，她是不可能让生人上车的。所以可以排除是路遇犯罪分子。死者没有被性侵，也没有被劫财，这案子肯定是熟人因为仇而杀人，或者是激情杀人。”

“我们也对死者的出发位置进行了研判。”程子砚说，“应该是从她的单位附近出发的，但是究竟车上带了什么人，不好说。”

“现场那么偏僻，说是有人徒步走过去和死者相约，这有点说不过去。”我说，“既然程子砚排除了其他可能进入现场的车辆，说明犯罪分子很有可能就在车上的后排坐着。他们可能是相约去那里做什么，但是因为某事发生了争执，继而厮打。如果不提前知道现场院子里都是饿了很多天的恶犬，这样一击，并不能说是故意杀人，很有可能是故意伤害致死。”

“案件性质明确，我们就好办多了。”龙番市公安局赵局长说，“案件性质不那么恶劣，我们肩上的担子也轻一些。而且，思路现在这么清晰，我们有充分的信心迅速破获此案。下面，调查情况也简单说一下吧。”

主办侦查员说：“死者叫苏诗，女，三十一岁。之前有一任丈夫，孩子夭折，后来离婚，现在是独居。她是一家企业里的白领，收入不错，社会交往，嗯，这几年比较复杂。现在，我们侦查部门正分成几组，在梳理她的矛盾关系。只是现场没有提取到痕迹物证，比较难甄别犯罪分子。”

“确实，我们也尝试提取了一些生物检材[①]，需要 DNA 实验室检验后才能知道有没有发现。”我说。

---

① 检材，不同于大家常说的“物证”，比物证的含义更为宽泛。在现场和尸体上提取到的任何可以用于进一步检验鉴定的物质，都称为检材。经过检验鉴定的检材，如果对案件侦破有作用，则会被称为物证。

“没有物证就破不了案吗？那在没 DNA 的时代，我们都是怎么破案的？那时候案件还多！”赵局长有些恼火，说，“这案子关系这么明确，我就不相信你们查不出来！”

“这案子除了查死者的矛盾关系，还可以查一查死者失踪前的行为轨迹、通讯记录、上网痕迹。”我看领导要发火，赶紧打圆场说，“这些不仅仅是线索，更是证据。”

主办侦查员点头表示这些他都是知道的。我也知道，这些都是侦查部门的特长，他们肯定还有很多我们不知道的侦查手段和侦查方向，我说这些，实在有些班门弄斧之嫌了。

想到这，我尴尬地看了看表，说：“赵局长，既然后面没我们什么事儿了，我们就先撤了。”

大多数疑难、重大的案件，我们都会跟到案件破获。但是也有很多案件，尤其是因果关系非常明确的案件，在前期工作做完之后，我们技术部门就会先撤下专案组。除非是后期破案出现了困难，才会重新研判之前的技术推断是否正确。这起案件因果关系明确，虽然后续需要调查的内容很多，但是都没我们技术部门什么事儿了。所以，也到了我们该撤的时候。

从市局大楼下来，我们发现市局大院里停了一辆崭新的大车。这是一辆福特猛禽，明明是一辆大皮卡，但经过改装后，变成了一辆七座车。韩亮站在车边，欣赏着新车。

“想买这个？”我笑道。

“这就是我买的啊。”韩亮说。

“什么？你刚才不还开着 TT 送我们来会场的？”大宝惊讶。

韩亮笑了笑，说：“我看你们开会，我也帮不上什么忙，就旷工一个小时，去换了车。”

“你买车怎么和买菜差不多？”林涛无奈地摇摇头。

“我这 SUV 漂亮不？就是太高了，上车有点费劲。”韩亮嬉皮笑脸地说。

“你这是 SUV 吗？”我奚落道，“明明就是辆卡车！”

“行了，比单位那破车不好多了吗？”韩亮拉开车门，示意我们上车。他看见陈诗羽上车有点费劲，准备伸手扶她一把，却被陈诗羽一把打开。

“别碰我。”陈诗羽阴沉着脸说道。

“怎么了这是？”韩亮吓了一跳，我们也都很诧异。

“不想和渣男挨这么近。”陈诗羽说。

这一句让我们全都哑了壳，这是怎么回事啊？刚才来的时候，两人还嘻嘻哈哈的，怎么开了个会，就变了脸了？问陈诗羽，她也不回答，我们只有怀着忐忑的心，在尴尬的气氛中，一路驶回了省厅。

## 2.

新车还没开进省厅大门，我们就接到了师父的电话。

“龙青高速上，有一具尸体。”师父提纲挈领地说，“如果你们没什么事情的话，就去看看吧。”

“龙番那边还有案子没破呢。”我说，“又来一起？”

“在龙青高速的界碑处发现的尸体，管辖有争议。”师父说，“现在是省厅指定管辖，由青乡市公安局管辖本案。”

《公安机关办理刑事案件程序规定》上规定，刑事案件由犯罪地的公安机关管辖。如果由犯罪嫌疑人居住地的公安机关管辖更为适宜的，可以由犯罪嫌疑人居住地的公安机关管辖。犯罪地包括犯罪行为发生地和犯罪结果发生地。犯罪行为发生地，包括犯罪行为的实施地以及预备地、开始地、途经地、结束地等与犯罪行为有关的地点；犯罪行为有连续、持续或者继续状态的，犯罪行为连续、持续或者继续实施的地方都属于犯罪行为发生地。犯罪结果发生地，包括犯罪对象被侵害地、犯罪所得的实际取得地、藏匿地、转移地、使用地、销售地。对管辖不明确或者有争议的刑事案件，可以由有关公安机关协商。协商不成的，由共同的上级公安机关指定管辖。

现在是碰见性质不清的案件，省厅考虑到龙番市大批警力集中在苏诗被杀案上，于是将案件指定给了青乡市管辖。

“高速界碑。”我沉吟道，“那不就是交通事故吗？”

“可能性比较大。”师父说。

“那还要我们去？”我可能是有些疲惫，有些懈怠。

“去啊，去啊，为啥不去啊。”大宝在一边小声嘀咕道。

目前在国内，大多数交通事故都是由交警事故部门直接出勘现场，只有在现场勘查中发现疑点或问题的时候，才会通知刑警部门支援。如果现场并无疑点的，多是由交警部门委托社会司法鉴定机构对尸体进行检验。

“交警部门现在有争议，你们去看一下吧。”师父说。

我挂断了电话，想到几年前那一起伪装成交通事故的杀人案件[①]。这一起案件，不会也是这样吧？伪装交通事故要去高速公路上伪装，也真是够清新脱俗的。

“刚回来，又要去？”韩亮笑着掉转了车头。

“你就开你的车去？”我说。

“私车公用也不行？”韩亮说。

“万一出了点什么事情，咱们这算是公事，还是私事？”我说。

“呸呸呸！”大宝说，“求你了秦乌鸦，咱们天天跑高速的，就图个吉利，你还真是不怕晦气。”

“这不是着急吗？再去车队领车，耽误事儿啊。”韩亮开着自己的新车很过瘾，不舍得换掉。

“行吧，那就抓紧，青乡市局陈支队还在高速界碑那里等我们。”我看了

---

① 见“法医秦明”系列第一卷第一季《尸语者》。

一下微信，陈支队的留言已经到了，说，“刚刚分别，这么快就又要见面了。”

现场并不是在高速路上，而是在高速路路坡下方、隔离网以内的空地上。

我们赶到现场的时候，高速并没有封闭，警戒带拉在高速路路坡的下面，警戒带里里外外站了几十个警察。有戴深蓝色警帽的刑警，也有戴白色警帽的交警。

高速路的路肩上按秩序停了十来辆警车，为了安全起见，都闪着警灯。韩亮把车停在车队的最后面，等车停好，我们一起跳下了车。

其实在高速上行驶的时候，并不会觉得车辆速度有多快，但是一旦在高速路边站立，车辆从身边呼啸而过的时候，才知道高速公路上还真是挺危险的。尤其是现在这种情况，驾驶员经过现场的时候，都会情不自禁地朝我们的方向看过来，车速仍是那么快，让我们很担心路面的安全问题。

“你们到啦？辛苦啦！总是麻烦你们。”陈支队爬上路坡，和前两天见面的时候一样，和我们寒暄着，“嚯，你们这是开了一辆‘坦克’来？”

陈支队对韩亮开着那么大的车感到诧异。

“这是‘卡车’，哪是什么‘坦克’？”大宝说，“坦克有炮的。”

“什么情况？”我一边戴手套，一边小心翼翼地从很陡的路坡上下到中心现场。

“两个小时前，一辆货车司机在开车的时候感觉这块地方好像在冒烟。他正好尿急了，顺便下车小解。”陈支队说，“于是他就把车停在这里了，没想到看见这块地方的草垛在燃烧，草垛上还趴着一个人。这个货车司机很热心，赶紧从车上取下了灭火器，一边招呼着同伴报警，一边灭火。我们赶到的时候，火已经灭了，不过人也已经死了。”

陈支队指了指趴在一堆灰烬上的尸体。

“火烧起来的时候，人趴在这里不动？”我皱了皱眉。

陈支队点头说："货车司机说，这人一直就没变动过体位，应该是在起火的时候就已经死了。"

中心现场是一座已经烧了一半的草垛，旁边的灰烬里有一具尸体。不过和一般火场内的尸体不同的是，这具尸体焚烧得并不严重。可能是起火的时候，尸体的上半身受热，所以死者的头、面部、颈部有一定程度的焚毁，焚毁程度比较轻。因为受热皮肤脱水、炭化，似乎可以看到头、面部和颈部皮肤有几处裂口。但是，死者总体的样貌还是能看得出一些的。

除此之外，死者的右手也是炭黑色的，可能也放在了火焰之内。死者胸部以下则没有焚毁的痕迹。

"这种燃烧怕是只烧毁了死者的皮肤组织，皮下组织估计都是完好的。"我用手指戳了戳死者的颈部，说，"而且这里空间开阔，也不可能是吸入毒气窒息，或是一氧化碳中毒，所以死者的死因肯定不是被烧死。"

"死后焚尸？那是命案？"程子砚问。

"死后焚尸也不一定是命案。"林涛解释道，"焚尸和碎尸是一样的，是对尸体的处置。死因才能决定案件的性质。比如这起案件，咱们就不能排除是高速公路的交通事故导致人死亡后，司机为了避责而焚毁尸体的可能性。"

"这是可能性最大的了。"陈支队眯着眼睛点点头，说，"和我们想的一样，我已经安排人在排查这个时间段所有经过此路段的车辆了，看能不能找到一些线索。"

"可是，高速公路上撞死人，基本都是行人的责任啊，何必毁尸？"大宝说。

我点点头，认可大宝的看法。

"那关键就是看死因如何了。"陈支队也觉得大宝说得有道理，继续说，"殡仪馆的车已经来了，抓紧时间尸检吧。"

"也好。"我说，"在高速上停这么多车，还是有不少安全隐患的。我们去尸检，你们看一下现场，然后尽快撤离。”

大家都在收拾自己的装备、设备，林涛见脚边有个物件被阳光照得闪闪发亮，于是顺手捡了起来，左右看看，然后放进了他的勘查箱。

我们把尸体从运尸床上挪到解剖台上时，就感觉到死者的右上肢有明显的损伤。他的右侧上臂似乎形成了“假关节①”。

按照程序，我们首先去除了死者的衣物。尸体很新鲜，尸僵还正在形成当中，应该仅仅死亡了四五个小时。

死者穿得很多，大都是冬天的装束。外面是一件破棉袄，靠近领子的上半部分都已经被焚毁了，露出了已经炭化的棉花。里面是一件很破旧的毛线衣，但仅在领部位置有被焚烧的迹象。在毛线衣里面，死者还穿了一件棉马甲和两件秋衣。穿这么多，和逐渐升温的春天天气似乎有一些格格不入。在检查了死者全部衣物以后，我们只在他的棉马甲口袋里，发现了一千多元现金和一张老样式的身份证。纸币很新，被认真地折叠好放在口袋里，身份证则压在纸币的上面。

“有身份证！”我仔细看了看这一张于1992年申领的第一代身份证，说，“这很有可能就是死者的身份证，那么，尸源就搞清楚了。”

“DNA也取了。”大宝说，“过几个小时就能明确身份。”

除了这些，死者再没有其他的随身物品了。

“乔生产，这名字，太有时代气息了。”林涛接过身份证，说，“今年已经五十岁了，是北和省人，嚯，这北和省到我们省，得穿过南和省，距离现场至少也有七八百公里啊。”

“嗯，这是一个问题，他是怎么来的？”我说，“看来，陈支队去查车辆信息是对的。至少在高速附近的卡口，有希望找到死者生前的影像吧，毕竟

① 假关节，长骨骨折后，因为断端可以移动，肢体形成类似关节一样的成角畸形。

他死亡时间不长。”

死者的颈部有一些裂口，但因为周围的皮肤都已经烧焦了，所以也看不出是损伤还是烧裂。死者的皮肤很粗糙，尤其是双手。虽然他右手的皮肤已经炭化了，但是从左手还是可以看出他是长期从事体力劳动的人，而且左手的关节处还有多处冻疮。

除了头面部和颈部皮肤焦灼外，右侧肩关节还可能存在骨折，死者的其他部位没有损伤，所以我们决定先对死者的头面部、颈部和右侧肩关节进行解剖。

我担心死者是颈部受伤致死，于是先对他的颈部进行了解剖。皮肤已经烧得炭化了，手术刀难以割开。为了防止皮下组织被人为破坏，我用剪刀慢慢地把已经炭化了的颈部皮肤分离。和我之前预测的一样，死者的颈部皮下组织没有看见明显的损伤，深层的大血管也都是完好的。

我用胳膊擦了擦额头上的汗珠，说：“颈部没有致命性损伤，这和我想的一样。现场地面和草上没有血迹，说明他死亡的真正原因还真的有可能是颅脑损伤。”

此时，负责解剖死者胸腹腔的李法医也完成了检验，确定死者胃内空虚，至少六个小时没有进食了。所有的脏器都是正常的，没有可以致命的损伤，也没有窒息征象。现在所有的线索都指向了死者的头部。

死者的头部是被焚烧得最严重的部位，骨骼已经有些脆化了。不过这倒是方便了我们的解剖检验，开颅锯轻松地打开了颅骨。但是硬脑膜和大脑表面并没有出血和损伤。

“我去，不会是病死的吧？”大宝有些惊讶，怀着忐忑的心情，打开了小脑幕[①]，把大小脑联合取了出来。

“伤在这里！”我看见死者的颅底有骨折，大脑的下面有出血，顿时放

① 小脑幕，由硬脑膜形成的，呈帐篷状架于颅后窝上方，分隔端脑与小脑的结缔组织。

松了下来。看来死者的死因已经可以明确了。

我把死者的大脑放在解剖台上，用清水小心地洗净。死者的脑干部位有蛛网膜下腔出血，脑干也有明确的损伤。

“死者是原发性脑干损伤死亡的。”我说，“脑干管理着人的呼吸循环中枢，这里受伤，会导致人立即死亡。”

“可是脑干位于大脑的深层，外伤导致原发性脑干损伤实在是很罕见啊。”大宝说。

我有着和大宝一样的疑惑，于是拿起止血钳清除了死者颅底的硬脑膜，暴露出他颅底骨折[①]的形态。

“这个颅底骨折也真是挺少见的。”我说，“一道骨折线沿着颞骨岩部横穿了颅底左右，绕着枕骨大孔有一圈骨折。这样的骨折线，我以前还真是没有见过。”

“哦，不仅仅是骨折线啊。”大宝动了动死者的头颅，说，“你看，我移动死者的头颅后，更能看清楚绕着枕骨大孔的骨折了吧？这是完全性的骨折。枕骨大孔已经和颅骨分离了，枕骨大孔周围这一圈颅骨还和脊柱连着，但是上面的颅骨已经脱离了。”

“这……这怎么殴打也不可能形成啊。”我心里燃起一阵希望，希望这不是一起杀人案。

在场的几个人都在思考这种蹊跷的骨折的形成机制，却也都找不到线索。

想了一阵，想不出头绪，我决定换换脑子。

我用手术刀切开了死者的肩关节皮肤，然后按照肌肉的走向，把死者右侧上臂的肌肉逐条分离了出来，最终暴露出死者肩关节的骨性结构。

我们在搬运尸体的时候，就看见死者的右上肢形成了假关节。果不其然，死者的肱骨上段完全离断了，断端形成了夹角。不仅如此，断裂的肱骨

① 颅底骨折，头颅底层颅板发生骨折。

头从肩关节里也脱离了出来。我活动了一下死者的肱骨，确定死者的肩关节完全脱位了。因为肱骨头是向下脱位的，说明死者的右侧肩关节受到了猛烈的向下的力量。这样的力量，不仅能让死者的肩关节瞬间脱位，甚至因为力量的巨大，而导致坚硬的肱骨断裂了。

看完肩关节的骨折，我又看了看死者颅底的骨折，说："这样的暴力，肯定不是人力可以形成的。"

法医经常会对某种损伤进行评价，用"非人力可以形成"来形容。这样的形容，大多会明确案件性质并不是命案。人体内有很多坚硬的骨头，无论用什么工具殴打，都很难在一次作用力的情况下形成骨折，这样的损伤，多见于高坠和交通事故。如果法医判断这种损伤非人力可以形成，其潜台词就是说这是一起意外了。

"真的是交通事故啊。"大宝咧了咧嘴，可能是对自己在现场轻易发表意见而感到有点后悔。

是不是交通事故呢？其实我的心里也很是打鼓。

毕竟是在高速公路上，车速非常快，虽然高速的车辆可以形成严重的损伤，但是人在受伤后，人体也会被赋予一定的初速度，那么再次跌落路面的时候，肯定会形成大量的擦伤。死者的右手虽然被烧焦了，看不清有没有擦伤，但是至少其他部位是没有擦伤的，这和交通事故的损伤完全不吻合。

想到这里，我又重新看了看死者颅底的骨折。我用力把死者的头部往上拉，发现当我向左上方拉时，颅底的骨折线就会变宽一些；再将死者的头部复原，颅底的骨折线也就复原了。

"不对啊。"我一边思考，一边喃喃道。

"怎么不对了？"林涛问。

我说："你看，死者的头部向左上方伸的时候，骨折线就会变宽，那么说明导致颅底骨折的力量应该是从死者头部右下方拉向左上方的。而我们刚才看死者肩关节的脱位，是往下方的。那么，是什么样的撞击力，可以导致死者的头部向左上方伸展的同时，右侧肩关节向下方伸展呢？而且，这会是多大的力量啊？肩关节明明已经完全脱位了，力量就应该缓解掉了，可是肱骨这么坚硬的骨头居然还是断了。”

“两个完全相反的方向？”林涛转着眼珠子在思考。

我也是想来想去想不明白，如何受力才能形成这样的损伤。这时，我的目光聚焦在死者那条横贯颅底的骨折线上。

“线性骨折，骨折线的方向就是力的作用方向。”我沉吟了一会儿，突然眼前一亮，灵光一闪，对大宝说：“大宝，你以前是青乡人，肯定和当地医院非常熟悉吧？”

大宝一脸雾水地点了点头，说：“熟啊，熟得很。”

“那你能不能去耳鼻咽喉科一趟？”我满怀期待地问。

## 3.

“喂喂喂，你怎么能这样！我这可是要还的！”还没穿好解剖服，大宝就急着上手来抓我。

“行了，来不及了，办案要紧！”我笑着推开了大宝的手。

我让大宝去医院耳鼻咽喉科的目的，是为了借一台简易的耳内镜。这个小东西不贵，但是法医平时也不会配备。即便在法医临床学上配备了数码五官镜，法医也舍不得用在尸体上。所以这种简易耳镜只有去医院凭关系借来。在龙番的时候，我经常会去从事助听器检测配备工作的铃铛姐姐[①]那里顺来，但在青乡，就只能指望大宝了。

大宝去借耳镜的时候，林涛正在隔壁的病理室，用实体显微镜观察那一

① 铃铛姐姐，秦明妻子的昵称。

块他从现场带回来的东西。在我看来，这一块物件，就是一块不知道从哪里脱落下来的废铁。这种东西在高速路边应该经常可以见到，一般不会引起我们的注意。

可是林涛却看出来一点名堂，他让我坐到显微镜的前面，慢慢移动载物台上的铁片，说："你看这铁片，有一个挺有意思的特征。"

"不就是铁吗？"我看着满视野的铁器纹理说。

"看边缘。"林涛说，"这是一个类三角形的铁片，其中有一边，是明显经过机床打磨的，纹理非常整齐。但是另外两边，则没有那么整齐了，像是从一个整体的物体上面裂开、脱落下来的。"

"然后呢？"我觉得这个特征并没有太多意义。

林涛说："我觉得即便发生车祸，也不可能导致这两毫米厚的铁器裂断吧？这肯定是一个很大的力才能形成。我就是觉得你刚才说了什么非人力形成，和这个铁器有一个共通点。"

我眼珠一转，"腾"的一下站了起来，说："这个发现太重要了！我开始纯粹是假想，现在有了一些依据！我的假想究竟能不能成立，就看大宝的了！"

大宝拿回一支简易耳镜后，我迫不及待地接了过来。当大宝正在诧异我怎么可以不摘手套就接过耳镜的时候，我已把耳镜插进了尸体的右侧外耳道。也是因为这样，才有了上面的一幕。

"这尸体外耳道里面那么多血水，你插进去，还能给活人用吗？我怎么归还给人家啊？"大宝无奈地说。

和数码五官镜不同，简易耳镜是一个漏斗形的设备，前后两个镜片可以放大漏斗尖端所探测到的影像，镜片上还带有射灯，可以把漆黑的外耳道内的情况照射清楚。不过，使用这种耳镜的时候，尖端要插进患者耳朵里，而医生只能用眼睛紧贴另一侧镜片，才能看得清楚内部情况。对待活人的时候，这种紧贴倒没什么。但是用在尸体上，法医一方面要保证看得清楚，另一方面又要保证自己的额头不会碰上满是血水的尸体，难度就会比较大。

我弯腰、撅屁股，不断变换姿势，最终调整到了一个最好的姿势，看清楚了耳道内的情况。这一发现让我喜出望外，赶紧拿出耳镜，再拿到死者的左耳继续观察。同样是费了半天劲，才观察清楚了左耳道内的情况。

“假想果真成立了。”我自信满满地说。

“什么假想？”大宝问。

“爆炸。”我和林涛同时说道。

“你们看，死者的双侧鼓膜都是大穿孔，右侧的鼓膜向内翻卷，左侧的鼓膜向外翻卷。这就说明了有冲击波从死者右耳灌进去，从左耳传出来。不仅如此，巨大的冲击波把死者的整个颅底震荡得横贯骨折。这么大的冲击波，只有爆炸，而且是距离炸点极近的爆炸，才能够形成。”

“可是……”林涛想打断我，被我挥手制止了。

我接着说：“然后我们再结合死者其他的损伤来看。死者的头部骨折和肩部骨折，其实都是非人力形成的。那么如何才能让头部和肩部迅速位移，形成骨折呢？只有爆炸才能在瞬间形成这么大的冲击波力。”

“可是爆炸不是有烧灼现象吗？”大宝说完，又觉得自己说得不妥，“哦，死者的头面部和颈部正好经过了燃烧，所以我们不可能注意到有没有烧灼现象。”

“是，我觉得正是爆炸物炸死死者之后，引燃了附近的草垛，才形成了我们看到的现象。”我说，“不然，谁焚尸会只烧上半身呢？而且助燃的杂草不给力，起火时间也比较慢。”

“爆炸，没声音？”陈诗羽一整天没怎么说话，此时问道，“这事儿应该发生不久就被司机发现了吧？那这个司机为什么没有听见爆炸的声音？这司机有作案嫌疑吗？”

我摇摇头，说："在高速公路那么空旷的环境里，又有大量的轮胎噪声，加上人们都坐在隔音的驾驶室内，爆炸的声响未必会被人听见。"

"可是现场没有爆炸的痕迹啊，除了这块铁片。"林涛说，"我开始只是有点怀疑，感觉这种被暴力强行撕裂的铁片是爆炸物上才有的，现在尸检情况应该证实了这种想法。不过，还有两个疑点，第一是现场地面没有明显的炸坑，第二是什么样的爆炸物才能形成死者头向上、肩向下的力量呢？"

林涛这个问题果真是问到了点子上，我想了想，说："只有一种可能，爆炸物是在死者右侧肩膀上爆炸的。这样，因为炸药悬空，所以地面肯定没坑。而且也可以形成头向上、肩向下的作用力。不仅如此，这样的话，冲击波离死者右耳最近，才会把左右耳的鼓膜都穿破了，还导致了颅底骨折。"

"那炸药物为什么会在死者的肩膀上爆炸？"大宝说，"别人扔手榴弹正好扔到这个位置？那太巧合了吧？还是说，死者就是扛着一个炸药包？"

"这两种可能性都有。"我说，"虽然前一种可能性非常小，但是无巧不成书，我们必须要找到证据才能排除这种可能性。如果是后面一种可能性，那这起案件就是一起意外事件了，是死者自作自受。"

"No zuo no die[①]。"大宝耸了耸肩膀，说，"可是，我们又如何去判断、分辨这两种可能性呢？"

我皱眉想了想，说："我也还没想好，但是如果我们可以复原爆炸物的外形，我想，总归对我们的推断是有一些帮助的。"

"天都要黑了！"大宝看了看外面的夕阳，说，"在漆黑的高速路边，怎么找这种铁片？"

林涛笑了笑，说："老林有两宝，探照灯加金属探测仪。"

我们又重新回到了现场。因为是晚上，把车辆停在路肩更加危险，所以我们选择从县道绕到村通公路，再越野跑了一段，来到现场附近。然后我们

① no zuo no die，网络流行语，意为不作死就不会死。

钻过了高速公路的护网，进到了高速路路坡下方，案发的现场位置。

一路上，大宝都在抱怨我没道德，直接废了那台简易耳镜。我反驳说怎么是废了呢，以后青乡市局再碰见类似的案件，还可以接着用呢。然后我就被全车几个人一起骂了一顿，说我是乌鸦嘴，这种话绝对不能说。大宝又说他似乎可以想象到那个耳鼻咽喉科医生气愤的表情了。人家都说了，好借好还，再借不难，这让他大宝以后如何做人？我不屑地拍了大宝脑袋一下，说，你以为医院和你公安局一样穷吗？一台一两百块钱的小玩意儿，人家会和你介意？大宝说，这是做人的诚信问题，和多少钱无关。再说了，人医院有钱，咱也不能劫富济贫啊。

一路上吵吵闹闹，没觉得路途有多远，也没觉得路面有多颠簸，就来到了现场。此时天已经全黑了，我们才知道，白天看不见的东西，晚上反倒容易发现。在林涛手中强光灯的照射之下，那些有光泽的金属物就会反光。如果是在白天的时候，这种反光是完全不会被注意到的，但是到了夜晚，那些藏在杂草之间的金属物便一目了然了。

林涛的强光灯一亮，我们立即看到了很多反光体，于是纷纷像是采蘑菇的小姑娘一样，开始收集起来。

不一会儿，我们的勘查箱里，就积攒了数十块和之前林涛发现的那种铁块类似的金属物体，可谓是形态各异。

为了不留下漏网之鱼，我们又干起了“工兵”的活儿。我们几个轮流使用金属探测器对现场及周边地面、杂草内进行探测。这个探测器还真是很有效果，那些藏在杂草之内的，或者块头比较小的类似金属物，又被我们找出来十几块。

不知不觉，就工作了三个小时，我们提着满“篮”的“蘑菇”，内心成就感爆棚。

当然，我知道这三个小时的工作不过是基础工作，更艰巨的任务还在等着我们呢。但我一直自认为自己拼图能力不弱，用糙一点的话说，连人都能拼得起来，还能拼不起来一个金属物件吗？

不过很快，我就发现是高估自己了。

看来这将是一个不眠之夜。

我们几个人坐在青乡市公安局痕迹检验实验室的一张大方桌周围，头顶悬着一盏高亮度的LED灯，我们的任务，就是将采回来的这些“蘑菇”，按照炸裂开来的边缘轮廓，逐个拼好、粘起来，最终看一看，这究竟是一个什么样的爆炸物。

在拼了一个多小时之后，虽然还看不出什么端倪，但我发现，我在这个拼图队伍里发挥的作用是最小的。其实，我之所以能把人拼起来，是因为我了解人体的结构、皮肤纹理等，这才是“拼人”的基础。但看着一个冷冰冰的物件，我似乎毫无办法。

倒是林涛手眼灵活，一会儿用显微镜看看，一会儿用放大镜看看，很快就把十余块碎片拼在了一起。陈诗羽和程子砚在一旁用502胶水粘起已拼好的部分，爆炸物一点一点地呈现在我们的面前。

拼图工作就是越拼越快，在凌晨四点多钟的时候，林涛把早已伏案酣睡的我和大宝叫了起来。拼图工作顺利完成了。

毕竟爆炸的抛射力比较大，有不少碎片我们没有能够找全，所以林涛拼好的爆炸物周身有不少缺损的窟窿，但是这并不影响我们对爆炸物类别的判断。

这个爆炸物个头儿还真不小，大约有三十厘米长，是由两个部分组成的。一个部分是截面呈正方形的空心铁管，一个部分是单口封闭、截面呈圆形的空心铁管。方管较长，圆管较短。圆管直径有七八厘米，内壁都是炭黑色的。

爆炸物不轻，有十几斤重。

林涛反复看了看，说：“上面的圆管里装了火药，爆炸以后在内壁形成了炭黑色。但是下方的方管内壁是干净的，说明没装火药。而且下面的方管炸裂的情况也不严重，我们捡回来的大块金属物件，都是组成方管的部分。这样看起来，方管像是一个底座，圆管像是一个枪膛。”

“这是一个自制的火箭筒。”韩亮在一旁慢条斯理地说道。

“我去！还真是！”大宝很是吃惊。自制枪支的案件，我们偶有遇见，自制火箭筒还真是闻所未闻。

但是韩亮说得不错，这个造型明明就是一支自制火箭筒。

“这人真有意思，做什么火箭筒玩？”大宝说。

我做了个嘘的手势，让他噤声，别打扰我的思考。少顷，我一拍大腿，说：“我终于明白他的损伤是怎么形成的了！你们看。”

我把用502胶水粘在一起的火箭筒扛在了自己的右侧肩膀上，说：“火箭筒都是这样的吧？如果这个时候炸了膛，冲击波的力量就是从我的右侧颈部开始，向四周扩散。那么，我的头就应该是向左上方伸展，肩关节就是向下方压。这就是死者损伤的形成机制。”

“这么大的玩意儿，肯定不会是我们之前说的抛甩爆炸物，正好扔到死者颈部爆炸而形成的了。”林涛说，“那么，这个东西就应该属于这个死者，这就应该是一起意外事件。”

我点点头，说：“而且，在尸检的时候，我一直有个问题解不开。死者的肩关节已经脱位了，力量都会随之缓解，为什么肱骨头还会完全离断呢？现在这个问题解开了，死者如果把火箭筒扛在自己的肩膀上，右侧的上臂肯定是平举的。如果平举的话，肱骨就是横行的，那么往下的力量施加在肩关节的时候，不仅会导致脱位，也会导致横行的肱骨断裂。如果是自然下垂，则不会断裂。同时，火箭筒扛在肩膀上的时候，不仅仅上臂平举，而且右手应该是扶在火箭筒之上，用以固定火箭筒。所以，死者的右手也恰恰有烧灼的痕迹。只是，右手和右侧前臂是游离状态，所以在冲击波施加力量的时候，它们不会断折。”

“这样的损伤，恰恰说明是死者自己扛着火箭筒，而不是别人有意为之。”林涛说。

“一个人在大白天，跑高速公路旁边，扛一个火箭筒，精神病啊？”大宝说。

“我还有个问题。”韩亮说，“这种自制的火箭筒肯定不会有扳机什么的机关，肯定是在圆筒里填充火药，在火药前面放一些可以伤人的弹珠，然后通过引线来引燃火药，发射弹丸，这是基本设置。不过，第一，我们在现场没有发现弹丸，第二，如果死者不去主动发射，不点燃引线，火药一般也不会自燃自爆，火箭筒也不会发生意外而炸膛啊。”

“韩亮说得不错，肯定是引线引爆。”林涛指着火箭筒中间的一个小孔说，“虽然火箭筒的小部分结构还没有找全，有一些小窟窿，但是这个小圆孔这么整齐，肯定是利用钻孔机特地制造的，这个小窟窿就是放置引线的口。”

“和古代的土炮一样。”大宝说。

“这种土火箭筒，就是容易炸膛。”林涛说，“根本无法估计冲击波的力量究竟有没有超过火箭筒劣质原材料的承受能力。”

“韩亮说得有道理啊。”大宝说，“现在整个过程基本搞清楚了，只是这两个谜团还没有解开。而且，大白天他去高速路边发射什么火箭筒？车辆都开得那么快，怎么也不可能打得着啊。”

“谁说谜团没有解开？”我微微一笑，说，“他是在试射。”

## 4.

专案组坐得满满的，都在听我的解说。一听是爆炸案件，陈支队把休假、留守的民警都给叫了过来。我们是一个禁枪的国度，枪案是极为少见的，更别说自制火箭筒的爆炸案件了。其实我倒觉得没那么严重，毕竟我们已经通过多方面迹象确定了死者是自作自受，自己引发了一起意外，把自己给炸死了。

现场没有填充弹丸，死者又主动去引燃火药，再加上现场特殊的环境，只能用“试射”来解释死者的行为了。很显然，死者自制了火箭筒，想携带它去作案。为了确保万无一失，他找了个偏僻的地方，想试射一下，看看火箭筒的效果。可是没想到，这个火箭筒第一次打响就炸了膛。

听我有理有据地说完，大家紧绷的身体又放松了下来。虽然永远无法知道死者究竟想干什么了，但既然是意外，是自产自销案件，大家的压力也就轻了很多。

“那我来介绍一下死者的基本情况吧。”主办侦查员说，“死者乔生产，男，五十岁，无业，文盲。经过 DNA 检验已经确认死者身份。死者在十八岁的时候，因为入室盗窃而被判处有期徒刑三年。刑满释放后不足两年，他又因故意伤害罪被判处有期徒刑六年。再次刑满释放后几年，他因为抢劫、强奸罪被判处有期徒刑二十年。至昨天出事，他刚刚被刑满释放不足十天。”

“大半辈子在监狱里过的啊。”大宝叹道，“这就是一个穷凶极恶之人啊！死不足惜，死不足惜！”

“不足十天？”我沉吟道。

“因为死者已经没有什么亲属了，所以他被刑满释放后，几乎没有人知道他和谁联系过。”主办侦查员接着介绍，“他所在的城市，距离现场位置大约七百二十公里。”

“我们查了所有的监控，没有发现死者的行踪。查了机场、汽车站和火车站，也没有发现任何线索。”程子砚说，“这么远，也不能走过来，不知道他是怎么过来的。”

“这一切恐怕都要成谜了。”陈支队说，“死无对证啊，也不知道他究竟想去哪里，又想去干吗？”

“他有同谋啊！”我说。

“不会吧？”青乡市公安局的一名痕迹检验员说，“我们对现场地面勘查了，虽然条件不好，但还是找到几处死者的足迹。除此之外，没有其他人的足迹了。”

“既然地面有可以留下足迹的条件，那么如果有同谋，不留下足迹的概率很小。”林涛说。

“同谋不一定和他一起啊。”我说，“你们想一想，一个文盲，有本事制造这种武器吗？你们会吗？”

“会不会是在监狱里学的？”有人问道。

我说：“即便是在监狱里学了，他出来以后，连个亲属都没有，去哪里找机床做火箭筒？又去哪里找火药？而且，十天时间，跨越了七百多公里，他又是怎么做到的？”

“只要有同谋，即便他们的犯罪中止了，我们依旧要深挖到底。”陈支队显然已经同意了我的观点，说，“我们绝对不能留下这么巨大的社会安全隐患逍遥法外。”

“只是，很难查啊。”陈诗羽说。

我想了想，转头对程子砚说：“如果死者是驾驶摩托车的话，会不会有可能躲过视频监控？”

“完全有可能。”程子砚说，“昨天晚上你们去复勘现场的路，就没有监控。”

“那就是了。”我说，“第一，我在尸检的时候，发现死者的手部关节处有冻疮，他穿的衣服也非常厚。这个天气，穿这么厚，还有冻疮，最大的可能，就是死者骑摩托车风餐露宿，长途奔波。第二，死者既然是来试射火箭筒的，因为没有目标物，所以没有安装弹珠，说明他还有其他的火药和弹珠尚未使用。而死者身上除了一些钱，并没有其他的东西，那么这些备用的火药和弹珠应该有存放的地方。”

“那是不是同谋发现出事以后，就把车骑走了？”陈支队说，“我们是不是要部署人员对周边所有的摩托车进行彻查？”

我点点头，说：“彻查是肯定需要的。但是，我总是觉得他的同谋不应该在他身边。林涛刚才说了，现场没有其他人的足迹。另外，如果是两个人共骑一辆摩托车的话，这些杂物他往哪里放？空间不允许啊。”

“有道理。”陈支队说，“也就是说，他的同谋可能和他各自骑一辆车，或者，他的同谋并没有和他同行。”

“无论哪种情况，死者的摩托车都应该在现场附近没有被人骑走。”我说。

“看来现场要扩大搜索了。”陈支队说，“不过这几天我们的侦查员一直在现场周围走访调查，并没有发现可疑摩托车。是不是他的同谋没有和他同行的可能性更大一些？”

我点点头，说：“赞同。我们在尸检的时候，发现死者的棉马甲口袋里有一千多元崭新的钞票。死者既然刚刚从监狱里放出来，又没有亲属家人，这些钱是哪里来的？如果他的同谋和他同行，有必要给他这么多钱生活吗？放在自己身上岂不是更好？”

“事不宜迟，我们抓紧时间对现场外围扩大搜索吧！”陈支队说，“你们熬了一夜，赶紧回去休息吧。”

我们几个人同时摇头，说：“不，现场搜索是我们的职责，不找到涉事摩托车，我们也不放心啊。”

数辆警车第三次返回现场，除了之前的那些现场勘查的警察，这次还多了一条史宾格犬。

“怎么又是它？”大宝又蹲到了史宾格的旁边，开始玩它的耳朵。

“不是你说的那条犬了。虽然长得差不多，但这一条是搜爆犬。”训导员笑着说，“上次那条，脾气好，这条可就没那么和善了。”

大宝抬着头听完训导员的话，低头一看，这条史宾格果然龇着牙瞪着大宝，吓得大宝一个踉跄差点儿坐到地上。

“好主意。”我说，“既然死者肯定还携带了备用的火药，那么找搜爆犬来寻找，确实是事半功倍啊！”

事实上，有了搜爆犬，可不止是事半功倍。小小的史宾格果真对火药的气味极为敏感。它直直地带着我们跑了一公里，在一处极其隐蔽的高速涵洞里，史宾格坐了下来，回头看着它的训导员。

之所以把警犬训练出这个习惯，是因为有时候爆炸物是声控的，如果警犬一叫，就会引爆炸药。这样无声无息地搜寻到炸药，是最安全的做法。

史宾格的旁边，是一辆破旧的摩托车。

“果真如此啊，真是骑摩托车来的！”大宝很是兴奋，率先跑向摩托车，“行了，我是不敢当什么‘人形警犬’了，我完全不是它们的对手啊！以后你们叫我‘狗不如’吧。”

“别动！别过去！”我大喝一声，制止了大宝继续靠近摩托车。

这是一辆比较破旧的大架摩托，后排座和行李架上堆着被褥，用行军带捆扎着。被褥的中间，显然夹了什么东西。既然被褥占据了后座和行李架，一来说明这个死者真的是风餐露宿地从外省赶过来的，二来说明他的同谋并没有和他同行。

摩托车的周围可以隐约看见有一些电线，是人工外接的，并不是摩托车该有的东西。这引起了我的警觉。

“通知特警部门排爆的同志来看看。”我说，“这车恐怕有危险。”

二十多年前，某地公安局一个勘查小组在勘查一座矿厂炸药库的时候，可能是触动了犯罪分子提前设置好的爆炸机关，导致炸药库爆炸，这个勘查小组的七名民警全部壮烈牺牲，连尸骨都找不到了。

我上学的时候，老师就反复给我们强调这个案子，让我们在出勘现场的时候注意自我保护。所以在出勘爆炸案件现场的时候，我格外小心，甚至都有点像是惊弓之鸟了。

不过这一次我的谨慎是正确的。我们躲在几百米外，遥望着排爆部门的民警穿着厚重的排爆服工作了一个多小时，得出的最后结论是：这一辆摩托车已经被改装成了汽车炸弹。摩托车的油箱旁边挂了两个袋子，里面都是黑火药，还有自制的雷管，雷管和摩托车的电路系统相连，由一个不起眼的开关控制。如果触碰到了那个开关，后果将不堪设想。

“我更加确信了，他是有同谋的。”我说，“他是个文盲，所以之前在监狱里从事的工种都是体力活，即便有狱友能教会他制作火箭筒的本领，他这个文盲也绝对不可能懂得怎么去改造一辆摩托车的电路系统的。”

“一个有钱、有设备、有专业技能的同谋，这很可怕啊。”陈支队说，“这是严重的社会隐患。”

“事不宜迟，我们不是有一个工作组在北和省开展工作吗？”我说，“让他们配合当地警方查找与乔生产曾经一起待过、比乔生产提前释放的狱友。这人应该有自己的厂房和设备，懂得电路改造。只要符合这个条件的人，立即控制起来，不管他伪装成什么样子！乔生产举目无亲，出狱后为了生活，只能找狱友！”

“这……”陈支队说，“乔生产什么通讯手段都没有，我们没有证据的话，如何甄别犯罪嫌疑人？又以什么借口把人控制起来呢？”

“喏，这是我拼起来的作案工具。”林涛把火箭筒递给了陈支队，说，“很简单，拿这个作案工具和嫌疑人工厂里的废料进行比对，只要形状一致，他就无法抵赖。”

在警方把段超的工厂围得水泄不通的时候，段超还在策划他的第三轮攻击。

段超算是个富二代，祖上两代人的打拼，留给了他一座价值数千万的工厂。段超是个性格懦弱的人，但是在一次酒后纠纷中，他无意推了别人一把，那人倒地后颅脑损伤死亡了。段超也因为过失致人死亡，而被判处有期徒刑四年。

懦弱的段超在狱中备受欺凌，只有乔生产时常给他一些安慰，于是这两人在监狱中成了莫逆之交。

刑满释放后，段超发现自己的妻子已经改嫁到了龙番。工厂虽然还有老忠臣们的极力维护，但也已经摇摇欲坠。对生活的不满、对社会的不满，最终在段超心中结成了愤怒的火焰。段超将这仇恨强加到了前妻的身上，开始策划对她的报复行动。

虽然具备制作爆炸物和改装电路的技能，但是让段超身体力行去实施报复，他是不敢的，他唯一可以依靠的，就是曾经的狱友。在他看来，他们是丧心病狂之人，比起他这个文人，更适合一马当先。

第一轮报复行动，段超委托了一名狱友，但是这名狱友拿了钱以后，丢弃爆炸物跑路了。段超等来等去，等不到自己前妻被炸死的新闻，却等来了刚刚出狱的乔生产。

在乔生产拿过段超接济的两千元钱之后，乔生产就把段超当成了自己的再生父母。尤其是段超允诺事成之后，让乔生产天天吃香的、喝辣的，乔生产就死心塌地帮段超这个忙了。

其实乔生产不知道，现在的两千元和三十年前的两千元完全是不同的概念。

给乔生产配备的装备，段超是很自信的，但是对乔生产的为人，段超却不那么放心。毕竟，在监狱里交的朋友是不是牢靠，他心里也打鼓。尤其是之前还出了那么一档子事。

为了保险起见，段超开始策划第三轮报复行动。这次段超研究的项目，是一枚定时炸弹。炸弹的制作已经接近尾声了，缺的就是一个能够甘心为段超卖命的替罪羊。

“照他这样报复下去，迟早会出个大事情。”陈支队一身冷汗，说，“龙番的赵局长是我的同学，你们回去的时候，一定要帮我带个话。这一次，我陈启替他赵其国挡了一遭大难，他欠我一顿大酒！”

很多人都说，公安有着一股“江湖气”。我倒是不觉得江湖是个贬义词，有人的地方就有江湖。公安是个需要密切配合协作的职业，也是和平年代最危险的职业，难免彼此之间会惺惺相惜。而这种惺惺相惜的表现，就是所谓江湖气。

“就想着大酒。”我笑着说，“保护了人民生命财产安全，你现在没有感觉到成就感爆棚吗？”

“那是，那是，这次真的是意外发现啊！”陈支队说。

“不能算是意外。”我突然正义感爆棚，说，“有了科学的辅助，法网恢恢，心存恶念的人，根本就没有侥幸的可能。”

真正从案件上撤了下来，我才倍感轻松。来不及在车上大睡一觉，就想到陈诗羽这两天的表现有些异常。

“小羽毛，你这两天有点不对啊。”我坐在中排，对躲去后排的陈诗羽试探地问道。

因为陈诗羽曾经是我们勘查组唯一的女性，所以以前每次出勘现场，陈诗羽都坐在副驾驶的座位上。但是这两天，陈诗羽却主动要求和程子砚一起坐到最后一排去。虽然是小事儿，但是也反映出陈诗羽这两天的反常。

陈诗羽是个性直爽的女孩，对我的问题，她也毫不避讳。

她拿出自己的手机，在屏幕上滑动了一会儿，把手机扔给我，说：“你自己看。”

我满怀疑惑地拿起手机。屏幕上显示的是一个微信公众号，这个号我以前听说过，据说是专门爆料本地八卦的。迎面是一篇痛斥渣男的鸡汤文，看来看去，也不知道精神内核是什么。文章点赞不多，倒是底下的一个评论被网友关注了，点赞数高居第一。

评论开头是这么写的：

公安民警韩亮：女友多，不是事儿；堕胎流产，不关我事儿。

这个评论，把我雷得差点儿要跳车。韩亮我是了解的，虽然换了不少女朋友，但绝不可能有热评说的这么夸张，我还是相信韩亮的人品的。其实，这个热评也不过是个标题党，接下去的内容就没有那么劲爆了。大概意思就是，韩亮谈了一个女朋友，女朋友怀孕了，韩亮不管不问，女朋友悲伤过度，然后流产了。即便是这样，韩亮依旧对她不管不问。这要是放在某个情感论坛上，算不上什么大新闻，这类八卦比比皆是，但这条评论写得诚恳，煽动性极强，加上韩亮的公安民警身份，所以点赞数远远超过了其他评论，被顶到了评论区的第一。

韩亮在开车，而且已经接近疲劳驾驶了，虽然我知道敏感的韩亮此时肯定在竖着耳朵听后排的动静，但我还是沉住气没有在车上告诉他。

直到韩亮把车开进了公安厅车库，拉好了手刹，我才把手机递给了韩亮，说："解释解释吧。"

韩亮接过手机，草草看了几眼，眉头闪过一丝愁云，说："没什么好解释的。"

"这上面说的是事实吗？"我问。

"算吧。"韩亮考虑了一下说。

"我说吧，渣男。"陈诗羽愤愤地跳下了车。

"如果真如这上面所说，你这是作风问题了。"我说，"虽然你情我愿的事情不是什么违法犯罪，但你是公安民警，你这样做，就违反了纪律条例。"

"如果你觉得有必要的话，让督察来查吧。"韩亮锁上车门，冷冷地说道。

韩亮是一个脾气很好的人，几乎没有看到过他生气闹别扭，可是这一句话却明显带着强烈的情绪，而且是冲着我来的。

我也有些恼火，准备和他争辩，林涛一把拉住我说："老秦，别急，我相信韩亮肯定有难言之隐。他不是这样的人，这个时候你逼他说，他也不会主动说出原因的。别急，等等，等他愿意说了，事情说不定会反转呢。"

# 第三案　雨夜锤魔

有时候真实比小说更加荒诞，

因为虚构是在一定逻辑下进行的，而现实往往毫无逻辑可言。

——

马克·吐温

THE DOOMED

# 1.

干净整洁的楼道里，几乎没有一点声音。阳光从走廊尽头的窗户里洒了进来，温暖舒适。楼道一侧的墙壁上，镶着几个金属的大字：省公安厅督察总队。

我从其中的一间屋子里走了出来，反手轻轻地关上了门，长舒了一口气。

作为公安法医，被伤者或者死者家属告状，是家常便饭，但是被督察叫来喝茶，这还是我工作十年来的第一次。

当然，我心情郁闷并不是因为被叫来喝茶。

正要挪步下楼，我身边的一间谈话室的门也开了，韩亮从门里走了出来。

“你？”我有些惊讶。

“就那事儿。”韩亮挠了挠后脑勺。

我突然想起两天之前，陈诗羽给我看的那个关于韩亮的热评。虽然这种事情并不违反法律，但是公安民警如果出现作风问题，违反道德准则，也一样是会被处分的。看来韩亮的事情闹得不小，督察都知道了。

“那你解释清楚了吗？”我问。

“解释清楚了。”韩亮说，“不过他们还要调查。”

“那你觉得你没必要和我也解释一下吗？”我试探道。

在我的心里，韩亮虽然经常换女朋友，但是他一直是一个为人耿直、和善重情之人。而那篇热评里的韩亮，确实让人不齿。可是，韩亮自己又明明承认了热评叙述的是事实。

“你答应做我女朋友，我就给你解释。”韩亮哈哈哈地笑着，“男朋友也行啊。”

“滚蛋。”我说，“说正经的，我是组长，要保证我们勘查组的纯洁性。”

“等督察结果更靠谱。”韩亮指了指督察总队的几个大字，“对了，你怎么也来喝茶了？作风也有问题？”

韩亮的问话，瞬间把我又拉回了抑郁的情绪。

“别提了。”我说，“你不知道，几个月前，你休假的时候，我接了个案子。”

韩亮指了指楼梯，示意我们边走边说。

我接着说：“死者是一个有精神疾患的孤寡退休职工，一个月一千三百块的社保，没有住的地方，只能住在废弃的工厂宿舍楼梯间里。老婆孩子弃他而去，兄弟和父亲也从来对他不管不问。去年夏天最热的时候，他一个人在楼梯间里清点存款，突发心脏疾病死亡了。尸体是几天后才被附近的邻居发现的，当时已经高度腐败了。这人活着没人管，人死了，什么同胞兄弟都蹦出来了，要求尸体解剖明确死因。经过现场勘查和尸体检验，死者是心脏疾病在高温诱发下发作，从而导致死亡的。在现场，他的八千多块钱存款就放在身边。后来家属进现场清点存款，出来的时候说死者是被杀害的。”

“啥理由？”韩亮问。

我说：“一来说是死者的存款不止八千多，肯定被抢了一部分；二来说死者的膝盖上有一个鞋印，很可疑。”

“哪有杀人抢劫还给留下八千多现金的？”韩亮笑着说，“不过有可疑鞋印，这个疑点得核查。”

“核查了。”我说，“办案单位很诧异，明明第一次现场勘查的时候没看到鞋印啊。于是回去比对了一下，果真第一次勘查没有鞋印，在家属进去清理钱以后，就有了。于是民警找家属要了他们的鞋子，一比对，果真是死者弟弟的鞋印。这就明了了，死者家属在清理钱的时候，嫌尸体碍事，一脚给踹开了。可是，因为存款没有达到他们的预期，几个兄弟不够分的，所以就说死者是被人杀的，借此要挟政府给他们一些补偿。”

“太恶劣了。”韩亮说。

“后来我们去复查。好在民警在第一次现场勘查的时候，对尸体和现场详细照相了，所以才能证明鞋印的问题。”我说，“我对尸体进行了复检，林涛对鞋印进行了复检，原结论都没问题。但是死者家属咬定我们尸检和鞋印比对作假，到省人大、省厅、省检察院上访。”

“这事儿啊，哈哈。”韩亮说，“小事儿，说清楚就好了。”

“回去要写报告。”我摊摊手，说，“大量时间都是这样被浪费的。不过，我郁闷的是，死者有这样的同胞兄弟，无法瞑目啊。”

“人在做，天在看。”韩亮叹了口气，“活着当成累赘，死了拿来当赚钱工具。可悲啊，可悲。”

我看了眼韩亮，意味深长地说：“对，缺德的事情谁也别做。”

韩亮哈哈一笑，拍了拍我的肩膀，说：“放心好了。”

“谈完了？不好意思，一个组的锅都让你背了。”林涛从勘查车上跳了下来，把驾驶员的位置让给韩亮，说，“师父刚才有指示，汀棠市一起疑难命案，久侦未破，让我们去看看。”

我看了看车里，小组的人都到齐了，原来他们是在等我们谈话结束。

我们这些经常出差的人，总会把日常的洗漱用品放在箱子里，一旦遇见紧急情况，就不用回家拿生活用品了，这样可以提高不少工作效率。此时，我和韩亮的行李已经被他们拎上了车，可以直接出发了。

“久侦未破？”我说，“之前我们怎么没有接到上报？”

“我们在青乡爆炸案上的时候发案的。”林涛说，“肖哥他们组也在别的案件上。发案上报了材料，但是说现场环境比较好，破案希望很大。所以师父权衡了一下，就没让我们过去，让他们自己侦办，结果现在还是出现了麻烦。”

“爆炸案？那没几天啊。说久侦未破吓了我一跳。”我说。

“金三银五不过十。”林涛说，“这黄金期没了，白银期也差不多过了，算是久侦未破了。”

“金三银五不过十？”程子砚在后排小声问道。她刚来我们勘查组，对一些“黑话”还不怎么了解。

“就是指案发以后的三天之内是破案的黄金期，五天之内也还凑合，但不能超过十天。一旦十天过了还没破案，从资源上、信息上、信心上都会出现问题。而且十天没破案的案子，说明案子本身会有一些蹊跷，破案就难了。”韩亮解释道。

说到这里，我有一丝担心。虽然市局的法医被诸多伤情鉴定、非正常死亡的案件拖累，而省厅的法医专跑命案，但毕竟法医是个经验型的职业，市局的老法医都搞不定的事情，我们去十有八九也会无功而返。

唯一的希望就是，我们这些人刚刚接触案件，可以换一种思路来思考问题。办案很容易被套进某种固定的思维里走不出来，一旦钻了牛角尖，就会做很多无用功。这个时候，有新鲜的想法和思路，往往可以给案件侦办工作带来希望。

这就是每一级公安机关都设置法医职位的原因，不是说级别越高、水平越高，而是可以通过复核、支援的方式来变换办案的思路，确保案件可以得到全方位侦查，也确保法医工作能更加客观公正。

按照市局的要求，我们的车直接开进了汀棠市公安局。在市公安局刑警支队的二楼会议室里，挤了满满一屋子人，正在等待我们的到来。

因为案件已经发案了四五天的时间，对现场勘查和尸体检验的工作已经完成了，所以我们的第一步工作是听取案件的前期情况汇报。

汀棠市公安局的刑警做了充分的准备，把前期工作总结完毕后，制作了 PPT 在会场播放。为了节省时间，我们刚刚坐下，没寒暄几句，会议就开始了。

“我先来说一下发案的情况。”汀棠市公安局荣书华副支队长作为主办侦查员介绍案件的情况，“四天之前的早晨，我局 110 接报警称，我市森林花园别墅区里发生了一起命案，户主霍骏在自己家中被人杀害。接报警后，刑警部门派员第一时间赶赴现场开展调查访问、现场勘查和尸体检验工作。”

荣支队播放出几张 PPT，显示出一个豪华的别墅区里的一座独栋别墅。这座别墅是两层结构，外加一个地下停车库。周围都是一栋栋独自屹立的小别墅。

“户主霍骏是我市万家家具制造公司的董事长和总经理。”荣支队说，“这个家具厂是霍骏父亲创办的，霍骏也是在三年前才从他父亲手里接过厂子。别看是一家不大的家具厂，年流水也过千万。”

“富二代啊。”我说。

荣支队说：“经过调查，这个霍骏还是挺擅长经营的，在这几年间，家具厂的效益每年都有进一步的提升。霍骏今年三十岁，五个月前刚刚结婚，妻子叫孟建云，是公务员。这座别墅是三年前霍骏父亲给他买的，霍骏一直独自住在这里。结婚后，霍骏和孟建云两个人住在这里，没有请保姆。除非霍骏出差，否则他每天晚上都回来睡觉。”

“说明这男人还蛮老实的。”大宝说完，看了眼韩亮。

韩亮一脸委屈，说：“看我干吗？”

荣支队接着说：“周日早晨，孟建云回家的时候，发现自家别墅大门是虚掩的，当时就有不祥的预感。上楼后发现，霍骏果真已经遇害了，就在自己的床上。于是报警了。”

“孟建云不在家？”我问。

“哦，是的。”荣支队说，“孟建云的母亲身体不好，她周六回家照顾母亲，晚上不在家里住。”

我一听这个情节，立即想到曾经办过的“死亡骑士”案[①]。那起案件就是

---

① 见“法医秦明”系列第一卷第一季《尸语者》。

妻子伪装自己不在家，制造不在场证据，然后让姘头潜入自家，杀害了自己的丈夫。我坐直了身体，很感兴趣地听着。

荣支队感觉到了我的怀疑，于是赶紧解释道：“不是那样的，后来我们判断这是一起侵财的案件。现在就让现场勘查和法医检验的同志来介绍一下吧。”

汀棠市公安局的痕迹检验工程师李蒙走到会议室的前端，用遥控装置播放接下来的PPT，PPT上呈现出了中心现场的几张照片。

现场一楼有一间大客厅、一间保姆房和卫生间、厨房等结构，丝毫看不出任何异常。从楼梯开始，依稀可以看到几滴滴落状的血迹。沿着楼梯到了二楼，首先是一间小客厅，围绕着客厅四周的是三间卧室，以及一个卫生间。

死者的尸体位于中央的主卧室，原始现场中，尸体被一些衣物和被子覆盖，但是可以看得到头部附近的枕巾上，有非常扎眼的血迹。主卧室被翻动得很乱，几乎所有衣柜、吊柜、床头柜里的东西都被翻了出来，堆在床上。

“这就是主卧室的情况。”李蒙说，“现场翻动迹象非常明显，几乎所有的地方都被翻动了。不过据孟建云说，他们平时在家里是不放现金的。霍骏和她的一些值钱的首饰、手表什么的，都放在次卧室的保险柜里。这是次卧室的情况。”

次卧室的照片呈现在我们眼前。次卧室也被严重翻乱了，柜子里的东西都被翻了出来，堆在小床上。小床的床头是一个看起来像是床头柜的保险柜。打开床头柜的木门，就可以看到里面保险柜的密码锁。保险柜是完好的，没有被打开，也没有明显的撬压痕迹。后期，孟建云打开保险柜清点过，里面的贵重物品一样不少。

“另一间卧室里面是空的，没有摆放家具，所以没有被翻动。”李蒙说，“根据这种翻动的迹象，我们初步认为凶手应该是一个经验不丰富的小偷，没有开锁或撬压的技能，看到保险柜以后，就放弃了打开保险柜的念头。根据孟建云所说，凶手应该没有偷走多少值钱的东西，只拿走了霍骏随身携带的公文包。公文包里面有钱包，一般情况下，会放有四五千块的零钱。”

“我一个月的工资也叫零钱。”大宝吐了吐舌头，说，“对于小偷来说，这么多钱不少了，所以他不去费劲撬压保险柜也是正常的。”

“出入口呢？”我问。

“入口是二楼客厅的窗户，出口应该是正门。”李蒙说，“因为我们看了现场后发现，一楼所有的门窗是无法进入的，二楼客厅的窗户没有关闭。后来我们果然在二楼客厅窗户的窗台上找到了一枚灰尘加层[①]足迹，和室内偶然可见的几枚灰尘加层足迹一致，应该都是犯罪分子留下的。同时，二楼客厅窗户外面是一盏路灯，如果顺着这个路灯杆爬上来的话，正好可以从窗户进来。”

“是啊，地面载体不太好，能发现有足迹就不错了。”林涛说。

“也就是说，我们掌握了犯罪分子的足迹？”我说，“那同类型的鞋子在找吗？”

“正在找。”荣支队说。

“不仅仅是足迹。”李蒙说，“我们在路灯杆上还发现了一枚手印，应该是犯罪分子所留。”

李蒙播放了一张 PPT，显示路灯杆的局部特写，果真有一枚汗液手印。而且，手印的掌纹和指纹都很清楚，具有明确的比对特征。

“有证据就好办多了，甄别犯罪嫌疑人也容易很多。”我满意地说，“不过，你们是怎么确定这枚手印肯定是犯罪分子的呢？”

“案发时间是周六晚上，而周六晚上十点半之前，我们汀棠市一直在下雨。”李蒙说，“这枚手印能够留下来，没有被雨水冲刷掉，说明是在十点半之后、路灯杆已经干涸后形成的，这是其一。法医说死者死亡时间是晚上

① 足迹有很多种。比如一脚踩在烂泥里，那么足迹是凹陷进泥巴的，这样的足迹呈立体状。而有的时候，是鞋底黏附了灰尘或者血迹，然后经过踩踏而黏附在地板上，这样等于是在地板上加了一层鞋印形状的其他物质。如果是灰尘，则叫灰尘加层足迹。

十二点左右，而周日上午八点我们就开始勘查现场了，别人再在这里留下手印的概率很小，这是其二。这里虽然是别墅区的中央，但是路灯杆的位置是在灌木丛中，如果不是要用这个路灯杆作为攀登工具，是不会钻到灌木丛里摸路灯杆的，这是其三。”

“很有道理。”我非常赞同。

“所以，我们认定这是犯罪分子留下的手印，依据充分。”李蒙说，“他攀登路灯杆，从二楼窗户进入，杀人取物后，从正门离开。”

“楼梯上滴落状血迹的方向，也证实了这种推断。”法医赵永说。

“那法医检验的情况呢？”我问。

赵永走到会议室前端，打开尸检情况 PPT，说：“法医检验工作在这起案子里比较简单。通过对现场血迹的分析，死者躺在自己的床上没有任何移动，遭到了直接致命性打击，打击位置是头部。”

“晚上十二点左右死亡？那应该是睡眠状态。”我若有所思地说。

“是的。根据死者的尸体现象、尸体温度和胃内容物分析，死者的死亡时间应该是周六晚上十二点左右。死者被第一次打击后，就直接失去意识。”赵永放出死者血肉模糊的侧脸，说，“死者是侧卧睡眠，被钝器打击头部十一次，全颅崩裂，瞬间死亡。”

全颅崩裂是一种严重的颅脑损伤，一般在交通事故、高坠等事件中常见，一个人体在被钝器反复击打头部的时候，也有可能会形成。全颅崩裂，是指颅骨多处严重骨折，导致颅骨的外形基本崩塌。这样的损伤会导致死者的面部严重变形，看起来触目惊心。

“十一次？都有挫裂创[①]吗？”大宝问。

“只有两次打击形成了挫裂创，但因为全颅崩裂，现场还是流了不少血。”赵永说，“我们分析作案工具应该是圆头锤子。这种工具死者家里没有，

① 挫裂创，指的是钝性暴力作用于人体时，骨骼挤压软组织，导致皮肤、软组织撕裂而形成的创口。一般在头部比较多见。

肯定是凶手自带的。死者一共就这么多损伤，其他部位没有损伤。因为只有这一种工具，所以一个人可以完成全部作案过程。”

“打了十一次，只形成两处挫裂创？”我陷入了沉思。

“痕迹检验这边一共在室内发现二十一枚足迹，有左脚的也有右脚的，但花纹都是一致的。”李蒙打断了我的思路，说，“是运动鞋，新鞋无磨损。”

## 2.

现场勘查和尸体检验情况到这里基本就介绍完毕了，大家思考的在思考，做笔记的在做笔记，会场恢复了平静。

我看见程子砚像是有问题要提，但是似乎不知道怎么开口，于是我鼓励道：“小程有问题吗？你说说看。”

程子砚脸一红，说：“哦，我听陈处长说，一开始对这起案子的侦破工作信心满满，是因为有完整的监控录像？”

荣支队不好意思地笑了笑，说：“是这样的。这案子我们开始认为肯定好破，一来是我们在现场提取到了关键手印，可以甄别犯罪分子。二来是因为这个别墅区是汀棠市最豪华的别墅区，有着完善的监控和安保。四周的围墙很高，而且有铁丝网作为保护。整个别墅区只有一个大门，大门口有保安执勤，小区内有保安巡逻。大门口全方位二十四小时监控。所以，我认为这案子肯定没问题了。”

“结果呢？”程子砚接着问。

“结果很奇怪。”荣支队摇了摇头，说，“当天晚上进出小区的车辆，我们按照监控录像逐一进行了排查，全部都是小区内的住户，并没有外来车辆。而且外来车辆进入小区都是要进行登记并且通知业主的，也确认了没有登记信息。对于行人和两轮车，我们甚至都逐一进行了排查，因为这种小区的业主都开车，走路和骑车的很少，所以也都查完了，并没有谁有作案嫌疑。”

“从大门走的，全部排除了？”大宝说，“难道是飞进来的？哦，是不是翻墙的啊？”

荣支队说：“我刚才说了，这种围墙是不可能翻越的，而且围墙每个拐点都有监控，我们并没有发现有人翻越围墙。”

“那就奇了怪了。”林涛诧异道。

“确定小区没有其他出入口了？”我追问道。

“没有。”荣支队坚定地说。

现场又重新回到了静默状态，大家都在思考还有什么可能性既能让凶手出入小区又不容易被人注意到的。

“大门口的监控能看得见每辆车开进来时，车辆里面坐人的情况吗？”我问。

荣支队摇摇头，说：“因为角度的问题，副驾驶都看不清楚。比如死者开着他的斯马特进小区，副驾驶有没有坐人我们就不知道。”

“这么有钱的人，就开斯马特？”我问。

“他有三辆车：一辆玛莎拉蒂、一辆丰田霸道、一辆斯玛特，他老婆开宝马。”荣支队说，“他在不同的时候开不同的车，每辆车又有各自的特长。比如，他去公司，车不好停，所以上下班都开斯玛特，斯玛特是两座车，随便哪里都可以停。如果谈生意，就开玛莎拉蒂。”

“土豪的生活我们不懂。”大宝羡慕地说。

“那有没有可能，是凶手乘坐小区住户的车，混入小区的呢？”我问。

“别开玩笑了。”荣支队笑着说，“住汀棠市最豪华别墅区的土豪，拉一个抢劫犯进小区打劫别人？”

“这就要说一说案件性质的问题了。”我盯着大屏幕上的照片说。

照片上，是现场主卧室的概貌照。从柜子里被翻出来的衣物、被褥都成叠地摞在尸体上面，有的摞在床上和地上。

我整理了一下思绪，站起来说："首先，我想先说一下入室抢劫杀人案的特征。这种案件，基本上只有两种表现方式。第一种，就是凶手以小偷盗窃的姿态进入室内，在盗窃的过程中，因为主人的惊醒而杀人，这是盗窃转化为抢劫杀人案的特征。第二种，凶手直接持凶器进入现场，威逼被害人，迫使被害人交出财物，然后杀人灭口，这是直接抢劫杀人案的特征。可是，这种翻入室内，趁被害人在睡觉，直接打死人，再搜找财物的行为，还真是罕见。这种行为，冒险程度大，获取大量回报的可能小。其次，我们再看作案工具。盗窃转化抢劫案件中，可能有锐器，也可能有螺丝刀之类的便于盗窃的工具。在直接抢劫杀人案中，为了及时控制被害人，一般都是锐器或者火器。这种只带着一个锤子就上来杀人、抢劫的，也是极为罕见的。锤子，是多见于寻仇报复，或激情杀人中使用的工具。"

"可能是犯罪分子心智不健全？所以才和我们想象中的不一致？"荣支队来了兴趣。在他看来，叫我们来变换一下思路的办法，开始奏效了。

我接着说："是不是心智不健全呢？我们再来看看现场情况。现场这些被翻乱的东西，有些衣物、被褥，甚至都没有被打开，还是叠好的状态，一摞一摞地堆在那里。在我看来，凶手不是在找钱，只是为了把东西拿出来而拿出来。那么这个行为指向的心理，就是伪装。凶手为了伪装一个被翻得很乱的现场，而把柜子里的东西拿出来。一个会伪装的犯罪分子，会是心智不全吗？同时，我们看见压在尸体上的被褥和衣物上都没有黏附大量的血迹，这说明凶手在杀人之后，没有立即翻找财物，而是在现场要么休息，要么观望了一会儿，直到血迹干涸了，才把东西翻出来。我们设身处地地想一想，如果我们是这个抢劫杀人犯，在杀完人之后，肯定是立即要翻动东西，寻找财物，好立即离开现场。而从这起案件的表现来看，并不符合抢劫的心理。"

我看了一眼韩亮，说："今早，我还在和韩亮谈论一起信访案件的问题。那起案件中，死者身边有八千块钱没被拿走，而家属坚称死者是被抢劫杀害了。显然，留下一大笔现金，并不是抢劫犯的心理，家属的说辞是无稽之谈。

在这起案件中，我们也可以看到，凶手没有在杀人后直接找财物，甚至连保险柜都没试试能不能弄开。这起案件说明的问题和那起信访案件中的问题异曲同工。那起信访案件不可能是抢劫杀人，而这起案件一样，凶手是为了杀人，而不是为了劫财。”

“我赞同。”林涛插话道，“从现场布局来看，死者家的别墅是在别墅区的中央，楼不是最高的，门脸装潢也不是最好的。如果抢劫犯能够进入别墅区，为什么要选择死者家呢？没有任何理由啊。”

专案组的大家都不说话，但我看得出来，他们的眼睛里面都闪烁着光芒。我也知道，我和林涛这一变换思路，似乎把大家的想象力都给打开了。

“如果是报复杀人，而且杀人之后还要精心伪装，这案子可就有意思了。”荣支队说。

“我看怎么和‘死亡骑士’的案子一模一样呢？”大宝说。

“当然，因为矛盾关系而导致的杀人，首先要考虑男女关系问题。”我说，“他的老婆孟建云当然要作为重点调查对象。但是，我们即便知道凶手是为了谋人而不是谋财，也一样解决不了凶手为什么出入小区没有留下影像的问题。”

“会不会是和邻居发生了纠纷？邻居杀人的？”有名侦查员说，“开始，我们觉得住在这里的住户是不可能劫财的，但是因为矛盾，可就不好说了。”

“这就需要你们调查了。”我说，“住户并不多，逐个取手印来比对，也就一晚上的时间吧？”

“甚至，都要考虑是不是死者自己开着斯玛特把凶手带回了家，然后凶手跟着其他住户的车混出去了。”林涛补充道，“在对邻居进行调查的时候，也不能忘了这一点。”

“总之，围绕因仇杀人这条线，我们要开展的工作还很多。”我伸了个懒腰，说，“你们辛苦，还要调查一晚上。我们明天上午对现场进行复勘，对尸体进行复检，如果还有新的发现，我们再碰。毕竟有关键证据，我相信变变思路，一定会破。”

第二天一早，我和大宝一组，林涛和陈诗羽一组，韩亮和程子砚一组，各自进行自己的工作。我和大宝以及赵永法医赶赴殡仪馆，对尸体进行复检；林涛和陈诗羽去了现场看看勘查有没有漏洞；而韩亮和程子砚则重新研究监控录像。我特地嘱咐程子砚要认真细致，从程子砚来我们勘查组办的第一起案件开始，我再也不敢小看图侦这个专业了，图侦也有图侦自己的技巧，比我之前想象的只是看监控要厉害多了，掌握技巧的人，比生手的人发现线索的概率要大多了。

尸体和我想象的差不多，因为全颅崩裂，所以整个面部都是变形的。死者的颞部皮肤有两处不短的挫裂创，一移动尸体，还有血液从颅腔内往外流。尸体已经经过了系统解剖，包括胸腹腔和盆腔、后背都已经打开检验过。我们这次尸体复核检验，只需要对重点部位，也就是头部进行检验，其他部位则没有再次检验的必要了。

我们沿着原来的切口打开了缝线，头皮里面的颅骨被赵永法医勉强拼凑起来。颅骨的骨折线有多处截断现象，说明头部经受了多次打击。

我把死者颅骨的碎骨片都清理出来，把尽是挫碎、损伤的脑组织也取了出来。脑干部位都有明确的损伤，说明死者的死亡过程非常快。

死者头皮的损伤主要集中于死者的右侧面颅部，可以看到类圆形的皮下出血，说明赵永法医判断是圆形截面的圆锤推断是正确的。我拿起手术刀，把死者右侧有损伤的面部部分的汗毛刮干净。

“这是什么？”我指着死者面部已经皮革样化的损伤部位说。

人体在生活状态下，虽然皮肤的水分在不断地流失，但是人体也在不断地补充水分，以保持动态平衡。但人体死亡后，摄取水分的能力丧失，血液循环停止，丧失的水分不能得到补充，水分从尸体皮肤较薄的部位或者有表皮剥脱处迅速蒸发，这部分的皮肤干燥，颜色加深，质地变硬，这就是皮革样化的形成机理。

虽然霍骏的头部皮肤只有两处挫裂创，但是其他部位因为被钝器打击，必然形成了表皮剥脱，所以在冷冻数天之后，这几处表皮剥脱的位置开始干燥、颜色加深，表皮剥脱部位的皮肤细节特征开始慢慢展露出来。

“什么？”赵永不明所以。

“损伤表面好像有纹路，很有规律，一条一条的，纵横交错，像是纺织品的纹路一样。”大宝眯着眼睛边看边说。

“不是好像，是确定。”我从勘查箱里拿出放大镜，把损伤表面放大，说，“几乎所有打击点的表皮剥脱表面都有规则性的纹路，甚至这两处挫裂创的边缘也一样可以看到。”

“规律性纹路，这能说明什么？”赵永说。

“说明接触面的形态。”我说。

“可是，所有的金属工具，表面都是光滑的啊。”赵永说。

我点点头，确实是这样，用金属工具打击人体，却在皮肤上留下纹路的，还真是闻所未闻。可是这么严重的、有规律形态的损伤，一不可能是非金属工具造成的，二不可能是非规律制式工具形成的。那么，为什么会有纹路呢？

“会不会是用现场床单、枕巾等东西衬垫打击形成的？”大宝说。

大宝的思路诱发了我们的想象。是啊，如果有东西衬垫，就可能把衬垫物的表面形态给印在皮肤上。不过，床单、枕巾之类的纺织品，质地是非常柔软的，即便有很大的暴力挤压，也不可能把柔软的纹路给压在皮肤之上。那，会不会是较硬的物体衬垫呢？又会是什么较硬的物体呢？

我让一名实习生打开了我的笔记本电脑，在一旁重新审视着现场的情况。从中心现场尸体周围摆放的物体来看，并没有任何一样物体可以作为衬垫物，或者作为衬垫物的同时还能把自身纹路留存下来的。

“会不会是凶手自己带来的，然后又带走了？”赵永说，“可是，天气又不好，下雨天又带锤子，又要带衬垫物的，还真是多此一举啊。”

“下雨？”我叫了一声，把身边的大宝吓了一大跳，“对啊！下雨！雨衣可不可以？”

“雨衣？嗯！雨衣很多都是尼龙加聚氯乙烯的材质。”赵永法医说，“因为有尼龙的成分，所以质地会比普通纺织品要坚硬很多，那么它的纹路被留下来确实是有可能的。”

“而且这种纹路，也确实很像是雨衣的惯用纹路。”我说完，转头看了看实习生，说，“能不能麻烦你跑一趟，去超市挑几件雨衣买回来？”

实习生点点头，转身出门。赵永说：“记得开发票报销。”

不一会儿，实习生就把几件雨衣买了回来。我们迫不及待地把雨衣展开，用放大镜观察上面的纹路。

“一模一样啊！”大宝说，“走向规律什么的都一样。”

我拿出一把比例尺，量了量，说：“大小宽窄也差不多。”

“用雨衣衬垫，估计是为了防止血喷射出来。”赵永说，“所以我们在现场基本上只有看到滴落状血迹和血泊，喷溅状血迹很少。”

“是啊。”我说，“我开始一直觉得损伤很奇怪，虽然是用光滑平面的金属钝器打击，但是钝器的接触面总是有边缘的。打了十一下，只留有两处挫裂创，这不符合常理。如果是用一件雨衣作为衬垫，那么形成挫裂创的概率确实小了很多。”

“是啊是啊。”大宝补充道，“现场分析的时候说，凶手等枕巾上的血迹表面差不多干了，才把衣物、被褥什么的堆到床上。当时我就奇怪了，为什么凶手在离开现场的时候，还会在楼梯上形成几滴滴落状血迹呢？”

“那是因为雨衣作为衬垫物，沾染的血迹会比较多。”我说，“同时，因为雨衣的特殊材质，液体在它上面不会被吸收，所以即便等了一会儿才离开现场，沾染在雨衣上的血滴还是会滑落到地上。”

“我就是这个意思！”大宝激动得大脸通红。

“凶手带了一个锤子和一件雨衣。”赵永说，“不过，这对我们分析案情又有什么作用呢？”

被赵永这么一问，大宝的脸瞬间又白了下来，说：“对啊，又有什么用呢？”

“太有用了。”我说，“至少我们可以推断出，昨天一晚上和今天一上午的时间，专案组基本都浪费了。”

“啊？”大宝说，“这不是什么好事啊！不过，这又从何说起呢？”

## 3.

在我的眼中，雨衣是一种很有特征性的东西。

一般开车的人，是不会穿雨衣的；行走的人，除了在街上执勤的警察，又或是在旅游景区游览的游人，也是不会穿雨衣的。通常情况下会穿雨衣的人，如果对他的出行方式进行定位，那大概率的情况就是骑行。

凶手携带一件雨衣，显然不会是特地拿来做衬垫物的。案发当天正好下雨，那么他穿着雨衣的最大可能，就是骑行时使用的。既然这种别墅区很少有两轮车的出入，那么凶手应该把他的两轮车停在了较远的地方。这也是凶手不把雨衣放进摩托车或电动车的后备厢里，而要随身携带的原因。因为他停车之后，又穿着雨衣步行到了现场附近。

既然是骑行，那么凶手就不可能是乘坐内部住户的车辆进入小区的。既然故意把车停远，然后步行一截，也就不可能是小区的工作人员，不然就是多余动作了。

排除了小区住户、死者朋友和小区物业保安等内部人员，那么这一夜半天的调查工作方向显然是走偏了。这也是我发表观点的依据。

在尸检工作结束后，我们立即回到了专案组。因为我们在重新缝合头皮之前，要把死者的颅骨碎片重新拼凑起来，所以耽误了不少时间。这个时候，各个工作组以及专案组派出去的十一个调查组都已经完成自己手上的工作，回到了专案组。

和我预料的完全一致，八个调查组对别墅区所有的业主和物业人员进行了全方位的调查，没有发现任何可疑的点。同时，另有一个调查组对霍骏的妻子孟建云进行了外围调查和通讯信息的调取，也没有任何发现。看来我们是误会这个刚刚结婚的年轻女子了。

最后一个调查组的工作目标是霍骏本人，但是这种在商场上打拼的私企老板，社会矛盾还是很复杂的，债务纠纷、劳资纠纷、合同纠纷等，梳理出几十条线，但还没有时间去细致地调查。

对我们勘查组来说，最重要的并不是霍骏的社会矛盾如何，而是这个凶手究竟是怎么进入别墅区的。从我们的论断排除了凶手乘坐内部人员车辆进入的可能性后，凶手的行动轨迹再次成了一个谜。

侦查部门垂头丧气地汇报完调查结果后，我也简述了我们复检尸体的发现。在专案组侦查员们都在质疑凶手进入别墅区的途径时，林涛也抛出了他们的复检发现。

林涛和陈诗羽上午先对别墅内进行了勘查。虽然凶手在现场的动作很多，但是现场地面、家具的载体都不好，都是表面不甚平整的实木，所以林涛也没有能多发现一个具备比对特征的手印和足迹。

没有发现线索的林涛并不甘心，又打起了凶手攀登入室的路灯杆的主意。这一打主意，还真是有所发现。

林涛发现，路灯杆上那枚清晰的汗液手印，居然距离地面只有三十厘米。市局的李蒙在初次勘查的时候，因为发现了极具证明价值的手印，所以沉浸在兴奋当中，仅仅把手印提取了下来，却并没有对手印的位置进行分析。

急于有所发现的林涛，则注意到了这一反常现象。

“我们小时候都爬过树。”林涛说，“但是如何爬树，才会在距离地面三十厘米的地方上手呢？是不是过于低了一些？”

“确实不合常理。”我一时也没有反应过来，说，“你是说与本案无关？可是李蒙之前就有充分依据证明这个手印就是凶手留下的。”

“不合常理，又不能排除，那么就要想办法从别的角度来思考问题。”林涛说，“我仔细看了，这个路灯杆高四米，到二楼窗户的距离大约三米五。整个路灯杆是光滑的柱体，没有可以搭脚的地方，如果不具备较强的攀爬能力，是很难一次性爬上去的。但是，如果有个人在下面做垫脚石的话，这个过程要容易很多。”

“有道理啊！”我眼前一亮，“之所以手印那么低，是因为有一个人在下面手握路灯杆，做翻墙人的垫脚石！上面的人，是踩着下面的人的肩膀爬上去的！”

“两人作案？”荣支队沉吟了一下，说，“刚才老秦还在说雨衣的事情，如果是一个人进去作案，一个人在下面放哨的话，进去作案的人为什么不把不方便携带的雨衣给下面的人拿着呢？那个时候已经不下雨了。”

“是啊，刚才我也在想这个问题。”林涛说，“但现在想通了，我觉得，凶手的雨衣的作用不仅仅是挡雨，还有就是防止自己的身形、样貌被发现。凶手可能就是穿着雨衣进入现场的，一来可以防止被监控录下自己的体态，二来万一死者醒来，也看不清他们的样貌，即便失手也没关系。三来下雨天骑车，穿着雨衣也是正常情况，不容易被别人注意到。”

“那我们还是回到监控问题。”我说，“调查已经查明，业主和物业都没有人有作案动机和作案条件，不可能开车带人进来，那么凶手究竟是怎么穿着雨衣走进小区的？难道雨衣还有隐形功能？”

“这个我也不能解释。”林涛耸了耸肩膀。

“我能解释。”程子砚说，“虽然牵强了一点。”

“没关系，不管多牵强，你来说说可能性。”我说。

程子砚说：“我在看监控录像的时候，发现录像的延续性有问题。监控时间跳到晚上十二点整的时候，下一帧画面显示的就是‘12:01:29’了。同样，在到周日凌晨三点整的时候，下一帧画面又跳到‘3:01:31’了。中间少了一些录像。”

我听得一头雾水。

程子砚解释道：“我开始以为，是有人对监控录像动了手脚，故意剪掉了这两个一分多钟的片段。但后来经过询问才知道，事情是这样的：为了保证监控系统的正常长时间运行，这个小区的监控系统设置了自动重启系统。每周周二、周四、周六晚上十二点整的时候，系统会自动重启，大约需要一分半钟的时间，系统重启之后，就会自动把一周的监控上传给服务器。然后次日凌晨三点整，系统会再次自动重启，保证系统大量上传资料后，腾出内存，继续正常运行。”

“你是说，凶手完全掌握这个小区的监控系统运行状况。”我说，“掐着点进入小区，然后再掐着点出小区。如果时间掐得好，进出各一分半钟的时间，完全是够了。而这进出各一分半钟的时间，因为系统在重启，所以不会保存影像。”

“是这个意思。”程子砚说，“如果是巧合的话，正好整点进、整点出，实在是概率太小了。这么极小概率的事件，是不可能发生的。所以，只有了解监控情况，才能掐着点进出。不过，这种能掐着点进出的发生概率，也是很小的。”

“在我们排除其他所有的可能性之后，不管概率有多小，这都是真相。”我说。

“这句话是柯南说的。”大宝说。

“可是，我们侦查部门已经完全排除了物业人员的作案可能。”侦查员坚定地说，“如果不是物业人员，小区业主都不可能知道有这么回事，更不用说是外人了。”

“确实是这样。”我说，“不过这不重要，我们的下一步工作重点是对小区附近沿途的监控进行研究，专门找那些两个人骑摩托车、电动车，穿着雨衣的。如果能发现类似的摩托车、电动车载着两个人在发案前一段时间，多次在现场附近徘徊，那么他们就是犯罪嫌疑人。”

“明白了。”程子砚一边说一边记录，“然后我们再判断出嫌疑人的活动轨迹，最好能在轨迹的终端找到比较清楚的体态或样貌特征。”

我点点头说：“这项工作需要不少时间，辛苦你们了。”

“侦查部门也别闲着。”荣支队说，“犯罪分子能轻易避开监控录像，并且避开巡逻的保安，说明他们对小区内的监控和保安活动轨迹非常熟悉。冰冻三尺，非一日之寒，他们肯定是经过充分的踩点之后才能做到。而且，他们应该了解监控运行的情况。所以，侦查部门对所有知道监控运行情况的人员进行调查，并且了解情况。一旦小程那边的监控研判出现了线索，立即组织这些了解监控的人进行辨认，看他们能不能认出凶手。”

“您是说，有可能是了解监控运行的人，无意中透露出去的？”程子砚说。

荣支队点点头说：“这种可能性很大，这个凶手对死者是有多大的仇恨啊？要这么处心积虑。”

“不仅仅是了解监控、了解保安，而且凶手知道这一天死者是一个人在家。或许他们对自己的作案不自信，怕孟建云发现。又或是他们不想连累无辜，所以专门挑了个时间。”我说，“不管是前者还是后者，只要不是巧合，那么凶手肯定对死者，甚至对孟建云有跟踪、监视的行为。这是下一步监控研判的重点。”

从专案组出来，大宝伸了个懒腰，说：“我们的任务完成了吧，现在就等程子砚了。这几天好累啊，可以睡个好觉了。”

我冷笑了一声说：“你就想得美吧！师父刚才给我发短信了，龙番市又发生了案子，老虎吃人。现场和尸体照片已经上传了内部服务器，让我们去帮忙看看。”

“老虎吃人？”大宝吓了一跳说，“前不久刚有为了逃票翻进动物园的虎园被老虎咬死的报道，这么快龙番也有类似的事件了？”

“是啊，总不会咱们的省会龙番还有野生老虎吧？”林涛说。

我说：“事情经过都写在文档里了，在服务器上，我们回宾馆下载下来研究一下。”

资料显示，案发地点是龙番市野生动物园的虎园。龙番市野生动物园并没有像其他野生动物园那样放养动物，因为面积的限制，所有动物都是圈养的。动物园里有一些猛兽区，周围用高墙堆砌，起到与外界隔离的作用。如果有人要观赏动物，是需要从架在猛兽区上方的人行天桥经过才可以。游客站在人行天桥上，很方便看到远处的老虎，所以应该不会有人傻到翻越高墙去观赏老虎。

和之前报道的那起逃票被老虎咬的事件不同，这起案件的案发时间是清晨。每天晚上，老虎会按固定习惯到铁笼中用餐，然后饲养员会关闭铁笼，老虎也就在铁笼中睡觉。第二天早晨，饲养员会打开铁笼，放老虎到虎园中踱步。

可是今天清晨，饲养员打开铁笼之后，发现老虎却往高墙的墙根处跑，觉得很是奇怪。等饲养员来到人行天桥上时，发现几只老虎正在撕咬一个人，当时就吓傻了。

等打电话报警，警察来了之后，那个人早已面目全非，不可能还活着了。后来动物园用麻醉枪击倒了几只老虎，警察这才下去把尸体拖了上来。

根据饲养员的反映，当时他并没有听见呼救声什么的，但是可以明确地看到死者在被老虎袭击以后，有明显的反抗动作。

可是这个人为什么在老虎出笼的特定时间点，出现在虎园之内呢？

龙番市公安局刑警支队的技术人员对老虎袭击人的地点进行了勘查。发现这一处高墙墙顶距离虎园地面有接近六米。但是因为墙外是山林，所以墙顶距离外面的山坡地面只有三米多。墙外的墙头上，搭着一块木板，把墙顶和地面形成了一个斜坡。死者应该就是沿着这个木板走上墙顶的。

技术人员也对木板进行了细致的勘查，但是这块没有经过打磨的原木上，看不到什么有特征性的痕迹物证。木板的中央，似乎可以看到一些灰尘拖擦的痕迹，但是技术人员也无法分辨这一处痕迹是走路时鞋底形成的拖擦，还是被人拖上木板形成的拖擦。

法医立即对尸体进行了解剖检验。经过检验，死者全身多处动物咬伤、出血，死因是颈部被老虎咬住导致的机械性窒息死亡。另外，死者的右侧股骨骨折，应该是掉落虎园时摔断的。这很可能是死者一直位于墙角处没有移动的原因。但是至于为什么他没有呼救，这就不得而知了。

死者的衣着完整，随身物品也都在身上，头面部除了几处咬伤，其顶部头发似乎缺失了一缕，很可能是在被老虎袭击的过程中形成的。死者身上所有的损伤，都有明显的生活反应。法医对死者的血液进行了毒物检测，也没有检测出常见毒物或者酒精。说明他是生前跌落虎园的，并无遭遇外力袭击或者被投毒、灌醉的可能。

经过对死者的身份进行核实，死者叫乐天一，男，三十六岁，已婚，育有一子，是龙番市龙崎生物制品有限公司的员工。乐天一生前社会交际面非常窄，绝大多数业余时间都出去和朋友打麻将。此人性格懦弱，也从未听说他在赌博场上和谁发生过矛盾纠纷。

乐天一的妻子称，案发当天，死者就出现了魂不守舍的现象。谁和他说话都不理。再三询问他是怎么了，他也不说话。案发当天下午，公司同事反映他提前一个小时就打卡下班，开着自己的小汽车走了，手机也是关机的，没人知道他去了哪里，要去做什么。

通过技术人员对现场的外围搜索，果真在动物园后山背面的小路上找到了死者的汽车。经过勘查，汽车驾驶座门是打开的，其他位置都是正常的，没有变动的痕迹。

案件全部的调查、勘查和检验工作就是这样了。除了案件的调查报告，市局还给我们传了现场照片和尸检照片。老虎果真不是病猫，和上一起被动物啃噬的案件相比，这名死者看起来要惨多了。他浑身都是损伤，颈部的气管已经暴露，白森森地露在外面。面部下颌的皮肤已经被撕烂，拖了下来遮住了脖子，看得我们纷纷打起了寒战。

根据调查、现场勘查和尸体检验的情况来看，几乎所有人都认为这是一起自杀或者意外事件，尤其是意外事件的可能性较大。死者上到墙头也许是要做自己需要做的事情，但是不慎跌落虎园，摔断了自己的腿，无法逃脱，最终被老虎咬死。

但是，侦查员们没敢立即下结论。毕竟在几天前刚刚有人死亡在恶犬群中，也被动物撕咬，而且那一起案件肯定是命案，还没有侦破。在这个特殊的时间段，又发生了这么一起案件，让侦查员心中很不踏实。

根据《中华人民共和国刑事诉讼法》的规定，在接到报警以后，公安机关立即对所有的线索进行了审查。但是这起案件因为没有发现明显的犯罪事实，所以目前并不符合立案的标准。可是，死者为什么会去那里，甚至找来木板搭桥上墙，又为什么会跌落虎园，直到老虎咬死他也没喊出一声救命，这就不得而知了。有疑点、无依据的“疑似命案”，公安机关通常会采取“立线侦查”的方式继续对案件进行核查，对线索进行调查。也就是说，虽然案件没有立案，但是公安机关并没有放弃对本案追查到底的责任。目前的追查线路，主要是围绕乐天一生前的活动轨迹和社会交往开展。

## 4.

“你们有没有觉得，苏诗被杀的案件，和这起案件有点像？”我说，“不会又是什么系列案件吧？毕竟苏诗的案件还没有侦破。”

“哪里像？”林涛问。

我说：“第一，死者都被动物啃噬了。第二，死者都开车到现场附近去了，车辆丢在现场附近。第三，案件里都没有劫财的迹象。”

“我倒不觉得像，可能只是有一点点巧合罢了。”林涛学着我的口气说，“其实细想起来，不像的地方更多。第一，苏诗是女性，乐天一是男性。第二，苏诗的现场有打斗，乐天一的没有。第三，苏诗是死后被抛进院子的，而乐天一是活着进入动物园的。第四，苏诗有人为造成的损伤，而乐天一则没有。”

“而且市局其实也注意到了两起动物咬人的案件的相似性，也对苏诗和乐天一的人际关系进行了摸排。”陈诗羽说，“刚刚反馈的消息是，两个人是完完全全的陌路人，丝毫没有瓜葛。”

“总之，我认为现在没有任何可以并案侦查的依据。”林涛说，“而且，乐天一究竟是不是选择一种独特的手段自杀，还不好说呢。”

“口味还真挺重的。”大宝说。

“两人之间没有瓜葛，不代表他们的社会层面没有瓜葛。”我说，“我曾经看过一部小成本电影《九死》，就是说九个没有瓜葛的人，被一个人抓了起来。犯罪分子让他们九个人一起想一想为什么会被同时抓进来，想不出来就半个小时处决一个人。最后，他们还是弄清楚了他们的瓜葛究竟在哪里。”

“复杂了，复杂了。”大宝说，“电影就是电影，现实就是现实，哪儿有那么多玄乎其玄的东西啊。如果有人要学电影，抓起来就是了，干吗大费周章把人弄到动物园里去啊。”

说来说去，这个案子的前期工作已经很细致了。如果还是不能发现疑点，就真的符合不予立案的标准了。即便我们心里有再多的怀疑，这毕竟是一起“立线侦查”的案件，而我们的手头上还有一起恶性命案没有侦破，自然要以命案为主。

我看了看手表，一讨论起案件，就会觉得时间飞逝。此时已经凌晨一点多了，而早晨七点还要起床，还有很多工作需要开展。

于是，我张罗着让大家都回自己的房间睡觉。大家收拾笔记准备离开，只有陈诗羽很是担心程子砚。因为这个时候，程子砚还没有回宾馆。

我说程子砚和韩亮在一起，监控梳理的工作非常繁重，他们回来得很晚是正常的。陈诗羽说，如果她和别人在一起就没什么了，之所以担心，就是因为和韩亮在一起。

我知道陈诗羽对韩亮的态度有一百八十度大转弯，就源于微信公众号的那一条热评。现在的自媒体对某一事件的舆论引导还是很厉害的。虽然韩亮承认了事实，但是我觉得那个评论还是有颠倒黑白的成分。至少在我看来，韩亮不至于坏到那种程度，更不可能像陈诗羽想象的那样，会对程子砚动什么坏心思。

小组内部出现了裂痕，这让我很是心神不宁，甚至比一起命案没破还要如鲠在喉。安慰了陈诗羽几句，我独自回到房间，便心事重重地睡去了。

早晨起来，才知道程子砚和韩亮工作了整整一夜。

一分耕耘就有一分收获，他俩还真的取得了重大突破。

程子砚站在大屏幕前，指着她剪辑出来的视频短片解说道："因为之前的工作卓有成效，我们排查监控的范围大大缩减。昨晚，我们主要对死者霍骏和他的妻子孟建云平时出门、回家的路径进行了研判，专门找两个人骑行的影像。虽然我们截取到的双人骑行的影像非常多，但是还是在这些影像中发现了端倪。"

大家都充满期望地看着程子砚。

程子砚接着说："我们发现，有两个男子，骑着一辆嘉陵摩托，总是在死者家附近的路口出现。于是，我们又在死者单位附近进行了寻找，果真也找出了这辆载着两人的嘉陵摩托。仔细比对后，我们认为是同一辆车、同两个人！"

“关键是案发当晚，这两个人穿雨衣在现场附近吗？”我急着问。

程子砚点点头说：“出现了，还是在别墅区小路上，市区大路的路口。两个人各穿一件雨衣，看不清体貌特征，但是摩托车的特征点都是可以对应上的。”

“那就是重点嫌疑人了！”荣支队激动地拍了桌子，“能追踪他们的行动轨迹吗？”

“在明确了这辆车的驾驶人就是嫌疑人的前提下，追踪轨迹就容易很多了。”程子砚说，“我们在一段视频监控中，截取到了两名犯罪嫌疑人的容貌。虽然不甚清楚，但是应该有辨识度。”

“行动轨迹呢？”荣支队问。

程子砚说：“每次来往别墅区，最终他们消失的地点都是市区中央地带。中央地带摩托车太多了，短时间内难以寻找到他们的家在哪里。但是，我们发现他们的摩托车在两个月前到过别墅区的售楼部。”

“这别墅区都三年了，还有售楼部？”我问。

“毕竟价格很高，所以别墅区靠近边缘地带还有两套房没有卖掉。”一名侦查员说，“开发商就是这样的嘛，如果不售罄，就不会撤售楼部。”

“犯罪嫌疑人去售楼部这个行为，我们一开始不太能理解。”韩亮接着说道，“但后来想想，我大概想明白了。”

“探查监控运行情况。”我和韩亮异口同声地说道。

“明白了。”荣支队说，“我们之前认为，了解监控运行情况的，肯定是物业这一块。完全没有想到，几公里之外的售楼部里，营销经理们也都非常了解这一块啊！因为这么先进的循环监控模式、永久性的监控保存，肯定是一个营销的推荐点啊！”

“太可怕了。”凶手的作案过程在我的脑海里逐渐清晰，我说，“这该是有多大仇啊！缜密跟踪、细致调查。为了杀这个人，做了多少前期工作啊！”

“快，去售楼部，调查这辆摩托车究竟是售楼部里面的人的，还是专门去售楼部调查别墅区监控情况的人的。”荣支队没时间像我一样大发感慨，急着发号施令，“如果是有人打着买别墅的名号去售楼部了解情况，一定要尽可能地搞清楚这人的资料。”

几名侦查员领命，匆匆离去。陈诗羽不甘寂寞地跟着一组侦查员赶赴前线。

我们只有坐在专案组里默默地等待着结果。

“这案子证据链可以吗？”大宝说。

最近我们之间谈论最多的话题就是证据链了，随着法治进程的发展，我们越来越重视证据链的作用，不单单只相信孤证。

“没问题。”我咬着大拇指说，“现场有足迹，是凶手的，可以在凶手家里找鞋子。既然是新鞋，我觉得他未必会毁掉。现场有手印，是放风的帮凶的，这个可以直接认定。另外，还有程子砚的这一套视频侦查的套路，也一样可以确定摩托车，确定去售楼部大厅监控情况的人员特征，这都可以作为证据。所以一个系列看起来，证据应该是确凿的。”

“雨衣，还有雨衣。”林涛说，“如果他们没有丢弃，肯定还在摩托车里，即便是做不出血液 DNA 了，也可以就纹路进行比对。”

“是的。”我说，“只要能顺利抓到人，证据没问题！”

傻傻地等了几个小时，连中午饭都是在专案组吃的盒饭。在下午昏昏欲睡的时候，小羽毛突然闯进了专案组。

“怎么？搞定了？”我顿时来了精神。

“搞定了！”陈诗羽满头是汗，刘海被汗水粘在额头上，“没有想到啊，作案的居然是父子俩。”

“哦，合理。”我说，“是父亲作案，儿子放风对吗？”

“是啊，你怎么知道的？”陈诗羽问。

我笑了笑说：“这是正常人的心态，而且，让儿子当人梯，也说明父亲的攀爬能力有限嘛。”

“审了吗？”大宝问。

“晾了他们一会儿。”陈诗羽说，“等相关搜查、比对工作做完以后，再审讯比较容易审下来。”

既然侦查部门采取了这个策略，不管我们有多着急，也只有静静地等待着结果。我们可以说是度秒如年，更何况这一天都是在等待中度过的。

先于主办侦查员，李蒙走进了专案组，从他脸上自信的微笑，我们知道这起案件应该是告破了。

“雨衣、鞋印、手印全部都比对一致。”李蒙说，“和我们推断的情况基本一致。”

“那就证据链完善，铁板钉钉了。”我长舒了一口气说，“即便是零口供也没事。”

“可是，外围调查倒是有些奇怪。”主办侦查员跟着李蒙走了进来，说，“通过外围调查，这一对庄姓父子，和霍骏没有丝毫关系。难道他们是为了抢劫？”

“不会。”我坚信我的论断不会有错，说，“确定调查仔细了？”

“非常详细了。”侦查员说，“霍骏和他俩没有任何可能相识，完全就是陌路人啊。”

侦查员说到这里，我不知道为什么突然想起了乐天一和苏诗。他们看起来也是完完全全的陌路人，但是在我的心里，总是隐隐地觉得他俩的死，一定有着某种联系。

“既然这样，可别零口供了。”大宝说，“我们还是去听一听他们为什么杀人比较好。如果真的是劫财，那犯了错的老秦得请吃小龙虾。”

又到了小龙虾上市的季节，大宝天天想着招儿让我请客。

“行啊，如果我没错，你请。”我起身招呼大家到旁听室去旁听审讯。

“我可没说啊。”大宝说，“你没错干吗我请？没道理啊。”

“证据你都看见了，我们公安是不会随便乱抓人的。你，想通了吗？”监视器里的侦查员严厉地问道。

原本以为年轻的儿子庄峰会先开始交代问题，可没想到这个庄峰从进来之后就各种装死，什么也不说。倒是另一间审讯室的父亲庄解放的心理防线先崩溃了。

“这事儿，和小峰没有关系，你们抓他干吗？”庄解放这么一说，基本就表示他要开始交代了。

“和他有没有关系不是我们说了算，你交代清楚问题，才是对他最大的保护。”侦查员说，“你和霍骏什么关系？”

“没关系。”庄解放说。

“没关系你会杀他？”侦查员问。

庄解放开始沉默不语。

“好吧，那我们换一种说法。”侦查员说，“你是什么时候开始策划要杀他的？”

“一年前吧。”庄解放说。

“预谋了这么久？那么在这一年里，你都做了些什么？”

“先是骑车跟踪他，了解他的作息习惯和家庭情况。”庄解放说，“这些事基本都是我做的，和小峰无关。”

“庄峰有没有参与，我们自然有定论，这不需要你说。”侦查员说，“你说的谎越多，对他越不利。”

庄解放低头沉默。

“你为什么选择周六晚上动手？”

“因为这一天他老婆不在家，我不想伤及无辜。”庄解放说。

我和林涛对视了一眼，没想到这个杀人犯居然还真是因为这个原因选择了这一天。

“你怎么知道他老婆不在家？”侦查员问。

“我们跟了霍骏一个月了，只有周六他老婆开车走了，晚上十点多都没回来，我就知道她肯定不回来了，所以我们决定动手除恶。”

“除恶？”侦查员问。

“是的，这种暴发户、富二代都是恶人。”

“你说说你的作案过程。”

“周六晚上，我们在路口守候，看霍骏开着他的小车回来了，不一会儿他老婆开着她的宝马离开了。我们等到十点多，知道他老婆不回来了，就决定动手。”

“说清楚点，‘我们’是指谁？当时下雨，你们怎么守候的？”

“‘我们’就是我和我的儿子庄峰，但是小峰没有参与除恶。”庄解放说，“天下雨，我们都穿着雨衣，把车停在路边，然后在绿化带后面守候。”

“接着说。”

“因为我们之前去售楼部了解了一下这个富人区监控录像的运行方式。”庄解放说，“每隔一天，晚上十二点、凌晨三点会有一分多钟不保存。而恰恰在这个时候，保安室的保安正在巡逻。也就是说，这是他们的一个管理漏洞，只要能找准时间进出大门，是不会被发现的。”

“保安巡逻的这回事，连我们都没调查到，他们还真是花了功夫！”我说。

“我们在十二点进入大门之后，直接去了霍骏家。”

“你们怎么知道霍骏家在哪里？”

“这有什么难的？小区管理漏洞都能被我们找到。”庄解放冷笑了一声说，“其实这个小区我们利用监控漏洞已经进去过两次了，对他家的位置、开窗习惯和周围地形都了解过了。所以我们进入小区后，按照既定的方案，小峰在下面当人梯，托了我一把，然后我攀登路灯杆从窗子进去了。当时为了怕被人看见，所以我俩都穿着雨衣。我上去以后，发现雨衣穿着很不方便，所以脱下来拿在手上。说老实话，我进去以后还是有点紧张。为了克服紧张，我用最快的速度找到了霍骏的卧室，这个时候他正四仰八叉地躺在床上打鼾。”

“接着说。”

庄解放喝了口水说：“我走到他身边，他完全不知道。我就拿出裤带上别着的锤子准备下手，但是因为紧张，手还是很抖。另外一只手上拿着的雨衣可能碰到了霍骏的脸，他转了个身。这把我吓了一跳，直接就把雨衣按在了他的脸上，然后反复击打他的头部。看不见他的脸，我就没那么紧张了，所以很轻松地就把他杀死了。”

“然后呢？”

“当时我又害怕，又很累，所以很喘。在床边坐了十几分钟，平静了一下心情，思考了一下还要做什么。我觉得我必须做出伪装，让警方以为是小偷干的事情，这样就不会查到我了。所以我把他家柜子里的东西都翻了出来。”

“你从他家里拿了什么吗？”

“我只为报仇，不为劫财。”庄解放故作清高地说，“不过为了让警察确信是小偷干的，我把他的手提包拿走了。”

“直接走了吗？”

“不是，我们在楼下的小树林里一直等到三点整，知道系统又重启了，就趁这个时间跑出了小区。还好，并没有被巡逻的保安发现。后来我们回到路口，骑着摩托车就走了。”

“好，你说的都是实话。”侦查员说，“不过，你还没告诉我，你和霍骏有什么深仇大恨，以至于让你花了这么多时间和精力去调查他，然后冒着生命危险去杀人？”

庄解放想了好久，最终还是和盘托出：“其实没什么深仇大恨，我只是在为民除害。一年前，我和我儿子骑摩托车的时候，和他的玛莎拉蒂发生了一点刮擦。他恶狠狠地跳下车来看，其实他的车并没有刮伤，我们也道歉了，可他向我儿子身上吐了口口水。”

“没了？”

“没了。”

“这算什么仇恨？”

“士可杀，不可辱！”庄解放怒目圆瞪，“这种暴发户、富二代，以为有钱就可以欺负人吗？从那一天开始，我儿子就发誓要杀了他，我支持我的儿子。”

我们几个在旁听室里听得目瞪口呆。

“这……这算什么事儿？”大宝说。

林涛愣了半天，缓缓摇头，说：“所以，这是因为‘尊严’而杀人吗？……人心也太复杂了吧？”

是啊。把自己所谓的尊严建立在剥夺别人生命的基础上，这扭曲的自尊心，是怎么滋长起来的呢？

# 第四案 “尸变”

人们往往用至诚的外表和虔敬的行动，掩饰一颗魔鬼般的心。

——

《V字仇杀队》

THE DOOMED

# 1.

这都过了两天了，我们似乎还没有缓过神来。一个简简单单的侮辱性动作，居然引发了一起命案。仅仅是吐了口口水，就让自己丧了命。

而且，凶手还是经过了整整一年的预谋和策划，在经过缜密的调查之后才动的手，这简直让人不敢想象。

人活在社会当中，哪有不得罪人的？如果一次无意的得罪，都能引发这样的后果，那这样的世界还能让人安心生存吗？整整两天时间里，我们都在唏嘘不已。

但糟心的事情还没结束，这两天，我们又处理了这么一起事件。

事情发生在龙东县，是一起非正常死亡事件，一个三十岁的病人从自己所住的县医院病房坠楼身亡。家属在得知这一消息之后，召集了两大巴所谓的亲朋好友聚集医院门口“讨说法”。警方出动了几乎所有能调动的警力维持秩序，好在没有发生冲突。

死者叫马才，男，未婚，父母双亡，在一家小公司做程序员，工资勉强糊口。十天前，他查出自己患上了慢性肾炎而住院。在坠楼的当天，医院向他催缴住院款。而经过警方的调查，发现他的银行账户里存款已经是负数了。

警方经过初步的调查访问、现场勘查和尸表检验，排除了他杀。

但是，事件的处理出现了困难，死者家属坚称对死因不服。所谓的死者家属，是死者的各路亲朋好友，甚至连八竿子都打不到的远亲也都来了。据调查，马才在过去的两天，给很多亲朋好友打电话借钱，但是一分钱也没有借到。

警方由此判断，经济困难是马才自杀坠楼的动机。

开始，亲朋好友们是在围攻医院，理由是医院没有人性，认钱不认命，一条活生生的人命就给逼没了，为什么医院就不能垫付医药费呢？

在维持医院秩序的过程中，一名没有经验的小警察为医院打抱不平，说了一句：“你们怪医院不垫付医药费？为什么你们之中就没有一个人为他垫付医药费呢？”

就这一句话，矛盾点从医院转变到了公安。

家属们的话锋一转，不再提医院垫付医药费的事儿了，转而开始质疑案件性质的判定。

“一定是他的公司不想报销医药费派人把他弄死了！”

“一定是他得罪了什么人被弄死了，我刚才还听说他谈了个女朋友，肯定是那女的谋财害命！”

“就是啊，不然他一个有工作的人，怎么会一分钱存款都没有？肯定是被骗没了！”。

就这样，家属们你一言我一语，给马才的死编造出了一百多种可能性。

既然事情闹得这么大，省厅勘查组自然责无旁贷。所以我们在从汀棠市赶回来之后，几乎没有休息，直接赶去了五十公里之外的龙东县。

对于接受这个案子我的心里是充满了抵触的。这个案子，和几天前督察找我喝茶的那个案子，谜之相似。我知道，不管我如何尽心尽力地工作，承担被状告的风险的概率是一样的。因为有些人“尊重”生命的方式，是替他捏造故事，而不是为了还原真相。

我们在殡仪馆苦等了十个小时，政府终于做通了家属的工作。十几名“家属代表”气势汹汹地涌进了龙东县公安局法医解剖室里。

“法律规定，只能有两名家属代表见证解剖。”大宝慌忙地说。

这一说不要紧，直接激怒了“家属”。

“别给我扯没用的。”一名男子怒目圆瞪地说，“你给我解释一下，尸体都没检验，你们是怎么排除他杀的？”

“所有非正常死亡，技术部门都要到场现场勘查和进行尸表检验。现场勘查和尸表检验确定是刑事案件，或是不能确定案件性质但发现疑点的，不管家属同意不同意，公安机关有权决定解剖并通知家属到场，家属不到场的在笔录中注明。现场勘查和尸表检验确定不是刑事案件或未发现疑点的，如果家属提出异议和解剖申请，也要进行解剖。尸体解剖两三个小时就能完成，大多可以明确死因。如果尸体解剖不能直接明确死因，或者死因比较复杂的，要进行毒物检验、法医组织病理学检验等辅助检验。”我见得多了，解释起来也就得心应手。

“你在岔话题吗？”家属没有听懂，说，“我就问你们是怎么排除他杀的。”

“从调查情况来看，在病房里，不具备杀人现场条件，死者也没有明显的社会矛盾关系。”我说，“从现场勘查来看，窗户的窗台上只有死者的鞋印，从尸表检验来看，符合高坠伤特征，这就足以排除他杀了。尸体解剖是为了进一步明确死因，打消你们的疑虑。”

“还高坠？高坠后背有那么多伤？”一名女子边哭边喊，是没有眼泪的那种哭。

“那不是伤，是尸斑。”我说。

“还尸斑，你怎么不说是染色的？”一名知识分子模样的人说。

“您可以上网搜索一下。”我不知道该怎么解释。

“那你告诉我，高坠还能不脑浆四溅、血液四溅吗？”另一个女子扶着刚才“大哭”的女子说。

“现场有无脑浆、血液，要看颅骨有无严重骨折、体表有无皮肤裂口以及裂口的大小。”我自信可以接住任何招数。

“尸斑是在身体下侧，他掉下来是俯卧的，为什么尸斑在背后？不应该是在肚子上吗？”知识分子搜索完了网页说。

“您把词条儿看完了再说嘛。尸斑分坠积期、扩散期和浸润期。在死后十二小时内属于坠积期，此时尸斑不稳定，尸体体位变动后会重新在新的低下未受压处形成。也就是说在死后十二小时内变为仰卧，就会在腰背、臀处重新形成。”大宝急着说。

“他跳下来了还能动吗？”一名家属说，“真是说假话不眨眼啊！你们不怕遭报应吗？”

我咬了咬牙，忍住了自己的情绪，继续说：“死亡后，不是立即被发现，然后就变成仰卧位送殡仪馆了吗？而且，你不会以为所有高坠下来的尸体都立即死亡吧？死者是从四楼下来的，这个高度，有很多案例都是没有立即死亡，可能会有小幅度的体位变化。”

“你们还让我们解剖吗？”大宝说，“只能留两个人在里面哈。”

这个解剖进行得非常困难，一边解剖还要一边去解释每一处尸体现象和损伤。但我知道，即便是这么细致地解释，依旧不可能终止家属无休止的问题。

解剖结束了，我们在一片质疑声中离开了殡仪馆。

“他为什么自杀？”

“跳楼那么疼，他为什么不去上吊？”

“他的存款哪里去了？”

……

到了专案组，我们把尸检情况进行了通报。

“高坠多见于意外和自杀，罕见于他杀。”大宝说。

我挥挥手说：“这个只是概率学上的说法，这个案子更多的是通过现场勘查和尸体检验，才锁死了自杀这个结论。”

案件的善后，还有许多事情要做。这不是我的专业，我也不愿意多涉足，所以，我们早早地撤了，算是尽早地置身事外吧。不然一个礼拜之内被喊去喝两次茶，实在是面子上挂不住。

早在几天前韩亮就说了这两天要请假，所以回到了厅里，韩亮把车钥匙丢给我就离开了。韩亮是个很敬业的人，一般不请事假，这次请假虽然没有告诉我们去做什么，但是我知道一定是有很重要的事情在等着他。

“全省一年一万起非正常死亡。”大宝牢骚满腹地说，“如果每一起都这样闹一下，我不如去死算了。”

“真相就是真相，事实就是事实。”我说，“被骂算什么，只要咱们问心无愧、追寻真相就好了。而且，绝大多数人还是愿意相信事实和真相的。”

“也不知道前两起被动物咬的案件有什么进展没？”陈诗羽的话把我们从郁郁寡欢中拽了出来。

“对啊，不如我们去市局看看吧。”我说。

到了市局门口，正碰见胡科长带着勘查组出勘现场。我们一听有现场，干脆向师父做了汇报，和胡科长他们一同前往。

“那两起案件调查好像掉进了一个黑洞。”胡科长坐在我们的车上说，“总是查不清这两个死者死亡当天的行动轨迹是什么，也不知道他们为什么会去现场附近。而且，按照你们的想法，专门有一组人调查两名死者的潜在联系。可是，他们的社会关系已经挖得很深了，始终无法找出两人之间的潜在联系。我觉得，以我们龙番刑警的侦察能力，怕是这两个人确实没有任何联系啊。”

听到这个消息，我很是失望，也许这两起案件真的只是个巧合吧。

“那，这起案件是怎么回事？”大宝无案不欢，着急地询问这次现场出勘的原委。

“是城郊一个村民报警，他家田里的土有被新翻动的痕迹，然后周围有很多滴落状血迹。”胡科长说，“派出所民警到了现场，进行了初查。”

“挖出来一具尸体？”大宝插话道。

“还没挖，但是血迹经过血液预实验[①]，是阳性。”胡科长说，“所以民警

① 血液预实验，是最初检验可疑斑迹是否为血迹的手段，结果是阳性，代表是血迹。

没敢继续挖，怕破坏现场，就通知我们了。”

“刺激。”大宝暗叹了一声。

这里真是市郊，隔着一条马路，一边是错落有致的楼房，另一边就是一望无际的田地。马路是刚刚修好的，一边还拦着塑钢板。看来，随着城市的扩张，拆迁已经离这片田地越来越近了。

土地被翻动的痕迹距离马路不足百米，周围果真有不少滴落状血迹，还有小的血泊。仔细寻找，发现血迹是往马路方向滴落的，顺着血迹能找到距离楼房不远的地方。

胡科长下车以后，看了看派出所民警手上的血迹预实验试纸条，果真是阳性反应。现在随着分级、分类勘查制度的普及，很多派出所民警都掌握了初步的现场勘查知识，也承担起部分案件现场初查的职责。

胡科长和我们穿戴好现场勘查装备，先是在土地周围进行外围勘查。

“我看了，除了这里有一枚立体足迹[①]，其他没啥。”林涛蹲在离翻动痕迹三步远的地方，往足迹上倒石膏，“不过这足迹很清晰，有比对价值。”

发现了痕迹物证，我们的心总算先放了下来。一个案件的初次现场勘查是最重要的，提取到痕迹物证和没有提取到，是天壤之别。一旦发现了痕迹物证，不仅可以甄别犯罪嫌疑人，而且能为法庭提供证据。

“那就开挖吧。”胡科长拿出一把工兵铲，开始小心地挖动那些被新翻动的泥土。

因为这不能算是体力活，挖土的动作不能太大，不能破坏下面，所以我们也帮不上忙，蹲在一边静静地盯着胡科长的铲子。

随着泥土一点一点地被掀开，眼睛最尖的大宝看到了异样。原本蹲着的大宝想快速后退，却一个踉跄坐在了地上，大惊失色地说：“我去！白毛尸！白毛尸！”

---

① 立体足迹，脚掌踩入松软的泥土、沙堆等载体中，形成具有立体空间形状的足迹形态。

有一种尸体现象叫作霉尸，是指尸体被置于密闭而潮湿的环境中时，在适宜霉菌生长的温度条件下，尸体的裸露部位或全身表面会滋生一层白色霉斑和霉丝。这种尸体在法医工作中经常见到，大宝不应该如此惊慌，甚至连顺口说出专有名词的本能都丧失了。

我定睛看了看，并没有看到什么白毛尸，说：“扯什么扯？你说的是霉尸？”

大宝摇摇头，后退了两步，说：“不是霉尸！这尸体上长了好长的白毛！是《鬼吹灯》里面说的那种白毛粽子，尸变了！”

林涛浑身一抖。

“放屁。”我拍了一下大宝的后脑勺，“你是不是看小说看得走火入魔了？”

我从不知所措的胡科长手里接过工兵铲，继续挖土。没一会儿，果真一大片飘逸的白毛呈现在了我的眼前。

霉尸只会在尸体的小部分范围形成霉斑和霉丝，绝对不可能长出这么长的白毛。我用铲尖试探了一下白毛的主人，有弹性、有韧性，不是尸体又能是什么？而且，应该是尸体的躯干而不是头部。

这也让我吃了一惊。大宝说的难道会是真的？这世界上会有所谓的“尸变”吗？我咽了口唾沫，壮着胆子继续挖尸体。心想周围有这么多人我怕什么？虽然他们都已经躲在了几步开外。

不过，我越挖越想笑，等尸体全部呈现在我面前的时候，我已经笑得前俯后合了。

大家都被我的笑声吸引了，纷纷疑惑地凑过来看。

我从挖出的土坑里拖出一只萨摩耶，至少有三四十斤重。

“喏，你说的白毛尸！”我指着萨摩耶揶揄大宝。

“我去，是条狗啊。”大宝不好意思地挠了挠头说，“你看这乌龙闹的。”

“哦，我辖区里的一个女孩昨天来派出所报警说自己的萨摩耶丢了，看来就是这一条了，我来打电话给她。”派出所民警翻看报警记录，掏出了手机。

大家高度紧张的神经瞬间放松了下来，开始说说笑笑。

“你们派出所还真是什么都管啊。”大宝对民警说，“狗丢了都管，真是难为你们了。”

我走到“现场”的警戒带外围，拿下手套，开始整理之前打开的勘查箱。这已经成为了一种习惯，虽然这个现场并不是真正的现场，我们依旧习惯在做非现场勘查动作的时候，离开警戒带以外。这种习惯是潜意识的，但从很多小细节上都能看得出是不是现场勘查员。

“我就奇怪了，一个简单的预实验都能错吗？”陈诗羽鄙视地看着远处的处警民警，说，“预实验是阳性，怎么就能挖出一条狗来？”

“你冤枉我们民警了。”我笑着说，“血液实验有很多种：血液预实验，是最初检验斑迹是否为血迹的手段；然后还有血液确证实验，是确定斑迹就是血液的手段；再然后还有血液的种属实验，这才是确定血液是不是人类血液的实验。民警用的是预实验的试纸条，那些本来就是狗血，是血就会呈阳性啊！”

“原来是这么回事。”程子砚也恍然大悟。

大家说说笑笑地过了五分钟，一辆出租车停在了现场附近，从车上跳下来一个短发女孩，冲进警戒带扑在萨摩耶身上就开始大哭起来。

大家的笑容都僵在脸上，看着这个悲痛欲绝的女孩。完全没想到，对这个女孩来说，死了一条狗，像是死了个至亲一样。

“爱狗之人的情绪，真是我等不能理解的啊。”大宝说，“之前那个案件，开收养站的老人，真是倾尽积蓄收养流浪动物，在临终前都不忘嘱咐儿子喂狗。”

“我也是爱狗之人。”我说，“但我至少不会这么极端。”

话还没说完，短发女孩腾地跳了起来，指着一个民警的鼻子叫骂道：“我家狗死了！你还在这里笑！你笑什么笑！你有良心没有！”

无辜的民警整个面部都僵硬了，一时不知如何是好，场面一度十分尴尬。

“这是把我们民警当出气筒了。”大宝喃喃道，“有本事找杀狗的人去啊！”

这句话突然把我打醒了。

我探头看了看死去的萨摩耶。它颈部的白毛都已经被鲜血染红了，显然是被锐器割断了喉咙。

“不好！”我说，“马上把狗尸体和狗主人带上！事情有问题！”

## 2.

今天真是个大起大落的日子。

最开始的高度紧张，到挖出狗以后的突然放松，再到现在重新严阵以待，可谓是一波三折。

“你有什么想法吗？”胡科长见派出所民警开车带走了狗尸体和狗主人，重新穿戴好勘查装备，说，“还是说，有问题？”

我站在刚才挖出的浅坑旁边，看着坑底说：“显然，这条狗不是它主人杀的。而杀狗的人，要么是偷狗卖肉，要么是心理异常。”

“对啊，没错。”大宝不知所以然。

“然后呢？”陈诗羽的好奇心也被我唤醒了。

“如果是杀狗卖肉，显然不会把狗给埋了。”我说，“如果是心理异常，虐完狗以后，肯定随意丢弃，而只有狗主人才会把狗好好安葬。这条狗显然是被残忍杀死的，并非是正常死亡。”

“你这么一说，还确实有矛盾。”胡科长说，“那你说，杀狗之人，又为什么要埋狗呢？他的真实意图是什么？”

“是呀，这确实想不通啊。”大宝说。

“开始我们都没想到这一茬。”我说，“我现在设想的结果，也未必正确，只有用实践来验证了。”

我拿起工兵铲，在浅坑的坑底继续开挖。

“你是怀疑……哦！有道理啊！”陈诗羽最聪明，第一个领会到我的意图。

我还是像刚才那样，小心翼翼地挖着土，慢慢地，一片红色显露在了眼前。

“果然。”我虽有预料，还是吃了一惊，“这下面有一具人的尸体。”

“原来你是这个意思。”大宝这才反应过来，说，“你说没有人有理由杀狗又埋狗，唯一的可能性就是有人用狗的尸体来隐藏人的尸体！”

“确实。”我说，“真是处心积虑啊。因为凶手知道新翻动的土地很容易被人发现，所以就在尸体之上又埋了条狗，这样即便别人发现土地被新翻动了，也不会继续往下挖而发现尸体。如果这块田地的主人没有直接报警，而是选择挖开看看，可能一起命案就真的被掩盖了！”

“想想就有些后怕啊。”林涛说。

“我很小心地挖了，应该不会对尸体造成死后伤害影响判断吧。”我说，“现在我们继续挖，把尸体表面呈现出来以后，再拖出尸体。”

又挖了一会儿，一具体态娇小的红裙女尸就呈现在了眼前。

好在这个土坑被发现得早，尸体并没有出现腐败的迹象，这给我们后期的断案提供了不少有利的条件。

我们在土坑边铺好尸体袋，然后合力把尸体从土坑里抬出来直接放到尸体袋上。

“把尸体运走。”我指着土坑底部，对林涛说，“这底下能看出什么不？”

林涛跳到坑底，对着坑底拍了几张照片，说：“没什么特别的，是用普通的铁锹挖出来的。”

“去殡仪馆吧。”我对胡科长说，“最近又到了多事的季节。”

尸体全身赤裸地躺在解剖台上，衣物已经全部被脱了下来，展平放在一旁的操作台上。死者的内裤穿着正常，但是胸罩的后带拉扣全部被扯掉了。死者外面的一身红色连衣裙穿着也是正常的，只是黏附了不少泥土。两脚没有穿袜子，但是穿了一双白色的轻质慢跑鞋。

现在并不是穿连衣短裙的季节，从裙子的质地和款式上来看，陈诗羽和程子砚出奇一致地认为这应该是死者的睡裙。

穿着睡裙，内裤完好，但是胸罩后拉扣却被扯掉了，这不知道是一种什么现象。如果是性侵，为什么外衣是完好的呢？难道是凶手得手后对尸体的衣着进行了伪装？

鞋子也有一些问题。从死者的鞋底来看，她肯定没有踏足过那片泥地，鞋底干干净净的。而且，鞋的后跟鞋帮处有明显的新鲜擦划痕迹。擦划得很深，应该不是一下两下擦划的，而是长时间与地面拖擦形成的损伤。

死者身高一米五，体重估计只有七八十斤。从样貌来看，应该是个二十岁出头的女子，颇有几分姿色。死者的脸上化了淡妆，手脚的指甲也都染成了黑色。

“最烦染黑色指甲的人了。”大宝说。

“你这是歧视吗？”陈诗羽反驳道。

“不是。”大宝说，“染了黑指甲，就看不出窒息征象了。”

“好吧。”陈诗羽一时语塞。

“窒息征象，这具尸体肯定是没有了。而且，不是还有嘴唇可以看吗？”我一边检查尸表上的损伤，一边说。

“这人还好！”大宝说，“有的女人啊，涂黑口红，染黑指甲，然后还是被人掐死的。这要固定窒息征象，得擦半天！而且还擦不干净，你知道吗？”

我见大宝又打开了话痨模式，就没有继续接他的话茬，继续验尸。

尸表没有看到开放性的创口，尸体上也没有流出血迹，说明现场的鲜血都是那只萨摩耶的。

尸体没有明显的腐败征象，角膜混浊看不到瞳孔，尸斑也指压不褪色，尸僵已经开始有一定程度缓解。说明死者的死亡时间是在二十四小时至四十八小时之间。尸僵缓解对法医来说是好事，尸体检验要方便很多。虽然大关节的尸僵可以轻易破坏，但是小关节的尸僵却不是那么容易破坏的。

尸体的右侧腰背部有大片条状的挫伤，右上臂外侧也有大片条状的挫伤。枕部有一块皮下出血。除此之外，没有看到其他的损伤了。这只是视觉上的感觉，我触碰了一下死者的右上臂和右腰背部，骨擦音[①]强烈，如此就知道她严重的损伤在体内了。

死者的会阴部没有损伤，精斑预实验也是阴性，没有依据这是一起性侵的案件。

除了这些明显的损伤，死者的双侧脚踝内侧有小片状的皮下出血，程度轻微。双手皮肤好像有条状平行的小的表皮剥脱，因为尸僵大部分缓解，死者右手中指近侧指关节脱位也被我们发现了。

“看上去不像是被侵害啊。”大宝也和我一起看了尸体的尸表，果真没有发现什么人为谋杀的痕迹。

话不多说，我们执刀开始解剖。

和尸表检验的感觉是一致的，死者右侧上臂复合型粉碎性骨折，一条胳膊断成了好几截。同时，死者的右侧腰背部肋骨多根骨折，骨折断端插入了胸腔。她的肺脏、肝脏和脾脏均破裂了，胸腹腔积血。

“死因找到了。”我说，“严重的内损伤、内出血，死因是失血性休克合并创伤性休克。”

“损伤严重，非人力可以形成。”大宝补充道。

“难道是交通事故？旁边不远处就是一条大马路。”林涛说。

---

① 骨擦音，即骨折后伴随骨的异常活动而出现的骨折端之间的摩擦或碰撞声音，是完全骨折的特有体征之一。

我摇头说：“交通事故是以擦伤为主要特征的，这个死者没有擦伤，只有碰撞伤。而且，损伤一侧为重、外轻内重、一次暴力就可以形成，长骨骨折和内脏破裂处出血有生活反应，但是出血并不严重。”

“生前高坠死亡？”大宝直接接了话茬。

“是的，生前高坠死亡。”我说，“开始我就想不明白为什么死者的其他衣物都是整齐的，也没有遭受性侵犯的迹象，只有胸罩的后带拉扣全断了。现在明白了。高坠经常可以导致腰带、胸罩的崩裂。也就是说，衣物状况也支持她的死因。”

大宝刚刚反射性地接了我的话，现在转念一想，说：“不对啊！现场附近没有高楼，怎么高坠啊？而且高坠多见于自杀和意外，罕见于他杀。那么为什么会埋尸啊？”

“现场附近没有高楼，说明是移动尸体到现场的，死者鞋底干净的情况是可以印证的。”我说，“罕见于他杀，说明也有啊，并不是没有。”

“可是……可是要把一个人骗到可以高坠的地方，再弄他下去，这该有多难？可不是想象中那么简单的。”林涛说。

“我倒是想问，”程子砚小声说，“老秦刚才说是一次形成，那么她右侧肢体着地，为什么枕部还有损伤啊？”

“枕部损伤很轻微。”我说，“就头皮下一个小血肿，颅骨、颅内都是正常的。”

“会不会是被击晕了扔下楼的啊？”程子砚说。

“你不会以为死者高坠落地以后就会直接粘在地上吧？”大宝说，“会反弹啊！反弹就有二次损伤了！而且很多死者，尤其是非颅脑损伤的死者，高坠后不是立即死亡，会有自主体位变化的。”

“而且这么轻微的头皮损伤，人是不会昏迷的。”我说，“不过，还是需要找到坠楼地点，对坠楼地点进行现场勘查，对事件经过进行调查，才能综合得出自杀、他杀还是意外的结论。”

“是不是还要锯耻骨联合，才能找尸源啊？”大宝说。

我点点头，一边思考，一边授意大宝记录死者的个体特征。

“这案子倒是反转得很快啊。”林涛说，“而且也很奇怪。在一大片空地上，出现一个高坠的尸体，这可真是匪夷所思啊。”

我脑子里想着很多东西，也没注意到林涛的感叹，就没有搭话。一个高坠死亡的尸体，却被人大费周章地埋了，还专门为了隐藏尸体杀了条狗，埋了条狗。这个埋尸的人，也真是够有耐心的。

就这样沉默地过了好一会儿，大宝开始宣读他得出的结果：“女的，身材非常娇小，二十二岁左右，栗色长发，喜欢染指甲。这么多条件，还是不太好查吧？”

“好查。”我一边脱下解剖服，一边说，“死者就住在现场附近不远的楼房里，很有可能坠楼点就是她住的地方。所以，对附近居民区逐一排查，肯定可以找到。”

“有什么依据呢？”大宝问。

“死者穿着睡衣。”我说，“这个天气，穿成这样走很远的话不现实。死者的鞋子后鞋帮有明显的拖擦痕迹，说明嫌疑人是拖着尸体走的。一来说明嫌疑人没有交通工具，二来说明死者的坠楼点离埋尸点不会太远。刚才说了，坠楼点可能就是死者的住处，那么死者住的应该离埋尸点不远。”

“知道了，我马上反馈给专案组。”陈诗羽说。

其实在我们尸检的时候，调查工作就已经展开了。我们又圈定了死者的大概住处，所以在天刚刚擦黑的时候，死者的尸源就已经找到了。

死者叫金娟，女，二十一岁，无业。三年前从三百公里外的老家来龙番，什么行业都做过。一年前失足成了个卖淫女，但是在近两个月离开了所有人的视线，不知道去向。经过调查，两个月前金娟在距离埋尸现场三公里的一个回迁小区里低价租了一间小房子住在里面。据周围的邻居反映，经常有男人进出她的出处。至于到底是什么样的男人，是不是同一个男人，邻居们倒没有注意，也说不清楚，所以她是在继续干暗娼的勾当还是被人包养就无从得知了。

在案发时间段内，邻居并没有发现什么异常，也没注意过有什么异常声响，说明案件发生的时间很有可能是在夜间。

死者金娟所住的楼房是一栋六层居民楼，她住在四楼，一室半厅一厨一卫结构，有一扇没有安装防盗窗的窗户，窗户下面是小区的后围墙内，地面是水泥地。因为是新的回迁小区，所以入住率并不高，在案发的时间段内，只有七户人家在这边居住，而且都不在同一单元。所以，从现场的情况来看，她既具备坠楼的条件，也具备坠楼后不立即被人发现的条件。

既然已经知道了死者的居住地，林涛迫不及待地带着程子砚赶去现场进行起跳点的勘查，而我和大宝没有跟着他们去。

我想来想去，偷偷地问辖区派出所民警："今天的那条死狗，你知道它主人把它埋到哪儿了吗？"

民警一脸惊恐地看着我说："干什么？你还要验狗的尸体？"

如果和那个短发女孩商量检验狗的尸体，不管最终她能不能同意，至少得费很多口舌，所以我就出了如此"阴招"，等狗被埋了，我们去掘坟。人的坟是精神和灵魂的象征，侮辱尸体可以追究刑事责任。但是，我想，狗的应该没事吧，不算违反纪律吧。

这样想了，也就这样做了。于是，在夜色降临的时候，我们几个人拿着锹，像小偷一样溜到了一个偏僻公园里的偏僻角落。好在民警把短发女孩直接送到这里埋了狗，不然我们还真是找不到。

我们三下五除二把萨摩耶的尸体挖了出来，用强光手电当成手术无影灯，对狗进行了一个简单的尸表检验。

狗的损伤主要在脖子，为了能尽可能地暴露视野，我们用剃刀剔除了萨摩耶颈部的毛。一个豁开的创口触目惊心，里面的气管和大血管都断了。

“半月形的创口。”我想了想，问大宝说，“这个，普通的匕首、菜刀应该形成不了吧？”

大宝用比例尺量了量创口，说：“形成不了，半月形，一气呵成，显然是……显然是镰刀，那种割草的镰刀，正好弧度和狗脖子差不多，一下就割断了喉咙。”

“和我想的一样！”我微微一笑说，“重新埋好，我的心里有谱了。”

## 3.

尸检情况一经汇报，专案组便撤了一半人。平时的警力就够紧张的了，更不用说还有一起命案和一起疑似命案没有查清楚。那么，这一起很有可能只是侮辱尸体罪的高坠案件，也就没有必要拴住那么多的警力了。

“在现场附近五公里的农村住户里，筛查身体非常强壮的成年男子。”我说。

“这么有把握？”赵局长问，“现在农村的壮劳力基本都外出打工了，如果你给的这个条件可靠的话，很快能找到嫌疑人。”

“我自认为应该没什么问题。”我说。

赵局长低声部署完侦查工作后，问我：“你说说看依据。”

我说：“第一，之所以是在马路东边的农村里寻找，是因为本案中涉及了两种工具，一种是挖坑的铁锹，一种是杀狗的镰刀。我要解释一下，我们偷偷地去检验了那条被杀死的狗的尸体。”

大家窃窃地笑。

我继续说：“这两种农具，只有在农村才可以轻易找到，而在城镇居民家中一般是没有的。尤其是镰刀。如果是城镇居民，他们最方便的杀狗工具可能是匕首、菜刀，而不是镰刀。”

赵局长点头表示认可。

我说："第二，之所以寻找附近的住户，是因为法医讲究一个规律，叫作'远抛近埋'。嫌疑人的作案心理特征是选择和坠楼点、他的居住点之间的位置进行埋尸，而不会反其道而行。"

"这个我懂。"赵局长说，"可是，一定要是非常强壮的成年男子吗？"

我说："根据尸体的衣着检验，死者的鞋帮有明显的拖擦痕迹，说明运尸的过程是控制上半身，下半身垂落在地上拖。我当时就在思考，死者体态娇小，嫌疑人没有运输工具，那么他可以肩扛、可以横抱，为什么要拖着呢？"

"那只能说明嫌疑人体力不足啊。"赵局长说。

"不。"我说，"体力不足更需要肩扛横抱了，夹着上半身拖着尸体，很可能是嫌疑人只用了单臂。为什么只用单臂？说明另一臂还有用。结合现场的情况，他的另一臂是夹了那条萨摩耶。我们想一想，死者最起码也有七八十斤，那条萨摩耶也有三四十斤，一个人同时夹着两具尸体，步行三公里，而不去寻找交通工具，说明这人非常强壮。"

"那他为什么要一次性带两具尸体？"有侦查员问。

"我觉得用狗尸体来隐藏人尸体是临时起意。"我说，"可能是在准备埋尸的路上，看到了狗，临时起意，就顺手杀了狗，顺路带了过来。"

"死者只有二十一岁，你估计嫌疑人年龄如何？"赵局长问。

我说："年龄太大了不会有如此强壮的体格，而年龄太小了不会有如此缜密的藏尸思维，我觉得三四十岁的可能性是最大的。"

"明白了。"侦查员点头出门。

专案组陷入沉默后不久，林涛一行人返回了。

"有什么发现吗？"我问。

我知道，在尸检明确了高坠伤以后，现场勘查痕迹物证是定案的关键依据，林涛对死者住处的勘查活动，可能会决定案件的性质。

林涛没说话，把死者住处的照片一张一张地通过幻灯片放映给我们看。

死者的家里非常干净整齐，应该是一个人独居。看来看去，在这些照片里并看不出什么疑点和名堂。

“现场是一个大门，进去后是半个小厅，小厅两侧是厨房和卫生间。”林涛介绍道，“再往里走就是卧室。卧室的一侧放床，另一侧放梳妆写字台，中间是窗户。窗户的下面，有一个凳子。因为现场地面不具备检验条件，所以我们对现场的勘查没发现什么。对所有物品都勘查了，没有看到什么明确的新鲜指纹。不过，窗台下面凳子上，有两枚完整的灰尘加层足迹，分别是左、右脚的，足尖指向窗户方向。我们都提取拍照了，和死者的慢跑鞋鞋底的花纹一致。”

“也就是说，她是踩着那个凳子，蹬上窗台，然后坠楼的？”赵局长有些兴奋。因为如果是这样，这就不是一起命案了。

“有可能吧。”林涛说，“窗户上也有新鲜的指擦痕，但是新鲜陈旧的程度不太好判断。窗台凸凹不平，有擦蹭痕迹，但是看不出鞋印，不具备条件。”

“如果是个自杀案件，就好办多了。”赵局长说，“不过，不管怎样，这案子都涉嫌刑事犯罪了，这个强壮的成年男人，我们肯定是要找出来的。”

我没有说话，对赵局长认为的案件性质也没有评论。我把林涛拍回来的照片反反复复地看，看窗户内外的照片，看家里的一些用品摆设。看上去，死者足踏小凳子登上窗台然后坠楼的结论好像没有什么问题。逻辑合理、层次合理，坠楼的位置也差不多。但是，尸体检验的诸多细节也都在我的脑海里呈现。这些线索，慢慢形成了一股线，指向了一个方向。

对我来说，看案件照片就像是玩手机游戏一样，时间过得飞快。不知不觉，我已经看了一个多小时，自己还以为只过了十几分钟。

案件的侦查就这样出现了突破。

主办侦查员一脸成就感地返回了专案组，问：“是不是自杀坠楼？勘查没问题吧？”

对于这个问题，我和林涛都没有回答。我是因为心里有疑惑，所以不敢随便发表意见，林涛肯定也是这样。组队协作了这么多年，我们之间的默契是不言而喻的。

侦查员见我们没有回答，自己接着说："人找到了。秦科长分析的范围很小了，就那么几个人，随便一排查时间就对上了。喏，这是他的鞋子。"

侦查员拎上来好几双鞋子，说明他们不仅已经锁定了嫌疑人，还通过搜查手续提取到了嫌疑人的鞋子。

这些鞋子和我们想象中破破烂烂的鞋子不一样，虽然很多鞋子的鞋底沾有一些泥渍，但是鞋面几乎都擦得一尘不染。皮鞋是这样，球鞋也都干干净净。说明鞋子的主人是一个很讲究的人。

林涛接过鞋子，拿出在现场土坑边提取的立体足迹石膏模型，慢慢地比对。

"这是好几个人的鞋子？"我问。

侦查员摇摇头，说："不用找好几个人啦，就一个，叫万林，他都已经交代了犯罪事实，所以现在再稳定一下证据就好了。"

"什么？"我大吃一惊，心里暗暗为侦查员的功夫点赞。

"就是这个了。"林涛从几双鞋子中拿出一双说，"各个特征都能比对上，我已经拍照了，回去做一份详细的比对鉴定报告就好了。肯定就是这双，没错了。"

"果然。"侦查员说，"这双是他脚上的，没换呢。"

"你刚才说他已经交代了，他是怎么交代的？"我问。

侦查员喝了口水，抹了抹嘴巴，说："我们到他家，他也没抵抗，就和我们回来了。还没来得及问呢，他就说：'我全说，我全说。'后来说是这么一回事：死者金娟之前是个卖淫女，万林是在嫖娼的时候认识的她。这个万林三十六岁，有老婆儿子，大学毕业后自己在村里经营了一个木材厂。不是说多有钱，但在村里来说算是个小暴发户了。这个万林说他对金娟是一见钟情，就在他的厂子附近为她租了个回迁房，一个月给金娟一千块钱生活费，包养起来了。”

“情节和我想的差不多。”大宝说。

“据万林说，这个金娟总是嫌他给的钱不够，还接生意，所以很生气。”侦查员接着说，“前几天他们吵了好几架，双方情绪都比较激动。前天晚上，他又到金娟住处找她理论，两个人发生了激烈的争吵。可是没想到，金娟一激动，翻着窗户就跳下去了。”

“嘿，这和现场痕迹吻合哎。”大宝看着林涛说，林涛却没有说话。

“这个万林当时就吓蒙了。毕竟他有老婆孩子啊，在村里也有很好的声誉。”侦查员继续说道，“这事儿一旦暴露，他就身败名裂了。而且他还和自己的妻子签过保证状，如果出轨，净身出户。如果暴露了，真的是人财两空。”

“还有什么其他人知道他包养了金娟吗？”我问，“如果一切都是隐蔽的，案发了也联系不到他身上啊。从前期的调查来看，若不是他有埋尸的行为，我们哪里找得到他？”

“他说，房子是他租的，很多邻居都认得他，所以肯定能查到他。”侦查员说，“不过，前期调查我们问了房东，房东反映就是金娟自己租的。而且，没有一个邻居对万林有印象，所以这一点和万林说的有点对不上。”

“但可以理解。”大宝说，“出发点不同，出了事情肯定害怕。”

“现在在办手续吗？”赵局长问。

“是的，他们正在制作文书，准备将万林以涉嫌侮辱尸体罪立案，一会儿估计就拿来给您签字。”侦查员对赵局长说，“不过还有个关键点，就是技术这边得锁定他的口供的真实性，得排除他杀的可能。”

“我觉得吧，怕是不好排除。”我说，“我这边有几个疑点始终是没法解释的。”

“你说说看？”赵局长的神色重新凝重了起来。

“有几个方面的疑点吧。”我打开现场周边的地图，说，“你们看这张地图。埋尸点在金娟住处和万林住处之间的田地里。我们重建一下现场。万林从家里到金娟家，金娟跳楼，万林夹着金娟去埋尸。刚才说了，万林是一手夹一个的方式带了金娟和狗的尸体去现场的。那么，他的镰刀是什么时候带去现场的？没有镰刀是怎么杀狗的？如果是后来取刀杀狗，一来不符合临时起意的特征，二来无法一手夹一具尸体。如果是跳楼后没管尸体，直接回家取镰刀，再回来挪动尸体，也不符合心理状态，风险太大。所以想来想去，怎么都解释不了尸体、镰刀和铁锹。唯一可以解释的重建顺序就是：带着镰刀去了金娟家，金娟坠楼，扛着金娟尸体离开，发现狗，杀狗，拖着两具尸体去现场，返回家中取铁锹，埋尸。”

“有道理。”赵局长说，“如果之前的分析都是对的，也只有这个顺序了。那万林为什么要带镰刀去找金娟？说明他的意图就是杀人？”

“只有这样解释了。”我摊了摊手，说，“第二个疑点，是死者的衣着情况。除了高坠形成的胸罩断裂，死者其他的衣物都是整齐的。而且，是一种在家里穿睡衣的状态。可是，和这种衣着状态格格不入的，是死者穿着一双慢跑鞋。刚才我看了林涛拍来的死者家里的照片，明明是有拖鞋的，可是死者没穿。死者在家里会穿一双慢跑鞋吗？还是光脚直接穿双慢跑鞋，这不合理。”

“有道理。”林涛说，“我现在也在怀疑死者是不是在家里坠楼的。”

“你不是说窗前凳子上有足迹嘛。”大宝说。

“这个确实是死者新鲜的足迹。”林涛说，“不过，为什么左、右两脚都会踩到凳子上，我一直想不明白。如果是作为台阶来跳楼，一脚踩上去，另一脚就可以上窗台了。现在我想明白了，如果死者是脚踩在凳子上系鞋带的话，分别要搭上左、右两脚，就可以形成了！而且窗口、窗台的痕迹，都没有直接提示死者是从窗户跳下去的。”

“如果死者是急着要去见一个人，又不在家里见。”我说，“这是个很讲究卫生的女人，那么她就有可能急着踩在凳子上换好鞋子，然后去外面见。天气冷，穿得少，见面的地方不会太远。”

“有道理。”大宝转了风向。

我打开幻灯片，接着说：“还有第三个疑点，就是死者的一些不惹人注意的小损伤，大约有三处。第一处，是死者右手中指近侧指关节的脱位。请大家注意，只有脱位，没有骨折。那么我们知道，指关节是横平面的，也就是说，只有在横向平面的作用力，才会让指关节脱位。如果是坠落导致的摔伤话，无论怎么摔，作用在右手中指都是纵向的作用力。而且，其他手指并没有任何损伤。总结一句话，坠落无法形成这一处小的损伤。第二处，是死者双侧手掌掌心都有纵行的、细小的表皮剥脱。这些细小的、纵行的表皮剥脱，平行排列，间距一模一样，非常规则。这只有双手同时抓握一种表面有规则纵行突起的物体时才会形成。结合现场地面的情况，更不可能是摔的。在我的脑海里，我觉得她是抓握了类似螺纹钢的东西，而且抓握力很大，才会形成这样的小损伤。可是，在死者家里的照片上，我们没有看见类似螺纹钢的东西。”

“确定没有。”林涛说。

“第三处是死者脚踝内侧的小片状皮下出血。”我说，“这损伤微小，不容易被人重视。它是由表面光滑、柔韧的物体造成的，比如徒手。而且，双踝内侧的损伤是不可能在坠落过程中同时形成的。我们接触的高坠现场很多，绝大多数都是经过工作后找不到任何疑点。而这起案件，虽然根据目前情况可以有合理解释，但仍有诸多疑点是不能解释的。所以，我们还需要进一步勘查现场。”

“没问题。”赵局长说，“你们继续工作，我们的法律手续暂时不办，等你们最终的结论。”

“你准备怎么查？”我和林涛站在金娟所住的楼房底下，一起仰头向上看去。

“我坚信她的起跳点不在自己家里。”我说，“出门换鞋，还要具备高坠的高空条件，想来想去，就只有房顶了。”

“居民楼的房顶能上去吗？”林涛说。

“试试呗。”我说。

体重决定体能。林涛爬到楼顶时候毫无变化，而我却扶着扶手气喘吁吁地指着面前的楼梯说：“看……看到了吧。不是所有的楼房房顶都不好上的。现在很多楼房为了方便住户到楼顶晒被子，都有楼梯直接通向顶层平台，这……这就是。”

沿着半层楼梯走到尽头，穿过一个小门，果真就是一片开阔的楼顶平台了。平台上横竖拉着很多绳子，果真是给业主提供的晒被子的空间。

我放眼望去，楼顶的周围是一圈不高的矮墙作为防护的安全墙。可能是因为矮墙太矮了，又或是嫌光秃秃的墙太丑，所以房地产商在矮墙的上面加设了一圈钢筋。可是因为太远，究竟是钢筋还是螺纹钢也看不清楚，于是我急吼吼地要往矮墙边冲。

林涛一把拉住我说：“别动，有问题！”

不同的专业，关注点果真是不一样的。法医关注致伤工具，痕检关注地面痕迹。我在想早点知道真相的急切之下，差点儿忘记勘查的规矩了。

林涛站在小门的门口，对着地面左看右看，变换着自己的姿势看，看了半天，直到我彻底不耐烦了，他才慢悠悠地打开了勘查箱，拿出鞋套、手套和帽子递给我说：“穿上再进去，沿着墙边走。”

我按照林涛的要求穿上勘查装备，迫不及待地走到了矮墙的旁边。果真，矮墙上面立着的，正是一圈螺纹钢。因为小区还是新的，螺纹钢都没有生锈。和我分析的一模一样，我兴奋地拍了一把螺纹钢，螺纹钢发出嗡嗡的声音。

我从口袋里拿出比例尺，凑近去测量螺纹钢钢纹之间的间距，果然和死者手心里的细小表皮剥脱间距一分不差。

“原来是这样！”我叹息一声，沿着墙根，走到最有可能是坠楼点的地方。往下一看，恐高的我顿时一阵眩晕。我稳住自己，探头往下看了看，果真，死者住处的窗户就在这个位置的正下方。我小心地用滤纸在螺纹钢上擦蹭了一下，做了个血液预实验，阴性。又多擦蹭了几个地方，做实验，还是阴性。

“不对啊。”我自言自语道，“死者的手心有表皮剥脱，虽然小，但肯定有潜血反应啊。”

正在用粉笔圈足迹的林涛抬头看看我，说：“你怎么就知道她是从那里坠楼的？”

## 4.

“不应该是在死者窗户的正上方吗？”说完我就知道原来是自己钻进了牛角尖。潜意识里认为凶手为了伪装死者从自己住处跳楼，所以会选择窗户的位置。其实，尸体都被挪动了，谁会知道坠楼点在哪里？

除非死者有出血，就会标记出坠楼点。但凶手是带着镰刀来的，目的就是杀人，不知道出于什么原因临时改变了杀人方式，因此不可能那么精于算计，事先伪装。毕竟，利用高坠来杀人的难度非常高，偶然性也非常强。

“整个楼顶的一圈都是螺纹钢，总不能用滤纸一点点地蹭吧？”我直起身看了看周围。少说也有近百米的螺纹钢。

“这不是还有我嘛。”林涛笑了笑，从勘查箱里拿出一瓶鲁米诺试剂。这个试剂可以广泛地喷在现场，如果什么位置有血迹，哪怕是很浅淡的血迹，都会发生反应。可以说是寻找潜血痕迹的利器。

林涛拿着鲁米诺试剂，沿着围墙对上面的螺纹钢喷了一遍。过了一会儿，果真在墙角的位置，出现了鲁米诺反应。

我“咦”了一声，拿出棉签，把有潜血反应的部分提取了下来。

“和我的想法印证了。不过，这个血要送去DNA检验鉴定，一旦认定是金娟的，颇有证明价值啊！”我说，“死者在坠楼前，曾经牢牢地用双手抓住了楼边矮墙上的螺纹钢。你见过自杀坠楼的人，在跳下去的那一刻又抓住楼沿，改变主意的吗？”

“没见过。”林涛说，“我这边也是成果颇丰啊！你看，我圈出来的这么多灰尘减层足迹[①]中，有好几枚都有鉴定价值。这几枚经过辨认，分别和今天我看过的万林的鞋印一致，和金娟的慢跑鞋一致。除了鞋印，在你提取到潜血的位置前方，有擦划的痕迹，应该是有人摔倒了。”

现场顿时在我的脑海里呈现了出来，我拉着林涛来做模拟，把案件过程重建了一遍，然后问林涛：“我们分析的这个结果，从现在掌握的证据来看，能构成完整的证据链吗？”

“有关联性、唯一性和排他性。”林涛说，“证据确凿。”

坐在审讯室里的万林，已经被加上了镣铐。

侮辱尸体罪变为故意杀人罪，天壤之别。

我们用随身携带的DV播放了一段小视频，这段视频是刚才我和林涛在楼顶自拍的。内容是我们俩一个扮演万林，一个扮演金娟，把犯罪现场重建了一遍。

这种审讯方式一般是不能用的，除非我们证据确凿，否则会有诱供之嫌。要做这样的现场重建演示，必须要在科学的框架内重建得丝毫不差。

我俩有这个信心。

看完了视频，万林低头沉默了一会儿，说：“好吧，我输了。”

我和林涛离开了审讯室，在隔壁旁听室里听他的交代。

---

① 灰尘减层足迹，指的是踩在有灰尘的地面上，鞋底花纹抹去地面灰尘所留下的鞋印足迹。

“我之前说的，前面都是真话。”万林说，“我包养了这个婊子，可没想到这个婊子恬不知耻，依旧在做以前的勾当。我发现了这事儿后，还打过她一次。可这婊子不知悔改，还倒打一耙说我抠，说我给她的钱还不够买化妆品的。于是我就经常打她，并且停了给她的生活费。可没想到，她居然变本加厉，更疯狂地接客！给我戴了这么多顶绿帽子，我忍无可忍！”

“你有老婆孩子，究竟是谁给谁戴绿帽子？”侦查员不忿地打断了他。

万林咬了咬牙，接着说：“前天晚上，说老实话，我就是准备干掉她的。于是我带着自己的镰刀到了她家。不，那是我租的房子，是我的地盘。可没想到这个婊子居然换掉了门锁，我怎么敲门，她都不开。我不知道附近有没有住邻居，所以也不敢动静太大。就在门外劝她，骗她开门。可是这个婊子居然无动于衷，完全不理我。我可谓是使尽了浑身解数，就是没办法劝她开门，又不敢在半夜里踹门。想来想去，说不定这个婊子已经意识到了我要除掉她，所以死也不开门。既然这样，我就更要尽早除掉她。”

“你这是什么逻辑？”侦查员说，“……接着说。”

“我知道这婊子最爱钱，就告诉她，我这次来，是带了十万块钱给她，如果她十分钟后不来楼顶平台和我见面，我就把钱全部扔到楼下去。然后故意加重脚步上楼。这婊子可能是听见了我的脚步声，信以为真，果然没过几分钟就跑上了楼顶。我看鱼上钩了，就抽出了镰刀，堵住逃离的小门，准备干掉她。我想，在楼顶杀她，比在她的住处杀她更好，警察不一定能找得上来。”

“你太小看警察了。”侦查员点评了一句。

万林说：“这婊子就往楼边躲藏，你说多可笑，楼顶平台那么开阔，唯一的出路被我堵着，除非她跳下去，不然她哪儿也别想跑。当时我突然就有了一个想法，一个杀人不见血的想法，就是把她弄下楼去摔死。于是我收起镰刀，准备抓住她，弄她下去。你看我这么结实，而那婊子瘦成了一根筋，看上去轻而易举吧？我是抓到了她，可没想到，一个人感觉到自己可能会死的时候，什么事都能做得出来。她居然一把挣开了我，拔腿就跑。但不知道怎么回事，没跑两步，她就突然摔了一跤，摔在了楼边的钢筋上。这一下摔得不轻，她抓着钢筋，半天没爬起来。这时候，我觉得机不可失，时不再来，就走过去抓住她的两只脚，使劲一掀，然后她就像是玩单杠一样翻了个圈，挂到楼外面去了。不过不知道她哪儿来的那么大力气，居然还抓着钢筋没有松手。哈哈哈哈。”

“你居然还笑得出来？没有人性吗？”

“现在回想起来，抓住她那么美丽的小腿的时候，我还真是有点不舍。”万林说，“但事已至此，不能回头了，我就去掰她的手指，让她松手掉下去。我从来也不知道，她的力气居然那么大，我怎么掰也掰不动。在这个时候，一直在逃命，忘记喊叫的她，居然想起来喊救命了，这一喊把我吓得不轻。虽然是在半夜，又是在楼顶，但是保不齐有住户会听见她的喊叫。所以我一使劲，掰断了她的手指。可能是疼了吧，她就掉下去了。”

“然后呢？”

“然后我就下楼去把她的尸体运走，走在路上，看见路边躲着一条狗。我突然想到，如果把狗埋在尸体的上面，肯定就不容易被人发现尸体了。因为我是农民出身，我知道自己家的田地泥土被翻过的话，很有可能会引起警觉。于是我就假装逗狗，那狗也是不怕人，还以为我要给它吃的呢。我趁它不注意，一刀就解决了。然后我背着狗，夹着人，走了挺远的路，到了田地里埋了尸体。”

“好悬啊，差点儿漏了一起命案！”大宝惊呼道，“我们这行风险太大了，万一漏了一起命案，以后发案真是吃不了兜着走。”

“所以做事要仔细嘛。”我说，“不过，和别的高坠案件还是很不一样的，这起案件，疑点重重。我相信，除了我们，哪个法医都不会轻信自杀的结论。”

“这个案子也有非常多的巧合。”林涛说，“正是因为诸多的巧合，才差点儿隐藏了犯罪行为。如果没有那么多巧合，也很难用这种手段杀人。”

“确实。”我点点头，看了看表，说，“时间不早了，赶紧回去休息吧。连轴转的日子里，最稀缺的就是休息时间了。”

然而，我们都没有睡成好觉。大约在晚上十二点的时候，我接到了陈诗羽的电话。她的语气非常着急，说是韩亮出事了，让我们赶紧过去，地点是龙番水产养殖园。

龙番湖的旁边，有个水产养殖园，里面分割成上百个区域，分别承包给各个水产公司，作为养殖水产的基地。这里的承包户不仅做养殖，也做批发和零售。所以，水产养殖园白天就是热热闹闹的市场，大家都爱来这里买水产，因为新鲜便宜。晚上就会非常冷清，毕竟这里离市区尚远。

师父的哥哥，也就是陈诗羽的伯伯，就经营了一家这样的水产公司，并且在水产养殖园里也有自己的地盘。陈诗羽大半夜地出现在她伯伯那里，倒是不奇怪，但是请了两天假的韩亮会出现在那里，确实有些让人不能理解。

我一听说这样，二话不说，从床上跳起来，开着车就往水产养殖园赶。我觉得，林涛肯定比我还先到。因为我不能理解的地方，他肯定更不能理解，而且他会更加在乎这个疑问。

不出所料，在我赶到事发地点的时候，林涛已经到了。除了林涛，还有几名警察和几名医护人员。

陈诗羽坐在一辆警车的后座上，门开着，一名医生在给她的右手进行包扎。林涛站在陈诗羽的旁边，一言不发。

“出什么事了？韩亮呢？”我左右看看，韩亮的大“卡车”停在一个鱼塘旁边，却不见韩亮本人。

“救护车拉走了。”林涛说。

“什么？”我顿时紧张得涨红了脸。

“没事没事，生命体征平稳。”林涛说，“医生说是小羽毛救了他一命。”

“什么情况？”我问。

“我估计这家伙在这儿没干好事。”陈诗羽说，“今天晚上，我伯伯心脏不舒服，又不愿意去医院，我爸就叫我开着车带了我一个医生朋友来给我伯伯看看。医生在给我伯伯吊水，要在旁边盯着，让我回去帮他取一下什么设备。我开车走到这里的时候，突然看到一辆外形奇特的车停在这里，开着车灯，车窗都是闭着的。那车应该是韩亮的车，他的车那么大，那么丑，太显眼了，不然我还注意不到。别说我了，不管是谁，看到这里停个车，都会觉得肯定是在车里干坏事儿呢。”

“你懂得真多。”林涛说。

“没吃过猪肉还没见过猪跑啊？”陈诗羽毫不介意地说，“我想起韩亮之前那事儿，就觉得他太渣了，还狡辩呢，非抓他一个现行不可。”

“这事儿，你一个女孩子，不太合适吧？”我挠了挠头。

“有什么不合适的？”陈诗羽说，“他的行为已经影响到我们勘查组，甚至公安厅的名誉了，如果不让他吃点亏，他一定死性不改的。”

“你这就有点多管闲事了。”林涛说。

“那我不管谁管？”陈诗羽说，“你们男人就知道互相维护，我当时要是打电话让你来管，你会来吗？”

林涛摇了摇头。我挥手让林涛不要打断，听得我都要急死了。

陈诗羽接着说：“于是我一打方向盘，就把车停到了他车的背后，一看牌照，果真是他的。不过也是，如果不是他，谁会买那样的车子。然后我就按喇叭，准备吓唬他一下。可没想到怎么按喇叭都没人下来，车子明明是打着火的，不可能没人啊。我觉得不对劲，就下来往车里看。韩亮一个人躺在驾驶座上，好像是在睡觉。我敲窗户，他也没反应，我就知道出事了。我一急，回到自己车里拿出伸缩警棍打破玻璃，把韩亮拖了出来，当时他已经昏迷了。所以我就赶紧学着你教我们的模样对他进行人工呼吸，过了一会儿他好像就缓了过来。”

“人工呼吸？嘴对嘴的那种？”林涛问。

“不然呢？”陈诗羽瞪了林涛一眼。

林涛正色道：“做得好。”

“然后我就打了 110 和 120，接着又给你们打电话了。”陈诗羽说。

我看了看包扎在陈诗羽手上的纱布，已经浸染了斑驳血迹，估计她伤得也不轻。

“车内正常，初步估计是停车关窗开空调导致的一氧化碳或者二氧化碳中毒。”民警说。

“车子本身会不会有问题啊？这是他新买的车。”我问民警。

“这要去 4S 店检测一下。”民警说。

“没事，我都存证了，车子上下左右我都拍了一遍。”林涛举了举手中的相机。

我哑然失笑，这个时候现场勘查员的好习惯就显露出来了。

陈诗羽的手包扎好了，我们各自开着自己的车赶去医院探望韩亮。

到达医院的时候，韩亮正躺在病床上吸氧，但此时神志已经完全清楚了。

“感谢陈大侠的救命之恩，再生之恩无以为报，唯有……”韩亮一清醒就开始贫。可能是陈诗羽好几天没理他了，这时候算是找到个话题可以修复关系。

“打住，打住，没人稀罕你。”林涛打断了韩亮，问，“究竟什么情况啊？你为什么半夜去那个水产养殖园？旁边是个黑鱼养殖池，你是要去偷黑鱼吃吗？”

“嘿嘿，个人问题，个人问题。”韩亮尴尬地笑了笑，显然不想回答我们的问题。

“我说吧，我就知道他是去干坏事的。”陈诗羽一脸鄙视，“就知道这个人是死性不改的，算了，算我救错一个人，再见。”

说完，陈诗羽转身离开了病房。

韩亮依旧一脸尴尬，没有搭话。

“在车里开空调睡觉很危险的。”我说，“即便不是车子的问题，汽车尾气被吸进来也有可能造成一氧化碳中毒。睡觉时间长了，开了车内循环，还有可能二氧化碳中毒。”

“会不会是车子的问题啊？”林涛说，“明天要去 4S 店交涉一下。”

大宝起床比较慢，所以没有赶去现场，而是在路上接到电话就直接来了病房。他说：“你果真是去干坏事的啊？那……那女的去哪儿了？”

“你们怎么都这么看我啊？”韩亮苦笑着说，“不过我现在解释什么都没用了，你们也不信。我说是一个高人让我去那个黑鱼池边守夜，就能转运，所以我就去了，你们信吗？”

“不信。”我说，“第一，你韩亮不是那么迷信的人。第二，你韩亮最近也没什么倒霉的事情需要转运。网络暴力不算倒霉的事情吧？你不会那么在意吧？”

韩亮又是苦笑一声，没有说话。

“高人？你还认识什么高人啊？”大宝说，“那你能不能找他帮我算算怎么才能变帅变有钱？哈哈哈，你韩亮真是搞笑。说吧，现在这里都是男人了，没什么好隐瞒的了。是不是你找的女人是养黑鱼的？”

“什么女人？我是那种人吗？”韩亮苦笑着辩驳。

“行了行了，别难为韩亮了。明天我们一起去 4S 店吵架去，差点儿出人命呢！”林涛说。他果真是我们之间最心软的人了。

# 第五案　鬼影实录

当真相在穿鞋的时候，谎言已经跑遍了全城。

——

温斯顿·丘吉尔

THE DOOMED

# 1.

我们几个都是守法公民，说什么大闹 4S 店之类的事情是完全做不出来的。

真实情况是，我们在 4S 店的接待室里等了两个小时，才等到检测人员。检测人员告诉我们，这辆车的气路、油路、电路都没有任何问题，不存在对生命构成威胁的因素。

在停车打着火的状态下，关窗开空调睡觉，本身就有很多危险。有可能会因为耗尽氧气而逐渐失去意识，甚至死亡。以前也出过类似的事故，并不一定是车辆的问题。

我们也很纳闷这个不冷不热的天气韩亮为什么要开空调，韩亮却说自己究竟有没有开空调已经不记得了，不过，这个天开空调也很正常，通气通风很舒服，油又不值钱。

说到这个话题，我们大家都噤声了。油价都已经涨成这个样子了，他居然说油不值钱！和土豪在一起，实在是没法交流。

既然车子检测没问题，我们也没办法。让 4S 店写了个情况说明有备无患，然后讨价还价，让 4S 店送了一次车内清洗。

没出息的我们觉得已经占了便宜，韩亮也完好如初了，就不再计较此事，算是生活中的一个小插曲吧。

经常接触死亡的勘查组，对死亡已经看得很淡了。至少谈论起死亡来，谁也不会避讳。韩亮逃过了一劫，算是获得了一条新的生命，所以大家在返程的路上就开始讨论起生死观来了。

“我觉得吧，人生就是要及时行乐。”韩亮说，“固有一死，就不能白活。”

“嘿，你倒是可以，想要什么有什么。”林涛说，“我们怎么行乐？你看看，这是我刚发的工资条。三千九百九十七块钱！就不能涨个三块钱让我突破四千吗？我这个处女座不能忍！我觉得吧，人生就是稳定、平淡，这就足够了。”

“我觉得人生最快乐的时候，就是没事能喝点小酒，而且还能完成四言四语。”大宝陶醉地说。

“什么四言四语？”我问。

“喝酒开始的时候，要花言巧语，酒过三巡就要豪言壮语，一直喝到胡言乱语，最后不言不语，这就算是享受完了喝酒的乐趣了。”大宝说。

“现在上面刚下了命令，工作日期间不得饮酒，大宝你这个酒虫子要给我注意点。”我说。

“老秦，你的生死观是什么样的，说给我们听听啊。”林涛问。

“我觉得吧，我在死之前会问自己三个问题。一是在这个社会上留下了什么，我是不是对社会有贡献的人。二是我的亲戚朋友会不会缅怀我，我是不是光明磊落的人。三是我的这一辈子，究竟是快乐的时间多，还是抑郁的时间多，我是不是乐观豁达的人。在我还能活很多年的时候，就要开始时刻问自己这几个问题，我才能活得更好。”我说。

“说得好啊。”大宝鼓起掌来说，“你可以当一个哲学家了，把人生看得那么透。”

“总之，活着就要好好活着，精彩地活着。”林涛说。

“对，对，对。”大宝的脑袋点得像是在捣蒜，“多吃多睡，多出现场。”

“有你这样诅咒社会的吗？”我哭笑不得，“我们多出现场了，就说明又有生命消逝了。所以，你说多出现场，是一种反社会的表现。”

“没、没有啊。”大宝急得鼻头都红了，“我是说，领导能让我们多参与一些案子，案子总数别变，总数别变。”

“总数变少！”我纠正道。

话音刚落，电话铃声响了起来，大家一脸惊恐地看着我。

我知道这几天的连续工作，大家已经不堪重负了，如果这时候再来一起案件，可能就成了压垮我们的最后一根稻草。

我咽了口口水，从口袋里摸出了手机。

屏幕上是“师父”二字。

我无奈地看了看大家，大家见出差的结局已定，惊恐的表情立即变成了嫌弃。我就奇怪了，为什么是嫌弃呢？嫌弃我乌鸦嘴吗？这话题明明是大宝提出来的，这锅也要我背？

“这都十点多了，你们几个人呢？”师父用他习惯性急吼吼的语气问道。

“我们把韩亮的车送来检测一下。”我知道陈诗羽肯定把前因后果汇报过了，所以简略地报告我们的位置，静静等待出勘现场的指令。

“今天清早，云泰市接到一起报警，说是什么家中闹鬼，但我觉得可能是有人在家中自杀了。”师父说，“不过，这事儿不知道怎么就被人传上网了，你自己看看微博吧。现在宣传部门要求我们尽快报案件初查结果，所以你们赶紧赶过去，一方面确保第一时间出结果，另一方面指导当地警方确保初查结果无误。”

我点头接下案子，让韩亮抓紧时间开车去接陈诗羽和程子砚，然后以最快速度赶往云泰市。信息化时代的逐步深入，自媒体日益成熟，我们省厅又多了一项工作任务，就是对引起网络热点的非正常死亡事件第一时间介入，确保在初查的时候就不会有任何失误，以防与最终结果出现偏差而引起舆论炒作。

“去云泰？”大宝见我挂了电话，舔了舔嘴唇，说，“好久没去云泰了，这个季节，是不是有小龙虾啊？”

“你就知道吃！”我斥责大宝，“我们去是办案的！就想着吃了。”

“破案了不是可以吃一顿吗？”大宝憨憨地笑着说道。

我和大家说了案件的来源，大家纷纷拿出手机刷起了微博。果然，“云泰女鬼”这个关键词已经冲上了热搜榜的前十名。

微博热搜榜常常是一些八卦事件，如果只是哪里闹鬼的传言，不至于上热搜榜啊。所以，我迫不及待地点开了话题链接。

林涛看到热搜关键词的时候，就已经收起了手机，此时见我们点开了链接，连忙说：“别看了，要不我们直接去现场看就好了。”

我没理林涛，笑着看手机。原来在微博上广泛流传的是一段视频，我说呢，在信息化时代里，最容易引起广泛关注的，第一个就是视频。毕竟视频有着强烈的视觉冲击，而且观众也很容易被视频发布者带节奏。

这段视频被广泛流传是有道理的，可以说，一段不到一分钟的视频里，充满了色情、恐怖的因素，算是极其吸引眼球了。

视频一打开，一名女子的大声娇喘就从我的手机里传了出来，把我着实吓了一跳。就连正在专心开车的韩亮也惊呼道：“我去，还真是辣耳朵。”

视频的主色调比较暗，有光线从床侧的窗帘投进来，把房间微微照亮，能看到视频里主人公的大概轮廓。看来，这段视频是在今天清晨天蒙蒙亮的时候，没有开灯的情况下拍摄的。

视频应该是由一名男子拍摄的，虽然这里面主人公的轮廓都已经打上了马赛克，而且光线并不是很好，但是不难看出，此时这个男子正仰卧在床上，并用自己的手机拍摄自己身上的一名女子。女子正扭动着赤裸的身躯，和男子翻云覆雨。

镜头在不停地摇晃，摇晃的过程当中，视频的一角掠过了床侧的窗帘，窗帘和墙壁的缝隙里，似乎有着一团白白的东西。这团白白的东西很显眼，不仅能够吸引观众的注意力，更是在拍摄的当下吸引了拍摄者的注意力。

镜头瞬间一晃，传出男子的声音：“等等，等等。”男子在叫停女子。

镜头一阵转动，最终定格在那团白白的东西之上。此时，镜头里的赤裸女子，也转头向窗帘的方向看去。

镜头大约停顿了两秒钟的时间，随着男人和女人的尖叫声，视频结束了。

也就两秒钟的时间，手机摄像头的录制并不清晰，但我还是大概看到了让那对男女尖叫的东西，是一个白衣长发的鬼影。

微博上，在“云泰女鬼”的这个话题下面，还有热心网友把那两秒钟的定格视频进行了截图处理。图片里，确实是在窗帘和墙壁的夹缝之中，露出了半个女人的身子，女人低垂着头，一头长发披散了下来，遮住了肩膀和胸部。但是，还能看得清女人的下半身，是一袭白色的长裙。

一个女鬼，默默地飘在房间的角落，半藏在窗帘背后，盯着这对男女寻欢。细想起来，还真是有点让人毛骨悚然。

网上有很多关于“灵异”的视频片段，都是国外一些网友所谓的“现场直拍”。无外乎是在拍摄其他视频的时候，发现某个角落里有人影、有人脸什么的。但是，这些视频，要么就是所谓的人影、人脸比较“象形”，细看其实并不一定是那么回事；要么就是视频修改的痕迹明显，是一些视频制作人故意做出来的“恶搞”。而这段视频，非常真切，并且发生在国内，就在每个人身边，实在没有不被舆论炒作起来的理由。

“什么灵异啊，都是假的。”林涛靠在车门内侧，盯着外面的天空。

我知道他是在自己安慰自己，此时的林涛，恐惧心和好奇心正在挣扎交锋。

“这拍视频的人也挺有意思啊。”看完视频的大宝说，“这种羞羞的事情，人家避之不及，他倒是自己主动交给记者去传上网。你看看，什么标题都有，哪里是辣耳朵，更是辣眼睛啊！”

“每个人的心理都不一样，这就不好分析了。”我说，“不知道事情的前因后果，又会是怎样的呢？”

聂一峰算是正儿八经的高富帅，寻花问柳也不是一天两天了。

他不是自己创业，也不是富二代，而是傍了一个大款，也就是他的老婆金铃。金铃比聂一峰大六岁，是云泰金一物流的董事长。聂一峰是金一物流的员工，因为外表出众，被当时的大龄单身女金铃看中，最后结为连理。

驾驶员出身的聂一峰，现在已经成为了金一物流运输部的总监。因为他耐不住寂寞，出轨的事儿做了不少，也被金铃抓住过不少次。好在聂一峰有三寸不烂之舌，才勉强保住了这段婚姻。

三年前，金铃患上了轻微的精神分裂症，一直靠口服药物维持正常状态。虽然这并没有影响生活，但是却成为了聂一峰寻花问柳的借口。聂一峰每次认识了年轻漂亮的女性，都会以“自己的老婆不仅是一个精神病患，而且自私、吝啬、不可一世”为借口，获取对方的同情，最终达到自己的目的。

在有几次捉奸在床之后，金铃也想了办法去约束自己的老公。毕竟金铃从高中毕业就在社会上打拼，在小小的云泰市有着极其复杂的社会关系。在金铃的斡旋之下，几乎云泰所有的星级宾馆都把聂一峰拉进了黑名单。对于聂一峰来说，想在云泰开一个房间，都成了难事。

既然在本地已注定毫无作为，聂一峰就打起了去外地寻花问柳的主意，所以最近的这一段时间里，聂一峰出差渐渐多了起来。

前两天，聂一峰得知金铃要去省会龙番谈一笔大单，于是自己就申请去汀棠市出差，借口是要去拓展一条新的运输线路。在汀棠市出差两天后，聂一峰并没有找到猎物，只有悻悻地回到了家里。

家里收拾得很整洁，金铃也不在家，看来是去龙番了。按照金铃的行程安排，她还需要两天才能回来。在一个人度过了一个不眠之夜之后，寂寞难耐的聂一峰通过微信联系了自己之前的一个老情人。他想，既然开不了宾馆，不如就在自己家里吧。

两个干柴烈火的人一拍即合，老情人在天蒙蒙亮的时候，来到了聂一峰的家里。两个人一见面，立即翻云覆雨起来。兴致极高的聂一峰甚至拿出手机，开始拍摄起两人之间的激情画面。

可是，这一拍不要紧，竟然拍到了极其恐怖的画面。本来布置得很温馨的家里，突然出现了一个鬼影，默默地盯着他和老情人之间的云雨。

视频没有拍得很清楚，但是两名当事人却看得真真切切。

在幽暗的环境里，房间的一角，立着一个白衣女鬼，长发低垂，窗帘遮住了她的半边身子。长发和窗帘之间透出半张煞白的面孔，一只大大的眼睛圆瞪着床上的赤裸男女，毫无表情。

这一吓，差点儿把两人吓得尿了裤子。两个人甚至来不及穿衣服，直接裹了床上的毛毯，就奔出了室外。

此时天刚刚亮起，小区里都是一些晨起锻炼的老人。冷不丁看到一对裹着毯子的男女跑了出来，也是吓了一跳。

男女慌乱无条理的叙述，引来了大量的围观群众。看见群众并不太相信他们的叙述，聂一峰就把自己手机中的视频播放了出来。

有好事之人，觉得这绝对是一个好的新闻线索，就通知了本地的媒体。所以，在警察到来之前，媒体就已经到了现场。记者不仅从聂一峰的手里获取了视频，甚至还准备先行进入现场一探究竟。

好在有好心的市民报了警，在记者准备进入现场的时候，警察抵达了现场，制止了记者。不然，一旦高清的图片流传到网上，怕是要引起更大的舆论风波。

警察让两名当事人坐进了警车，然后派了两名警员先行进入现场。

因为窗帘的遮挡，屋内的光线很差，两名警察用警用手电筒照射当事人所描述的位置。果真，那里立着一个女人。在手电筒光的照射之下，那只圆瞪的眼睛触目惊心。

毕竟女人的穿着、发型都和影视剧里的“女鬼”差不多，两名民警也是吓了一跳。但是警察就是警察，不能因为惊吓就逃跑。他们壮着胆子走到了女人的旁边，撩起窗帘仔细观察。其实，女人并不是什么女鬼，而是一具女尸。女尸之所以可以立着，是因为她的颈部有一条绳索，挂在窗帘杆上。

尸体已经僵硬，早就死去了多时，所以民警为了保护尸体和现场，就没有把尸体放下来，而是取了聂一峰和老情人两人散落在床边的衣物，返回屋外。民警一边向市局指挥中心通报了情况，一边让两人穿上了衣服。

指挥中心在接到民警回复情况的时候，就已经发现了网络上的舆情。在收到情况回复后，一方面向社会公布警方已经介入调查，一方面向省厅通报了情况，并且请求支援。

因为云泰市公安局刑警支队黄支队长是我的师兄，所以在我看完视频之后，就和他取得了联系。黄支队此时正在现场指挥现场勘查工作，听说我们已经在路上了，就下令不要动尸体，先行开展室内的现场勘查工作。

同时，调查访问工作也随之展开。通过对死者所穿的白色睡衣，以及死者大概面貌的辨认，死者就是房屋的主人——金铃。关于金铃和聂一峰之间的故事，也就是刚才叙述的一切，是黄支队在获取调查情况之后，陆陆续续通过微信发给我的。

## 2.

云泰离龙番不是很远，在我们搞清楚案件的前期情况之后，我们也就抵达了现场所在的一个花园洋房小区。

“现在对死者的车辆，以及公路、铁路站的调查都已经结束了。”黄支队见我们抵达了现场，从一辆现场勘查车上跳了下来，握着我的手说，“目前来看，死者金铃并没有去龙番，这两天的白天都在公司正常上班，昨天中午下班回家后，下午就再也没来上班。公司的人认为她是去龙番出差了，其实应该就死在家里了。”

“那聂一峰是昨天下午什么时候回来的？”我也来不及寒暄，抓紧时间问道。

“聂一峰是坐下午四点从汀棠到云泰的高铁回来的，抵达高铁站之后，打了出租车。”黄支队说，“根据我们的测算，他最早晚上六点半可以到家。”

“现场勘查做了？”林涛一边穿勘查装备，一边向位于一楼的现场屋内探望。屋内有几名技术员正给地面打上侧光灯，弯腰撅屁股地趴在地上寻找足迹。

“现在正在现场提取相应的痕迹物证。”黄支队说，“工作差不多完成了，可以动尸体了。正好，你们到了，我们一起吧。”

在黄支队的引导之下，我们穿好了现场勘查装备，进入了现场。

现场是一个四居室的结构，有两个房间都是空着的，还有一间书房似乎也不经常使用，都没有翻动的迹象，也没有明显的新鲜的痕迹物证。中心现场位于面积较大的主卧室的东北角，也就是床尾斜对面的墙角。这个墙角比较隐蔽，如果不去仔细观察，还真是不太容易发现这里挂着一具尸体。

林涛有些战战兢兢地带着程子砚走进主卧室，和技术员们一起进一步深入勘查。我和大宝则在现场里走了一圈。

客厅的中央有一张圆桌，圆桌的中央摆放着一个插满了干花的花瓶，花瓶的周围摆着几个药瓶。我顺手拿起几个药瓶看了看，是一些维生素类的药物和一小瓶氯氮平。我打开氯氮平的药瓶看了看，基本是满瓶的药物，这瓶药应该打开不久。

氯氮平是一种治疗精神病的药物，不仅对精神病阳性症状有效，对阴性症状也有一定效果。适用于急性或慢性精神分裂的各个亚型，可以减轻与精神分裂症有关的情感症状。氯氮平有比较强大的镇定和催眠的作用，对于金铃这种患有轻度精神分裂症的病人效果会非常好。

我逐个把药瓶拿起来看，并没有发现什么疑点。

我和大宝又来到了厨房，厨房里的厨具也都是很整洁的。但是可以看出，这个物流公司的老板平时在家是自己下厨做饭的。厨房的门上挂着一条女士的围裙，锅碗瓢盆、油盐酱醋一应俱全，一边的菜篮子里还有一些新鲜的蔬菜。

我打开厨房的冰箱，见冰箱里有两盘吃剩的炒菜，一盘是宫保鸡丁，一盘是芹菜炒肉，另外还有个盘子里放了两个馒头。看样子，这菜饭并没有放置很长时间。我又走到灶台一侧，打开电饭煲观察，发现电饭煲里有半锅稀饭。稀饭的表面结了一层壳，但是从稀饭的黏稠度和色泽来看，也是烧了没多久。

我看来看去，也没看出什么问题，就听林涛在主卧室里喊我。

“怎么了？有什么发现吗？”我说。

“暂时没有。”林涛说，“发现了不少足迹，需要回去慢慢比。我是说，你们得进行尸检了，检验完以后，我们还要看一下尸体周围的痕迹。”

我见尸体所在的墙角空间狭小，知道尸体在这里挂着，痕迹检验工作确实不好开展。而且，穿着这么恐怖的一具尸体，瞪着眼睛立在这里，林涛肯定也是无法安心工作的。

在放下尸体之前，我们观察了一下尸体脖子上绳套的状态。绳套是绿色的尼龙绳，一头圈成一个圆形的绳套，套在死者的脖子上。另一头绕过窗帘杆垂下来，拴在床头电视柜的腿上。这样像是把窗帘杆变成了一个滑轮，受力点是在电视柜上。

缢死的尸体我们见过不少，但是这种拴绳的方式，还是头一次见。我们分析，可能是因为窗帘杆太高了，直接在上面打结不太方便。而这种拴绳的方式，只需要把绳子扔上窗帘杆，一头固定在电视柜上，就可以了。

“绳子的事情，问了吗？”我问一旁陪我们进行勘查工作的侦查员。

侦查员走到电视柜的旁边，打开电视柜，指着里面说：“她是搞物流的，家里有不少一模一样的尼龙绳。这柜子里有尼龙绳，也有剪刀。剩下的尼龙绳的断口也是新鲜的，我们分析就是从这里剪下来的绳子。”

我点头看了看电视柜里的绳子，果真是有新鲜剪断的痕迹，剪碎的尼龙纤维还散落在柜子里。看来，这条绳子并不是从外界带进来的。

为了不破坏尸体附近墙壁、窗帘和暖气片等家居摆设上的痕迹，我们搬来了勘查梯，我踩着梯子用剪刀避开绳结剪断了绳索，大宝和云泰市局的高法医在下面接着尸体。此时尸体的尸僵非常强硬，所以尸体不至于倾倒下来。大宝和高法医慢慢地把剪断绳索后依旧处于直立位的尸体从原来的位置挪出来，平躺着放到了地上。

尸体穿着一身白色的连衣裙，内衣完好，穿着一双丝袜，没有穿鞋。死者三十多岁，保养得尚好，身材居中，身高大约一米五八，体重九十多斤的模样。

“幸亏尸僵硬啊，不然这尸体后面的痕迹就全部给破坏了。”林涛见尸体移走了，拿出放大镜对着尸体后面的窗框进行观察。穿着勘查服的林涛一脸认真。

程子砚站在林涛的背后，不知道是在看林涛还是在看痕迹。

“难道有什么发现吗？”我看了眼程子砚，会心一笑问。

“发现不少。”林涛说，“不过，我得仔细看完了再告诉你们。”

“你这家伙，就知道吊人胃口。”大宝不满地说。

尸体放下后，我第一时间先看死者颈部的索沟[①]。

对于疑似缢死的案例，索沟是最重要的线索。我们经历过很多扼死、勒死最后伪装成缢死的案例。但是，用缢死来杀人的案例则凤毛麟角。教科书上也正是这么描述的：缢死多见于自杀，少见于意外，罕见于他杀。

毕竟，缢死人不仅需要一定的窒息时间，而且需要高度的支持。用绳套套住别人的脖子缢死人，对方还没有激烈的反抗，几乎是不可能的。即便是被害人处于昏迷状态，把一个人刚好挂到一个绳套之上，也是很难完成的一件事情。

而缢死和其他死亡后伪装缢死的关键点，就在于死者的索沟。勒死的索沟，因为用力是平均的，所有的作用力平均摊在颈部一周，所以索沟的形态在颈部一周的表现是深浅一致，程度一致。而且因为勒的作用力可以在颈部

① 索沟，人体软组织被绳索勒、缢后，皮肤表面受损，死后会形成局部皮肤凹陷、表面皮革样化，会完整地保存下被绳索勒、缢时的痕迹。这条痕迹被称为索沟。

任何位置，所以索沟也就可以在颈部的任何位置。而缢死则不一样，缢死的作用力原理是利用自身的重力致死，所以索沟和颈部的接触位置一般都是在下颌下，甚至把下颌的软组织都勒进了下颌骨后侧。而且因为尸体的直立位置，受力也是不均匀的，下颌下受力严重，索沟会比较深；耳后一般受力比较小，所以索沟就逐渐轻微，然后消失。法医把这种现象叫作“提空”。

缢死因为靠自身重力受力，所以力量较大，会同时压闭颈部动、静脉，和勒死的力量只能压闭血液回流的静脉不同，缢死的尸体一般面部和眼睑的出血点没有那么多、那么明显。

另外，排除了死者颈部的其他损伤，有提空的缢沟周围还有红肿、水泡等生活反应，基本就可以判断死者是缢死了。

死者的口唇紫绀，十指指甲也是青紫色的，面部和眼睑有一些出血点，但是不多。尸斑也都沉积在双侧下肢。

我从林涛手上接过放大镜，对着死者下颌下的索沟看了又看，心里有数了。然后又大概看了看尸体的其他关键部位，说：“索沟有明确的生活反应，有明确的提空。其他部位并没有发现可以致死的损伤，死者死于生前缢死，这一点毫无疑问了。”

“缢死？自杀啊。”大宝叹道，“这人有精神疾病，也有自杀的基础。”

“现在不能发布消息吧？”黄支队说，“这种网络舆情涉及的案件，初查还是有比较确定的结果再发布消息比较好。毕竟，案件性质还不能完全确定。”

我点点头，把死者双手的手镯往上捋了一点，似乎可以看到手镯覆盖的地方，有一圈淡红色的印记，但是若隐若现、不甚清楚。我赶紧撩起死者的长裙，看了看她的脚踝部位，似乎也有类似的印记。

“缢死一般都是自杀啦，书上写的。”大宝此时说道。

我略加思考，对大宝说：“罕见于他杀，不代表不可能他杀。刚刚处理的案子，就是这样，你还是不长记性！”

说完，我拿出一根长针头的注射器，从死者的第三、四肋间刺入，从死者的心脏里抽取了一些血液，交给身边的侦查员，让他们抓紧时间送检，检测死者有没有可能中毒死亡，或者药物导致昏迷。死者全身没有其他附加损伤，如果形成昏迷状态，就只有可能是中毒或药物作用了。

“罕见就是罕见啊，总不能刚刚见到一起罕见高坠，现在又见到一起罕见缢死？”大宝说，“有那么巧的事情吗？”

“无巧不成书啊。”林涛看完了痕迹，也是一副思考状，说，“我同意老秦，需要进一步检验来判明案件性质。舆论那边再着急，也不能随意公布结论。这是对真相负责，对舆论负责，也是对自己负责。”

程子砚显然是同意林涛的观点，在一旁使劲地点头。

“说得好！”我赞了一句说，“林涛你继续研究室内痕迹，小程你去看看小区监控，小羽毛加入侦查组，韩亮开车带我和大宝去殡仪馆检验尸体。”

程子砚欲言又止，我知道她是想和林涛一起看痕迹，又或是体贴地担心林涛一个人在现场里有些胆怯。但是现在图侦这么重要，她没有道理不去加入图侦组，所以我也就装了个傻，率先离开了现场。

在前往殡仪馆的路上，我的脑海里就一直飘浮着死者腕部和踝部的红色印记。腕部的印记若隐若现，而且死者双侧腕部都戴有手镯，可能会有轻微勒痕。死者踝部的印记受到尸斑的干扰，也不能明确。究竟那是不是损伤呢？又会是什么损伤呢？

“你是不是在怀疑这是一起命案啊？”到了解剖室，大宝一边穿解剖服一边问我。

我不置可否。

“那如果是命案，肯定就是她丈夫，那个叫什么，聂一峰？就是他干的。”大宝说。

“为什么这么理解？”我问。

“你看哈，她丈夫下午回来，死者第二天就发现了，又是在家里，家里的门窗都是完好无损的。”大宝说，“而且她丈夫经常出轨，还被抓过，但她丈夫还得依靠她生存。如果她死了，她的财产就是她丈夫继承了，她丈夫就可以到处寻花问柳了，所以她丈夫最具作案动机和作案条件。”

“那是她丈夫报警的啊！”韩亮说，“贼喊捉贼吗？”

“贼喊捉贼的案例确实不少。”我说，“还有同行专门写过对报案人就是犯罪分子这些案例调研的论文呢。”

“那即便是贼喊捉贼，也没必要把自己出轨的证据公之于众吧。”韩亮说，“完全可以设定别的情节。”

“这每个人都有自己的思想，也许他认为这样可以造成影响，让绝大多数人不会怀疑到他呢？”我说。

“你看，你看，我说老秦在怀疑是命案吧？”大宝说，“那我们来看看死者的死亡时间，如果是晚上死的，肯定就和她丈夫有关了，如果是下午死的，肯定就是自杀了。”

“说得有道理啊。”韩亮说，“不过，你们可不可以把死者的眼睛给抹闭上？这样瞪着也太吓人了。而且，她这是不是死不瞑目啊？”

“哪有什么死不瞑目。”我笑道，“死者死亡后，会先经历肌肉松弛的阶段，这个时候，死者的眼睑会随着死者的体位而发生变化。绝大多数的死者，在被人发现的时候，都是眼睑微闭的。也就是说，不会牢牢闭上，也不会怒目圆睁。”

“这死者明明就是怒目圆睁啊！”韩亮说。

“对。”我说，“因为死者死亡的时候是怒目圆睁的，而死亡后出现了尸体痉挛。尸体痉挛你们都知道吧？就是死亡以后，不经历肌肉松弛，而是直接进入尸体痉挛阶段，保存下死亡当时的状态。尸体痉挛绝大多数情况下，只出现于部分肌肉，全身尸体痉挛还是极为少见的。有些古籍中，说某某英雄被砍下脑袋，身躯还屹立不倒。要么就是在吹牛，要么就是出现了罕见的全身尸体痉挛。”

“死者金铃，就是眼睑部位的尸体痉挛，所以才会瞪眼睛的。”大宝说，“尸体痉挛有一点不好，就是因为没有经过肌肉松弛阶段，从而改变了尸僵的生成规律，我们不太好从尸僵上来判断死亡时间了。”

“不仅仅如此。”我说，“这个案子特殊点就在这里。死者所在的位置是在室内的一角，正对着空调。而空调一会儿开一会儿关，毫无规律，以尸体温度来判断死亡时间也会产生巨大的误差。因为是缢死，尸斑都堆积在小腿，眼睛圆瞪，结膜角膜脱水征象也很严重，无法根据尸斑和角膜混浊来判断死亡时间。也就是说，我们无法通过尸体现象来判断死者的死亡时间。至少可以说，我们即便判断了，误差也会大于好几个小时，这就没有意义了。”

“是啊。”大宝叹了口气说，“即便我们还可以通过胃内容物来判断死亡时间，但是也只能判断她是在末次进餐后多久死亡的。那么她的中餐是末次进餐，还是晚餐是末次进餐，就不得而知了。”

“那么监控或者调查呢？”韩亮说。

“意义也不大。”我说，“死者的车就停在她的车位上，她原计划是昨天下午去龙番的，结果没有去。那么是她下午就自杀了，或者是准备等到晚上老公回来共进晚餐后再走，结果晚餐后被谋杀了，这都不好说啊。毕竟她老公清晨约老情人来幽会，这很不符合常理啊。”

“那怎么办？”韩亮问。

“也没有什么好办法。”我说，“在这个案件中，纯法医技术估计发挥不了多大的作用。需要结合案件的整体情况来进行分析了。能不能分析出线索，就要看各个组的工作情况了。沮丧也没有用，咱们还是得做好尸检工作，确保不漏掉任何疑点线索。”

韩亮点头。

“秦科长，毒物结果出来了。”一名侦查员从解剖室外跑了进来传达结果，“死者的心血除了氯氮平，未发现任何毒物和药物了。”

“氯氮平是死者平时长期服用的药物。”我沉吟道，“心血里有的话，很正常。”

“那超不超标啊？”大宝问。

“现在我们市的理化检验技术，对氯氮平只能定性，不能定量。”侦查员说，“也就是说只能确定有，有多少就不知道了。如果要定量的话，得送省厅。”

“不用送省厅了。”我一边说，一边没停下手中的工作，用酒精慢慢地擦拭着死者的腕部和踝部，“麻烦你们把现场冰箱里的菜，哦，还有电饭煲里的稀饭一起送理化室排查一下。”

“你是在怀疑往饭菜里投毒？”大宝问。

“也就是排除一下。”我笑着说。

“老秦说得对啊。氯氮平不溶于水。”韩亮这个活百科说，“投毒的话，它可不是理想的选择。”

## 3.

随着酒精脱水作用的出现，死者腕部和踝部的印痕逐渐清晰了起来。果然，那绝对不是手镯勒出来的痕迹。

显然，死者在生前被人用绳索捆绑过手脚。只是捆绑的时间不长、死者也没有过多的挣扎，所以造成的约束性损伤并不严重。

经过酒精的处理，死者双侧腕部皮肤有一些细小的皱褶出现了，环手腕一周的红印也更加清楚。红印没有手镯那么宽，周围密集了纵行的皮肤皱褶。这说明造成红印的绳索在勒紧手腕的时候，把手腕皮肤均匀地皱了起来。红印上没有明显的规律压痕，说明绳索的硬度不大，而且绳索上没有规律性的硬质花纹。既然这样，现场发现的尼龙绳就不具备条件了。

有经验的法医知道，在被绳索捆绑手脚的时候，腕部、踝部的皮肤均匀皱褶，说明捆绑的绳索是有弹性的。死者的腕部皮肤皱褶比较多，说明捆绑她手脚的绳索弹性非常大。如果把这样的工具带到生活里，最有可能的就是死者捆扎头发的粗橡皮筋。不过，现场并没有看到符合条件的橡皮筋啊。

但不管怎么样，有捆绑手脚的这个动作，基本就可以肯定这是一起命案了。虽然我们曾经见过捆绑住自己的手脚跳河自尽的案例，也见过捆绑住自己的手脚，然后用胶带封自己口鼻闷死自杀的案例，但还真的没有见过捆绑自己的手脚，再自缢死亡的案例。毕竟，手脚被捆绑住以后，就不具备登高、套颈的能力了，自缢的动作也不能完成。而且，根据聂一峰的供述，他并没有触碰尸体，那么捆绑死者手脚的橡皮筋去哪儿了呢？

没有想到，我的乌鸦嘴，或者是大宝的乌鸦嘴再次应验了。我们真的碰到了一起罕见的，利用缢死这一手段来杀人的案例。

除了腕部和踝部的轻微损伤，死者全身没有看到其他的损伤了，包括抵抗伤和威逼伤。那么，她为什么如此乖乖听话，让人缢死呢？

我们抓紧时间对死者进行了解剖，全身各脏器除了瘀血等窒息征象，没有其他异样。头部也没有受到过损伤，这更进一步确定了死者的死因是生前缢死。

我们切开死者的胃肠，死者的胃里满满的都是胃内容物。我用勺子舀出一些胃内容物，用水冲洗掉上面附着的胃液。胃内容物的形态非常清楚，有软化的米粒，也有软化的面团，还有没经过消化的芹菜、肉丝、土豆、胡萝卜，等等。显然，死者刚刚吃完饭，就很快死亡了，所以消化程度尚浅。而且，胃内容物的组成，和我们在现场冰箱、电饭煲看见的饭菜是一致的。

死者是在吃了两个菜以及稀饭、馒头之后不久，就被害死亡了。因为没有经过消化，死者的十二指肠内也没有进入食糜，说明是在饭后一小时之内死亡的。很可惜，我们无法判断这一顿饭究竟是中餐，还是晚餐。

毕竟是舆论热点案件，专案组的众人都还在等待我们的结果。我甚至来不及缝合尸体，就和大宝脱掉了解剖服，赶往位于市局的专案组。

我们和林涛几乎同时抵达了专案组，看林涛一脸凝重，我估计他发现的线索应该和我差不多。这是一起命案！

而先于我们抵达专案组的，是理化检验室的报告。没有出乎我的意料，虽然在菜里没有检出有毒成分，但是在那一锅稀饭里，发现了氯氮平的成分。

既然这样，死者体内的氯氮平含量就不用计算了。因为作为一个长期服用氯氮平片的人，不可能把药片磨成粉末，然后拌着稀饭一起吃。唯一的可能就是有人投毒。

同时，我眼前一亮，似乎对案件的侦破已经充满了信心。

我率先发言，介绍了尸检的总体情况，然后说："现在从法医检验和理化检验的情况，基本可以复原案件的情况了。死者和凶手一起吃了饭，在吃饭之前，凶手往电饭煲里投入了之前准备好的、磨成粉末状的氯氮平。因为氯氮平是不溶于水的，而粉末拌在稀饭里，并不会影响口感，所以这是最好的投毒手段了。凶手没有吃稀饭，但是死者吃了。凶手应该知道死者长期服用氯氮平，所以选择用死者的常用药来让她昏迷、嗜睡，这是经过精心预谋的杀人案件。死者在昏迷后，凶手费尽心思地用粗橡皮筋捆绑了死者的手足，然后直接用缢吊的手段让她窒息死亡，同时也就伪造了一个自缢的现场。"

"我赞同。"林涛打开投影仪，播放出一张窗框的特写照片，"大家看，这是死者背后的窗框。死者被吊上去的话，只有两种途径。一是死者先固定好绳索，然后踩在窗框下的暖气片上，用已经固定好的绳套套住颈部，最后从暖气片上跳下来，就把自己缢死了。二是死者处于不反抗的状态，被别人用绳套套头，然后凶手通过拖拽绳套游离端的绳头，把死者吊起来，然后再把绳头固定在电视柜上，完成缢吊的过程。这两种可能代表着两种案件性质。我们看见的这个窗框上的痕迹，是灰尘的堆积痕迹，是死者的背部擦拭窗框，导致灰尘堆积。我们可以看到，根据灰尘的堆积和擦痕的方向可以判断，死者的背部擦拭力，不仅有向上的方向，也有向下的方向。而如果是死者自己跳下来，只会有向下的方向。所以，她应该是有被向上吊的动作，也有向下沉的动作。这个动作，如果是自缢，是不能完成的。”

我眯着眼睛听着林涛的解说，心中更是一片雪亮。

“是熟人作案对吧？”黄支队摸着下巴上的胡茬说道。

我点点头说：“非常显然，是熟人作案。而且，还不是一般的熟人。你想想，既然能在稀饭里下毒成功，显然是和死者一起吃饭的人。而且，来了客人，死者并没有端茶送水，也没有准备额外的酒菜，只是随随便便、粗茶淡饭地一起吃了一顿。另外，死者穿着的白裙，经查是她的睡裙。能在家里穿着睡裙见人，显然不是一般关系的人。而且，凶手了解死者长期服用氯氮平，才会事先准备好相同药物的粉末用以投毒，其目的就是蒙混过关。通过这几点，我们可以看出他们之间的熟悉程度。”

“我赞同。”林涛举了举手说，“死者的家里，经过我们的辨别判断，一共有三双拖鞋鞋印出现。只是鞋印太乱，而且家里地面比较干净，鞋印不太清晰，所以我们无法判断具体的走向。但是这三双拖鞋，一双摆在门口，两双散落在床边。死者的脚上并没有穿拖鞋。不过，只有三双拖鞋的存在，说明没有外来人员的侵入，必然是很熟悉的人，才可以穿拖鞋进入室内的。”

“那你们这么一说，聂一峰就是犯罪分子了。”黄支队拍了拍桌子，说，“刚才老秦说了，死者是末次进餐后一个小时之内死亡的，而聂一峰是晚上六点半到家的，说明他有充分的作案时间！幸亏我一直派人盯着聂一峰，现在可以抓捕了吗？”

我微微一笑，挥手制止了跃跃欲试的侦查员，说：“正是因为凶手不是聂一峰，所以我认为死者的末次进餐是昨天的中餐。”

“不是聂一峰？”黄支队说，“那她家里还能来什么特别熟悉的人？”

“什么特别熟悉的人我不知道，但是我知道，凶手应该是一个女人。”我说。

“女人？”黄支队转头问外围调查的侦查员说，“她和哪个特别熟悉的女人之间有矛盾吗？”

侦查员们纷纷摇摇头。

我接着说：“先来听听我的观点吧。凶手先是下毒，然后捆绑，再然后才缢吊死者。从整个过程来看，凶手的心理处于一种极端不自信的状态。之所以会心理不自信，是因为凶手对自己的体能评估缺乏自信。试想，如果凶手是聂一峰，如此高大威猛的他，会对自己的体能评估缺乏自信吗？他的对手是矮他一个头，体重只有他一半重的女性啊。如果他先下毒，再杀人，捆绑的这个动作就太多余了。从凶手这个画蛇添足的动作，我们可以判断，凶手很有可能是个体能甚至不如死者的女性。另外，我刚才说了，对死者手足进行捆绑的，是女性使用的粗橡皮筋。刚才我也私下问了侦查员，死者并没有扎起头发的习惯，即便是洗脸，也是使用发箍。我们的现场勘查也没有发现类似橡皮筋之类的东西。这说明捆绑死者手足的橡皮筋很有可能是凶手自己带来的，用完以后又带走了。而随身会携带粗橡皮筋的，必然是女性。”

“这个观点，我也支持老秦。”林涛说，“我刚才说了，死者尸体所在位置后面的窗框上，不仅有向上擦蹭的作用力造成灰尘堆积，也有向下的作用力造成灰尘堆积。我们设身处地地想一想，一个人拽着绳头，如何才能让尸体在窗框上形成这样上上下下的痕迹呢？很简单，就是因为凶手的力气不大，即便是想用这种办法把死者缢吊起来，也费了很多劲。拽的过程中，拽起来一点，尸体就会沉下去一点，反复多次，凶手才费劲地把只有九十多斤的死者吊了起来。如果是聂一峰作案的话，别说反复多次才把尸体吊起来了，就是抱着尸体直接挂上绳套，也并不是什么难事。”

“是啊。”我接上话茬，“死者服用了过量的氯氮平，本应是昏睡状态。但正是因为这种非常不利索的动作，甚至把昏睡的死者给惊醒了。也正是因为这样，才造成了死者怒瞪着双眼而死去。死去之后，因为尸体痉挛，把怒瞪的表情给保留了下来。如果是利索的一蹴而就，根本就不可能给死者惊醒的机会。只不过因为死者的手脚都被捆绑住了，所以没有形成激烈的反抗，也没有在死者的颈部形成抓痕。”

“那，林涛说的三双拖鞋是怎么回事？”黄支队问。

“这个很简单。”林涛说，“死者穿着A拖鞋，凶手穿着B拖鞋。在杀完人之后，凶手把A和B都重新放回到了门口。聂一峰回来之后，穿着男士的C拖鞋。在待过一晚上之后，聂一峰叫来了老情人，老情人又穿了B拖鞋进屋。所以现场有三双拖鞋的鞋印，但是只有B和C两双散落在床边。”

“凶手投毒致昏死者，捆绑死者，再用缢吊的方式杀死了死者。在死者死亡后，凶手为了不留证据，取下了死者手足的捆绑物，然后把拖鞋重新在门口放好。因为之前饭后死者已经把餐具、剩菜都清理完毕了，所以聂一峰回来以后，居然没有发现任何异常。他就那样在金铃尸体的‘注视’下，辗转反侧地睡了一夜，又在尸体的‘注视’下做了一些不该做的勾当。”我说。

“想想还真是挺恐怖的。”林涛耸了耸肩，说，“不过，凶手是经过精心策划的，这是一起有预谋的故意杀人案件。”

黄支队一会儿看看我，一会儿看看林涛，听着我和林涛的一唱一和，有些反应不过来。

而程子砚则一直用一种钦慕的眼光看着林涛，我心里顿时有些不平衡。明明我们法医专业才是确定这起案件侦查范围的主导，为什么小程却只崇拜林涛？太不公平了。

“小程那边的监控怎么样了？”我问道。

没想到程子砚可能是刚才听得入神，此时居然没有听见我的问话。

我觉得有些尴尬，咳嗽了一声，又问了一遍。

程子砚猛地晃过神来，满脸通红地说：“这个小区的监控安装得有问题，高度、角度都不对。虽然有监控可以直视小区大门，但是画面却非常不理想。就连进小区的车辆车牌看起来都费劲，更不用说去辨别行人了。另外，小区管理松散，进出人员的量，比我们想象中要多出很多。所以我们看了一中午，也没有什么特别的发现。”

“死者的车是什么时候进小区的？”我问。

“死者的车是中午十一点半进小区的，然后就没动过了。”程子砚说。

“女性、长发、体态居中的行人，有没有？”我问完以后，想了想，接着问，“尤其是那种没看到进小区，只看到出小区的。中午十二点到下午两点之间。”

“这个。”程子砚努力地回想着，说，“秦科长是在怀疑凶手是坐着死者的车进入小区的，然后步行离开小区的对吗？”

我点了点头。

程子砚说：“有肯定是有，但是有几个，我还是需要再去查一下。”

我又转头问陈诗羽，说：“小羽毛，你们那边呢？”

在我和林涛提出凶手是一个女性熟人的时候，陈诗羽就一直在翻看着她的笔记本，我知道她是在用她自己的办法排查关系人。

陈诗羽沉默着翻了一会儿笔记本说：“我基本可以确定，如果是非常熟悉的人，又是女性的话，就只有可能是死者的亲妹妹了。”

“亲妹妹？”我问。

陈诗羽说：“死者金铃是姐妹三个人。金铃是老二，老大叫金芳，三年前因为癌症去世了。另外金铃还有个妹妹叫金晶，比金铃小三岁，是个老师。但是，她俩关系好像一直还凑合，案发前也没有什么矛盾，不至于杀亲啊。”

“我们不要用自己思考问题的方式去判断别人思考问题的方式。”我说，“之前的案例，因为一口痰，就能跟踪一年后杀人。那还有什么杀人动机是不能理解的呢？人和人之间的差别实在是太大了。”

“如果侦查部门能偷录一段金晶的体态、步态的视频，我觉得我可以从案发当天特定时间点里，挑出相仿、甚至一致的嫌疑人的影像。”程子砚突然说道。

# 4.

程子砚拿出背后的笔记本，开始了现场办公。在前面几起案件中，我们领略到了图侦技术的厉害之处，所以对图侦技术的使用方法也是好奇得很。在我们的要求之下，程子砚把她的那台随身笔记本电脑连接到了投影仪上。

程子砚的笔记本电脑比一般笔记本电脑都要大一圈，也厚重很多。这是师父为了给我们勘查组增添图侦专家，而专门到警务保障部去申请的一台图侦专用电脑。大有大的好处，这台电脑的运算速度、储存量都比一般笔记本电脑要快、要大很多。当然，只有运用熟练的人，才能把它的优势发挥到极致。

随着程子砚指尖的快速运动和鼠标的快速点动，投影大屏幕上迅速闪现出许多图像。以我的反应能力，根本就看不清楚那些图像究竟有什么共同点或者有什么区别。

可能是程子砚反应迅速，又或是她对案发当天特定时间段的影像已经非常熟悉了，所以才能发挥这么快的操作速度。

显然，案发现场小区的大门口，只有一台监控。监控设置得比较高，角度比较陡，所以拍摄的人、车都是从上至下的。程子砚看了看手表，校对了监控的时间，然后抬头问我："你们能把时间点给固定死吗？"

我皱眉想了想说："死者是十一点半进了小区，正常时间是十二点吃午饭，那么她在一点钟之前就应该死亡了。凶手没有对现场进行过多的处置，所以离开的时间也不会太拖延。那么，我觉得我们只需要观看十二点半到一点半的视频，就足够了。"

"一个小时之内啊。"程子砚一进入工作状态，立即表现出和平常不一样的状态，说，"时间段很小了，锁定嫌疑影像肯定没问题。"

接下来，屏幕上又是噼里啪啦一顿闪烁。我使劲眨巴眨巴眼睛，才明白程子砚正把这个时间段所有离开小区的女性影像进行截图，并且把这些女性的行走步态做成了 GIF 动画。

在侦查人员捧着一块移动硬盘回到专案组的时候，程子砚已经截取了二十多段视频截图，基本完成了全部截取工作。程子砚正在把二十多段 GIF 动画逐一排列在屏幕上。

“等等，等等。”我指着画面中央的一幅 GIF 动画，说，“这个女的，是不是扎两个辫子的？”

程子砚顺着我的手指，找到了那幅动画，然后用播放软件放大。在她的迅速点击之下，画面似乎清晰了一些。果真，那是一个扎着两股辫子的女人。

“嘿，现在留这个发型的女性可真不多了。”大宝说。

“两股辫子，就说明有两根皮筋。”我沉吟道，“侦查部门调取到金晶的影像了？”

“是啊。”侦查员把移动硬盘插到程子砚的电脑上，播放出一段视频。显然，这应该是侦查员从金晶所住的小区门口调取的画面。根据画面的时间，应该是几天前的了。画面中的女子发型、衣着和我挑出的那幅画面显然不同，但是从走路的步态上来看，完全就是一个人。

“可以确定步态吗？”我问。

“这个鉴定我们现在还不能做。”程子砚说，“但我看也像。”

“是不是可以抓人了？”我微笑着问身边的黄支队。

黄支队盯着屏幕看了许久，说：“可是，证据方面，还是有欠缺啊。”

“不欠缺。”我说，“不过还有很多工作要做。”

“我来看看你的证据链。”黄支队说。

我说：“第一，就是药的问题，也是本案最为关键的一个证据。现场勘查的时候，我在现场客厅发现了死者日常服用的氯氮平。那是一瓶开启没多久的药瓶，里面的药片没有少多少。我觉得那些量放进稀饭里，不至于让人彻底失去意识。而且，凶手不可能把药片直接放进稀饭，因为氯氮平不溶于水。所以她必须要把药磨成细粉末，才有可能不引起死者的警觉。那么，现场不具备磨粉的条件，所以致使死者昏迷的药是另买的。氯氮平是处方药，并不是想买就能买得到的，凶手必然要通过熟悉的关系来搞到药。而且，她也不可能和给她开药的医生说实话，所以这一点可以通过调查轻易查清楚。”

黄支队点点头说：“这一点我想到了，但这是个孤证，她完全可以辩解说是死者委托她帮忙买药。”

我接着说：“不错。接下来的第二，就是在人归案后，要立即对金晶的家进行全方位的搜索。不搜索别的，只找黄色的粉末。一旦发现，就要全部提取回来进行化验。之前说了，氯氮平不溶于水，没那么容易消逝。而且，现在离案发时间也不太长，完全具备条件在金晶的家里发现她磨药时残留下来的粉末。第三，结合程子砚发现的视频，在金晶的家里寻找相似的衣物。同时，根据沿途监控，明确她是坐金铃的车一同回来的，证明她在案发时间出入现场。第四，在沿途监控里，一旦发现金晶的影像，立即进行模糊图像处理，有条件的，就做鉴定。再加上我们现场的分析，以及她扎头发皮筋上是否可能残留死者的DNA，都要全方位调查。”

“还有动机。”黄支队说，“我们现在还摸不清动机。”

“动机这个东西，就只有她本人的供述了。”我叹道，“对此，我们深有体会。”

话音刚落，手机铃声响了起来。好在这个电话并不是师父打的，而是龙番市局法医科胡科长。

“听说你们出差了，什么时候能返回？”胡科长的语气有一些焦急。

我的心头一紧，心想不会又有什么事情发生吧？我用征求的目光看了看黄支队，黄支队一脸自信，示意我们可以离开，接下来的工作他们有信心做好。

于是我说：“我们可以连夜赶回去。有什么事吗？”

“刚又发生了一起案件，我觉得绝对没有那么巧合。”胡科长说。

“又被老虎咬了？”我急着问，“或者是被猫、狗咬了？”

“这次是老鼠！”胡科长说，“方便的话，你们最好回来看看。”

好在韩亮之前休息过两天，虽然也算是大病初愈，但是并不影响他的夜间驾驶。我们几个人则都在车上酣睡了一觉。

直到韩亮喊醒我们，我们都还在东倒西歪地做着春秋大梦。醒过来之后，我花了五分钟的时间去辨别方位。自认为对龙番市非常熟悉的我，此时根本不知道身在何地。韩亮开车过来的，所以才给我一番解说，让我弄明白了方向。

此时，尸体已经运走了，现场勘查工作也已经接近了尾声。

根据胡科长介绍的情况，我们知道，死者叫作刘三好，男性，二十八岁，没有正当行业。平时靠帮别人介绍生意什么的来赚一点小钱，勉强维持生活。在缺钱的时候，就会去找他的母亲要。

刘三好一点也不好，平时也不回家，回家就是要钱。周围的邻居都视他为恶棍，没人搭理他。不过他也无所谓，从来就不会去关心别人的感受。几个月前，刘三好的母亲感冒加重直至卧床，但因为刘三好连续一两个月没有回家，所以也没人发现。直到邻居闻见了臭味，才破门而入，这才发现刘三好的母亲早已死去多日。即便这样，刘三好也完全不管不问母亲的后事，还是街道办事处协调民政部门张罗着火化了尸体，安放了骨灰。

因此，刘三好成了不孝之子的代名词，周围邻居都对他嗤之以鼻。他们认为，正是因为刘三好的不孝，才会导致他的母亲不到六十岁就因为一场感冒离开了人世。所有人都认为，他一定会遭受报应。就因为此事，据说还引来了记者的采访。但是有没有报道，就不得而知了。

母亲死后，刘三好更是没了约束，什么伤天害理的缺德事他都会去做，只为了能够糊口。有的时候会去给卖淫女拉皮条，有的时候会去搞一些电信诈骗，甚至有的时候帮毒贩子运毒。因为被他骗、被他害的人太多了，所以最近有很多人都在寻找他，他也像是过街老鼠一样到处躲藏。但是，没人知道，他为什么会出现在现场附近的一间废弃的集装箱宿舍里。

刘三好被发现，是因为现场附近下水道里鼠患成灾，政府发现后，派人整改。在采用了各种方式灭鼠之后，清洁人员下到下水道里进行最后的清理工作。没想到，发现了躺在下水道里的刘三好的尸体。

和邻居们说的一样，刘三好真是报应不浅，因为他的尸体体无完肤。

现场已经经过初步清理，尸体也遭到了严重的破坏，现场勘查已经没有多大的意义，所以胡科长要求殡仪馆的同志帮忙把尸体先行运走，并且对现场周边进行了外围搜索。

尸体是赤裸的，只留了一条内裤。而这个季节，人绝对不可能赤裸着跑到城市边缘的偏僻之地来，这是一个附近连监控都没有的地方，所以现场外围搜索很是重要。

果然，在现场附近两百米处，有一栋烂尾楼。烂尾楼下，是几个已经被废弃的集装箱宿舍。在龙番，很多工地上都可以看到这种把集装箱进行改装后，成为简易住房的地方，而这个废弃的集装箱就是如此。

集装箱内并没有多少灰尘，地面上铺着一条比较新的毛毯，毯子上摆着一些酒菜，都还算新鲜。毯子的一角，放置了死者的衣物，其中外套的内口袋里，还有死者的 iPhone 手机以及两千多块钱。

显然，死者生前在这个集装箱宿舍里停留过，甚至还带来了酒菜以消磨时间。但不知道什么原因，他居然脱光了衣物，然后掉进了满是老鼠的下水道里。

我站在集装箱外，看着技术员们对集装箱内进行细目拍照，想了想死者被数千只老鼠啃噬的画面，不禁打了个冷战。

“我们在毛毯上发现了几滴可疑斑迹，经查，是血迹。”胡科长说，“所以我们就把死者的上衣展开来看了，果然在左胸部有一处破口。也就是说，死者很有可能是死于刀伤，这应该是一起命案。”

“在集装箱里杀人，然后脱光了他的衣服，丢进下水道让老鼠咬？”我问。

胡科长凝重地点了点头，说："难道前面两起未破的命案，没有可能也是这样的吗？"

其实早在第二起案件发生后，我就有了这样的怀疑，但是并没有被认可。这第三起案件发生了，居然还是这样的情节，不知道具备不具备并案的条件。

"先看看尸体吧。"我揉了揉依旧惺忪的双眼说。

很快，我再次打了个冷战。

解剖台上的尸体，实在太惨了。

从远处看，这个只穿了一条内裤的男人，根本就不像是个人。他全身的皮肤上，遍布黄色的坑洞，密密麻麻的。我知道，这种黄色的坑洞，就是死后遭受老鼠的啃噬，形成的没有生活反应的损伤。但是，即便知道答案，看见这样的情景，依旧浑身难受。坑洞密集地分布在死者全身的皮肤上，看起来还比较均匀，有密集恐惧症的人一看到这样的尸体，肯定会顿时晕厥。比如林涛就站得老远，不敢靠近。

可能是因为面部软组织薄，所以面部被啃噬得最严重。死者的鼻子和口唇几乎已经不复存在了，眼睛也成了两个黑洞。好在头皮并没有遭受过多的啃噬，除了丢失了几缕头发，头皮还是完整的。和第一起案件不同，死者的头部并没有遭受打击。

我咬着牙，对满视野坑洞的尸体下了刀，很快找出了他的死因。

死者的左胸部有一处单刃刺器创口，创口直达心脏。当然，因为有血液的原因，创口周围的软组织早就给老鼠吃干净了。我们对于创口形态的判断，源于肋间肌肉的破口以及肺脏的破口。

这一刀刺破了心包和心脏，造成心包填塞[①]而死亡。因为心脏和心包的破口小，所以并没有大量的血液流出。

---

① 心包填塞，外伤性心脏破裂或心包内血管损伤造成心包腔内血迹积存，限制了弹力有限的心包容积，导致血液回心受限、心跳骤停。

根据死者的胃内容物分析，和之前案子的死者金铃一样，他是在饱餐后不到一个小时内死亡的。

“现场财物没有丢失，应该是个谋人的案件。”我说，“一刀毙命，所以也说不清是趁人不备，还是死者在被刺之前已经丧失了抵抗能力。总之，要从有矛盾关系的人查起。”

我想了想，又接着说：“而且，和之前苏诗、乐天一的案件要合并起来看。很有可能这三个人之间存在某种联系。如果说两个人之间的潜在联系不好查，那么三个人之间的关系，就会好查很多。”

“案件性质确实很清楚，但是现场依旧是没有发现痕迹物证啊。”胡科长说，“不好甄别犯罪嫌疑人。”

“是啊，我看了，这个刘三好是个混社会的，矛盾关系太复杂了。”陈诗羽翻着笔记本说，“只是查清他的社会矛盾关系，就需要很多警力和时间。”

“又是一起法医发挥不了作用的案件。”胡科长叹了口气，拿起缝线缝合解剖创口。

可是，尸体上坑洞多得都无处下针，没有了有韧性的皮肤的作用力，缝线根本就难以发挥缝合的作用。胡科长只有每一针都去耐心地寻找残存着的皮肤碎片，愁得胡科长一阵摇头。

无论是现场，还是尸体，都让人极其恶心。即便是见惯了各种尸体的我，一时也有些反胃。加之多日的连续工作和旅途的劳顿，我顿时有些头晕目眩。既然我们的工作发挥不了作用，我们只有暂时撤离，等待侦查部门对死者矛盾关系的调查结果。

好在这个夜晚并不是只有坏消息。在我们返回厅里的路上，我接到了师兄黄支队的电话。金铃被杀一案顺利告破了，而凶手正是金铃的亲妹妹金晶。

金铃三姐妹从小就是父母双亡的孤儿，金芳作为老大，承担起了养家的责任。她小学毕业就辍学了，一直在外打工来供给两个妹妹的基本生活费和学费，甚至到病死，都是孤身一人，未曾婚育。金铃是三姐妹中最聪明的一个，经过自己十几年的打拼，创立了一个像模像样的物流公司，收入不菲。

正当好日子逐渐过起来的时候，大姐金芳被发现是宫颈癌晚期。小妹金晶可怜大姐无依无靠，一直在悉心照顾。但是她不相信云泰本地的医疗水平，想帮大姐转院到龙番，甚至北京、上海的大医院去治疗。可是，这一大笔费用，又如何解决呢？

金晶于是来找金铃商量，可没想到吝啬的金铃以自己患有精神疾病、公司资金链出现问题等诸多理由，否决了金晶的想法。金铃说，现在信息化时代，天下大同，如果云泰治不好，去哪里也治不好了，所以还是安心在云泰治疗比较好，照顾起来也方便。

可没想到，未过一个月，金芳的病情突然恶化，撒手西去了。

悲痛之余，金晶把大姐死去的悲剧全部归罪在了金铃的头上。如果不是她的吝啬，大姐怎么会这么年轻就去世呢？在医疗水平发展快速的今天，一个宫颈癌怎么会这么快就夺去了大姐的生命呢？

金晶表面上不动声色，内心却杀机已起。

除了金晶的口供，对金晶的调查和搜查也都很顺利，所有的证据点都顺利提取到了相关证据，证据链也是非常完善的了。

我挂断了电话，松了一口气。

“世上最可贵的是亲情。但是亲情一旦消逝，接踵而至的就是仇恨了。正所谓爱与恨，一念间啊。”大宝突然感慨了起来。

大宝的感慨让我突然紧张了起来，我说：“金晶可以因为金铃不资助大姐的治疗而杀人，那刘三好的死，会不会也和他不赡养母亲有关？”

“可是，刘三好是独子，也没有什么近亲远亲。”陈诗羽说，“谁会为他的母亲抱不平？总不会是哪个邻居看不惯了而作案吧？”

我想了想说：“这个还真不能排除，得通知市局调查一下。”

# 第六案　火光里的悲鸣

没有侥幸这回事，最偶然的意外，似乎也都是事有必然的。

——阿尔伯特·爱因斯坦

THE DOOMED

# 1.

一个没有月亮的夜晚，路灯都显得有些像是摆设。微弱的灯光并不能照亮漆黑的小路。阮天看了看手表，荧光指针的方向是凌晨一点了。下了班，本就疲惫的阮天一走进胡同就感到更加烦躁。

如果这片区域原来可以称之为巷道的话，现在就真成胡同了。

今年年初以来，英城市政府开始规划市区中心周边的大建设工程。各个非中心市区都开始了大规模的拆迁、改造工程。同三镇也是被划入大建设改造工程内的一部分，只是因为地理位置的原因，目前还没有开始动工。但是，改造项目一公示，无异于给住在同三镇的群众一个赚钱的信号。为了能够获得更多的拆迁补偿款，几天之内，镇中心突然立起了许许多多违章建筑。

因为没有监管，为了将自己的利益最大化，同三镇居民几乎把房子盖到了路上。本就不宽的住宅通道，就变得更狭窄了。

走在狭窄的通道里，烦躁的心情进一步加重，压抑的阮天很想怒吼一声。当然，他的心理是极为不平衡的，父辈虽给他留下了一栋小楼，但是纵宽有限，无法扩建。他又不敢贸然在房顶上再加盖，所以只能眼睁睁地看着几十万如幻影般消逝。

越想越是郁闷，阮天走着走着，似乎闻见了一股焦煳味儿。他想，说不定是自己心中的郁火都快点燃内脏了吧。

回到家里，连澡都没洗，阮天就仰面躺在了床上。床尾的窗户开着，正对面最显眼的，是和自己家两栋平房之隔的阮红利家。阮红利是个土豪，结了两次婚，有四个孩子，重点是还非常有钱。

在养殖厂工作的阮天后悔自己怎么就没有阮红利的远见和魄力，阮红利当年经营了一家当铺，虽然头几年很是艰苦，但不知为什么，这几年开始迅猛赚钱。最直接的成果就是，阮红利家原来破旧的小楼被拆除了，大前年就盖起了一栋超豪华的别墅。

隔着两栋平房，远方的别墅青砖碧瓦、雕梁画栋、飞檐微翘、气势雄浑。后院被两米多高的青砖墙围起，面积足足有一个篮球场大。

这哪是别墅？这简直就是宫殿啊！

镇里的人都说，这房子刚盖好三年，里面全是实木的装修和家具，总共花了两三百万，这一拆，估计能弄回来五六百万。

为啥越是有钱的人，就会越有钱呢？

远处的别墅里红光跳跃，这么晚了，一家人也不睡觉，不知道在干什么。可能有钱人的生活也和平头老百姓不一样吧。至少，是这些平头老百姓不能理解的。

想着想着，阮天的思维模糊了。半梦半醒之间，仿佛有人在呼救，听方向，应该是从阮红利家传过来的，听声音，像是阮红利老婆的声音。

我怎么能这样？人家有钱就盼望人家出事吗？连做梦都是他家要出事、要倒霉。这样的思想可不好，阮天迷迷糊糊地想着。

可是，呼救声越来越清晰，越来越真实，阮天一个激灵醒了过来。

睁眼，远处的别墅被笼罩在浓烟之内。

呼救声并不来自梦境。

阮天跳下床来，拿着手机一边拨打 110，一边跑下楼去挨家挨户地敲门，喊人起床救火。

十几名邻居端着水盆、水桶来到阮红利家旁边，发现救火根本无从下手。

别墅的后院是超高的围墙，根本进不去。前门虽然没有院子，但是门窗早已被大火吞噬，几乎看不到门窗的位置。

呼救声是从二楼窗户传出来的，二楼窗户朝着前门方向，但是因为安装了牢固的防盗栏，所以里面的人根本出不来。浓烟从二楼的窗户里卷涌而出，把窗户上方都熏得漆黑。几条赤裸的胳膊从浓烟中伸了出来，不停地挥舞，但是呼救声越来越弱，还伴随着剧烈的咳嗽。

离报警过去了三分钟，几名消防员拎着干粉灭火器跑了进来，喊道："这地方消防车进不来啊！这么大火，手持灭火器没用！"

"快！快！紧急调集远程供水系统！"一名中尉喊道。

几名消防员利用邻居家的水源，开始使用机动泵抽水。毕竟是居民用水，水压有限，灭火工作难度很大。

烟越来越大，邻居被熏得各自逃窜，留下几名消防员还在与火魔殊死搏斗。不一会儿，远程供水消防车赶到，几条长长的水管带来几束水龙，向大火扑去。

虽然火势迅速得到控制，但是屋内早已没有了呼救声。那几条赤裸的胳膊，也耷拉在防盗栏杆上，不再动弹。

"不得了啦，里面的人肯定都完蛋了。"

邻居议论纷纷。

"太惨了，这家五口人呢。"

"装潢得那么豪华，我就猜到要出事。"

"就是，全是木头，一点就着啊。"

"消防车还进不来！"

"消防车开不进来可怪不到我们，只能怪消防车太大了。"

"人家国家都用直升机灭火了。"

"你们别议论了，消防监管部门可能是要担责任的。"中尉一边帮战士收拾水龙，一边说，"不过，谁也想不到，几天之内，好好的巷道就会变成这样。"

"嘿，你这什么意思啊？我们在自己家盖房子，你消防也管得着？"一名群众情绪激动。

“就是啊！不盖房子你们能保证把人全救出来吗？”另一名群众帮腔道。

中尉摇了摇手，没有答话，跳上了消防车。

辖区派出所所长正在现场维持秩序，拦住气势汹汹的群众说：“消防监管是我们派出所的责任，我算是吃不了兜着走了，行吧。要不是咱们的消防官兵动作迅速，烧掉的可不止这一栋房子。”

群众看了看这一片房子挨着房子的格局，心想派出所所长的话还真是所言非虚。春天的风力虽然不大，但是若不是及时控制住火势，势必要“城门失火，殃及池鱼”。

“看看吧，今晚的风力还算不小呢。”派出所所长拿出手机，把天气情况给大家看，“一旦火势扩大，消防车还进不来，那可真就不堪设想了。唉，不过现在已经够不堪设想的了。”

不一会儿，先期冒着房屋坍塌危险进入现场进行情况核实的民警，从还在冒烟的房屋空架子里走了出来，派出所所长连忙跑过去询问情况。

“大概看了下，五个人，全死了。”民警沉重地摊了摊手说，“家里烧得干干净净。”

“大事件啊，快报省厅吧。”所长六神无主地说。

从云泰市回来，韩亮已经疲惫不堪。我们嘱咐他休整两天，而我们在第二天一早就赶去了龙番市公安局刑警支队，参加每天上午照例召开的专案组分析碰头会。

专案组会场里气氛非常紧张。

两起确定是命案，一起疑似命案正在立线侦查，对一年只有几十起命案的省城来说，未破案件比例未免大了一些。分管刑侦的赵其国副局长压力最大、责任最大，也是在专案组里最坐立不安的人。

“就没有丝毫线索？”赵局长在压制着内心中的怒火。

主办侦查员摇摇头说：“几起案件都一样，排查了所有的社会矛盾关系，完全没有作案的嫌疑对象。嗯，更直白点说，三名死者的行动轨迹都不是非常清晰，去现场的目的都还没有查清楚。”

“通讯呢？网侦呢？”赵局长问。

网侦、信通的支队长也都摇了摇头。

“反正该查的，都已经查了，丝毫没有头绪。”侦查员说。

“我觉得，这样各自为战终究不是办法，还是应该并案侦查。”我插话道。

“可是并案需要有依据啊。”一名侦查员反对我的看法。

“怎么就没依据了？”我说，“都被动物咬噬了啊！这么明显的共同点！”

“动物咬噬这个，还是有点站不住脚。”侦查员说，“你看，苏诗是被击打以后，意外跌落到流浪动物收容所里的，这没问题吧？而且凶手和苏诗有追打的过程，那么就说明苏诗在山坡上被击打后跌落院内是一个偶然行为，往山坡上跑也是苏诗自己自主的逃跑行为，并看不出凶手有故意把她弄进去给狗咬的动机。”

“是啊。”另一名侦查员说，“乐天一那案子就更别提了，活着进入了虎园，没有呼救的过程，查到现在，我觉得是自主行为的可能性更大。刘三好是被人杀的，但是被抛进下水道应该是一种藏尸行为，是为了延迟案发时间，并不是故意给老鼠咬。”

“若是藏尸行为的话，没必要脱光尸体的衣物，而且衣物还放在那么显眼的集装箱里啊。”我见前两者都无法反驳，于是开始反驳刘三好案件的动机。

“衣服不会引起报警，而尸体会啊。这就达到了延迟案发时间的目的。”侦查员解释道。说老实话，这个解释我还真的没法反驳。

“而且这几个案子的不同点也挺多的。”侦查员接着说，“对象选择上是不同的，三名死者性别不同、年龄不同、身份不同、性格不同、生活区域不同，完全没有规律可循。作案手段也不同，苏诗是被砖块砸伤跌落后死亡的，乐天一则没看见什么人为损伤，刘三好又是被锐器刺死。”

“可是，作案时间都是在晚上啊！”我不死心地说。

“这一点怕是不能算作依据，毕竟百分之八十的犯罪是晚上实施的。”赵局长说，“如果真的查不到三名死者之间的潜在联系，很有可能是巧合造成的目前状况。当然，也是因为我们过分在意案件的某些细节，造成了过度解读吧。”

“是啊。”大宝拽了拽我的衣角，小声说，“在我们实践工作中，这种被动物破坏的尸体还真是不少见啊。”

我白了大宝一眼，心想这小子怎么这么快就倒戈了？上次云泰案件回来的时候，咱们几个意见还都统一得很，这三起案件肯定有什么潜在的联系没有被我们发现。没想到，大宝这么快就被人家说服了。

“你们敢确定这三个死者之间没有任何社会矛盾关系吗？”赵局长又问了一遍。

“确定。”侦查员说，“我们有三组人，这些天都是在摸这三个死者的各种社会关系，也想尽办法把这三个死者的生活圈子交叉起来。人家都说，有一个规律叫什么六度空间理论，意思就是你至多只要通过六个人就能认识到全世界的任何一个人。我们甚至连这个理论都尝试去考证了，虽然不可能研究得那么透彻，但是我们想尽了一切办法，也没有发现这三个人之间有任何交集。不过也可以理解，一个企业高管，一个公司职工，一个无业游民，完全是不同阶层的人嘛。”

“三名死者有男有女，没有性侵的迹象，不是谋性；现场都没有发现财物丢失，显然也不是谋财。这两点是可以肯定的。”赵局长说，“精神病杀人的话，也不可能如此滴水不漏。激情杀人嘛，从时间、地点上来看也不像。那么剩下的动机，就只有谋人了。是谋人的话，如果三名死者没有直接的社会关系交集、没有共同点的话，那么这三起案件之间不存在关联的可能性就大了。”

我使劲闭起眼睛，尽可能地避免让自己的思维被乱哄哄的会场干扰。我努力地整理思路，却并没有什么收获，倒是侦查员刚才的一句话给了我启示。

我眼睛一亮，说："三名死者都是毫无预兆地孤身去到某一个偏僻的地方，三名死者被杀的动机都无法解释清楚，这不就是并案最大的依据吗？"

"这……"赵局长可能觉得我说得有道理，所以有些犹豫。

"还没有依据证明乐天一是被杀的。"侦查员纠正道。

"最难侦破的系列案件，一般都是动机不清的案件。不是这样吗？"我趁热打铁。

"这倒是，但只要是系列案件，就一定有规律和共同点可循。"赵局长说。

"也许这三起案件有着潜在的联系，只是我们还没有发现。"我说。

"不可能，我刚才说了，这三个人之间绝对没有任何社会交集。"侦查员斩钉截铁地说。

我说："我非常赞同赵局长刚才的话。'如果三名死者没有直接的社会关系交集、没有共同点的话，那么这三起案件之间不存在关联的可能性就大了'，确实是这样。但是从前期侦查情况来看，只是没有发现三名死者之间的社会交集，而对三名死者之间是否存在共同点的调查，并不是那么深入。"

"其实，也够深入了。"侦查员翻了翻本子，"至少我们现在对每名死者背后的生活环境、社交圈子已经了解得比较清楚了，也没有发现什么可以拿得上台面的共同点。"

"我觉得仅仅是生活环境和社交圈子的调查是不够的。"我说，"至少要了解死者的历史故事，他们的每一个生活故事都要搞清楚，在这中间寻找共同点。"

"这倒是不难。"侦查员的语气软化下来说，"毕竟前期的主要工作还是各自为战，寻找可能被杀的线索。如果要调拨兵力重点深入调查每名死者的过去，也就是几天的事情。"

我见侦查员已经表态，于是满怀希望地看着赵局长，期盼他的发号施令。

在这种侦查陷入僵局的时候，任何还没有进行过的工作提议，都会是好主意。

赵局长皱起眉头想了想，说：“如果我们还是继续就个案进行调查的话，显然会陷入泥潭难以自拔。秦科长的这个提议也算是另辟蹊径，不管成功与否，都要试一试。从今天起，一半警力开始对三名死者的历史进行深入调查；另一半警力继续摸排走访，以期发现我们还没有预见的线索。”

显然，侦查方向已经转变了。

虽然赵局长采取了更加稳妥、谨慎的兵力部署方案，但是毕竟有一半警力开始新的调查，也就会带来一些新的希望。

我也不知道自己为什么那么坚定地认为三起案件之间必然存在联系，可能只是一种直觉。但是这种直觉和灵感，来源于我侦办过的许许多多案件，诸如“清道夫”“幸存者”“偷窥者”系列案件，等等。虽然那些案件都有着明确的并案依据，而眼前的没有，但是我总觉得它们之间有着那么一些相似。

我的思绪被一阵急促的电话铃声打断。

“英城市今天凌晨发生一起亡人火灾，你们抓紧时间过去吧。”师父的指令再次抵达。

根据我们省关于亡人火灾案件办理的有关程序，在发生亡人火灾以后，刑侦部门和消防火灾调查部门应该协同作战，对火灾的性质进行明确。如果明确是刑事案件，交由刑侦部门办理，如果是意外，则由消防部门善后。

放火案件还是很少见的，一般都是在杀人后放火焚尸、毁尸灭迹。所以法医在明确死者是生前烧死还是死后焚尸以后，心里就有个大致的确认了。当然，最终还是需要法医、痕迹检验等专业技术警种共同勘查现场搞清楚起火点和起火原因，才能确定案件性质。

而这起突发的案件，根据师父了解的情况，在消防抵达现场的时候还能听见死者的呼救声，显然并不是死后焚尸。那么，这是一起刑事案件的可能性就降低了很多。

不过，作为省厅勘查一组，我们还是必须要赶往现场的。毕竟，这次亡人火灾死亡五人，其中三人是未成年儿童，可以说是非常惨烈了。

## 2.

韩亮睡眼惺忪地开着他的大“卡车”来接我们，然后去厅里换现场勘查车。我们不是第一次坐他的“卡车”了，但是坐进来感觉还是跟进了大观园一样。不仅仅是因为车大，而且韩亮还经常给自己的车里换一些稀奇古怪的内饰，足够我们欣赏一番。

虽然是昨天凌晨的事情，但是时间上我们并不着急。在这种事件发生后，总是由消防官兵先行对房屋进行检查，确认安全之后，才会让我们进去。因为这种严重的房屋焚毁，会造成房屋主结构的损坏。房屋也就面临着坍塌的危险，参加现场勘查工作的现场勘查员也就会面临生命危险。

在这一点上，我们是对消防官兵充满了崇敬之情的。他们不仅仅是逆向前进的人，更是把危险挡在身后的人。

因为检查需要时间，英城市离龙番市也很近，所以我们肯定来得及在现场勘查和尸体检验之前赶到现场进行支援。

早高峰已经过去，所以韩亮把车子开得飞快。在上午十点钟左右，我们赶到了现场。现场在英城市的市郊，小镇上人口不多，但是密密麻麻地排列着许多房屋，看起来质量都很差，现场失火的那栋楼除外。

虽然外观已经成为炭黑色，但是这栋两层楼的气势依旧摆在那里。

楼房占地面积不小，每层面积大约有一百五十平方米，坐北朝南，是一个框架式结构，水泥混凝土的框架内用红色的空心砖填充。因为高温作用，外墙的涂料都剥离了，可以看到黑红相间的墙体。

楼房的北边是正门，正门口是一片不大的空地，停着一辆奥迪，受到高温作用，车头部位有焚毁。楼房的南边是三面两米多高水泥砌成的高墙，正南面的高墙开了个院门。院门、门锁和高墙都是完好的，没有受到火焰的侵蚀。

楼房主体的门窗都已经被严重焚烧，一楼的前门和客厅窗户都已经倒塌在地上。窗户的防盗栏杆虽然还在原位，但已经被烧褪了漆色。从外面往屋内看去，只能看见满目疮痍，黑漆漆的一片，看来里面所有的家具、装潢都已经焚烧殆尽了。从屋内焚烧的状况来看，可以想象到当时的大火有多么惨烈。

楼房的屋檐四周都只剩下光秃秃的钢筋伸出来，我在自己的脑海中想象了一下，在失火之前，这栋楼房还真是气宇轩昂、金碧辉煌啊，仿若一座宫殿般矗立在这片残破的小镇当中，当真有一种鹤立鸡群的感觉。

消防各部门的官兵已经开始在收拾设备，准备撤离，显然排险工作已经完成了，只留下火灾调查部门的几名消防军官还在现场进进出出。

“框架结构的房子肯定还是皮实的，不会塌。”大宝长舒了一口气。

“那也得戴帽子。”一名消防军官拿了几顶消防头盔递给我们，让我们戴上，以防万一。

我们知道这是为了我们的安全着想，也是火灾现场勘查的规范，所以纷纷接过头盔乖乖地戴上。

“为什么你戴上这个像鬼子啊？”陈诗羽指着林涛掩面而笑。

“这个，有点大而已。”林涛尴尬地把头盔后面的后沿软体整理了一下。

“我觉得还是蛮帅的。”程子砚低声说。

“别笑，别笑，有记者。”大宝指着围观人群中拿着摄像机的人，警觉地说。

陈诗羽赶紧收起了笑容，开始认真地穿鞋套。

远处，英城市公安局刑警支队丁克明副支队长和法医科祁茂森科长一起从楼房里深一脚、浅一脚地走了出来。看见我们已经到了，便快步走过来和我们握手。

“这事儿你们都来啦？”祁科长说，“咱总队啥时候下个规定，这种比较明确的火灾，我们刑警就不必介入了吧？”

“总队的规定明明是这种火灾咱们必须介入啊。”大宝说，“不介入怎么行？消防队又没有法医，再说了，谁知道是不是命案呢？”

“起火的时候人都活着呢。”祁科长说。

“人活着也不能确定就不是命案啊，可能性太多了。”我说。

“那倒是。”祁科长挠了挠脑袋。

“大概案情我都了解了，现在死者的身份核查了吗？还有，现场有没有助燃物？”我问丁支队。

“一会儿你们进现场看看就知道了。”丁支队说，“这家一共五口人，女主人出门、大儿子上学，骑的都是燃油助力车。两辆燃油助力车都停在客厅里，可能是怕被偷吧。失火后，两辆车里的汽油，就是助燃物啊。”

“那助燃物燃烧残留的区域呢？”我问，“我的意思是，会不会有人往门缝里灌汽油，然后放火？”

“法制社会了，这种犯罪还是很罕见的吧。”丁支队笑了笑，说，“不过，从燃烧残留物成分检测的初步结果上来看，只有两辆助力车下方的灰烬里有汽油，其他地方应该是没有。但是，这两箱油对于火势的迅速增强起到了决定性的作用。”

“起火过程也不符合你说的那种放火案件。”消防支队火灾调查部门的一名军官也走过来说，“根据报案人的反映，他凌晨一点回家的时候，闻见了一股焦煳的味道。但是睡到两点多，才发现火势增强，听见呼救声而报警的。所以，火势应该不是爆燃，而是慢慢起火，在烧破了助力车的油箱之后，才发生了爆燃，以至于火势迅速增强。因为这家的家具、装潢都是实木的，火势一强，就蔓延迅速，一时很难控制，从而造成了悲惨的后果。”

“有那么大的院子，为什么不把车放院子里啊？”大宝说。

“院子里，其实都是菜地，和这房子真是格格不入啊。”丁支队说，“女主人平时在家没事，就在院子里种了很多菜。院子门的朝向没有路，比较绕，不方便，所以院子门几乎是不开的，他们平时都是从北面的大门进出。”

“身份核实了吗？”我问。

祁科长点点头说：“现场取了五名死者的检材，又取了男女主人父母的血样，通过亲缘关系认定，可以确定五名死者就是这家的五名主人。”

我见上了快速DNA进行鉴定，可想而知五名死者已经被烧得面目全非了。

“那几个人的背景调查了吗？”我接着问。

丁支队指了指身边的侦查员，让侦查员来介绍死者背景。侦查员翻开笔记本，说：“男主人叫阮红利，原来就是镇上的农民，后来在十七八年前开始做典当生意，最近五年开始获取暴利，据我们调查，他每年收入在百万以上。这人生性比较张扬，社会矛盾关系比较复杂，但是目前还没有发现什么特别尖锐的矛盾关系。”

“嚯，年入百万的富翁老婆天天在家种菜？”大宝说。

侦查员点点头说：“周围邻居对阮红利的老婆朱红印象都还是不错的。她不仅仅外表漂亮，而且为人谦和，还很勤劳，算是比较出众的农村妇女吧。”

“漂亮？”我问，“这都有三个孩子了，而且大儿子都骑车上学了，多大岁数啊？”

侦查员说：“阮红利今年四十九岁，十六年前和前妻吕芳离婚，离婚的时候吕芳获得阮红利第一个女儿的抚养权，现在他的大女儿阮梦梦还跟随吕芳生活。根据调查，离婚的原因是阮红利和朱红有了孩子。”

“也就是说阮红利和朱红的大儿子今年十五岁了？”大宝问。

“对。”侦查员说，“阮红利和朱红的大儿子阮强十五岁，二女儿阮苗三岁，最小的儿子才十个月，还没有登记户籍。”

“计划生育政策呢？”我问。

“交了罚款。”侦查员摊摊手说。

“这个年龄档次也还真是蛮特殊的。”我说。

“是啊。”侦查员说，“不过，朱红生阮强的时候，只有二十岁，她今年三十五岁。”

“小三上位啊。”大宝说。

“这个朱红平时就在家里带两个小的孩子，没有工作，空闲时间种菜。”侦查员说，“据调查，没有发现什么不正当的男女关系，社会关系还是比较单纯的。”

“尸体分散在几个地方吗？”我指了指烧焦的楼房。

“不是，都挤在二楼主卧室北边的窗户旁边，两个大人和阮强都有手臂伸在防盗栏外面。”侦查员说，“现场没有烧毁的保险柜也是完好的。”

“我知道你的意思。”我和勘查组成员们一边往现场里走，一边微微一笑，对侦查员说，“没有侵财迹象，人又是活着呼救的，所以是意外火灾的可能性大。”

侦查员嘿嘿一笑，说：“根据附近邻居的反映，这家人比较喜欢把洗完的衣服搭在家里助力车上晾干。如果是由电路故障引燃了什么，很容易点着衣服，再点燃助力车。现在消防火调部门的同事正在排查电路故障，看有没有发现。”

“这种火灾，确实最常见于电路故障了。”我说，“不过，这个季节不需要大功率的电器，深夜里出现故障起火的概率倒是不大。”

“嘿，现场可以确定是封闭的吗？”林涛指着大门口已经坍塌在地面上的门板说，“这大门锁我再熟悉不过了，看这个状态肯定是完好无损，没有撬压痕迹的。”

“楼房北面除了这扇大门，还有一扇客厅窗户。”祁科长说，“窗框烧毁了，窗户坍塌到了室内。不过我看过了，虽然烧毁严重，但可以看得出来窗户是关闭着的。”

“哦，南面还有一扇通往院子的后门，以及厨房的一扇窗户。”丁支队说，“后门是锁闭的，需要用钥匙才能开启，后窗却是打开的。”

“也就是说，如果有外人往屋内投掷火源的话，只有通过这一途径喽？”我问。

丁支队点了点头。

“怎么会是投掷火源啊？哈哈。”祁科长说。

“我们这也是排除所有可能嘛。”说完，我迈步踏进了火灾的现场。

一栋好好的豪华别墅，此时已经家徒四壁。除了助力车，空调、电视等家电，沙发等家具剩下一副金属框架，其他剩下的只有灰烬。墙壁上的涂料都已经没了，有的地方有浓黑色的烟熏痕迹，也有惨白色的过火痕迹[①]。地面上是厚厚的一层被水浸湿的灰烬，根本无法分辨灰烬里还有些什么。我用消防锄头扒拉开一小块灰烬，露出地面上已经被烧焦的木地板痕迹。

“一个家里，木地板、木吊顶、木家具，这一来火，当然成了火炉。”我说。

“火灾现场都要筛灰。”大宝左右看看说，“这么大的面积，要是把灰都筛完，估计就明年了。”

“所以要有重点地去找线索。”我说。

我刚进现场，就被灰尘呛得直咳嗽，所以我还一时没有想好该从哪里入手，只有先观察一下房屋的结构。

一进前门，就是一个超大的客厅。客厅北面窗户下方摆着一套组合沙发，沙发对面是一面墙，类似屏风一样把客厅隔离出来。墙上挂着电视机，电视机下面的家具已经被完全烧毁了。前门口有两辆烧毁的助力车，助力车南边是客厅和屏风墙后面连通的过道。

从过道里走过去，就来到了屏风墙背后。屏风墙背后是上二楼的楼梯，楼梯一侧有几扇门，分别是一间带卫生间的卧室，通往后院的后门，还有厨

① 过火痕迹，火焰烧灼过的痕迹。

房的门。厨房很大，里面不仅有燃烧残留的灶台、橱柜，还有一张不小的餐桌的燃烧残留物。

从打开的厨房窗户到过道，再到助力车的位置是一条直线，大约有十米的距离，投掷火源的可能性确实存在。

不过，厨房的窗户外面是自家的院内，院墙又很高，院门又是完好的，徒手攀登进来的可能性倒是很小。

我顺着被烧毁了扶手的楼梯小心翼翼地来到了二楼。

二楼上来就是一个小厅，小厅中央应该原来摆放着一张玻璃茶几和几把折叠椅子。不过现在都已经被烧毁了，留下了玻璃熔化又冷却后的痕迹，还有几把折叠椅的金属框架。小厅的周围有四扇门，分别是三个卧室和一个卫生间。

我之所以能看出三个房间都是卧室，是因为每个房间的正中间都有席梦思被烧毁后留下的钢丝弹簧。

主卧室在北边，门已经坍塌，烧焦的主要是正面，而且焚烧痕迹一致，说明起火了以后，这扇门是关闭的，这和其他两个卧室的门有外重内轻的焚烧痕迹不同。五具尸体都集中在主卧室里，两名大人和大儿子的尸体都挤在北边飘窗台上，三岁的女儿阮苗的尸体在飘窗之下俯卧，十个月大的婴儿尸体压在阮苗的尸体之上。

看起来，死者在发现起火之后，关起了房门，并且远离卧室南侧的房门，集中在北边的飘窗上，婴儿是被男主人或女主人抱在手上的。火势蔓延到房间之后，三岁的阮苗耐受力最差而伏地死亡，随后才是三名大人。大人死亡后，手里的婴儿尸体滑落到了阮苗的背上。总之，主动避火的行为痕迹在这几具尸体的状态上还是清晰可见的。

除了主卧室床头的保险柜，所有的房间里所有的家具都被烧毁了，只留下了一些依稀可辨的燃烧残留物。卫生间里也有严重的烟熏痕迹，但是并没有多少可燃物，所以算是燃烧程度最轻的部位了。

一楼和二楼的窗户都安装了防盗栏，看起来很牢固，在窗框都被烧毁的情况下，依旧竖立在窗户外面。

“我之前说了，作为现场勘查员，在火灾现场中，我们除了要搞清楚死者的死因和损伤，对现场最重要的，是搞清楚起火点和起火原因，这样才可以分析案件的性质。”我说，“而分析清楚起火点，又对起火原因的分析起到关键作用。在分析起火点之前，我们最好要搞清楚几名死者的原始位置，毕竟起火之后死者都有主动位移和呼救的过程，而且起火时间是在深夜睡眠过程当中。我想，你们也和我一样，会认为五名死者不可能都睡在一个房间里吧？”

## 3.

“这我还真没想到。”大宝惊讶地说，“不过，这有什么用吗？”

“当然有用。”我说，“但是在看有什么用之前，首先还得判断出他们各自的原始位置。”

“五个人，四间卧室，两个卫生间，一个厨房。”林涛沉吟道，“怎么分辨？”

“入门级的题目。”我哈哈一笑。

这个问题确实不难，但是因为是我提出来的，短时间之内他们确实不容易想到关键点上。我带着他们走进了主卧室，尽可能绕过尸体，指着地面上的燃烧痕迹，说：“这个房间，显然是家具、家电最齐全的卧室，而且还有保险柜，说明这是主卧室。主卧室的席梦思是两米宽的大床，旁边还有摇篮的痕迹。两个大人和婴儿在这个房间休息，这没问题吧？”

“小女孩也在这个房间。”林涛说，“依据经验，三岁的小女孩肯定不会自己独自在一个房间睡觉的，肯定是爸爸妈妈带着睡的，而且这里有一些金属残留物，是儿童玩具上残留的。婴儿肯定不会玩这些电动玩具，这些玩具也是属于小女孩的。”

“你有什么经验？”陈诗羽笑着问林涛。

“我不是说育儿经验，我到了十岁才自己一个人睡。”林涛说。

“你还好意思说！”陈诗羽说。

“林科长说得有道理。”程子砚说。

我点点头说：“对，这四个人原本就是在这个房间休息的，这没有问题。现在问题是阮强一般在哪个房间睡。”

“另外两个卧室中的一个？”大宝说，“这是最麻烦的，生活习惯的调查，随着全部家庭成员的死亡而无法进行。”

我摇摇头，带着大家进出另外两个卧室，说：“你们看这两个卧室的燃烧痕迹，除了床、衣柜，就没有其他东西了。一个十五岁的男孩子，房间里至少要有个电脑吧。”

“难道他睡楼下？”林涛说，“反正他们不可能五口人挤一个房间的。”

我笑而不语，带着大家回到了一楼屏风墙后面的卧室里。卧室里除了床和衣柜，还能看到一个被烧毁的电脑机箱和比上面卧室更多的灰烬。

我蹲在地上，从灰烬里抽出一根锯齿样的金属杆，问：“你们知道这是什么吗？”

“什么？”大宝摆弄着金属杆说，“不会是拉杆箱吧？这怎么会是锯齿样的？”

“所以我说法医必须平时对任何物品都要怀有好奇心，才会在关键时刻用得上。”我说，“这是小孩的学习桌。很多家长买学习桌，都要考虑孩子在不断长大，学习桌如何能多用几年呢？于是这种可以调节高度的学习桌就应运而生了。这根杆子就是学习桌上用来调节高度的档位杆。”

“有电脑，有学习桌，这里才是男孩子的卧室。”林涛说，“不过，上面明明有两个卧室，为什么要把自己的房间安排在下面的卧室啊？”

“十几岁的男孩子嘛，最需要的是什么？是自由！”我说。

“一个人睡一层，这么大的房子，多吓人。”林涛说。

陈诗羽扑哧一笑。

“现在原始位置搞清楚了，你说会有用的，有啥用？”大宝问。

我说：“既然原始位置搞清楚了，我们下一步就要推理阮强为什么会从一楼的卧室，跑到二楼的主卧室里。”

“因为出事了，他第一个想到要找父母。”程子砚说。

“这肯定是一方面。”我说，“但是任何一个人的潜意识，就是在起火后避难。十五岁的男孩子不可能发觉起火后第一个想到去救人吧？即便他是为了救人，那为什么又要关闭主卧室的大门？”

“我知道了，你的意思是，最初的起火点是一楼。”林涛说。

“对，可以肯定，起火点是在一楼。”我说，“而且，我们看看这个房屋的结构，如果是屏风墙南边起火，最先殃及的就是男孩的卧室。他即便有机会逃跑，也不应该是向楼上跑，因为楼梯面是木质的，楼梯扶手也是木质的，楼梯的火势会更大。”

“说明起火点是在客厅里。”大宝抢着说道。

“没错。起火点只有在屏风墙北边的客厅里，因为火势太大，阮强无法从客厅北侧的大门逃离。他房间旁边的后门又需要钥匙才能打开，所以才会向楼上逃窜。”

“其实如果他冲过火焰，从北门逃离的话，就能给阮家留下一个活口了。”林涛说。

“这种冷静的思维，是十五岁男孩不可能具有的。”我说，“既然我们把起火点圈在了客厅里，首先说明不是有人从后窗投掷火源到厨房、楼梯间，引燃了可燃物而造成火灾。如果是放火，刚才的可能性是最大的。”

大家在点头。

“其次，男孩子之所以上楼，是因为一楼的火势已经无法控制了。”我接着说，“如果是有人从后窗投掷火源到助力车的话，距离有十米，男孩就睡在旁边的房间，不应该听不见响声。如果听见响声，就可以及时发现小火，这样也容易灭火。”

“所以不管怎么说，投掷火源的可能性很小了。”大宝说，“看来分析原始位置还真是有用的呀。”

“整个客厅的房顶都是过火痕迹，很难分析具体的起火点在客厅的什么位置。”林涛在客厅里走来走去说道。

“我们来看一下房顶的过火痕迹。”我说，“很明显，北边的轻，南边的重。这个很好理解。在起火后，南边的氧气量多，所以火焰就向南边蔓延，最终蔓延到楼梯，然后顺着楼梯到向上蔓延。为什么南边的氧气量多呢？是因为北边的窗户和门是关闭的，而南边的后窗是开着的，空气向南边流通，火焰也就向南边蔓延了。”

“这是个在窗户被烧毁后，确定北边窗户当时是关闭状态的一个很好的依据。”林涛说，“更说明投掷火源放火的可能性小了。”

“我们是不是可以检验尸体，然后撤了？”大宝问。

“剩下的，就是消防火调部门同事的事情了。”我松了一口气，说，“客厅有很多电线，说明有埋在墙里的暗线，也有扯拉接线板的明线。现在就要看哪块区域是最开始的起火点了，然后就能发现起火原因。”

“既然这样，灰还是要扒的。”林涛摊摊手说，“这个工作我们也赖不掉。”

现场勘查员对火灾现场的灰烬筛查处理，被我们形象地称之为“扒灰”。这一项看似简单的工作，确实非常辛苦，而且非常有用。

“我们去尸检，你和小羽毛、小程扒灰。”我笑着拍了拍林涛的肩膀说，“辛苦你们了。”

烧死的尸体都非常惨，尸体受到高温作用，蛋白质变性，甚至完全炭化，一般都会面目全非。尤其是火场中孩子的尸体，是我们很害怕看见的惨状。

好在消防灭火迅速，尸体并没有被大火焚烧炭化，但是尸体表面皮肤已经受热变性，成了黑色和蜡黄色相间的模样。没有被焚烧炭化最大的好处不仅仅是让我们这些直面尸体的人心里好受一些，而且能发现那些在火场尸体上不容易发现的附加损伤。

既然具备条件，我们就要尽人事。仅仅对五具尸体表面进行认真检查，就花了我们接近两个小时的时间。检查的时候提心吊胆，检查之后算是彻底放心了。五具尸体都没有任何威逼伤、抵抗伤和约束伤。

尸体的皮肤已经皮革样化，手术刀都很难划开。我们甚至要用剪刀来代替手术刀，对尸体进行解剖。

英城市公安局调集了其附属的几个县里的非当班法医来帮忙，五具尸体的解剖同时进行。基层公安机关的法医每年检验尸体量非常大，解剖能力都被练得炉火纯青。所以，五具尸体的气管、支气管很快都被打开了。

我“窜台子”看了看，都有明显的热呼吸道综合征[①]，也有大量的烟灰炭末附着，他们五人都是活活地被烟熏死无疑。

“看来问题不大。”我活动了一下站得僵硬的腰。

他们总说我没有腰，真是笑话，没有腰的话，我怎么可以让肚子转圈？想着想着就给自己的想法逗乐了。

谁知我刚刚放下的心，被林涛的一个电话又拎了起来。

“老秦你还是到现场来一下吧。”林涛说，“有一些发现，我们开始的想法可能不对。”

尸体检验还在继续进行，我提前下了台子，和韩亮重新赶往现场。

此时的林涛正蹲在现场楼房北面的空地上，面对着一块大塑料布上放着的物件研究着什么。我和韩亮在警戒带外面穿戴好勘查装备，走到林涛背后，拍了他一下。林涛吓得一蹦三尺高。

① 热呼吸道综合征，是指高温烟雾、炭尘进入呼吸道，引发呼吸道一系列反应，最终因为喉头水肿等原因而窒息的综合征。

“你天天一惊一乍的，上辈子是不是猫？”我笑着说。

“你才是猫，走路没动静的。”林涛说。

“你们才是猫，去照照镜子看看。”韩亮指着林涛、陈诗羽和程子砚笑道。

三个人因为在火场里待的时间久了，又是在扒灰，所以脸上都已经像被画上了迷彩，黑一道白一道的。其实这完全在预料之内，我曾经在一个火场里工作了五个小时，后面连续一个礼拜，吐痰、擤鼻涕都带着黑色炭末。

“言归正传。”林涛用戴着手套的手擦了擦脸，正色道，“这是我们整体移出来的一楼北面窗户，因为外侧有防盗栏的保护，窗户倒塌到了内侧，压在沙发最上方。我们没敢动沙发的框架，就把最表层的窗户框架挪了出来。”

“玻璃都熔化了。”我看着金属的铝合金窗体说。

林涛点点头，说：“从框架上来看，窗户确实是闭合的，和你说的一样。但是我们仔细研究了一下窗户的锁扣，你看。”

林涛拿起从灰烬里找出来的铝合金窗户的锁扣，往窗框上安放。

“如果是闭合状态，是安放不上去的，只有窗锁是打开的状态，锁扣才能安得上去。”林涛一边演示一边说，“这说明，窗户虽然是关着的，但是锁扣是开着的。”

“确实！”我出了一身冷汗，说，“我们只研究窗户是否闭合，但是没研究窗户是否锁闭。窗户的外面是空地，任何人都能来。如果是投掷完火源，再关闭窗户的话，看起来就和现在一样啊。”

“当然这只是可能性。”韩亮说，“你没有任何依据可以证明你说的这种可能。相反，现场横七竖八的电线，更可能引起火灾。”

“说是这样说，但是一旦出现可能性，我们就要想办法排除。”我说。

“当然，我所谓的疑点，绝对不仅仅是这种可能性的出现。”林涛指着一旁另一块大塑料布上的一扇烧毁的大门，说，“这是现场北边的大门，门锁我很熟悉，是完好无损的，没有任何撬压的痕迹，按理说，全铜的锁芯也不可能因为高温而损毁。但是，我们在现场找到了男女主人的两串钥匙，都塞不进锁眼里。”

“为什么会塞不进去？”我问，“如果不是锁芯变形的话，难道是钥匙变形了？”

“如果是钥匙变形，至少钥匙前端是可以塞进去的。即便是钥匙前端变形了，总不能两把钥匙都是前端变形啊。”林涛说，“以我的经验来看，最大的可能就是锁眼里有异物。”

“异物？”我和韩亮同时叫道。

我又惊出了一身冷汗，问道：“那如何才能确定？会不会是灰烬进入锁眼后，遇水凝结导致的？”

林涛摇摇头，说：“我也不确定，只有把锁芯拆下来，然后想办法把异物弄出来看。”

“那就快动手吧！”我隐隐有种不祥的预感。

林涛从车里拿出一个小箱子。我知道，这是他技术开锁时会用到的工具箱。林涛已经有好多年没有展示他的这个本事了，新来的两位女同志都没有见识过。

再复杂的门锁到了林涛的手里，都像是小孩子的玩具一样。没一会儿，林涛就拆下了大门的锁芯，然后用各种看起来简单，其实很精细的类似铁丝一样的工具对锁眼进行了清理。

林涛的判断不错，没一会儿，他就从锁眼里抠出了一小段折断的牙签尖端。

“牙签？”林涛愣了一愣。

我赶紧拿出物证袋，把牙签装了进去，说：“男女主人平时都是大门进出，而案发当天男女主人都顺利进入了现场，说明这个牙签是案发前刚刚被塞进去的。”

“果真是一起案件！”韩亮惊叹道，“你们工作可真是细致啊，这案子差点儿成了漏网之鱼。”

“不会。”我摆摆手说，“现场还没有细致勘查，具体起火点和起火原因还没有搞清楚。如果是放火，那么留下的绝对不会仅是一小段牙签那么简单，一定会留下更多的线索和证据。”

“在门锁里塞牙签，是为了烧死这一家吗？”韩亮问。

我和林涛没有回答，都在思考。

少顷，我说：“我觉得有问题啊，这个行为没有任何意义的。”

“是的，和我想的一样。”林涛说，“这种门锁是把手式的，也就是说，在房间内开关门的话，只需要旋转把手就可以了，和锁眼无关啊。如果是有人放火，凶手为了防止被害人逃脱，完全可以利用其他很多种办法去锁闭大门。有一点常识的人都会知道，堵塞锁眼，是不可能阻止人从房内开门的。”

“而且我们之前了解到，除了助力车下方，其他部位取样的灰烬并没有做出助燃物的燃烧残留物。”我说，“你见过蓄意烧死人，却不使用助燃剂的案例吗？”

“那为什么要堵锁眼？”韩亮问。

我说：“不知道我的直觉准不准，我感觉这个行为更像是一种恶作剧，是小孩子做坏事喜欢用的套路。”

“也就是说，这种堵锁眼的行为，和起火不一定有关联？”韩亮又松了一口气。

这案子也真是蹊跷，一会儿看像是案件，一会儿看又不像，让我们的心一会儿提起，一会儿放下。

我摇摇头，说：“这可不好说，世界上哪有那么巧的事情？现在的重点并不是堵锁眼这个行为的目的所在，而是起火点和起火原因要尽快搞清楚。既然我们明确了存在点火后关窗的可能，那么窗户的下方就应该是我们重点研究的区域。”

“是啊。”林涛说，“窗户的下方就是一套布艺沙发，是可燃物，可以作为引燃的初始物。这也是我最为担心的地方了。”

“沙发有移动吗？”我问。

“没有。”林涛说，“除了消防部门在沙发附近表面提取了少量的灰烬，没有任何变动，里面的痕迹物证是可信的。”

我点了点头，走进现场，在沙发的周围走了一圈，看了看沙发的状态。沙发只剩下铁质的框架，还有一些弹簧。铝合金的窗帘杆掉落在沙发的表面，已经烧黑了。沙发被一堆灰烬所包围，也看不出灰烬里有些什么。

我小心翼翼地走到沙发的旁边，林涛一把拉住我，说：“沙发烧得很脆，别踩，你那体重，估计一下就毁了。”

我白了林涛一眼说：“谁说我要踩了？”

我小心地把窗帘杆抬起了一点点，看了看。窗帘杆的下方，压着两小块布片还没有烧毁。一块是亚麻布的花色布片，另一块是灰色的绒布布片。两块布片因为受到窗帘杆的压迫，没有变成灰烬，但是受到热作用，牢牢粘在了一起。

我想了一会儿，说：“起火点，是北边窗户的窗帘。”

## 4.

“如果确定起火点是窗帘的话，那么肯定是外来火源了。”丁支队说，“根据现场初步勘查的结果，窗帘的上下左右都没有任何电源接口或者通过的电线，下方的沙发周围也没有。而且，死者不吸烟，沙发周围也不应该摆放容易起火的装置。那么，火源从窗帘开始，唯一的可能就是外来的火源了。”

专案组里，坐着二十几名刑警和几名消防军官。大家正在观看林涛制作的幻灯片，都是皱眉思考的表情。

“可是，你是怎么确定起火点是北窗窗帘呢？”祁科长问我。

“因为这两块布片。”我用激光笔指了指幻灯片上的特写照片，“这是我在现场灰烬中找到的，位于掉落的窗帘杆下方。显然，亚麻布的是窗帘，灰色绒布的是沙发坐垫的外罩。两块布片因为受到上方窗帘杆和下方沙发钢筋框架的挤压，没有直接过火，得以保存下来。”

“明白了，你说的是起火顺序的问题。”丁支队说。

我点点头说：“如果起火点是客厅地面周围的电源接口的话，那么引燃了易燃物，火势会顺着木地板慢慢蔓延，最后蔓延到沙发，甚至点着窗帘。但是最先烧着的，应该是沙发上的易燃布料。等窗帘杆都被烧得掉落下来的时候，不应该还残留沙发表面的布料。这就说明，在火势还不是很大的情况下，窗帘杆就已经掉落了。”

“是的。”林涛接着说，“只有在窗帘布先点着的情况下，最先累及的才是窗帘杆。在窗帘杆掉落的时候，还有一小块窗帘布没有燃尽，被压在了沙发表面。此时，窗帘的火焰就点燃了很易燃的沙发，然后逐渐在客厅蔓延，甚至点燃了助力车上可能晾晒的衣物，烧破了助力车的油箱，最后引发了悲惨的结局。”

“你们想一想。”我说，“只有这一种可能，才能在如此大火的现场，保留下来两块最易燃烧的布块。”

“那么，也就只有一种可能导致这样的结局。”丁支队说，“有人在窗口点燃了窗帘，然后关窗逃离。”

会场沉寂了下来。

“那么，这就是一起放火案件。”丁支队扫视了专案组的民警们一眼，强调道，“一起死亡多人的严重、特大放火案件。”

“虽然结果是非常严重的，但是放火人的主观动机应该并没有想到这个结果。”我说，“放火人可能只是为了一个小小的恶作剧。”

“恶作剧？是小孩子干的？”祁科长问。

我摇摇头说："根据报案人反映的情况，凌晨一点钟，他刚刚闻见一股焦煳味道。说明点火的时间，可能是在夜里十二点以后。这个时间，一般小孩子都被家长管束着睡觉了。而且，小孩子不怎么使用牙签。"

"有什么依据是恶作剧呢？"丁支队问。

我说："用牙签堵锁眼，本身就是一件毫无意义的事情，根本不可能造成房门从里面打不开的情况。那么，我认为这就是一种恶作剧。同时，用打火机点窗帘，这同样是一种意义并不大的行为。如果是蓄意放火，完全可以携带助燃剂，然后从沙发开始起火。所以，我认为用打火机点燃窗帘，一样也是一种恶作剧的行为。"

"既然是恶作剧，就不是有什么深仇大恨了，这样的矛盾关系，可就不好排查了。"丁支队说。

"有发现。"一名侦查员走进专案组，拿着一个物证袋，说，"刚才例行巡查现场周围的同事，发现现场楼房西侧的外墙根，靠着一束塑料花。"

"塑料花？"我从侦查员手上接过物证袋，看了起来。

"这肯定是刚才有人趁着天黑放过去的，之前我们巡查还没有发现。"侦查员说。

"这束花上有很多灰尘，应该是放置很久的，而不是特地买的。"我说，"偷偷摸摸地冒险去现场放花，我觉得肯定就是放火人干的了。"

"啊？那我们赶紧部署路面巡控。"丁支队说。

"敢如此进入中心现场附近，说明对现场很熟悉，是本地人。"我说，"这是我们排查的条件，但是同时也是我们巡控作用不会大的原因，放火人能很快回到家里，或者利用胡同绕过警察。"

"我们错失了直接抓人的良机啊。"丁支队说。

我说："不过也无所谓，这个送花的动作，给了我们很多提示。至少印证了我之前的说法，这次火灾，是从一个恶作剧开始的。"

"你说的是，放火人的愧疚行为？"林涛说。

我点点头说："在现场附近放花，显然是行为心理学中说的愧疚行为。说明放火人并没有想到事情会发展到这个结果，更加印证了我之前的推断。同时，也说明放火人和死者之间是很熟悉的，有一定的社会交往和关系，这就大大缩小了我们的侦查范围，这是其一。其二是为了表达愧疚，不仅不送鲜花，更没有去买一束新的塑料花，而是用在自己家里放置了很久没有打理的塑料花。这说明放火人的经济条件并不宽裕。对了，别忘了排查嫌疑人的时候，看看他家里有没有空着的花瓶。"

"熟人、熟地、经济拮据。"丁支队说，"这确实可以缩小很多侦查范围，但是如何甄别犯罪嫌疑人呢？"

"这个简单。"我说，"别忘了，我们还有一个最重要的物证，牙签。我们之前说了，放火人并不是蓄意去放火，那么很有可能是路过的时候，因为某种原因，去做了两件恶作剧。把牙签插进锁眼里别断，点燃了窗帘。既然不是蓄意预谋，那么什么人会深更半夜经过现场的时候还带着牙签呢？"

"对啊，谁会带着牙签啊？"大宝问。

我笑了笑说："我看了地形，现场附近不远处，有一个小市场，据说晚上会有一些吃夜宵的路边摊。我觉得，最大的可能就是在路边摊吃完夜宵，用牙签剔着牙经过了现场，才会萌生了犯罪意图。"

"范围又缩小了。"丁支队说，"我们可以找路边摊的老板们去辨认犯罪嫌疑人。"

"不仅如此。"我说，"牙签我已经让韩亮连夜送省厅 DNA 实验室了，估计明早可以出来结果。喜欢剔牙的人，牙龈状况都不会太好，都会有少量或微量出血的可能。那么，牙签上的血的主人，就是本案头号犯罪嫌疑人！"

"太好了，现在排查工作可以开始了吧？"丁支队说。

"可是，阮红利的社会关系确实非常复杂啊。"侦查员说，"我觉得既然是恶作剧，又不是深仇大恨，那么比如说妒忌他的人，作案的可能性就很大。阮红利这个人性格非常张扬、爱炫耀，妒忌他的人很多。案发那天下午四点多钟，阮红利就在他微信朋友圈里晒了一张自己用磅秤称人民币的照片，估计照片里的现金有一百万。”

“什么？这是重点线索啊。”我说，“我一直就想不通一件事情，为什么会是这一天发案，引发恶作剧是需要导火索的。而微信朋友圈的炫富，是最有可能成为导火索的因素。”

“我也是这样想。”侦查员说，“既然你们也认可这个可能是导火索的因素，那么我们就重点围绕他朋友圈里的人进行调查了。总共就两百多人，应该好查得很。”

“熟人、熟地、经济拮据、案发当晚在附近吃夜宵、家里有空花瓶。”丁支队掰着手指头罗列了一下条件，说，“这下范围就很小了。”

“还有个很好的条件。”陈诗羽从会场外面接完了电话，走了进来，说，“刚才接到我爸，哦，接到我们总队陈总的电话，DNA 结果加班做出来了。”

“哦”的一声，说明会场所有的侦查员都松了一口气。这获取了一个重要的证据之王，甄别犯罪嫌疑人就不是难事了。

“是个女性。”陈诗羽补充道。

“行了！今晚破案！”丁支队兴奋地握着我的手说，“谢谢你们的工作，第一时间确定了这是一起命案，而非意外，给五名死者洗冤了！更是谢谢你们的指导，这么快就框定了侦查范围。”

“我们不来，这案子也是一定可以破的。”我说，“因为我现在大概知道是谁作案的了。”

我知道我怀疑得应该没有错。根据前期的调查情况，最容易产生妒火的女人，显然是阮红利的前妻吕芳。在她看来，阮红利现在拥有的一切，都应该是她的。

果不其然，第二天一早，祁科长就拿着一张搜查令赶到了我们的宾馆，搜查令上写着“准予对英城市同三镇特大放火案犯罪嫌疑人吕芳住处进行搜查”。

我们怀着激动的心情，来到了距离火灾现场一公里的吕芳家。打开了吕芳家的大门，又无比兴奋地提取了她家卧室电视机上面的空花瓶。有了这么多证据，加上地摊老板的口供，吕芳就是犯罪分子已经是事实清楚、证据确凿的了。

可是当我们走进吕芳家的次卧室时，心情又重新跌落到了低谷。

原来次卧里还有一个女青年，十八九岁的样子，卧床不起。我们之前完全没有预料到吕芳家里还有别人，而这个“别人”，显然是阮红利和吕芳的女儿阮梦梦。一眼就能看出，阮梦梦是异于常人的，连和我们最基本的交谈都很难进行。

当我们怀着沉重的心情回到局里，得知吕芳已经交代了她的全部犯罪事实。

十六年前，三十二岁的吕芳因为丈夫出轨，毅然决然地和丈夫离了婚，并且财产分文不取，只要了三岁的女儿阮梦梦的抚养权。可没有想到，离婚后不足一年，厄运再次降临到了吕芳的头上，女儿阮梦梦因为一次重感冒患上了脑膜炎。在当时医疗条件有限的情况下，阮梦梦并没有被治愈，而是留下了终身残疾，生活不能自理。

吕芳在最难熬的时间里，曾经向阮红利开口借钱，可是被阮红利无情地拒绝了。本身就没有稳定工作的吕芳，十几年的生活里被汗水和泪水充斥着。她不愿意再求任何人，活在只有自己和女儿两个人的世界里。她到处打工，最累的时候每天只睡四个小时，同时兼职四份工作。

如果说五年前的阮红利也是一无所有，吕芳可以理解他的拒绝的话，那么最近五年暴富的阮红利，还是每个月只通过微信打给吕芳一千元抚养费，就有一些不近人情了。

一千元，给阮梦梦吃药都不够。

没有别的办法，人老珠黄的吕芳，也找不到可以依靠的男人，只有靠着自己的一双手和每况愈下的身体去不停地工作，不停地赚钱。

最近，工作是越来越难找了。原本兼任四份工作的吕芳，只剩下了两份工作。而且这两份工作单位的老板，同时提出要无条件地延长工作时间。为了能保住维持生活的工作，吕芳默默地接受了。

她早晨六点起床，开始帮助环保车清理镇上的垃圾，一直工作到中午十二点。然后从下午一点开始到镇上的饭店做服务员，下班时间不定，根据客人离开的时间来确定下班的时间，而且没有加班费，不包吃不包住。

吕芳就这样，早起晚睡，中午还要回家给阮梦梦做好午饭和晚饭，无节假日、无休息日。这对任何一个人来说，都可以说是万般的折磨了。

吕芳家和阮红利家不远，阮红利不可能不知道她的生活状态，但是阮红利无动于衷，从来没有多给她一分钱，哪怕是过年过节。

这一天，饭店的客人喝酒吵闹到晚上十一点半。这对站立在一旁的吕芳来说，不仅仅是体力的消耗，客人们的吵闹声更是精神上的折磨。下班后，她拖着疲惫不堪、饥肠辘辘的身子，第一次花钱在路边摊上吃了一大碗馄饨。就在吃馄饨的时候，她看到了微信朋友圈里阮红利晒现金的照片。

这个家的女主人原本应该是她啊！这些现金的主人也应该是她啊！她本不该过上这么苦的日子啊！那个阮红利真的是为富不仁啊！不管她就算了，连自己的亲生骨肉也不顾不问！他还算是个人吗?

吃完饭，边走边剔牙的吕芳经过了阮红利家。因为营养不良，钙质过分流失，吕芳才四十九岁，整口牙就已经破烂不堪了。经济拮据的她，不可能看得起口腔科，就只有自己痛苦地忍受着。

各种复杂的情绪，在吕芳经过阮红利家豪宅门口的时候，都爆发了出来。深夜十二点多，左右无人，吕芳心中邪恶的小宇宙促使她用牙签堵了阮红利家大门的锁眼。在牙签被折断在锁眼里的那一瞬间，吕芳感觉到了无比痛快的快感，那是十几年都没有过的情绪宣泄。

为了再尝试一下这种快感，吕芳又寻找了另一种恶作剧的方法。

作为服务员，吕芳在口袋里会常放一个打火机，是为了给客人点火锅用的。吕芳看见了阮红利家北窗里面随风摇摆的亚麻窗帘。

吕芳想，这窗帘怎么这么讨厌啊，我烧了它吧！

罪恶，从吕芳的拇指按下打火机点火键的那一刻起，开始了。

亚麻并不是那么易燃，即便在吕芳点燃了它之后，火苗也是若有若无的。吕芳果真又获得了那种难得的快感，于是关上了现场的窗户，满足地离开了。

做了坏事，让吕芳异常不安。回到家里后，她开始后悔自己的所作所为，辗转难眠。但直到她听见消防车呼啸着从她家窗下经过，她才意识到事情的严重性。她甚至来不及穿上皮鞋，拖着一双拖鞋就徒步跑到了现场。看见的，是那几条耷拉在窗口的、赤裸的胳膊。

五条人命，就因为她一时的不忿，陨灭了。

追悔莫及的吕芳，魂不守舍地过完了一天，在天黑以后，拿着家里唯一的塑料花束回到了现场，绕过了现场保护的警察，在旁边狠狠地磕了几个头。

然而，磕头并不能消除她的罪孽，法律的严惩接踵而至。

“没有想到，女人的妒忌心可以造成这么大的破坏力。”在回程的车上，陈诗羽说道。

“妒忌真的很可怕，妒忌心可以摧毁这个世界上的任何东西。”林涛说，“做人啊，还是宽容一些好。没了妒忌、没了攀比、没了贪婪，这个世界就美好了。”

“其实这么大的破坏力，多多少少会有外界因素在里面，毕竟吕芳并没有烧死人的主观故意。”我说。

“可是，她放火的行为是有主观故意的。”韩亮说，“放火罪的罪名是妥妥的了，而且造成了极其严重后果的放火罪。轻判不了。”

“法律上，吕芳罪孽深重，道德上，阮红利罪有应得。”大宝气愤地说，“可怜了那几个无辜的孩子。”

“是啊。”我叹了口气，说，“可怜的还有那个阮梦梦，她以后又该怎么办呢？”

# 第七案　死亡快递

男女之间不存在纯粹的友谊，有的只是爱恨情仇。

——

奥斯卡・王尔德

THE DOOMED

## 1.

冯之玄一进小区就眉头紧锁。

自己住的是一个回迁小区，刚建起来的时候还有模有样，但是几年一过，毕竟居住的居民素质有限，小区里到处都堆着垃圾。其实正常来说，小区垃圾都是有人清理的，但这些垃圾的主人并不接受垃圾清理，因为这几个无业的居民都是从垃圾桶里回收的垃圾，各自选了块公共区域堆放起来，像是圈地一样，准备囤起来售卖。

“这个小区里，恐怕只住着捡破烂的、摆地摊的和公务员了。”冯之玄暗叹了一声。本身就累得要死，看到这到处堆积的垃圾，更是心烦意乱。

冯之玄家住在二楼，卧室下面的自行车棚就被一个老太婆占用了，平时都堆满了回收的垃圾。很快就要到夏天了，那一堆堆的垃圾，就成了苍蝇、蚊子的大本营。这事直接殃及的就是他二楼的卧室窗户。就是这个老太婆开的头，导致小区里回收垃圾、随意堆放垃圾的人越来越多。老太婆占用车棚这个事，物业、城管来了不知道多少次，但都拿这个随时可以进入撒泼耍赖状态的老太婆毫无办法。为了逼走城管，老太婆可以在几十个城管小伙子们面前脱裤子耍赖。确实，一个小区有一个这样的人，小区物业基本就废了。

要问冯之玄为什么不搬家？没有办法，他还没有娶老婆，花尽几年的积蓄，还向父母借了不少，才付了这房子的首付。他怪自己当初上了销售商的当了，谁知道五年的光景，像模像样的小区就变成了这个模样。也怪他当初贪了便宜，现在要想再去换个房子，按照自己的收入，怕是要等到下半辈子了。

当初听了别人的话，说是什么先筑巢，后引凤。现在好了，筑了这么一个破破烂烂的巢，到哪里去引凤凰？能引个麻雀来就不错了。

冯之玄骑车在小区的干道上行驶，看了看小区拐角处的监控。就连监控都是假的，他的电动车上次被盗，他去物业要求查看监控视频，结果物业说监控全坏了。就为这事，冯之玄和物业大吵了一架，而且从那时候起，他再也没有交过物业费。

冯之玄越想越生气，回到家里，吃了一桶方便面，连澡都没洗，就爬上床睡觉了。都说公务员清闲，都说公务员有福利，可他工作快十年了，咋就越来越累呢？咋就没见过什么叫福利呢？半梦半醒之间，冯之玄的脑海里全是怨气。

也不知道睡了多久，冯之玄好像在梦中听见了一声女人的尖叫。一瞬间，冯之玄清醒了过来。看看窗外，此时天已大黑，月亮都爬得老高。冯之玄按亮了手机，时间是晚上十一点二十分。

女人的尖叫仿佛就那么一阵，现在已经完全消失不见了。

是他在做梦吗？难道他想娶老婆想到了这种地步？恐怕真的是他在做梦吧，如果真的是有女人在尖叫，有夫妻吵嘴打架，也不可能只叫那么一声啊。

冯之玄爬起来，倒了杯白开水一饮而尽。同时，他也在竖着耳朵听着外面的声音。虽然小区是双层玻璃，隔音不错，但是为了赶在夏天来到之前享受大自然的清新气息，自己家的窗户是大开着的。如果有声音，一定可以听得见。

外面一片死寂，再也没有声音。

冯之玄不放心地走到阳台，上下左右看了看。每家的窗户都是黑的，并没有和他一样被尖叫声惊醒后起床查看的其他住户。

这样看来，那声音真的就是他梦境中的吧。

冯之玄自嘲地苦笑了两声，他的老婆还不知道躲在哪儿呢。

重新躺到床上的冯之玄有些睡不着了，他仔细回忆着刚才听见的声音。

回想起来，那声音真真切切的，并不像是梦里的声音。他也进入过很真实的梦境，但是像刚才那样真切，仿佛就在耳畔的声音，还真是没有经历过。这是怎么回事呢？

当冯之玄重新进入半梦半醒的时候，他又被“砰”的一声关门声惊醒了。还是一样，真真切切。

声音像是从三楼传来的。

这么晚了，楼上还有什么人出门吗？

楼上住着一对小夫妻，才貌都很出众，而且为人友善、彬彬有礼，给冯之玄留下了很深的印象。冯之玄和他们聊过，男人姓石，和他是同龄人，今年三十二岁，而且和他一样也是公务员。不过小石的工作大多是在外地，出差的频率比较高。女人姓曹，不到三十岁，也是公务员。三个多月前，小两口添了一个大胖小子，女人最近正在休产假，专心在家里带孩子。

夫妻俩在楼道遇见冯之玄，都会很热情地打招呼。有的时候也会一起吐槽那个在公共区域堆放垃圾的老太婆。

虽然都在恶劣的环境里居住，但是人家小石可比自己强多了。好歹人家有一个漂漂亮亮的老婆和一个大胖小子。自己呢，光棍一条。

不过，声音是从三楼传下来的吗？

冯之玄仔细回忆两次声音的源头，越想越觉得就是从三楼传下来的声音。他越想越不放心。可是，这对小夫妻住了四年，他就没见过他俩吵嘴打架。那么，尖叫声又是怎么回事呢？冯之玄越想越不放心，想上去看看。

不过现在都快十二点了，如果自己贸然去敲楼上的房门，会不会被当成精神病啊？

冯之玄又走到了阳台，朝小区大门看去。小区大门附近影影绰绰的，因为小区路灯坏掉了一半，所以根本看不清小区大门的情况。小区的保安都是七十岁左右的老头，所谓的值夜班就是在门岗里睡觉，所以，小区其实和没有保安一样。这会不会让坏人有机可乘啊？冯之玄把上半身探出阳台，向楼上看去。

可是这个角度根本看不到什么，连楼上是不是还开着灯都看不见。冯之玄重新躺回了床上，想再听听楼上有没有动静。但这之后，就再也没有丝毫动静了。百分之八十是自己魔怔了，冯之玄想着。就这样想着想着，冯之玄睡着了。

第二天早晨七点，天色已大亮。冯之玄被闹铃吵醒了。因为单位要求所有人必须七点半之前到岗，所以他已经习惯早起了。简单梳洗之后，冯之玄骑车去上班。在开电动车锁的时候，冯之玄想到了昨晚的声音，他下意识地抬头看了一眼三楼的阳台。

灯居然是亮着的。可是天明明已经大亮了呀，不行，得上去看看。

冯之玄跑到三楼，趴在门上听了听，完全没有动静。

可是他们家里的灯是亮着的呀。冯之玄咽了咽口水，鼓起勇气敲了敲门。

依旧毫无动静，甚至连婴儿的啼哭都听不见。

出门了吗？冯之玄想。忘了关灯？那也不对啊，那么小的婴儿，家里人怎么可能大清早就带着出门啊？这不符合常理啊。

他又敲了几次门，家里依旧是一片寂静。联想起昨晚似有若无的尖叫声，冯之玄的心里涌起了一丝不安。

冯之玄重新下楼，在电动车旁边踮起脚往楼上看，可是并看不到什么。于是，他骑车到小区大门的保安处，把事情的前因后果和保安说了一遍，希望保安可以帮助他联系三楼的业主。

保安是个六十多岁的老头，歪戴着保安帽，以“葛优瘫”的姿势躺在保安室破旧的沙发上，眯缝着眼睛，听完了冯之玄的话，说：“你这人是不是电视剧看多了啊？而且，这三楼的人和你有什么关系啊？真是狗拿耗子——多管闲事。我有的是事情，可没时间陪你玩。”

在保安室里碰了壁，冯之玄依旧放心不下。想来想去，他掏出手机，拨通了 110。

“嘿，这种感觉真带劲。”大宝说。

勘查一组的办公室里，大家都在回味着两天前离开英城市的场景，所有人都依旧沉浸在浓浓的成就感当中。

在英城市放火大案破获后，我们跟随办案的刑警支队重案大队民警一起，押解犯罪嫌疑人吕芳到案发现场，对现场情况进行指认。这是所有案件破获后都必须要进行的一项工作，一来是进一步固定证据，二来也是确定案发过程，为进一步提取物证、总结现场重建得失提供依据。

我们对吕芳的情绪是矛盾的，一方面同情她的悲惨境遇，另一方面，她却因为前夫的为富不仁而做出错误的行为，造成了这么严重的后果。至少三名无辜的孩子不该就这样结束生命。

我相信，周围的居民也都是这样的情绪。

所以，我们在围观群众这种复杂眼神的注视之下，带着吕芳走进了现场警戒带。

因为作案过程非常简单，所以指认现场的过程仅仅持续了十几分钟，我们就重新回到警车之上返程。在车辆缓缓发动的时候，围观群众中不知是谁开始鼓掌，紧接着，现场周围爆发出了雷鸣般的掌声。

随着掌声的响起，群众复杂的眼神慢慢地变得坚定，他们选择了“法律上的正义”。

在夹道的掌声中，我们缓缓地驶离。

虽然天天出勘各种命案现场，但享受这种待遇还是第一次。所以，我们激动的心情经久不息，甚至回来平复了两天，心情还是异常地激动。

“你们知道吗？我在实习期的时候，有一次去一个农村派出所，想让民警带我进村子去了解一些情况。”陈诗羽说，“没想到民警竟然拒绝着装带我去，说什么穿了警服会引起一些误解。我当时就纳闷了，‘从群众中来，到群众中去’难道只是说得好听的吗？”

“确实有些基层单位和群众关系很僵。”我说。

“所以啊，这次我就觉得特别暖心。”陈诗羽说。

“谁说不是呢。”林涛伸了个懒腰说，“人活着嘛，最需要的就是那种存在感和认可感。但是这种感觉你不可能凭空去要来，都是需要经过自己的努力，才能获得。”

“群众的眼睛是雪亮的。”我说，“我们就像雨伞一样，只有真的可以为群众挡风遮雨，群众才能把我们举高。如果是一把漏风漏雨的破伞，就只有滚去垃圾堆里待着了。”

“雨伞理论，经典。”大宝托着下巴说。

“对于我们，就只有命案必破，才能获得认可，才算是完成了使命。”我严肃地说，“虽然很多人认为命案必破是扯淡，事实上也没有哪个城市可以每年都命案必破，我们省每年命案侦破率总是在百分之九十九点几，达不到百分之百。但是我认为，只有有了目标，才能敦促我们不懈怠，不轻易满足。”

“确实，每破一起大案，群众都是会认可我们的。”韩亮说，“只是这种夹道欢送的模式，倒是第一次遇见，感觉确实很棒。”

“是啊，这算是一件激励着我们的小插曲吧。我们不敢说所向披靡，但一定要乘风破浪！”我越说越激动，“再来案子，我们一样义无反顾去侦破它！”

“喂，秦乌鸦，求你了！”林涛连忙伸手制止我。

可是话音刚落，调度电话就应景地响了起来。

“我的天哪！”林涛伸出的手还没收回，直接拍脑瓜上了，“你真是名不虚传！你以为出勘现场算什么好事啊？”

“不长痔疮啊！”大宝精神抖擞地按下了电话的免提键。

“丽桥市发生一起命案。”指挥中心说，“早晨七点半接到的报警，在一个回迁小区里，一对母子被杀身亡。刚刚丽桥市公安局刑警支队发来了邀请函，希望省厅给予支援。我们已经请示了在外出差的陈总，陈总指示勘查一组速赴丽桥市参与案件侦破。”

“知道了，案件有具体情况吗？”我问。

“没了，就这么多。”指挥中心挂断了电话。

电话挂断了，大家都在发愣。确实，最近的案件有点频繁，让我们没有什么喘息的工夫。

我看着发愣的几个人，笑道：“走吧，赶去丽桥还能听个案件前期情况，才到午饭的时间。”

一语惊醒梦中人，几个人纷纷起身整理着属于自己的勘查箱。

十分钟后，七座的勘查车发动了。

“一对母子被杀？那肯定是父亲干的。”大宝猜测道。

“这是什么理论？”我问。

“直觉。”大宝一脸神秘。

“你还记得不？上次那个被杀的母亲，还有那个因为咬伤了犯罪分子，而被刺了十几刀的小女孩①？”我说。

“记得，记得。”大宝的表情瞬间变得沮丧，“那个案子太惨了，不能提，提到就心痛。”

“希望这个案子不会那么惨。”我说。

想了想，我拿出电话拨通了丽桥市公安局强局长的电话。我就是这么心急，在出勘案件之前，希望可以尽可能多地了解案件的情况。一来是满足好奇心，二来是有心理准备和技术上的准备。

法医在尸检之前都会制定预案，这样才能让尸检工作更加细致全面。出勘现场其实也是这样，如果在了解初步案情之后，可以有勘查重点的预案，这样的勘查就会更加深入。甚至因为预案做得好，现场复勘工作还没进行，案件就能侦破了。

---

① 见“法医秦明”系列第一卷第六季《偷窥者》。

“死者曹静，二十八岁，市公路局的职工；另外一个死者是三个月大的婴儿，还没有登记户籍。”强局长说，“结合报案人反映的情况，以及法医初步尸表检验的情况来看，死亡时间应该是昨天晚上十一点多。”

“确定是命案吗？不是自产自销吧？”我问。

毕竟杀孩子的案件，除了小孩子作案，最多的就是杀亲案件了。我们之前也遇见过亲生母亲杀死自己的孩子，然后自杀的案例。

“曹静应该是颈部中刀死亡，现场没有符合凶器特征的刀具，所以肯定是他杀了。而且，曹静身上有威逼伤和约束伤。”强局长说，“现场有翻动痕迹，看起来，应该是凶手骗开大门以后，对被害人约束、威逼并进行抢劫的案例。”

“那孩子的父亲呢？”我接着问。

“孩子父亲叫石远征，在市政府工作。案发的时候，他在外地出差。”

“这个，靠谱吗？”

“靠谱。外围调查很明确，从用车信息和宾馆住宿、监控信息，到同行人员的调查情况，都能确定石远征案发时不在现场。”强局长说，“而且，孩子父亲的通讯情况也都查了，在案发前后没有异常。他，可以排除疑点。”

“如果是抢劫杀人案，那就比较复杂了。”我说。

对于没有特定目标的流窜作案，侦破难度不言而喻。通过我们对此案前期的了解，现在看起来，情况不是很好。所以，打完电话以后，大家都陷入了沉默。不仅仅是因为案件难度可能很大，更是为两个无辜的逝者默哀。

## 2.

在丽桥市公安局一辆警车的引导下，我们的勘查车直接驶进了案发现场的小区。此时已经接近中午，居民们都陆续下班归来，现场围观的人越来越多。

警戒带把案发的第三单元口封闭了起来，但是因为不能阻止第三单元的居民回家，所以住在三单元的居民，确实还是可以进单元的。在案发的305室门口，警察拉起了第二道警戒带。

看着三单元的居民带着一副惊恐的表情进入楼道，林涛顿足道："单元里的痕迹算是没有了。"

我摊摊手说："这是没办法的事情，现在就看中心现场怎么样了。"

我们穿好勘查装备，跟着强局长一起走到三楼的中心现场门口。门口负责警戒的警察看到强局长，掀起警戒带让我们进入。我没急着进入现场，站在门口观察了一会儿。

现场的户型是三室一厅一厨一卫的标准居家型户型，面积有一百平方米左右。大门打开，面对着房屋的客厅。在客厅的四周，有五扇门，分别通往三间卧室和厨房、卫生间。

客厅的摆放是整齐的，门口放着一个白色塑料泡沫盒子，盒子的一个底角被摔烂了，旁边还有碎裂的几小块塑料泡沫。泡沫盒子没有盖子，里面放着两桶奶粉和一袋米粉。

客厅餐桌旁的椅子上放着一个红色的女士挎包，是打开的。

离餐桌不远处，一间卧室的门口俯卧着一具女尸。女尸不是正常的俯卧状态，而是在跪姿的情况下，上半身伏地。长发散乱在地板上，也看不到面部。女尸旁边的墙面和房门上，喷溅状血迹清晰可见。女尸的旁边，还有大片的血泊，阻挡了卧室到客厅的通道。

"我就服了，最近总碰见这样的案件。"林涛正蹲在大门口观察大门锁芯，说，"就没有一个好载体的地面。"

我听林涛这么一说，看了看客厅地面。客厅地面铺着强化复合地板，不是光面的，而是人工制造出凹凸不平的木纹的。我俯身用侧光看了看地板，非常干净，说明这家的女主人平时不仅独自带着婴儿，而且还很勤劳地打扫卫生。这样的载体，除非能发现血足迹，不然根本不可能提取到有辨认、比对价值的足印。

“有多少条件做多少事。”我说，“咱们也不能总指望着每起案发现场都能顺利提取到所有类型的物证。门锁怎么样？”

“门锁完好。”林涛起身说道，“没有撬压、技术开锁的痕迹。”

“从窗户进来的贼？”大宝插话道。

我摇了摇头，指着地上装奶粉的塑料泡沫盒子，对强局长说：“是不是因为这个？”

强局长点了点头。

大宝走进屋内，蹲在泡沫盒子旁说：“因为这个？这个是什么？什么意思？”

“门口就是这个，而且你看到这个盒子，第一感觉是什么？”我问大宝。

大宝抬眼看着我，眨巴眨巴眼睛说：“第一感觉？嗯，应该挺好喝的吧。”

“扯淡。”我拍了一下大宝的后脑勺，说，“我第一眼看见这个盒子，最先想到的，就是快递外卖。”

“哦！冒充外卖骗开大门，然后实施抢劫？”大宝说。

“不过，案发时间点是半夜。这么晚的快递，也会开门吗？”我低声嘀咕着，走进了中心现场。

尸体所在的位置是书房的门口。包括书房在内的三个房间，都有翻动的痕迹。所有的柜子、抽屉都被拉开了，也有一些物品掉落在地上。

主卧室的地板上，铺了一层塑料泡沫拼图，是蓝精灵的图案，显得房间非常温馨。在大床的旁边，放着一个小摇篮。第二具尸体——那个可怜的婴儿就躺在里面。

我走到摇篮的旁边，尸体的面部覆盖着毛毯，据说是 120 医生赶来，确证婴儿已经死亡后盖上的。我碰了摇篮一下，摇篮吱吱呀呀地响了半天。

我迟疑了一下，咬牙掀开毛毯，一张乌紫色的小脸呈现在面前，面颊部位有一些出血点，口鼻部有一些蕈状泡沫[①]。婴儿的眼睛微睁，口唇青紫，在颈部和四肢可以看见已经形成了的尸斑。

看到这个景象，我的心里一阵刺痛。相信其他几个人也和我一样，都在婴儿床前站着愣了好久，没有说话。

陈诗羽率先打破了沉寂，她的声音因为愤怒而微微颤抖："畜生啊！真是作孽！"

"我看书上说，蕈状泡沫不是溺死的人才会有吗？"程子砚接着问。

"不是。"我说，"蕈状泡沫的形成机理是因为气管痉挛，气管内黏液增多，空气和黏液因为痉挛搅拌而形成。形成的泡沫会顺着呼吸道涌出口鼻，擦掉以后会继续形成。所以，电击死、机械性窒息死、溺死或者某些药物中毒死亡，都是有可能形成蕈状泡沫的。"

其实，我也是在用科普的形式，来缓解内心的郁闷。

"从这个现场情况来看，肯定不会是溺死。"大宝一边拿起大床上的一个iPad左右看看，一边说，"看面部的窒息征象，他应该是被捂闷口鼻而导致的机械性窒息死亡。"

我点头表示认可，和林涛一起先在房子里对所有被翻动过的地方进行勘查。

"凶手是戴了纱布手套了。"林涛在一处柜门处，发现了几片血迹，用放大镜观察后，发现是指印。不过，这些指印没有纹线，取而代之的，是一条条整齐的纤维痕迹。林涛说完，举起挂在胸前的照相机拍照固定。

我在现场走了一圈。除了两个卧室和一个书房都有被翻动过的痕迹，卫生间还有一些线索。我发现在一根毛巾杆上，整齐地挂着五条毛巾。在第三条和第四条毛巾之间，有一个空当。显然，这个空当并不是主人有意留

① 蕈状泡沫，是指在尸体口鼻腔周围溢出的白色泡沫，蕈是一种菌类，这种泡沫因为貌似这种菌类而得名。蕈状泡沫的形成机制是空气和气管内的黏液发生搅拌而产生，大量的泡沫会溢出口鼻，即便是擦拭去除，一会儿也会再次形成。

出来的。

“不可能，不可能！”

我突然听见房子的大门口传来一个沉重的男声，于是赶紧走出卫生间查看。

就见两名警察正架着一个男人站在门口。男人穿着整齐的西服，斜挎着一个背包，梳着整齐的分头，长相斯文。虽然穿着整齐，但是神态却是异常落魄。他一副魂不守舍的样子，双腿发软，只有依靠两名警察的力量，才勉强处于直立状态。

“石先生，你不能进去。”警察吃力地架着石远征，并且用力阻止石远征的上半身向室内移动。

“我要看看我的小石头，我要看看我的小石头。”石远征魔怔似的说。

我又想起了婴儿尸体的惨状，心口又是一阵烦闷。

“会有时间看的。”警察安慰地说。

石远征费力地推开警察，靠着门框，一屁股坐在了地上。他双眼无神地盯着天花板，口水从嘴角流出，滴落在衬衫的领子上，但没有流出一滴眼泪。

我见过无数死者家属在得知噩耗之后的反应，虽然不同的人有不同的表现，但是经常可以看到像石远征这样的。眼泪不代表悲伤，悲伤也未必有眼泪。

我知道，石远征的表现，不会是装出来的。

我走到石远征的旁边，默默地站在他的身边。一个刚刚失去了妻子的丈夫，一个刚刚失去了爱子的父亲，这种巨大的打击不言而喻。我静静地等了有十分钟，见石远征的呼吸慢慢地有所恢复，才蹲下身来，轻声问道：“你的家里，有什么值钱的东西吗？”

石远征听见有人和他说话，先是一愣，继而并没有回答，只是呜呜咽咽地哭了起来。我静静地等着他平复了一会儿心情。他摇头说：“没有，都是公务员，存款都在银行里，家里没什么。”

“确定吗？”我问。

“确定。”他说。

我点点头，用身体遮住大门。因为此时殡仪馆的人员正在把尸体搬运出去，所幸在巨大悲痛当中的石远征并没有看见运尸体的过程。

我听见楼道外面围观群众一阵骚动，知道尸体已经运走了，于是递给石远征一对鞋套，然后让两名警察扶起石远征，走进了屋里。

我刻意地让石远征远离那一摊血泊，一是害怕他情绪失控，二是怕他踩到了血泊影响林涛的勘查。不过，当石远征走到血泊旁和卧室摇篮旁时，忽然跪在地上不停地磕头。

这一举动，倒不属于常见的悲痛类型。不过我知道，外围调查已经清楚了，石远征没有作案的动机和时间，也没有雇凶的通讯迹象。

我带着石远征挨个房间过了一遍，主要是让他对被翻动的地方进行辨认，看看通过直观的观察，能不能发现有什么丢失的东西。走了一圈，居然没有发现丢失任何东西。

唯独走到卫生间时，看到我指着的毛巾杆上的那一块空当，石远征一直摇着的头终于停了下来，他说：“这儿应该有我的洗脸毛巾，蓝色的，丢了。”

“丢了块毛巾？”大宝惊讶道。

我沉思了一会儿，说：“小羽毛你带两个技术室的同志去外围搜索一下，重点找毛巾。”

陈诗羽点头离开。

我对石远征说：“小石你这两天恐怕要住在派出所了，一方面我们有必要对你进行保护，另一方面可能会有问题随时问你。”

“住哪儿又有何区别？家都没了，家都没了。”石远征喃喃道。

我给两名搀扶着石远征的警察使了个眼色，让他们带离石远征。然后我走到林涛的身旁。

林涛一会儿蹲在地上，一会儿趴在地上，在找痕迹。

“第一杀人现场肯定是在喷溅血迹的起始端。”我指着血泊旁墙壁上的喷溅血迹说，“死者曹静从中刀到死亡，都是在这个位置，没有任何移动，这没问题吧。”

“没问题，而且中刀的时候还是跪着的，然后就直接趴地上死了。”林涛好像并没有仔细听我说话，仍蹲在地上忙活着，“我就不信了，一个室内现场，就找不出一点痕迹？”

“你忙吧，我去尸检了。”我拍了拍林涛的肩膀。

“别乱拍，新衬衫。”林涛依旧看着地面，说。

我笑了笑，朝大宝招招手，撤离了现场。

丽桥市公安局刚刚改造完法医学尸体解剖室，原来的破烂小间，现在鸟枪换炮变成了一栋两层小楼。一楼是解剖区，有两间解剖室。这样规划最大的好处就是可以两台解剖同时进行，并且都能有防污染的保护措施。这样，工作效率就得到了大大的保障。

我坐在车上的时候就已经盘算好了，在穿好解剖服的时候，我就冲进了一号解剖室，因为一号解剖室里停放着曹静的尸体。作为法医，最害怕的，就是解剖婴儿的尸体，尤其是被杀害的婴儿的尸体。于是，我带了私心，想保护自己的情感，选择了一号解剖室。

大宝那个没心没肺的家伙，就牺牲他去检验婴儿尸体吧，我这样想着。

曹静穿着一身短袖睡衣，胸前大量血迹。我们除去了曹静的衣服，在固定拍照之后，把尸表黏附的血痂用酒精棉球清除干净。

曹静毕竟年轻，刚生完孩子，却没有影响体形。大腿有一些妊娠纹，但并没有被性侵的迹象。

全身尸表检验下来，除了发现一些轻微的皮下出血，最值得关注的就是颈部的创口了。显然，这里也是导致曹静死亡的致命伤。

曹静右侧的颈部皮肤上有两条浅表的划痕，很显然，这是用锐器形成的威逼伤。在威逼伤的下方，有一个豁开的创口，大约有四厘米宽。创角一钝一锐，形成这个创口的工具是宽四厘米的单刃刺器。

曹静左侧的颈部皮肤上，有一处较小的创口，大约一厘米宽。创角都是锐利的，形成这个创口的工具是宽一厘米的双刃刺器。

虽然看起来是两种工具，但是在我们分离开死者的颈部组织后，发现另有玄机。

我切开曹静的颈部皮肤，皮下肌肉没有明显出血。我把颈部左右各三条肌肉逐层分离开来，掀起后，暴露出了气管和食管。死者的气管和食管已经完全离断了，断裂面非常整齐。我们把死者的颈部软组织按解剖位置掀开以后，发现颈部左右两处创口是连通的。不仅仅是连通的，而且中间的软组织都是被整齐切断，创道就只有那么一条。

我们法医知道，对人体刺击两刀，只形成一条创道是很难做到的。所以，唯一能解释曹静颈部创道的，就是一刀贯穿了她的颈部。

我想了想当时的情景，一把匕首从颈部右侧刺入，贯穿了颈部，从左侧出来，不由得浑身起了一阵鸡皮疙瘩。

“你分析得有道理。”丽桥市公安局的吴法医说，“之所以两侧的创口形态不一致，是由致伤的匕首形态决定的。”

“是啊。”我说，“这是一把单刃匕首，但是刀尖的部分是双刃的。匕首刺入后，在刺入口形成了单刃的损伤，在刺出口形成了双刃的。我们知道了刺入、刺出口的宽度，以及创道的长度，基本就可以把匕首画出来了。”

我正准备让在一旁的韩亮帮忙画出来，没想到他已经拿着一张白纸展示给我们看。一把匕首的形状已经出来了。

“你送去专案组，让他们先查这种模样的匕首。”我对韩亮说。

“左右颈动脉都断了，这一刀够毒的。”吴法医用止血钳夹起颈动脉的两头断端，让技术员拍照固定。

“现场那么多血，我估计也就是颈动脉破裂才会有的。”我说。

因为失血，尸体的皮肤变得苍白，尸斑也很浅淡看不清楚。正是因为有这样的情况，尸体肢体上的损伤才被我们发现了。

尸体的双侧肩膀都有轻微的皮下出血，双手腕也有环形的皮下出血伴表皮剥脱。法医们都知道，这是非常典型的约束伤。因为肩部有衣服衬垫，所以看不出擦伤。但是裸露的手腕部都出现了擦伤，说明控制、约束死者的人，应该戴了手套。只有硬质纱布手套的作用，才能在皮肤上留下擦伤，如果只是皮肤对皮肤是很难留下擦伤的。

“我见过双侧手腕的约束伤，但腕部、肩膀都有约束伤的情况，还是挺少见的。”吴法医说。

我点点头说：“这个约束伤不是典型的约束伤，但是却有典型的含义。杀人案件一人作案较多，所以约束伤仅仅在腕部。这种肩膀也有、腕部也有的，显然是两人作案。”

“哦，我明白了。”吴法医说，“是两个人，每个人都是一手抓住被害人的手腕，一手按住她的肩膀，所以就形成了四处约束伤。”

“结合现场情况看，”我说，“应该是有两个人控制住她，让她处于跪姿。但是，脖子上的威逼伤，又是怎么来的呢？”

“要么有第三个人。”吴法医说，“要么就是先用匕首形成威逼伤，再用约束手法让被害人跪着。”

我点头认可。

按照师父的要求，尸体上所有的损伤必须切开查看内部。所以，我先是用手术刀切开死者腕部。仅仅是皮下出血，并没有其他损伤。但是当我切开曹静的肩膀皮肤后，发现有异常。

她的右侧肩关节的位置不对。

之前因为尸体尸僵形成，我们看不出关节的异常，但是一切开，发现她的右侧肩关节脱位了。

“这该有多大的约束力啊！”吴法医说，“肩关节有那么多粗壮韧带的保护，不容易脱位的。”

“再大的约束力，也不会导致肩关节的脱位。”我说，“肩关节脱位只有一种可能，就是猛然间的暴力，而且是死者的拼命挣扎和凶手的用力约束共同作用才能形成。”

“猛然间？”吴法医说，“可是整个约束和威逼的过程都不复杂，怎么会有猛然间的反抗和约束呢？”

“这个不好说。”我沉吟道，“看看其他的部位吧。”

我们对尸体进行了系统解剖，死者是在末次进餐后五个小时左右死亡的，和报警人提供的情况也相符。其他的解剖检验都是例行公事，并没有其他线索被发现。

## 3.

我们组解剖完成后，大宝他们组也同时完成了。解剖一个成人比解剖一个婴儿要复杂得多，之所以速度差不多，我觉得也是因为他们要承担巨大的心理压力，才能对一个婴儿下刀。

我见天色已晚，婴儿的死因我也估计的八九不离十了，所以没有碰头，就直接带领法医组赶往专案组，和林涛的痕迹检验组、程子砚的视频侦查组以及陈诗羽的外围搜查组会合。

这个案件看起来很难，但是我相信，只要我们所有组的工作都汇合在一起，一定会有侦破线索出现的。

抱着期盼的心，我们到达了专案组。

我最先把我们组的尸检情况向专案组进行了汇报，大宝接着也汇报了婴儿死亡的情况。

婴儿的身上没有刀伤，也没有约束伤，只有口鼻的黏膜有片状出血，牙龈也有出血，尿不湿是干净的。婴儿是被人用手捂压住口鼻腔导致机械性窒息死亡的。因为婴儿的皮肤嫩，而死者的口鼻部皮肤没有任何擦伤，所以实施犯罪的人没有戴手套，是徒手的。从婴儿胃内的奶来看，应该是刚刚喝了一些奶。

林涛的勘查很快证实了我的分析。通过艰难的现场勘查，林涛在地面上勉强找到了四种鞋底花纹。因为现场地面凸凹不平，无法提取到完整的鞋印，无法分析鞋印的种类、长度和磨损情况。但林涛没有放弃，硬是找出了一些小片状的鞋印片段。这些片段虽然没有比对认定同一的价值，但是至少可以证明是哪类鞋底花纹。比如，曹静的拖鞋花纹就是其中之一。根据林涛提取的花纹来分析，现场应该进入了三个人。

从对曹静尸体的检验情况来看，林涛的结论应该是正确的。

除此之外，林涛还在卧室、书房被翻动的柜门上，大门内拉手上，提取到了几枚血手套印。

“那现场的女式挎包什么情况？”我问。

林涛说：“挎包里有一些钥匙什么的，还有个钱包，钱包被打开了，没有现金了。但是包上没有血。”

“根据石远征叙述，包里应该有千元左右的现金。”侦查员说。

“石远征恢复神志了？”我连忙问道，“那他能不能提供什么线索呢？比如，曹静是母乳喂养吗？他家里还剩多少奶粉？”

“因为现场旁边有送奶粉的外卖，所以这一点我也问了。”侦查员说，“曹静没奶，一直喂牛奶和米糊，家里米糊没了，牛奶剩得也不多了。”

“对，就剩一个罐子底了。”林涛说。

“石远征出差了好几天，走之前忘了买。”侦查员说，“案发当天下午，石远征正在忙，曹静给她打了电话，问他在哪里买。因为以前都是石远征买好，石远征就说，自己明天会打电话给固定的那一个卖家送。不过，这个电话还没来得及打，石远征就收到他老婆的死讯了。”

“那就奇了。”我说，“如果这件事情只有夫妻两个知道，那么凶手又是怎么知道这一点，然后利用这一点骗开房门的？”

“巧合吧。”强局长说，“石远征说自己没有和任何人说过。曹静成天在家，也不出门，不玩手机，也不会和别人说。所以，只能是巧合了。”

“那现场钱包里的银行卡有翻动吗？”我问。

林涛摇摇头，说：“银行卡都是正常位置，不过钱包和卡片我都送技术室了，看能不能找得到指纹。”

“毛巾呢？”我问陈诗羽。

“找到了。”陈诗羽拿出一个塑料物证袋，里面装着一条蓝色的毛巾，“这是在离现场小区一百米外的公用厕所的男厕找到的。经石远征辨认，就是他的。”

“拿毛巾干吗？”大宝问。

“当然是擦拭身上的血迹。”我皱着眉头说。

“不，毛巾上没血。”陈诗羽说。

“啊？”这让我很是意外，我低头想了想，也没思路。不过一条毛巾并不能成为案件侦破的突破口，我们还得找其他的办法。

“我这边也是失望。”程子砚说，“小区门口有摄像头，但都是普通摄像头，加之小区路灯都坏了，所以连看个人影都很难。林科长让我找三人同行的影像，可是，这确实不具备条件。”

我皱眉不语。

一般我状态不好的时候，林涛就会自动补位。他看了看我，心领神会地说：“目前我们掌握的证据不多，只有片段性的鞋底花纹。啊，不，等等。”

林涛的短信响了，他低头看了看手机，信心满满地说：“我刚刚收到消息，死者的挎包上提取到了非这一家三口的新鲜指纹，这是重大突破。我们不仅有甄别犯罪分子的依据了，而且还有法庭证据了。”

痕迹检验又要立功了，这是好事。

林涛接着说：“目前我们掌握的情况是，三名犯罪嫌疑人冒充快递骗开现场大门，进入现场后，两人对曹静进行约束，一人进屋翻找财物。结合报案人反映的情况，当晚十一点二十分，死者叫了一声。于是，凶手杀害了两人，逃离了现场。现在看，凶手应该是谋财，之所以会选择这一家，而且用送奶粉当幌子，应该有过充分的踩点。所以我觉得，程子砚下一步只需要对前几天的小区监控进行观察，寻找非本小区之内的，近几天总是进入小区的陌生人，应该就可以破案了。”

“好，没问题。”程子砚收拾电脑，信心满满地离开。

林涛看看我，像是征求我的意见。但是我现在的思绪很乱，怎么理都理不清楚，于是说：“不如我们回去再想想，明早再说。”

这么密集的工作，让我们缺乏时间去思考，尤其是这么复杂的案件，不去思考更是不容易厘清思路。我和林涛都知道，之前我们所叙述的案发过程中，漏洞百出。只不过在没有思考出头绪之前，也只有按照最有可能的犯罪动机去调查，也就是侵财。而如果是侵财案件，最有可能突破的，就是对于疑似踩点人的排查。因为有指纹作为甄别依据，所以也不会担心办错案。

而对于我们这些负责现场勘查、尸体检验的人来说，不可能只指望着侦查部门通过这个方法去突破案件。如果能突破固然是好，但如果方向有问题，后果就不堪设想了。“金三银五不过十”是有科学依据的。

所以，回到宾馆，我们并没有闲着。我和林涛在房间里写写画画，互相补充着想法和疑问，不知不觉，就到了深夜。

带着疑问，我们分别陷入了沉思，甚至在睡眠中，都在模拟着现场案发的情况。我们休息了四个小时，就赶早来到了专案组。

经过一夜的奋战，大家都很疲劳，尤其是程子砚。而且，从程子砚沮丧的表情当中，我们也知道她是一无所获的。不错，程子砚没有成果，就说明我们新分析的结论更增添了一份正确的可能。

我也不拖沓，直奔主题地对强局长说：“我们之前制定的侦查方向可能是错误的。责任在我们，因为我们之前并没有吃透这个案件，之前的分析，有大量的疑点没有解决。”

“什么疑点？”强局长问。

我说：“我们从现场痕迹开始说起。现场有戴手套的两个人控制被害人，还有一个没戴手套的人去杀害婴儿。按理说，翻动现场的，应该是没戴手套的人，因为他没有约束被害人的任务。可是，现场柜子门上有血手套印，却没有指纹。说明现场翻动柜子的，是已经用刀杀过人的戴手套的凶手。而没戴手套的凶手在里屋杀害了婴儿，又到客厅去翻动钱包，留下指纹。在客厅杀人的，去房间翻动；在房间杀人的，去客厅翻动，这让人很不能理解。这是疑点之一。”

我说得可能有点绕，不过也因为案情本身就很绕，所以大家都没有反应过来。

于是我接着说：“现场书房门口全是血，但是凶手居然没有踩到血而留下血足迹。这说明凶手在书房翻动的速度非常快，在血泊还没有形成的时候，就离开了。那么，这么粗的翻动，又有什么意义呢？同样，我们见过威逼抢劫的案件，都没有翻动。因为翻动是一件效率很低的劫财方式。曹静已经被控制住了，而且根据调查，也没有怎么大喊大叫，那么凶手为什么要翻动？直接逼问她银行卡密码，然后拿走银行卡不是效率最高的做法吗？事实证明，除了银行卡，曹静家并没有值钱的东西。而现场情况呢，凶手不但没有拿走 iPad 之类还算值钱的小件，也没有直接拿走挎包，没有触碰银行卡，而仅仅拿走了千元现金。这种劫财方式，让人很不能理解吧。”

“我想起了前不久我们办的伪装成劫财的案件，异曲同工。”大宝说。

我对大宝点了点头说：“第三个问题，也是核心问题。凶手为什么要杀死一个只有三个月大的、毫无认知能力的婴儿？”

“这确实是个问题。”强局长说，“我之前简单地认为，可能是因为孩子啼哭，凶手才灭口的。”

“不可能。”我说，“邻居听见了曹静的喊叫，听不见孩子的哭声？而且，对于任何住处，听见小孩子的啼哭，都是一件很正常的事情。孩子的啼哭并不可能引起邻居的警觉，杀害婴儿毫无必要。另外，孩子的胃里有不少奶，尿不湿也是干净的。正常情况下，吃饱的、没有排泄的婴儿只会去睡觉，为什么会啼哭？”

“那为什么杀害婴儿？”强局长像是在问自己。

“这个问题，我们暂时搁置。”我说，“第四个问题，尸检说明曹静开始被控制在跪姿体位，突然开始反抗，甚至导致肩关节脱位，这又是为什么？挎包就在她的身边，银行卡都没有动，家里没有值钱的东西，她为什么突然反抗？”

“因为孩子？”强局长说。

我微微一笑说：“另外，凶手为什么要拿走一条毛巾，毛巾上为什么没有血，凶手如何知道家里缺奶需要买了？这都是问题，而且都是没有解释的问题。”

强局长陷入了沉思。

“所以，我觉得我们要捋一捋顺序。”我说，“有一点要事先说明。死者的双侧颈动脉都断裂了，所以拔刀以后，双侧颈部都会有喷溅血迹出来，在死者附近的凶手，手上一定带有血。首先看不戴手套的凶手，他自始至终没有血，说明他杀死了婴儿，翻动了客厅的钱包，拿了毛巾。因为以上物件没有黏附血迹。而戴手套的凶手，控制了曹静，捅死了曹静，翻动了衣柜，负责开门、关门逃离。其次，曹静的约束伤很明显，说明被约束的时间长。那么这么长时间，她被约束，究竟是怎么回事？究竟是为了什么？”

“为了什么？”强局长不愿意继续思考了，希望我们直接说出答案。

我说：“想要把这一切都串联起来，只有一条思路可以走下去，可以解释所有的疑点。”

“愿闻其详。”

我说："三名凶手一起到了现场，伪装成快递。但是哪有三个人一起送快递的？所以那个没戴手套的，应该就是抱着快递盒子的人。"

"快递盒子下端被摔碎了，而且泡沫面本身就难以留下指纹。"林涛解释道。

我接着说："因为这个天气戴个手套容易引起怀疑，所以一名凶手没有戴手套。在骗开大门后，三名凶手一起进入。一名不戴手套拿匕首的凶手用匕首把曹静威逼到了书房门口，然后两名戴手套的凶手把曹静控制在书房门口，让她跪着。不过，他们并不是为了逼要钱财，而是约束控制，让不戴手套的凶手去房间杀害婴儿。也就是说，凶手的目的，是为了杀婴儿。"

强局长瞪大了眼睛，欲言又止，并没有打断我。

我说："可能是摇篮的吱呀声，引起了曹静的注意，曹静意识到了凶手的目的，于是开始激烈反抗。一个母亲保护孩子的欲望可以激起她所有的潜能。但是毕竟有两个人约束，她没有能够挣脱，于是发出了尖叫。我觉得那声尖叫一定是极其恐怖的，所以让其中一个凶手下意识地拔刀把她的颈部刺了一个对穿。虽然是突然发生的情况，但是凶手显然已经做好了杀人的准备，并且对杀人后需要做的事情早就有了预案。不戴手套的凶手立即跑到卫生间拿了一条毛巾。大家注意，之所以说是预谋好的，是因为到目前为止，不戴手套的凶手一直都没有触碰可以留下指纹的地方，他知道自己不戴手套是有风险的。于是，翻动的事情他不去做，而是交给了戴手套的另外两个凶手。凶手们翻动的速度很快，因为他们根本不想拿钱，iPad 都没有拿，只是为了伪造一个侵财现场。在血泊形成之前，他们已经完成了翻动，离开了现场。没戴手套的凶手，显然是最后一个离开现场的，他又扫视了一下现场，发现了客厅的挎包。抢劫案件连挎包都不翻动显然是说不过去的。此时这个凶手来不及也不敢喊已经在大门外的其他凶手，于是自己拿出了钱包里的钱。他是有侥幸心理的，没想到这个侥幸心理，就让他留下了致命证据。"

"说得很好。"强局长说，"不过你好像忘了解释毛巾是怎么回事。"

我微微一笑，说："既然拿一条毛巾不是去擦血，那么拿毛巾这个动作就是毫无意义的。毫无意义的动作，只有可能是在伪装。”

“伪装什么？”

“想来想去，我也不知道在伪装什么。”我说，“但是昨晚一梦，我就明白了。”

“不要迷信。”林涛说。

我哈哈一笑说：“其实很简单，这条毛巾本身没有任何问题，那么就看它在什么地方。这条毛巾是在公用厕所的男厕里被发现的，所以，凶手是在伪装他进入了男厕。”

“伪装他进入男厕干吗？”大宝托着下巴问。

大家一起看着大宝。

大宝恍然大悟说：“哦！是女人作案！可是一共三个人呢，会不会有男有女啊？”

我摇摇头说：“不，都是女人。只要有一个男人，都不会用毛巾这样伪装。”

“女人，用匕首把被害人脖子扎了个对穿，是不是残忍了点？”强局长有些迟疑。

我说：“女人也有硬心肠的。除了毛巾这一条线索，还有其他迹象可以证明是女人作案。第一，三个凶手，分配了两个人去约束一个那么瘦弱的女性，显然是心理不自信。第二，毕竟是夜里十一点多了，如果不是女人，很难让一个年轻母亲放下戒备去开门。本来十一点多送快递就不太正常，奶粉又不是外卖。”

“三个女人，去杀一个婴儿。”强局长说，“看来突破口在石远征身上了。”

## 4.

杀害婴儿的案件，要么就是杀亲案件，要么就是凶手和婴儿的父母有仇。

曹静不擅交际，又有几个月没有回到社会。那么，仇恨自然是从石远征这里来。而石远征又会引来什么矛盾去杀小孩？而且矛盾对方是女人？

案件自然而然地指向了“情仇”。

当我来到留置室的时候，石远征正靠在沙发上看着天花板。

我坐到他的身边，问：“你和曹静最后一次通话，说的是什么？”

“我说了很多遍了。”石远征有气无力地说，“曹静问我什么时候回来，我说还要过两天。她说家里没奶粉、没米糊了，我说我明天叫店家送去。就这些。”

“然后你把这些话说给谁听了？”我追问道。

石远征眼神有一些闪烁，但很快镇定下来，说：“谁也没说。”

“你说了。”我说，“你是用宾馆电话和别人通话时说的。需要我们去你出差地的宾馆查吗？还是你自己说？”

“你们在怀疑什么？不可能的。”石远征若有所思。

我说：“凶手是冒充送奶粉、送米糊的进入现场的。你觉得，若不是你告诉凶手这一细节，那么天下哪有这么巧的事情？”

“不可能的，不可能的。”石远征全身在抖。

“可不可能不是你说了算的。”我说，“我们可以去甄别。你的妻子、孩子暴毙，你还在为你的那一点丑事遮挡？你的良心不会痛吗？”

“既然你们什么都知道，为什么还来问我？折磨我吗？”石远征歇斯底里地喊道。

我微微一笑说：“我在给你一个赎罪的机会。”

石远征盯着我看了半天，气势已经崩塌，哽咽着问我：“真的是她干的吗？”

我坚定地点了点头。

没有想到的是，主要作案人是一个富家大小姐——顾明珠。

顾明珠的父亲身家数亿，她从小就在富足的环境里长大。家里所有的人，都把她当成掌上明珠，这也就让她养成了任性骄纵的性格，不管她犯下什么错误，都有父亲拿钱去摆平。所以在她的眼里，就没有什么事情是她不敢做的。

四个多月前，顾明珠在酒吧里认识了石远征。石远征身材高挑，长相出众，看上去文质彬彬的，而且还是政府官员。石远征的这一切属性，都是顾明珠青睐的。开放胆大的顾明珠，遇上老婆怀胎已九个月的石远征，故事就从那一夜开始发生了。

在曹静临产的那一个月里，石远征和顾明珠秘密打得火热。可是在曹静一生下小石头后，石远征的心立即被收了回来。

石远征此时已经意识到，他是个有妻子、孩子的人，他该收心了。原本石远征认为这个富家女不过就是玩玩他，很好甩，可没想到这个顾明珠居然真的动了感情。在多次交涉后，石远征明确地告诉顾明珠，他的人生里，是少不了小石头的。为了小石头，他只有离开顾明珠。

被伤害的顾明珠，并没有去记恨石远征，而是把这笔账，全部算在了刚刚出世的小石头身上。

夜夜泡吧的顾明珠，有一天遇见了自己曾经的闺密、现在的服刑回归人员韦欢欢。这个因为参与恶势力团伙而被判处有期徒刑三年的小太妹，为了不白白吃、喝、用顾明珠的，给顾明珠当起了军师，出起了主意。

毕竟是被打击处理过的人员，韦欢欢勾结了自己的一个狱友，给顾明珠设计了一场“完美犯罪”，去杀掉那个抢走她情郎的小石头。

她们在一起讨论，如何伪装现场，如何伪装性别，如何不留下证据，精心预谋了一个多礼拜。而这一天，机会来了。

石远征这天出差，顾明珠给他打电话诉苦。石远征知道漫游话费挺贵的，就用宾馆电话给顾明珠回了过去。正聊着，曹静打通了石远征的手机，于是石远征只有把电话听筒搁在一边，用手机敷衍了自己老婆几句。而这些通话，被电话里的顾明珠听了个正着。

“冒充快递送奶粉、送米糊，这不就是最好的进入方式吗？”住在顾明珠家的韦欢欢一听见这个信息，立即兴奋了起来，“我们之前一直不知道怎么进他家，这不就是天赐良机？”

三个人一拍即合，决定利用这次机会，开始她们的罪恶。

曹静在猫眼里看见奶粉和米糊，又看到送快递的是一个娇滴滴的小女子，警惕心瞬间就消失无踪了。当她打开大门的时候，她母子二人的悲惨命运也就此开始。

这三个残暴的女孩，居然把杀死婴儿作为一种神圣的复仇任务。顾明珠直接作为执行者，去终结一个三个月大的孩子的生命。顾明珠刚开始有一些犹豫，但是伸出罪恶之手的时候，突然变得异常冷静。杀害婴儿的动作，让摇床吱吱呀呀地响了起来，这让在外面不知怎么回事的曹静顿时醒悟。

三个年轻女子，如果不是来害孩子，怎么会做出这么奇怪的举动？

于是，出于一个母亲的本能，曹静开始剧烈挣扎。甚至在挣扎的时候，都忘记了喊叫。可是，面对两个年轻的小太妹，曹静剧烈挣扎的结果，是导致自己肩关节脱位了。剧烈的身体疼痛，以及对儿子强烈的担心从曹静的胸口爆发了出来，化成一声恐怖的尖叫声。

这声尖叫，让韦欢欢顿时乱了阵脚。她拔出已经插回腰间的匕首，下意识地向曹静刺去。

那是一把军刺，是顾明珠父亲收藏的正宗货。

于是，一刀就刺穿了曹静的脖子。

大量的血液喷涌而出，这让三个女子有些不知所措。可没有想到，在这关键时刻，最冷静的居然是没有前科劣迹的顾明珠。她指挥着三个人按照原定的计划布置现场，并且逃离。甚至非常冷静地按照原定计划，把毛巾扔进了男厕。

而石远征从抵达自家看见门口泡沫盒子的时候，就开始怀疑顾明珠了。不过在他的心里，那个只有二十岁的小姑娘，绝对干不出如此血腥残暴之事。

她是那么小鸟依人，怎么可能是个冷血杀手？另外，老婆怀孕，自己出去乱搞，然后害死了老婆、孩子，这种想法从一开始进入石远征脑海里的时候，就被石远征主动屏蔽了。他不敢去想这种可能性。

在获取顾明珠的资料之后，警方立即对顾明珠进行了外围控制，并且秘密调查她的社会关系。其实不用调查就已经一目了然了，因为顾明珠自己的公寓里，现在就住着三个小姑娘，其中两个是刑满释放人员。

在警方实施抓捕之后不到一个小时的时间里，这三名二十岁上下的女孩，就纷纷交代了自己的罪行。

在审讯的同时，警方对顾明珠的住所进行了搜查，在阳台一个废旧花盆里，找出了血衣、血手套和一把匕首。在进行潜血 DNA 实验之前，警方就确定了犯罪。因为那把匕首，和韩亮画出来的一模一样。

坐在勘查车上的我们，传阅着几名当事人和犯罪嫌疑人的笔录复印件。看完后的我们，都有一种说不出的感觉。

“天下男人就没一个好的。”陈诗羽就差没把笔录给摔了，愤愤地说，“下半身动物！早晚要遭报应！”

林涛没有反驳她，说道：“老人说得对，‘十命九奸’。作孽啊！一段孽缘，害死了两条无辜生命。不知道这个石远征还有没有勇气活下去。”

“还是活得简单点比较好。”大宝说。

我没有答话，一是因为不知道这个话题该怎么接下去，二是我的思绪已经从这个案子里走了出来，我所关心的，还是那三起未破案件，究竟有没有什么关系。

回到龙番后，我就去了胡科长的办公室。昨天晚上，胡科长就答应我，把这一个多礼拜以来各个侦查组调查的情况复印给我。

按照赵局长的指示，专案民警利用这一个多礼拜的时间，对三名死者的历史故事进行充分调查，调查结果在昨天晚上汇总。

既然以前的调查显示三名死者之间绝对没有任何瓜葛，那么我的全部希望就集中在他们的生平调查上了。如果还是找不出端倪，这三起案件就更加没有串并依据了。

当我抱着一大摞卷宗回到办公室的时候，天已经擦黑了。我也顾不上吃饭，开始一本本地看了起来。材料很多，为了不弄乱，我逐本编号，并且把一些对这个人物生平有影响的事件统统记录下来。

有大宝和林涛帮我，这些工作也算是做得有条不紊。

因为调查死者生平情况，是由云泰女鬼案件萌生的启发，所以我在看调查情况的时候，特别注重这些死者以前做的亏心事。

有了这些重点，线索很快就摸上来了。当我们的白板被写满的时候，三名死者的共同点也就浮出了水面。

其实每个人的生平只要被详细调查，总会有那么一些不太光彩的事情。但是这三名死者的不光彩，已经不仅仅是不光彩那么简单了。

第一名死者苏诗，前期的调查，只知道她是个离异的女人，曾有一个女儿夭折了。但是详细调查后得知，苏诗的女儿正是因为苏诗的粗心大意而死亡的。两年前，苏诗开车带女儿去办事。此事涉及苏诗的工作前途，所以心急火燎的苏诗到了地点就锁车跑上了办公楼，忘记了自己未满一周岁的女儿还在车里。当时正是天气最热的夏季，等苏诗想起自己女儿还在车里，跑下楼去的时候，女儿早已神志不清。送往医院后，经数天抢救无效，女儿因热射病[①]而夭折了。不过，这件事情苏诗家里处置得很低调。丈夫虽和她离婚，但是家人并没有报警。因为医院开出了疾病死亡（中暑）的死亡证明，所以并没有司法机关介入。倒是当时有一些风传，但是也随着时间就渐渐平息了。这件事情是后来侦查员反复做通苏诗前夫的工作，才获取到的准确消息。

第二名死者乐天一，前期的调查并没有发现异常。但是在深入调查之

① 热射病，是指因高温引起的人体体温调节功能失调，体内热量过度积蓄，从而引发神经器官受损。

后，倒是发现了一些端倪。乐天一是学生物制药的，毕业以后一直在一家膨化食品厂做技术员。两年前，有两个孩童因为吃零食而中毒，虽然都挽救回了生命，但是有一名孩童还是留下了终生残疾。家属报警后，警方对此案进行了深入调查，最后有线索指向是乐天一管理的某车间生产出的零食可能有问题。但因为家属报案晚了，很多证据已经被销毁，而且因为个体差异，并没有出现其他孩童中毒的情况，所以怀疑归怀疑，并没有证据证明孩童的中毒一定是因为乐天一的车间零食出现了问题。后来法庭出面调解，这个零食厂开除了乐天一，只赔了孩童家长一笔钱了事。乐天一后来又到现在的龙崎生物制品公司任职，之所以能任职，也是因为之前的这件事情，并没有多少人知道。

第三个死者刘三好的亏心事倒是一目了然。刘三好游手好闲，别说孝顺母亲了，他只会找他母亲要钱。几个月前，刘三好的母亲感冒加重，直至卧床，但因为刘三好连续一两个月没有回家，所以也没人发现。直到邻居闻见了臭味，才破门而入，发现刘三好的母亲早已死去多日。这件事情倒是周围居民尽人皆知。当然，刘三好还有其他很多劣迹，甚至违法行为，以至于我们的大半块白板写上的都是他的事情。不过，真正能称得上丧尽天良的，就是这一件。

在看完白板之后，我把卷宗往桌上一摔，说："很显然，这三个人的共同点就在这里了。他们都干过亏心事。苏诗是没有母亲的责任感，害死幼小的女儿；乐天一是没有社会责任感，害到了无辜儿童；刘三好是没有家庭责任感，不赡养老人，最终害死了老人。我想啊，应该是有人替天行道来惩罚他们了。"

"有可能。"林涛说，"不过，昨天晚上汇总之后，赵局长他们也怀疑这个共同点。相对于其他牵强附会的共同点来说，这个是最突出的。不过仅仅是这个共同点，依旧没有串并的依据。"

"是啊，还有很多问题没有解决呢。"大宝说，"比如，这三个人的亏心事，除了刘三好，其他都挺隐秘的。”

“不错。”林涛插话道，“如果真的有这样的人的话，他也真够厉害的。我们一个警队一个星期才调查出来的事情，他是怎么调查出来的？”

“这倒也是。”我说，“仅是调查这一点，就有够忙的。”

“即便能调查出来，”大宝说，“那么他又是怎么让这三个人心甘情愿地到指定地点接受屠戮的呢？”

我的心里所想和大宝一样，如果他们三个的共同点真的是这个，那么这两个问题就是摆在我们面前最大的难题。

“有问题不要紧，查呗。”我说。

“我听说，赵局长又把侦查方向调整到死者失踪前的联系人了。”林涛说，“他们也想到了大宝说的第二点。如果这个点能突破，不仅能串并案件，而且还能直接破案了。”

“如果是这样的话，那我们接下来的工作就是要继续寻找三起案件其他的共同点。”我说，“客观的共同点，比如尸体情况、现场情况、物证情况。如果我们能找到客观的共同点，也算是可以推进案件的侦办工作。”

“只是最近实在太忙了。”林涛摊摊手。

“不管怎么说，我们得抓紧，我们要把主动权拿回来。”我说，“绝对不能再给凶手时间去杀害下一个人了！”

林涛和大宝同时瞪起了眼睛看着我。我知道，他们指的是我的乌鸦嘴。

可是世界上就是有这么巧的事情。在我话音刚落的时候，我的手机果断响了起来。

来电号码是龙番市公安局法医科胡科长。

凌晨一点半，胡科长来电话，还能是什么事情呢？

# 第八案　纸箱浮尸

人天生，并且永远，是自私的动物。

——

亚当·斯密

THE DOOMED

# 1.

“这么晚了，就我们三个去吧。”我一边收拾勘查箱，一边说，“我们先去了解清楚情况，如果需要他们三个的话，再说。”

大宝点点头，从办公室抽屉里拿出勘查车的备用钥匙给我。韩亮不在的时候，一般都是我来充当驾驶员，因为实在不相信那两个家伙的驾驶水平。

看卷宗看到这么晚，没有想到外面乌云密布。加之已经步入初夏，空气闷热、潮湿，让人全身都不舒服。去年是一年大旱，我省北部更是成为全国大旱的重灾区。今年过完年就雨水不断，看起来老人们常说的“大旱之后必有大涝”，还真是有道理的。

“你觉得这也是那个什么替天行道的人干的？”林涛问。

“不是我觉得不觉得的问题。”我坐上驾驶座，发动勘查车，说，“应该是胡科长这样觉得，所以这么晚了喊我们过去——嗯，这车真大。”

“你行不？”坐在副驾驶的林涛赶紧扣紧了安全带，说，“你说，会不会又是什么动物啃咬，或者是查不清作案动机？”

“后者的可能性大。”我说，“让我们去的地方是龙番市经济开发区的一个仓库群。据我所知，那里的建筑物基本都是各个厂家安置货物的仓库。每个厂家圈了地、盖了仓库以后，都会雇用仓库保管员二十四小时轮值。毕竟是仓库，货物需要保存，不至于像刘三好被杀案的现场那样到处都是老鼠，而且那里毕竟不是荒郊野外，不至于有什么野兽。”

有了手机导航，在这个硕大的城市里驾驶显得不那么困难了。虽然我不像韩亮，是个活地图，但在手机导航的帮助下，我们只用了一个小时就抵达了经济开发区的仓库群。凌晨开车，真不是一般的爽。

虽然一大片空旷的厂区都是仓库，但是每个厂家的仓库之间，都筑起了围墙。甚至一些储存贵重材料、货物的仓库区围墙上还铺设了电网。毕竟是人迹罕至的地方，所以仓库与仓库之间的道路上，没有安装路灯。偶然可以看见某个仓库的长明灯闪亮，其余地方都是伸手不见五指。

胡科长的警车停在仓库群的入口道路边，闪着警灯，在浓浓的夜幕中格外显眼。他见我们的车到了，把手伸出车窗朝我们挥了挥，引导我们开车进入了仓库区。

车灯照亮了仓库区的水泥道路，因为年久失修，加之总是有大货车通过，所以路面被压得破烂不堪。我紧紧握着方向盘，控制着不断抖动的方向盘，跟着胡科长的警车到了一处仓库门口。

仓库门口停着好几辆警车，都闪着警灯。虽然这处仓库是最小的，占地也就两三亩，里面也就一大间厂房，但是在这个时候，因为有勘查车顶大探照灯的照射，所以是最明亮的。

我跳下车，看了看环境。

这一处小仓库的门口，有几个生了锈的铁皮烤漆大字：龙番市晖原日化有限责任公司。其中“限”字不知道去哪儿了，“龙”字的固定钉坏了，倒立了过来。其他的几个字也是锈迹斑斑，在勘查灯的照射下甚至可以看见字与字之间的蜘蛛网。

仓库的电动伸缩门半开着，一端已经损坏并且坍塌，伸缩门、伸缩杆之间也都密布着蜘蛛网。

显然，这间仓库已经被废弃了。

顺着勘查灯的光束往里看，里面的厂房和其他仓库的框架结构、彩钢板墙体不一样，是一栋老式的砖砌厂房。只有一栋，挑高，有七八百平方米的面积，六七米高。仓库的窗户很高，窗体已经破烂不堪，玻璃都已残破。

仓库的伸缩门旁边有一间封闭的小房屋，应该曾经是仓库管理员居住的地方，门窗还是完好的，只是里面没有什么摆设了。

“这个仓库地盘，是曾经一个老板买下来的，做日化产品的。”胡科长给我们解说案情，“他买下来的时候，这个老厂房就已经有几十年历史了。开始可能是准备改造的，后来因为资金问题就没改造。日常是在里面堆放公司的产品，后来公司破产了，这个老板卷款私逃，据说到现在还没抓住。”

“仓库里是空的？”我问。

胡科长点点头说：“当初厂子垮了的时候，因为老板跑了，工人们血本无归，只有到这个仓库里哄抢积压的日化产品，什么洗头膏啊、洗衣粉啊、肥皂啊什么的。刚才我们去看了，现场除了几十箱变质的肥皂以外，已经没有什么其他东西了。”

“死者在里面？”我问，“身份调查了吗？”

“身上有身份证。”胡科长说，“外围调查的侦查员还没回来，估计也快了。”

我点点头，往仓库的门口走。

胡科长拉住我，指了指仓库区伸缩大门旁的值班室，说：“这里虽然空了，但是从痕迹检验来看，死者应该在里面停留了不少时间。”

“哦？”林涛赶紧穿上鞋套和手套，小心翼翼地推开门卫室已经生锈了的铁门。

“这有大面积的灰尘拖擦痕迹。”痕检员查凌风指着地面说，“有一部分应该是死者身上的衣物和地面摩擦形成的，还有一部分应该是刻意打扫的。但是在角落里，我们还是提取到了几枚灰尘减层足迹。可惜，经过判断，都是死者的。”

程子砚被遴选到我们省厅之后，“90后”小刑警查凌风就成为龙番市公安局痕迹检验部门的新生代骨干力量了。

“也就是说，有人刻意打扫了现场，去除了他作案时留下的痕迹？”我问。

林涛蹲在地上看了看说：“现在还不好说，只能说，地面灰层拖擦的细节痕迹有两种。一种是衣物纤维痕迹，还有一种没有浅纹，应该是类似塑料扫把扫过一样。”

“我知道胡科长为什么喊我们来了。”我指了指仓库厂房，说，“和刘三好一样，死者都是在一个封闭的小房间里被杀的，然后移尸去另外一个地方。这就是凶手作案手法的一致。”

虽然又有一条生命陨灭了，但是此时我却不应景地有些激动。凶手又出现了，而且貌似露出了更多尾巴。

“死者又是被刀捅死的？”我问。

“不，看颈部勒痕，应该是被勒死的。”胡科长说，“而且尸体上看起来没有约束伤和抵抗伤。”

我皱了皱眉头，说：“变换杀人手段很正常，不过和刘三好一样，都没有反抗过程，说明凶手的控制能力很强啊！难道有枪？有枪不用，只吓唬人？”

“类似的不仅仅是小房子杀人然后移尸。”胡科长皱了皱眉头，仿佛露出了一副有些恶心的表情。

我观察到了这一点，忙问：“尸体腐败了？或者，又有老鼠啃咬？”

“你进去看看就知道了。”胡科长指了指厂房，仍是一脸不适感。

当了这么多年法医，在挑战重口味这一点上，我还是很有自信的。什么样的尸体没见过？至少我敢吹一吹，我从来没在尸检现场吐过。

我微微一笑，拎起勘查箱，率先进入了仓库。市局技术部门不知道从哪里借来好儿盏建筑工地的卤钨灯，这家伙我有一次在山里解剖的时候用过，虽然很能发热、很耗电，但是照明效果还是不错的。

此时的仓库大部分被卤钨灯照得雪亮，虽然还有一些死角，但是整体格局和内部情况已经看得八九不离十了。

仓库里一股潮湿发霉的味道，不过这和尸臭来比，根本不算事。

仓库有六百多平方米，虽然还没有让人有一种一望无际的感觉，但空空如也的大仓库还是让人感觉非常空旷的。连说起话来都感觉能听见回声。

仓库里面有几根水泥大柱子支撑着房顶，有几根柱子旁边靠着几摞纸箱，纸箱表面的字迹早已因受潮、腐烂而不见了，纸箱的边角腐烂后，露出一些包裹肥皂的塑料袋。地面肮脏不堪，不用林涛说，我都知道这里不具备提取痕迹的条件。

“果真是弃用的仓库，东西都被抢没了。”我说，“尸体在哪儿？”

“不就在这儿嘛。”大宝指了指我背后的肥皂箱子。

我转过身去的时候，手中的探照灯也把肥皂盒子后面的死角给照亮了。我定睛一看，瞬间全身的汗毛都竖了起来，急退了几步，狠狠地撞在了林涛的身上。

林涛也被我撞了一个踉跄，高声叫道：“嘿，踩我鞋子了！”

大宝可能是看到了我煞白的脸色，关切地说：“老秦你没事吧？”

如果不是大宝的提示，我根本看不到死角处的那一堆黑色的物件。而且，是一堆正在蠕动的黑色物件。

准确地说，如果不是还能看到一个人形的轮廓，根本就看不出那是一具尸体。当我定睛看的时候，我才知道，那是一堆蟑螂，在一具尸体上，覆盖着密密麻麻的一堆蟑螂。

蟑螂压着蟑螂，还在不断地蠕动。黑压压的一片，呈现出一个人形。

“哦，老秦怕蟑螂。”林涛嘲笑似的说完，走到尸体旁边跺了跺脚。

蟑螂四散逃开，还有几只飞了起来，掠过我的耳边飞到身后的墙壁上，然后找了个缝隙钻了进去。吓得我赶紧闭眼。

“嘿，遇见老秦害怕的东西还真是不容易。”胡科长说，“难道是密集恐惧症？”

“他小时候被蟑螂吓过，所以腿多的甲虫他都怕。”大宝一边用一个扫把驱赶着那些还没有被吓走的蟑螂，一边说。

我怯生生地睁开眼睛，尸体的表面已经暴露了出来。

和刘三好的尸体不同，尸体并没有什么损坏。不过尸体是全裸的。

“哦，衣服就在尸体旁边，我们已经提取了，看在纽扣上能不能提取到指纹，但估计希望不大。”胡科长见我注意到尸体的衣着，连忙解释道。

我深呼吸了几次，才壮胆蹲到尸体旁边。让人毛骨悚然的是，尸体的身下，仍有几只反应慢的蟑螂匆匆爬过。

“能判断凶手是刻意让蟑螂啃噬尸体吗？”大宝在一旁不解地问道。

我伸出颤抖的手，摸了摸尸体的表面皮肤，又把手指拿到灯光之下。在灯光的照射下，我指腹的手套泛着光芒。

“你们见过蟑螂咬尸体吗？”我说。

大家都摇摇头。

“蟑螂的生活环境有几个必然要素，一是温暖潮湿，二是有食物，三是有缝隙。”我说，“这个厂房完全具备以上三种要素。蟑螂的食物，其实就是这些肥皂。”

“因为具备条件，所以判断凶手是刻意让蟑螂咬尸体吗？”胡科长发现了逻辑上并不成立。

此时我已经缓过神来，伸出手指，说：“尸体上，被抹了油。”

大家都大吃一惊，纷纷来看我的手套。

胡科长说：“这个证明力就很强了。蟑螂之所以喜欢在居家的厨房里出没，就是因为它对香油的气味非常敏感。”

“而一般人也不会在自己身上抹香油。”我说，“既然有人刻意抹油，又刻意把尸体放在这里，所以必然是刻意引来蟑螂啃咬尸体。”

“这一起案件，和刘三好被杀案一样，都是在附近密闭空间里杀人，然后挪尸到动物可以啃咬之处。”胡科长信心满满地说，“我相信，专案组会因为这个依据而串并案件的。”

“我们要串并的，不只是这两起案件。”我说，“还有前面两起。话说，这个死者的身份清楚了吗？是不是也找不到作案动机，是不是也做过亏心之事？”

“调查情况刚刚反馈，不过想串并前面两起，还是依据不充分。”胡科长点头，然后走出了仓库，准备喊来主办侦查员介绍情况。

我在勘查灯的照射之下，初步观察了尸体的尸表，没有明显的损伤，但是颈部有一条深深的索沟。

“勒死。”市局刚刚入警三年的小法医宁文说，“索沟位于甲状软骨之下，索沟深度、程度一致，且在颈后交叉。索沟周围有皮肤红肿以及水泡，是生活反应。尸体表面窒息征象严重，所以是生前勒死。”

法医们在见到死者颈部有索沟的时候，第一反应就是分辨勒死和缢死，这对案件性质的判定有积极作用。勒死的索沟位置低、索沟深度和程度一致，不提空而且会交叉，这都是和缢死进行区分的关键点。加之索沟有生活反应，尸体有窒息征象，这样判断勒死的依据就已经很充分了。

宁文是法医专业毕业，经过市局强大法医技术力量的熏陶，已经是一名非常优秀的法医了。

“不过有个问题。”宁文说，“死者颈部没有吉川线，为什么他被勒的时候不反抗啊？看起来，他并没有可以致晕的因素啊。”

“什么吉川线？抓痕就是抓痕嘛。”我说，“日本才说什么吉川线。”

吉川线是日本警察的术语，是指受害人被勒住时，下意识用手把绳子向外拉而在自己颈部形成的抓伤。我们不会这么称呼，而是直接称之为抓痕。

可能是我的语气有点重，宁文的表情有一些尴尬。

“死者叫作耿灵灿。”胡科长此时走进了仓库，拿着一份笔录，说，“和秦科长说的差不多，从这人最近的初步调查来看，他并没有什么仇家。因为他是刚刚刑满释放出来的，一直在找工作，也没有得罪什么人。不仅没得罪人，身上也没钱，所以这案子的杀人动机也是不明确的。而且，耿灵灿也是做过亏心事的。”

“什么亏心事？”我急着问。

胡科长说：“耿灵灿是名牌大学毕业的，毕业后就在某科研所下属私营企业当高管，收入不菲。可是耿灵灿不满足于现状，还想捞一些外快，于是自己弄了个黑作坊，利用自己手上的资源和渠道，私下接了一些活儿，并且雇了和自己熟悉的工人们加班加点生产。可是人能经得住加班，设备仪器不行啊，所以两年前的一天，这仪器设备因为长时间运作而起火、爆炸，引燃了车间货物，导致了三人死亡的结果。耿灵灿不仅因为重大责任事故罪，被判处有期徒刑三年，而且他苦干十年积蓄下来的财产，在大火之中荡然无存。就连自己的房产、存款，也因为刑事附带民事诉讼判决，赔光了。”

“害得三个人丧命啊。”我沉吟道。

“后来耿灵灿在服刑期间表现良好，又有立功表现，被减刑了。在出事之前，他刚刚刑满释放，好像正在找工作。”胡科长接着说。

事已至此，我的胸中一片雪亮。我之前的怀疑绝对不会错，正是有这么一个人，专门找那些做过亏心事的人来报复。不知道他用什么手段让受害人失去抵抗能力，然后用刀刺、砖砸、窒息的方式杀死受害人，然后将受害人的尸体暴露到动物聚集的地区，让动物来啃噬尸体。这是一种明显的泄愤行为，清楚地说明了作案人的动机。虽然这只是一种推断，未必得到专案组的肯定，但是我已基本确认了自己的判断。

“现在侦查部门正在围绕耿灵灿生前最后接触过的人进行调查，如果能发现线索的话，说不定就破案了。”胡科长说。

我摇摇头，说：“既然能够串并了，问题就又来了。警方调查出几名死者的黑历史都很费劲，为什么凶手就那么轻而易举呢？为什么世界上那么多人做过亏心事，而凶手只选择他们四个呢？他们之间绝对有着某种联系。”

## 2.

“可是调查结果是他们之间并没有半毛钱关系。”大宝说。

“一定有某种隐藏的信息没有被我们发现。”我说，“一旦发现这个信息，将会是案件的突破口。”

胡科长点头认可，并在笔记本上记录着。

“我们去殡仪馆吧。”我看着正在包装尸体的宁文。宁文的脸色还是不好看，不知道是不是我的语气重了，有一些伤了他的自尊心。

尸检的情况和我们尸表检验的情况是一致的。死者是在前天夜里，被人用某硬质绳索勒死的，勒死之前应该失去了意识，从而失去了抵抗能力。在死亡之前，死者应该有六小时以上没有吃饭了，而且从脚面的破损来看，应该是走了不少路。

除了这些意料之中的检验结果，我还发现了一处异样。死者顶部的头发，被人为地拔除了一小撮。

这倒是个很奇怪的现象。一般在命案中，偶然可以见到因为搏斗而被拔除的毛发，但是既然毫无抵抗，凶手为什么要拔除死者的毛发呢？而且在拔除的时候，死者并没有死，因为毛囊处还有出血的表现。

我皱眉想了想，抬头问胡科长：“你的电脑里有前面几具尸体的照片吗？”

胡科长点头，脱了解剖服，打开隔壁间的公安网电脑。很快，几具尸体照片文件夹被胡科长找了出来。我让胡科长找出前面三具尸体的头顶部照片。

和耿灵灿尸体不一样，前面三具尸体的头部都有不同程度的损坏。但是，通过对照片的仔细观察，我还是发现了和耿灵灿头顶部一样的缺失毛发的头皮，以及毛囊周围的出血痕迹。

“凶手杀人前会拔头发！”我叫道，“你们看见没有！”

“你不说，还真注意不到。”胡科长叹道，“这么隐蔽的行为，也不算是标志行为，那么他的动机是什么？”

“他的动机只有他自己交代了。”我说，“但是，这样的依据，足以串并四起案件了吧！”

胡科长点点头说：“我回去汇报。”

发现了这一处关键的串并依据，我并没有多么激动。我知道，那是因为早在第三起案件发生之时，我对串并的观点就已经明确了。

尸检结束后，我发现宁文仍是一副不自然的表情，于是搂着他的肩膀，到解剖室二楼阳台上抽烟。

“怎么了？说重了，生气吗？”我笑着问。

宁文摇摇头说：“和你无关，是最近比较背而已。总是被纪委约谈。”

“这算什么事情啊。”我说，“你问心无愧吗？”

“嗯！”宁文坚定地看了我一眼。

“我也经常被约谈。”我说，“这是每个法医都必然会经历的事情。”

“可是纪委的态度让我很不舒服。”宁文说，“昨天约谈了六个小时，饭都没吃，各种凶我，我不知道我犯了什么错，凭什么这样和我说话？”

“哈哈。”我拍了拍宁文的肩膀说，“我记得你也是第一志愿就报法医专业的，就因为被约谈几次，就动摇了信念？”

宁文垂着脑袋说：“想回学校走一走，重拾一下信念，算是回梦想的起点加加血吧。”

我点点头，说：“也好，请个假回母校看看。不过，我也请你随时记得，心中的热爱是自己的，并不会因为外界的环境、外人的眼光所迁移。热爱就是热爱，选择就是为了心中的热血。在一个行当做久了，棱角确实有可能被磨平，但是热爱绝对不会熄灭。这才是真的热爱。”

“师兄的这碗鸡汤，我喝了！”宁文高兴了起来。

“啊！”我叫了一声，把宁文手上的烟蒂都吓掉了，“你看那是什么？”

此时天色已经泛起了鱼肚白，顺着我手指的方向，远方是龙番河。如果我没有看错的话，龙番河的河面上，漂浮着一个纸箱子。我们距离较远，但依然能清晰看得到纸箱，说明这个纸箱不小。

纯天然无污染的龙番河，怎么会漂浮着那么大的一个纸箱呢？这显然是一种很不合常理的现象。而一旦出现了不合常理的现象，多半就意味着我们有活儿了。

“苍蝇是我们的好朋友。”大宝蹲在纸箱旁边说，“那么多苍蝇在上面，我看啊，估计这里面不是啥好东西了。”

“嘿，是你的好朋友！”陈诗羽反驳道，“我可不愿意和苍蝇做朋友。”

此时的天已大亮，因为出现了新的情况，所以我打电话把小组成员们都召集到了殡仪馆附近的龙番河边。

在我和宁文聊天的时候，看见了龙番河上漂着的这个纸箱。龙番河的河水流速不快，所以纸箱也是在河道之上缓慢移动。走近看才知道，这是一个很大的纸箱，大约有一个滚筒洗衣机的大小。这么大的纸箱，没有完全漂浮在水面上，而是吃了一部分水，说明纸箱里是有分量不轻的东西。

这显然非常可疑。

纸箱漂浮在河道中央，我们是没有办法去直接打捞的。所以，我让胡科长喊来了辖区派出所，找到了一条小船，然后划着小船向纸箱慢慢靠近。

也幸亏是慢慢靠近，并没有惊动纸箱上面附着的一片苍蝇。

苍蝇喜欢腐臭之气味，所以在河道上莫名其妙地出现了一个大纸箱，纸箱又吸引来了那么多苍蝇，我知道，不出意外的话纸箱里应该是一具尸体。

有了这样的戒备心理，我没有贸然让民警打捞，而是让民警绕着纸箱划船，只要不惊动纸箱上专心致志产卵的苍蝇就行。林涛也根据小船的方位，对纸箱进行了全方位、多角度的拍摄，好固定下纸箱最原始的状态。最后，我们记录了时间，此时是凌晨五点半。

打捞一个纸箱比打捞一具尸体要简单多了。派出所的民警用一个抓钩钩住了箱子的上沿，然后划着小船就把纸箱拖到了岸边。

纸箱果真就是滚筒洗衣机的纸箱，周围缠着胶带，把箱子的四周都给牢牢地粘住了。因为我们人为挪动了箱子，上面附着的苍蝇纷纷闻风而逃。

既然怀疑纸箱里是尸体，林涛在我们开箱之前，先对纸箱的四周进行了检验，以期发现有明确的指纹痕迹。可是，毕竟是纸箱，在水里泡久了，水分被纸箱吸上来。虽然纸箱只有一小部分在水下，但是整个箱体因为吸水的作用都已经潮湿了。如果有指纹，我知道，只会保留在防水的胶带之上。

这个纸箱并没有像快递那样反复缠裹，只是简单地缠了几圈，其目的也是封闭箱口。在胶带的起始端和结束端，都没有发现指纹。

我们知道，因为胶带有较强的黏性，所以只要指腹接触到胶带面，就一定会被胶带保留下指纹。即便是戴着纱布手套，也会在胶带面留下棉布纤维。然而，林涛经过勘查后，一无所获。

根据林涛的分析，没有指纹的原因，要么就是缠胶带的人戴的是塑料或者橡胶手套，要么就是使用了手持式的胶带切割器。因为现在快递行业的蓬勃发展，越来越多的人使用物流快递，所以家里有一个简易的胶带切割器也很正常。

在我们准备开箱的时候，小组成员们坐着韩亮的大“卡车”来到了殡仪馆院墙外的龙番河边。

在林涛的全程录像下，我用裁纸刀划开了胶带。

周围的派出所民警异口同声地发出一阵“喔”的声音，因为不出所料，纸箱里果真蜷缩着一具尸体。

我知道，这个“喔”并不代表惊讶，因为看到几个法医认真地勘查纸箱，民警早已有了心理准备。只是他们知道，在破案之前，他们有得忙了。

死者是一个男性，只穿了一条裤衩，身上黏附了不少类似灰尘、泥巴的脏东西，蜷缩在纸箱之内。

我从勘查车里拿出一条尸袋，在地面上铺平。然后招呼大宝、韩亮和林涛来帮忙，拽着尸体的两个胳膊，把尸体从纸箱里掏了出来。

尸僵已经在尸体的各个大关节完全形成，所以尸体在被放到尸袋里的时候，仍然保持着他蜷缩的状态，丝毫没有改变。

“嘿，这倒是省事儿哈。”大宝说，“我们直接就把尸体挪解剖室去了，都不需要殡仪馆的人帮忙了。"

"该走的手续还是要走的。"我张开戴着手套的双手，朝纸箱内部看去。

纸箱里面空无一物，但是在内壁上，倒是斑斑点点的有不少痕迹。

"别着急。"我见林涛想开始对纸箱进行勘查，说，"内部没有附着物，只有一些擦蹭痕迹，我觉得还是先尸检比较好。"

"哦，好的。"林涛点了点头说，"我不着急，尸体一会儿直接检验了，我就在物证室先看看纸箱外面究竟有没有有价值的痕迹物证，里面的我不动。"

毕竟是清晨，殡仪馆还没有正式上班，两名值班员伸着懒腰从后门走了出来说："就隔着一堵墙，你们自己抬进去就是。"

我笑了笑，没有辩驳，等值班员把尸体抬进了殡仪馆里的解剖楼，我帮助林涛把大纸箱小心地抬进了解剖楼二楼的物证室。

大宝和我穿戴好解剖服，把尸体抬上了解剖床。从蜷缩的尸体侧面看，死者大概是个二十多岁的男孩，肤色很白，一头黄色的卷毛。如果尸体保持蜷缩状态达到尸僵最硬的话，对于法医来说是很头痛的。如果说法医经常会破坏尸体肩关节和肘关节的最硬尸僵的话，那么想去破坏更大力度的髋关节尸僵，实在不是一件容易的事情。

在破坏尸僵之前，大宝先看了一眼解剖室的挂钟，说："现在是早晨八点整。"

我点了点头，示意大宝、宁文和我合力去破坏尸僵，把尸体放直。

几乎所有的法医都有习惯在观察尸体现象之前先看好时间，这样方便通过尸体现象提示的死亡时间推断出死者死亡的具体时刻。

不过，我和大宝花了五分钟，硬是没有把尸体给掰直。因为林涛和程子砚正在楼上勘查纸箱，于是我招呼在一旁"观战"的韩亮和陈诗羽戴上手套来帮忙。胡科长则负责全程录像。此时，已经没有什么性别之分了，即便是体力活，女孩也得上。

"我去，这么硬，我感觉手套都要撕碎了。"大宝龇牙咧嘴地在使劲，"尸僵在死后十五到十七小时最硬，看来是在昨晚晚饭前死的了。”

又花了十分钟，在五个人的合力之下，尸僵终于被完全破坏，尸体终于成了仰卧状态。眼前，是一具浑身沾满了尘土的年轻男孩尸体。

我们四个纷纷靠在墙边喘着粗气。

“你看，我掰的这条腿，比你掰的直。”陈诗羽对韩亮说。

“是是是，你是女汉子。”韩亮抱了抱拳，说，“女侠受我一拜。”

我短暂休息了一会儿，拿出一根温度计，插入死者的肛门，测出了死者的直肠温度。然后用纱布擦拭干净温度计上的粪便，看了看，说：“嗯，不假，大概是十五个小时之前死亡的，也就是昨天下午五点。”

“身上有破口呢。”大宝一边用酒精纱布擦拭尸体上的灰尘，一边说，“除了好几处破口，还有大面积的皮下出血，哇，整个后背都是，大腿后面也有，这伤可够重的。对了，这些创口会不会就是致命伤啊。”

说完，大宝用探针挨个探查死者腰背部和大腿外侧的创口。

“哎？奇怪了，这些创口怎么都只深达皮下啊，而且还这么不规则，好像还有点发炎。”大宝说。

这一句话引起了正在看温度计的我的注意，我赶紧走过来看。

死者的腰背部和大腿外侧有十几处类似创口的东西，有几个排列密集，让人看了不自觉地恶心。我皱起眉头用放大镜仔细看了看，左右的创口周围都是不规则的，十几处创口的形态也都不一致。创口的边缘不仅弯弯曲曲，而且有五毫米宽的像是“镶边”的深黄色区域，和白色的皮肤颜色反差巨大。创口的创面也是黄色的，而且湿漉漉的，用纱布甚至都擦不干净，我知道，这是在流脓。创口都不深，只是到了皮下，皮下的脂肪和肌肉都看不见。

我想了想，下意识地退后几步，说：“大宝，让疾控中心给我们送一些点板来。”

“什么点板？”大宝问。

我看了看大宝，大宝说：“哦！啊？不会是……”

“快。”我说。

韩亮和陈诗羽在一旁听得莫名其妙，都过来询问。

我说：“就是使用胶体金免疫层析科技快速检测的一种方法[①]，和早孕试纸有一点相似。”

“胶体金我听说过。”韩亮说，“但好像都是检测毒品什么的吧？”

我摇摇头说：“这个人皮肤上有大量溃疡面，我怀疑他有艾滋病，所以我让大宝去要的，是艾滋病快速检测点板。”

“艾……艾滋病？”韩亮吓了一跳，“那我刚才掰尸体，不会……不会吧？”

陈诗羽鄙视地摇摇头说：“不至于吧？有那么吓人吗？不过就是接触了一下，不会传染的。你不知道吗？和艾滋病病人正常相处是可以的，没那么吓人啦。”

“说……说是这么说。”韩亮跑到隔壁去洗手，说，“心里多硌硬啊。”

市疾控中心和殡仪馆只有一公里的距离，所以说话的工夫，点板已经送到了解剖室。我顾不上向疾控中心的同事道谢，赶紧抽取了一些死者的心血，滴到点板上。不一会儿，点板上出现了两条红线。

“强阳性。”我说，“换防护。”

胡科长点点头，赶紧从解剖室里拿出全套式防护服、防护眼镜和防毒面具。我们把自己穿得像是在非典时期的医生一样，丝毫不露，然后在两层橡胶手套的外面，加了一层纱布手套。

“你们也恐艾啊？”陈诗羽问。

“这不是恐不恐艾的问题。”我的声音从面具后面传出来，听起来有嗡嗡的回音，“确实，和艾滋病病人普通相处没问题，但是我们法医可不一样了，我们可不是普通相处。”

---

① 胶体金法，是由氯金酸（$HAuCl_4$）在还原剂如白磷、抗坏血酸、枸橼酸钠、鞣酸等作用下，可聚合成一定大小的金颗粒，并由于静电作用成为一种稳定的胶体状态，形成带负电的疏水胶溶液，由于静电作用而成为稳定的胶体状态，故称胶体金。

法医是要解剖尸体的，所以自然要直接接触大量死者的血液。眼前的这个死者死亡时间只有十几个小时，体内的艾滋病毒都没有灭活，依旧存在传染性。如果在工作的时候，我们不小心划破了手，或者死者的血液迸溅沾染到我们皮肤、黏膜有破溃的地方，就会发生传染。我们在橡胶手套外面加戴纱布手套，就是为了最大限度防止手被划破，因为纱布手套被割破的概率比橡胶手套要小得多了。

## 3.

我曾经在微博上发过全副武装地去检验艾滋病病人尸体的图片，结果引来了很多骂声。当然，这些骂声我并不会接受，因为我觉得法医最大限度地做好自我防护没什么不对。尊重艾滋病病人，不意味着就要没有防护地检验艾滋病病人的尸体。只有在绝对安全的情况下，认真完成艾滋病病人尸体的检验，还死者公道，才是对艾滋病病人最大的尊重。

法医在实践工作中总会遇见很多烈性传染病的尸体，而遇到这种情况，我们是不能打退堂鼓的，只有硬着头皮去检验。为了保证检验的细致，我们唯一能做的，就是尽可能地做好自我防护。这并不是因为法医们都怕死，而是如果因为工作被传染了疾病，甚至连累到了家人，那才是在作孽。

因为经费问题，在现阶段，法医并没有配备大量的全套式解剖服、防护眼镜和防毒面具，也不可能配备大量的各种烈性传染病的点板。只有在法医尸表检验中发现尸体的异常，根据自己的医学知识去怀疑死者是否具有某种烈性传染病，然后才进行特殊防护措施。

其实，这就是法医工作最大的危险点了。

一个省一年有上万具非正常死亡的尸体都需要基层法医去检验，而这些尸体里究竟有多少烈性传染病的，没人做过统计。绝大多数都是在尸体火化后，通过调查才知道，或者永远都不会有人知道。我们平时使用的橡胶手套都是普通的医用手套，刀尖一碰就碎，甚至会划伤手指。而在尸检过程中，万一出现了操作失误，那后果是不堪想象的。

所以我们现在也在做一件事情：一方面呼吁各地划拨更多的耗材经费，让法医尸检工作的防护标准普遍升级，强制性地要求所有的解剖必须穿全套式解剖服、戴防护眼镜和防毒面具；另一方面，和疾控中心达成协议，给各地法医配备常见烈性传染病快速检测点板，强制性地要求法医在尸检前必须先行筛查。

但我知道这个目标是很难实现的，一来经费有限，二来很多法医也怕麻烦。比如有些地方的解剖室里连个空调都没有，夏天的时候，防护服里面甚至都恨不得"真空"。如果穿了全套式解剖服在太阳底下或者闷热的室内工作几个小时，怕是没有能活着走出解剖室的法医了。

我们改变不了世界，只能尽可能保护自己。所以话不多说，我和大宝继续尸体检验。

死者全身大面积挫伤、皮下出血，但是并没有开放性的创口。死者的颈部和口鼻也没有因为扼、勒、捂形成的损伤，头皮也是完好无损的。这样的检验结果，基本就排除了死者是颅脑损伤或者是机械性窒息死亡的结论了。

尸体背部是大面积的皮下出血，深浅不一，因为是多次受力，所以皮下出血都已经融合成大片，甚至看不出致伤工具的形态，有的挫伤还伴有一些表皮剥脱。好在大宝清理尸体上附着的尘土之时，使用的是酒精棉球。在这个时候，酒精已经带走了皮肤的一些水分，使得皮肤上的挫伤痕迹更加明显了。这就是我们经常开玩笑所说的"酒精大法"。

在死者的背部和臀部，我们发现了几条"竹打中空"的损伤痕迹。竹打中空又叫铁轨样挫伤或中空性挫伤，是用圆形棍棒状致伤物垂直打击在软组织丰富部位形成的一种特征性挫伤。因为击打时受力面瞬间受压，毛细血管内的血向两侧迅速堆积，导致受力面两侧毛细血管爆裂、皮下出血，表现为两条平行的带状出血，中间夹一条苍白出血区。能清楚地反映致伤棍棒的宽窄、直径或形态特征。

我用标尺量了量带状出血的间隙，大约三厘米，说："他是被三厘米直径的圆形棍棒反复击打后背部形成的损伤，我估计啊，他的死可能也和这个有关。"

因为尸体还没有解剖，所以我没有说死，小心翼翼地用刀打开了死者的胸腹腔。因为我是主刀，我反复叮嘱对面的助手大宝和宁文，要求他们逐一下刀，别人动的时候，就不要轻举妄动。因为我知道，绝大多数由于操作失误而伤手的法医，都是为了追求效率，主刀和助手同时下刀造成的。

和设想的一样，死者的内脏器官从表面上看并没有什么异常情况。胃、肠内都是空虚的。我提取了死者主要的内脏器官以及耻骨联合送检。

"死者应该是十二个小时以上没有吃过东西了，提取的内脏送到方俊杰主任那里进行法医组织病理学检验，特别是肾脏要仔细看。"我一边穿线准备缝合，一边说。

"耻骨联合也分开了。"大宝说，"有二十多岁吧，等我煮完了，再看具体的年纪。"

"楼上有发现。"程子砚走进了解剖室说，"秦科长你们都快完成啦？死因搞清楚了吗？"

"别靠近，有艾滋病。"韩亮想拦住程子砚，胳膊却碰到了她的胸部，程子砚的脸瞬间红了起来，显得有点尴尬。

"嘿，你可别想打我们小程什么主意。"陈诗羽站到韩亮和程子砚之间。

"你这话说的。"韩亮摇了摇头。

"什么发现？"我问。

"你上去看看就知道了。"程子砚打着手势，表示自己难以表述清楚。

我点点头，把针递给宁文，一边脱解剖服，一边说："好的，我这就上去。死因还需要等老方那边的组织病理学检验结果出来，才能最终定论。不过，依据我的经验，基本可以肯定死者应该是死于挤压综合征。”

“挤压死的？”程子砚问。

我笑了笑说：“挤压综合征未必就是挤压死亡的。不过这个名词，确实来源于挤压伤。如果有巨大或沉重的物体压迫或挤压或撞击机体，会造成皮肤和深部组织的广泛损伤。当然，如果是被长时间拷打，也一样会形成深部组织的广泛损伤。既然形成同样性质的损伤，就会有同样的死因，这种死因被我们称之为挤压综合征。”

“看起来这个人的后背、屁股和大腿都是损伤对吧，那不是尸斑。”程子砚好奇地踮脚越过韩亮去观察尸体。

我点点头说：“对，尸斑和损伤还是很容易区分的。尸斑没有边界、程度均匀、位置特定，有的时候还能指压褪色，而损伤可不行。这个死者的背后都是损伤。因为他是蜷缩状态右侧卧位的，所以尸斑都在右侧。”

“这么多瘀青是蛮严重的。”程子砚说，“不过，仅仅是大面积的瘀青，也可以致死吗？”

“可以的。”我说，“但并不是绝对的，每个人的耐受能力也不同。软组织挫伤以后，血浆从血管里大量渗出，有效血容量减少，损伤的肌肉细胞释放出大量肌红蛋白入血，以及红细胞破坏之后血红蛋白进入血浆，经肾小球滤过后在肾小管特别是远曲小管内形成管型，小管上皮细胞坏死，周围有炎症细胞浸润，也被称为低部肾单位肾病。挫伤的软组织产生多种毒性代谢产物，同时，因为肾小管堵塞，导致发生急性肾功能衰竭和创伤性休克。我们就把这种一系列复杂的致死因素，称为挤压综合征。”

程子砚一脸茫然。

我知道对于非学医的新手，很难懂得我刚才那段话的意义，于是补充道：“不用管那么多原理，反正大面积皮下出血的死者，在排除其他死因之后，这就是最常见的死因了，可以通过肾脏的组织病理学结构来确证。挤压综合征除了在灾害事故中发生，最常见的，就是长时间虐待和拷打了。”

“第一次知道只是瘀青都可以死人。”程子砚说。

“当然。”我说，“不过每个人耐受力不一样，同样的伤，有的人死，有的人不死。但是鉴于这种损伤对身体尤其是肾功能的损害，所以即便是不死，六个巴掌大小的挫伤就可以鉴定为轻伤二级，十个巴掌大小的挫伤就可以鉴定为轻伤一级，而达到三十个巴掌，就是重伤二级了。这个人即便不死，这种程度的长时间虐待和拷打，也够重伤二级了。”

“那你怎么知道他遭受了长时间的虐待和拷打啊？”程子砚说。

“因为他身上的损伤是被圆形棍棒无数次击打形成的。”我说，“而且，他超过十二个小时没有进食了，这一定就是一起虐待、拷打致人死亡的案件。”

此时，我已经脱去了解剖装备，然后小心翼翼地把它们都装进一个纸箱。我告诉大宝，一会儿脱下来的解剖装备都要放进这个纸箱，然后直接送去焚化炉烧掉。

我跟着程子砚走到楼上物证室，林涛正一只手拿着一个多波段光源[①]往纸箱里面照射，另一只手拿着一个小铁罐。

我知道，林涛正使用鲁米诺试剂在检验发现纸箱内的潜血痕迹。

我没说话，走到林涛的身旁，也往纸箱里看去。虽然没有戴专用的眼镜，但是我从纸箱内部画出的圈圈，也知道林涛在纸箱里面找到了不少潜血痕迹。

“你真是够浪费的。”我笑着说，“这一罐鲁米诺可不少钱呢，你就在这里这样浪费，就不怕纳税人找你麻烦？”

林涛摘下眼镜说：“纳税人没你那么小气。对了，我怎么就浪费了？”

“死者体表虽然都是以一些挫伤为主，但是有些挫伤也伴有表皮剥脱。随着尸体和箱体的摩擦碰撞，在纸箱壁上留下一些潜血痕迹也很正常啊，你

① 多波段光源，由多种单色光组成。这些单色光能在刑侦技术领域发挥用途。

用这个找潜血痕迹究竟意义何在？”

林涛愣了一下说：“说得也有道理。不过我不是等你等得着急嘛，就不管你的意见，自己先看了。对了，这有一处血迹反应特别强烈，你看看。”

我没有接林涛递过来的眼镜，直接给了他脑袋一巴掌，说：“你是不是傻啊，这么大一滴滴落状血迹，还要用鲁米诺来看？”

林涛低头看看，果真在箱底有几滴滴落状血迹，很明显，肉眼可以清晰看到。林涛只想着找潜血痕迹了，都忘记先仔细观察一遍箱内。

“好吧，我老年痴呆了。”林涛说。程子砚在一边掩嘴笑。

“不过，这些血迹很有价值啊。”我突然灵光一闪，赶紧从物证箱内取出棉签，把几滴血迹提取了下来。

“什么价值？”程子砚问道。

“死者全身尸表没有开放性损伤，口鼻、外耳道也没有血液流出。”我说，“唯一的，就是挫伤里面的一些表皮剥脱，以及因为疾病而导致的皮肤溃疡。但是，表皮剥脱的创面流出的渗出液，可能会有潜血痕迹，皮肤溃疡面流出的脓液，也顶多是个潜血痕迹，出现这么多滴落状血迹，可就不太正常了。”

“是啊，没创口，哪儿来的滴落血？”林涛问。

“凶手的。”我自信地一笑，“赶紧送检，说不定就靠这几滴血破案了呢！”

“对了，别忘记了正事儿。”林涛说，“我叫你来，也是给你看一个重大发现。”

我点点头，跟着林涛又重新蹲在纸箱的旁边。此时纸箱已经完全干燥了，我知道想让一个潮湿的纸箱干燥，靠自然风干肯定不会这么快的，那么，一定是林涛用吹风机吹干了纸箱。之所以用吹风机吹干了纸箱，一定是因为林涛在纸箱的外面发现了什么。

“虽然纸箱外面没有指纹，但是我发现了这个。”林涛指了指纸箱中部和底部。

不仔细看还真看不到，那是几粒细小的水泥颗粒。

“洗衣机的盒子外面有水泥，而且是在中部和底部都有，这不正常，所以我吹干了纸箱。”林涛说，“果然，吹干之后，我就发现了这个。”

顺着林涛的手指，我发现水泥颗粒所在的区域，有一些圆柱形凹下去的痕迹，而且都是几根圆柱形平行凹下去的痕迹。

“这是手指印。”林涛说，“我们俩如果用手抬一个纸箱，戴着手套，那么着手点就应该是箱子的中部和底部。如果抬的时间长，就会把纸箱的外壁按得凹下去一点。通过水的浸润，再干燥，这些凹下去的痕迹就被幸运地保存了下来。”

“说明凶手戴着沾有水泥的手套搬动纸箱。”我说。

“而且，说明凶手至少俩人，这俩人没有使用交通工具，硬是用手抬的方式，把纸箱扔进了龙番河里。”林涛补充道。

从接到我们的报警到召集剩余的刑警组建新的专案组，用了两个多小时的时间。几起积案悬而未决，又发新案，这是对刑警部门的锐气的一次极大挫伤。很多刑警都是在休息的时间被临时召集到专案组的。

我知道，面对锐气受挫的刑警们，我们必须展现出非凡的自信，才能让他们重新获得斗志。所以，虽然两天一夜没有睡觉，我还是拿出最好的精神头来给刑警们讲解这一起案件的分析结果。

“死者死于挤压综合征，方式是长时间的虐待和拷打。”我说，“时间嘛，我觉得超过了十二个小时。死者二十五岁左右，男性，高一米七，重一百二十斤，艾滋病患者，其他倒是没有什么好的特征性指标了。因为死者的皮肤溃疡面很多，他的艾滋病没有得到正规治疗，所以也不好从诊疗资料来排查尸源。不过，我们从纸箱里提取了疑似犯罪分子的血痕，现在正在进行 DNA 检测。”

“长时间虐待和拷打？”侦查员问，“难道是绑架案件？”

“我是这样分析的。”我说，“死者全身没有任何威逼伤、抵抗伤和约束伤，这就和绑架案件不同了。如果是非法拘禁、绑架等案件，势必要对被害人进行威逼和约束。在殴打的过程中，被害人也一定会予以反抗。而这个案件给我的感觉是，被害人一直处于自愿被打的状态，凶手不会担心被害人逃跑，被害人也不敢反抗。而虐待通常是对老人和孩子，对一个年轻力壮的小伙子虐待，给我的感觉，像是‘家法’。”

“你是说，这人本身就是某犯罪团伙的成员，这个犯罪团伙在实施‘家法’？”侦查员问。

我点点头说：“是这样。凶手的目的是惩戒被害人，并没有杀死他的动机，所以全身没有致命性的损伤。而这些非致命性的损伤集合起来，却形成了致命性的损伤。这是凶手始料未及的。”

“犯罪团伙最常见的，就是盗窃团伙、诈骗团伙和传销团伙了。”侦查员说，“嘿，你还别说，龙番河上游沿岸确实有不少镇子里的空房子都是租给传销团伙的，我们派出所的同志这两年着实打掉了不少。”

“我感觉也是这样。”我说，“很多传销团伙，一般都会住在环境相对较好的地方，以便于给组织成员洗脑，都会对房屋进行装修翻新，甚至购入新的家电。而在本案中，带有水泥的手套、洗衣机包装纸箱，正印证了这个特征。”

“DNA 结果出来了。”龙番市局 DNA 实验室的李法医推门进了专案组，说，“我们从纸箱里提取的血痕中做出了一名女人的 DNA，经过与前科人员 DNA 库比对，发现犯罪嫌疑人姚丽丽。姚丽丽，女，四十一岁，曾因组织领导传销罪被判处有期徒刑两年。”

## 4.

“不用找尸源了，直接破案再查尸源。”

几名侦查员在听到这个结果之后，非常激动。当检验结果和分析推断结果完全一致的时候，通常就是真相所在了。

但我还是挥手让大家重新坐回了座位说：“大家少安毋躁。既然这个姚丽丽有过前科，而且现在还在干这个勾当，那么必然是行踪诡秘的。如果这个时候对龙番河上游进行大规模排查，我担心会打草惊蛇。”

“你的意思是，可以有更精确的范围划定？”一直没说话的赵其国局长问道。

我点点头说：“通过林涛的检验，凶手抛尸没有使用交通工具，而是两个人手动搬运纸箱抛尸的。这说明了一个很重要的问题，就是凶手的窝点肯定离龙番河岸边不远。如果我们能知道抛尸的大概位置，那么只需要对抛尸点周围的城镇进行排查，就能轻易抓住姚丽丽了。”

“我明白了。”主办侦查员的思维很快，“你们已经知道了死者的死亡时间，又知道了龙番河水的流速，这样可以算出抛尸的大概位置！”

我点点头，又摇摇头说：“是这个原理，但不是这个方法。死者的死亡时间是昨天下午五点，但是抛尸时间并不会也是五点。我们要算出抛尸点，肯定要按照抛尸入水的时间来算，而不是用死亡时间来算。”

“对对对，这是个逻辑问题，我考虑不周。”主办侦查员说。

“大白天是不会去抛尸的。”我说，“可是晚上几点抛尸，我们谁也不知道。我只知道，凶手在死者死后还没有形成尸僵的时候，就把尸体装好了，但是几点搬走抛尸，没人知道。没人知道几点抛尸，就无法通过流速和时间算出发现点和抛尸点的距离。”

“那怎么办？”侦查员着急了。

我微微一笑，说：“侦查实验！好在是我们打捞纸箱的，所以对纸箱的原始状态进行了固定。纸箱被吸上来的河水浸湿的状态，以及纸箱上附着苍蝇的密度，可以作为侦查实验的观察点。我们从某地放下同样的纸箱，等到纸箱吸水的程度和苍蝇附着的情况差不多了，测量出纸箱已漂流出的距离，就会知道抛尸点和我们发现点之间的大概距离了。不过，我现在担心的是误差。”

“误差不要紧。”侦查员说，“龙番河上游的镇子距离很远，误差应该会小于两个镇子之间的距离。再不济，我们可以把附近的镇子都调查一遍，总比挨个把上游所有的镇子调查一遍要强很多。”

“那就这样干！”我说，“现在我需要一百二十斤的活猪一头，一模一样的纸箱一个！”

勘查一组的六个人呆呆地并排站在龙番河的岸边，眼前是一头被拴在树干上的白猪。

“你们杀过猪吗？”我愣愣地盯着眼前趴在地面上喘着粗气的猪，问身边的人。

“没。”几个人异口同声。

“养猪场的人，就这么走了？”我仍一脸蒙地问道。

“走了。”韩亮说，“是你要的活猪。”

“我的意思是，要活猪，然后按我的要求杀死。”我说，“没想到，还要我们来杀。”

“我很好奇你为什么要用猪。”韩亮摊了摊手说。

“不然用什么？”我说，“一来我从不愿杀狗啊、猫啊之类的有灵性的动物，二来猪和人体其实是最像的，国外的很多法医学实验都用猪。三来其他动物也达不到一百二十斤啊。”

“我的意思是为什么不用砖头之类的东西。”韩亮说。

“傻吧。”我说，“砖头放里面，直接就沉了好吗！而且，砖头也不腐败，也不会引来苍蝇。”

“那就直接用猪肉啊。”大宝说。

“猪肉的密度和猪的密度不一样。”我说，“猪有体腔、有空腔脏器，所以纸箱不会沉，用一百二十斤猪肉，不直接沉了才怪。”

“一头猪一两千块，值不值。”林涛问。

“这是头病猪，病得都站不起来了，卖不掉的。”韩亮说，“养猪场五百块处理给我们了，他们也算是捡了便宜。”

“病猪好，病猪好。”大宝闭着眼睛，对着猪双手合十说，“阿弥陀佛！我们不是有意杀你啊，反正你也活不了多久了，活着还要饱受病魔的折磨，不如我们给你个痛快。再说了，一会儿你入土为安，还为命案侦破做了贡献，总比被人吃了变成便便强。”

陈诗羽扑哧一声笑了出来说：“你这都是什么毛病啊，一群大男人畏畏缩缩的。嘿，你俩还是学医的，上学的时候没杀过小动物？”

“那时候，我都是当辅助，当辅助。”大宝解释道。

“杀狗我也不行，我是爱狗之人，但是杀猪没什么吧？我去杀吧。”陈诗羽说。

说完，陈诗羽从勘查车里拿出一把匕首。

“别急，等会儿。”我一把拉住陈诗羽，颤声说，“不能放血，放血会吸引更多的苍蝇，时间就不准了。”

“那怎么办？”陈诗羽问，“勒死吗？”

“勒不死。”大宝躲在我的身后，怯生生地说，“猪没脖子啊。”

我指了指勘查车里的勘查铲说：“颅脑损伤，你懂的。”

陈诗羽鄙视地看了我们一眼，拿起勘查铲走到猪的旁边，挥起铲子一下打在猪的脑袋上，猪立即不再喘气了。为了防止猪不死，陈诗羽又打了几下。

我们四个大男人加程子砚一个小女人挤在一起，躲在一棵大树后面，纷纷闭着眼睛、缩着肩膀。听见啪的一声，就集体抖动一下。直到陈诗羽重新回到我们身边，我们都还紧闭着双眼。

“好啦，搞定啦。”陈诗羽清洗了铲子，放回原位。

林涛睁开眼，颤抖着说：“小羽毛，我对天发誓，以后绝对不得罪你。”

我们戴上手套，走到猪的尸体旁，把猪装进纸箱，然后按照案发纸箱的模样，缠起了胶带。大宝一边干活，一边念叨：“阿弥陀佛，善哉善哉。”

“一般情况下，尸体会在死亡后三四个小时才开始释放尸臭味，只有有了尸臭味，才能吸引苍蝇。”我抬腕看表说，“我们可以去车里睡三四个小时，然后再把纸箱扔进河里。”

大家因为连续干活加上惊吓，都已经很疲倦了，爬上勘查车不久就鼾声四起。尤其是我、大宝和林涛，已经两天一夜没有睡觉了，直到陈诗羽使劲地摇晃我们，我们才迷迷糊糊地醒了过来。

“差不多了，这都五个小时了。”陈诗羽说。

我点点头，示意大家下车，先是把纸箱抛进河里，然后坐着派出所的冲锋舟，慢慢地、远远地跟在纸箱的后面。

“嘿，真有趣。”大宝说，“这纸箱果真不沉啊，而且和案发纸箱吃水的位置也差不多。”

“那当然了，高度模拟啊。”林涛说。

“神奇。”大宝说，“为什么一头死猪进水都不沉，我一进水就沉得贼快。”

“那有什么关系。”林涛说，“一点关系也没有！因为你沉下去的话，过上那么两天，你就一定能浮上来了。”

陈诗羽又是扑哧一笑，程子砚则没听太明白。

大宝捶了林涛一下说：“滚蛋。”

“看这纸箱吸水的速度，没有五六个小时怕是做不到啊。”我皱着眉头用望远镜看着纸箱。

“啊？那么久！”大宝说，“来来来，哥几个，反正也没事，我们掼蛋[①]吧。我就不信了，最近我掼蛋老是输，就是抓不到大小鬼。他们都说我是干法医的，所以大小鬼都得绕着走。”

---

① 掼蛋，一种扑克牌的娱乐方法，结合了升级和斗地主，非赌博性质。

虽然古代的仵作并不是法医，他们只负责清洗尸体和汇报伤情，由县丞等官吏来负责统计、分析，做出判断，但是因为仵作长期接触尸体，被古人们认为会辟邪。古人有一种风俗，就是孩子“中邪”的话，就会拜仵作为干爹，以赶跑邪气。所以大宝的论点还真是有历史依据的。

就这样，他们几个人打了五个小时扑克，而我在船头硬是看了五个小时。这五个小时，我都用DV进行了全程录像。

侦查实验都是要进行录像的，因为侦查实验的结果要写入侦查卷宗，而这些录像都会成为后期的法庭证据。

“来看看，是不是差不多了？”我喊来林涛。

为了方便观察，林涛已经在纸箱上用红笔标出了纸箱吸水的浸水线。林涛接过我的望远镜说：“嗯，水线应该是刚刚好，苍蝇的附着也差不多。”

“那就这样了。”我看了看手机上的GPS数据说，“时间是五个小时，距离是，嗯，大概六公里。”

“距离发现点六公里的上游，是龙田镇。”熟悉地形的派出所民警说，“不会错，即便有两公里的误差，都不会错。”

“行了，麻烦你把这头功勋猪给埋了吧。”我高兴地说。

“阿弥陀佛，阿弥陀佛。”大宝又是一副虔诚的模样，“入土为安吧，你不用变成便便了。”

省会城市毕竟是省会城市，辖区派出所对于龙田镇的出租屋情况比较了解。经过程子砚和市局情报部门的研判，判断出姚丽丽可能纠集了十余名传销分子潜藏在龙田镇福田小区的一处四室一厅的房屋之内。

在赵其国局长的亲自指挥下，当天夜里，警方就把十余名正在睡梦之中的传销分子全部抓获归案。这一举动不仅极速破获了龙番河浮尸案，而且破获了一起传销案件。

最关键的，这一举动更是增强了龙番刑警的自信心，对于之前四起未破获的案件侦破工作，有了极大的心理促进作用。

在抓获一帮传销分子的同时，我们勘查一组会同龙番市局的刑事技术部门立即对传销窝点进行了搜查。经过搜查，我们找到了和推断的致伤工具形态一致的藤条，直径确实是三厘米。我们还找到了沾有水泥的手套，以及黏附有血迹的卫生纸。另外，在一堆闲置的男式衣物里，我们找到了死者的身份证。

死者叫裴培，男，二十六岁，南和省人。经过对死者的外围调查发现，裴培自小父母双亡，由爷爷奶奶带大。在他十八岁那年，爷爷奶奶双双去世，没有上过学的他就此成为了一名流浪少年。为了生计，他甚至出卖肉体，成为一名男妓。可是在他二十岁那年，他发现自己染上了艾滋病。还有些良心的裴培于是放弃了自己的职业，来到龙番市找起了工作。最后被刚刚刑满释放的姚丽丽忽悠加入了传销组织，开始传销活动。

案发前一天，因为裴培多次未完成传销任务，被姚丽丽实施“家法”。一是禁止进食，二是任由其他传销人员鞭笞。

在裴培被要求脱去上衣的时候，姚丽丽发现了他后背多处皮肤溃疡面，还流着脓液。虽然姚丽丽不具备医学知识，但是她也知道这不是什么好事，多半是传染病。有了传染病，还和这么多人吃、喝、住在一起，姚丽丽一干人等气不打一处来。

在长达二十个小时的时间里，十几个人轮番用藤条殴打裴培，直到裴培倒地不起，还在接受着殴打。

后来是其中一个传销人员发现了异常，去试探裴培的鼻息，那时他早已气息全无了。慌乱之下，传销人员们把尸体装进大纸箱内，准备抛尸。

在装尸的时候，因为手忙脚乱，一名传销人员的手肘戳击到了姚丽丽的鼻子，导致她鼻腔出血，血液也就因此滴落到了纸箱之内，给侦查员们留下了让她服法的证据。

在装好尸体之后，传销人员们开始商量如何处理尸体。因为他们没有交通工具，所以选择天黑之时，把纸箱抛入龙番河便成为最好的选择。只是他们完全没有想到，一个装有一百多斤尸体的纸盒，在进入河水之后，并不会沉没，反而会在河面上漂流。

姚丽丽说，如果她亲自参与抛尸，尸体至少不会这么早被发现。

两名抛尸的传销人员在河堤之上抛下尸体的时候，立即就后悔了。当他们看见纸箱随河水流走的时候，只能捶胸顿足。

可是，从河堤之上跳下水去，把纸箱拖回来，他们也不敢。一来，水性并不太好，不敢冒这个生命危险，二来，裴培有传染病，他们搬纸箱的时候都小心地戴上了手套。因此更不敢去打捞那个湿漉漉的纸箱，生怕被传染。

想来想去，他们认为，裴培的身份证件都还在窝点里藏着，而且裴培还是个无亲无故、无人关心的孤儿，所以警察即便发现了尸体，也不容易找得到尸源。既然这样，他们决定对严酷的姚丽丽隐瞒纸箱漂浮在河面上的情况，导致整个传销窝点并没有引起警觉，也没有来得及临时迁移。

因为裴培的死，整个传销团伙都是一夜没睡。等两名抛尸的传销分子回来报了平安之后，大家的心才都放进了肚子里。人死了没多大关系，干活才是重要的。所以整个传销团伙又干了一天一夜的活儿，才踏实地睡觉。

只有抛尸的两名传销分子睡不着，他们虽然在互相安慰着对方，但是谁都放心不下。到最后，甚至开始商量，如何在天亮之前逃离这个传销窝点，以便躲避责任。

可没想到，警察并没有等到天亮就开始收网，十余名传销分子被一网打尽。

直到被押进审讯室，这两名负责抛尸的传销分子还是一脸不可思议的表情，甚至在讯问的过程中还只承认传销的事实，对杀人抛尸的情况避而不谈。

但是在铁的事实、铁的证据面前，这一帮十几个人的传销团伙所有成员，都最终对殴打致人死亡的事实供认不讳了。

“传销确实很可恶。”大宝说，“我家楼上前不久还被捣毁了一个传销团伙，那个房子都被禁租两个月呢。”

“是啊，限制人身自由、坑蒙拐骗，多少老百姓因为传销上当受骗了！”陈诗羽附和道。

“即便是现在不限制人身自由、不上大课洗脑的新型传销，也一样非常可恶。”我说，“骗子就是骗子，再怎么更换面目，都掩盖不了是骗子的事实。”

“嘿，这天怎么又下雨了？”程子砚伸手接住落下来的雨点说，“今年雨水真多。”

“我也怕下雨，下雨出现场太痛苦了。”林涛说，“淋雨是小事，这衣服、鞋子可受不了。”

“大旱之后必有大涝。”我说，“希望今年别发大水，下下雨倒是没事。我反正是不怕下雨出现场的，至少凉快。”

在大家惊恐的眼神当中，我的手机果真再次应景地响了起来。

# 第九案　雨中的木乃伊

在不幸的源头，总有一桩意外。

——让·波德里亚

THE DOOMED

## 1.

“秦爸爸，我真是服了你了，要不要这么灵验？”韩亮一打方向，把车头对准开往高速路口的大路，说，“咱们可是好些天都没有休息好了！这时候再来命案，是不是得要了我们全组人的小命啊？”

“别啊，我的小命硬得很。”大宝舔着嘴唇，说，“出勘现场，不长痔疮！”

我把刚刚挂断的手机揣到口袋里，尴尬地挠挠头，说：“说啥也没用，不如抓紧时间在车上睡一觉。等我们到了，韩亮不用去现场了，就在车里对付一下。这不一定是命案，不一定。”

“求你了。”林涛说，“你可就闭嘴吧，你还不知道你的乌鸦嘴是好的不灵坏的灵吗？”

作为省厅的现场勘查员，最大的本事，就是可以随时随地在任何姿势下睡着。虽然刚才大家还在吐槽我的乌鸦嘴，但是在十分钟之内，除了韩亮，其他人基本都进入了梦乡。确实，这几天的连续作战，让全组的人都疲惫不堪。

蒙眬中，我还在回味着刚才的电话。

电话是彬源市公安局分管刑侦的副局长赵关强打来的，语气充满了惊讶。彬源市和咱龙番市并不很远，所以天气状况也是非常相仿的。我们昨天夜里参加审讯、对传销窝点进行搜查，一直忙到了清晨。在清晨时分，龙番市开始下雨了。和龙番差不多，彬源市也在凌晨时分开始下雨了。

在彬源市郊区，有一块土地被政府征用，正在进行拆迁作业。拆迁场附近的工人在发现凌晨开始降雨之后，为了保护拆迁仪器，到拆迁场对大型设备进行遮盖雨布作业。另外一些比较沉重的小设备，为了不用拖回工人居住地，工人们便在拆迁场寻找可以挡风遮雨的地方。拆迁场的角落里，还矗立着一个电线杆子，电线杆的下面，放置着一个半人多高的类似变电箱的铁箱子。铁箱子的门是在外面用插销插上的，好在并没有上锁。于是工人们准备把小设备藏在变电箱里避雨。

可没想到，当工人们打开锈迹斑斑的门插销，拉开左右双开的铁门时，被吓得半死。这根本就不是什么变电箱，也没有变电设备，而是一个空荡荡的铁箱子，里面躺着一具皱巴巴、黄褐色的人的尸体。

被吓出了一身冷汗的工人们，赶紧拨打了报警电话。派出所民警抵达现场并确证了现场情况后，电话通知了刑警队，刑警队在天蒙蒙亮的时候赶到了现场。

此时，天降大雨，穿着警用雨衣的法医们深一脚浅一脚地走到了现场附近，只是看了一眼箱子里的尸体，大感惊讶，赶紧向省公安厅指挥中心进行了汇报。厅指挥中心一边向我处传达指令，一边要求赵局长直接和我联系。

连法医们都大感惊讶的情况是，在这大雨天里，居然发现了一具干尸。

如果说在新疆等地区看到干尸不稀奇的话，那么在我们这等长江中下游的地区看见干尸就是一件很稀罕的事情了。在我的印象里，除了在南江市公安局标本室里看见过一具干尸标本外，还真是没再见过了。

迷迷糊糊中，我脑海里飘出了干尸的模样，然后昏昏沉沉睡着了。

在大雨中，我们的勘查车翻过了泥泞的小路到达了事发的拆迁场。我们坐在勘查车里，透过雨刮器刮干净的玻璃，看到在拆迁场里有几十名警察穿着雨衣、胶鞋，正在进行外围搜索。

整个拆迁场，几乎全都是黄土的地面，此时经过大雨的冲刷，不仅仅泥泞难行，而且到处都是黄水横流。雨点剧烈地撞击在车顶，发出噼里啪啦的声响。我们顿时愣了，不知道怎么才能下车。

林涛心疼地看了看自己的鞋子说："老秦，你不是号称喜欢下雨天出现场吗？不是说凉快吗？我看这个现场，就是淹不死你，也得淋死你。"

"淋死怎么死？"我一边在车里找塑料鞋套，一边说，"没这种死法。"

突然，我们的车门被人从外面打开了，车外的雨声更大了，甚至近在咫尺都听不清对方说的话。

打开车门的是一个穿着警用雨衣的人，连体帽的帽檐压得低低的，雨水从帽檐的边沿滴落下来，遮住了此人的面貌。我低头仔细一看，原来是彬源市公安局的法医室主任陶俊。陶法医双手拎着两个大塑料袋，腋下还夹着一个黑包。

"秦科长、林科长。"陶法医把上半身探进车里说，"这是雨衣和胶鞋，你们换上吧。"

林涛像是遇见了救星，一把拿过塑料袋，换下自己心爱的皮鞋，说："老秦，能不能向师父汇报一下，给我们也配备一些雨天勘查的装备？"

我无奈地摇摇头，和大家一起穿好雨衣和胶鞋，走下车去。

车下原来比看到的情况更糟糕，现场的黄泥地很松散，我们不仅一步一滑，而且一步一陷。现场案发的那个铁箱子距离我们所在的警戒带边其实只有一百多米，但是我们却走了五六分钟才走到。

派出所民警不知道从哪里找来了大块的雨布，搭成了一个大帐篷，把铁箱子和铁箱子旁边的土地都给保护了起来。我们几个人钻进了帐篷，林涛首先趴在了地上，我知道他的职业习惯就是首先对现场地面进行观察。这样的泥巴地，是最容易留下立体足迹的。

"行了吧。"我一把把林涛拽了起来，指了指箱子里，说，"你看看那尸体，陈年旧案了。"

"哦。"林涛探头看了看尸体，又开始研究起铁箱的大门了。

尸体的身高应该不高，尸长只有一米五几。他呈现坐姿，靠在铁箱子的一侧。全身只穿了一条男式的内裤和一条男式大裤衩，没有鞋子。虽然尸体的毛发已经脱落了，尸体也高度萎缩了，但是还是能看得出，这是一具男尸。全身皮肤都呈灰褐色和黄褐色，像树皮一样干枯、萎缩，裹在尸体外面。整个尸体显得非常干枯瘦小，那尸体的大腿最粗的部分，大概只有正常人的手腕粗细。死者仰面朝天，下颌张开着，露出黑洞洞的口腔。既然是一个一米五几的男性，结合他的脚长以及隐约可辨的面容，死者是一个小孩子的可能性会比较大。

这个场景在电影《木乃伊》里经常看到。

“现场就是这么简单。”赵关强局长此时也钻进了帐篷，说，“这里在一个月前还是一个算是比较繁华的小镇。政府的征地令下来后，迅速发生了天翻地覆的变化。此时已经是一个残破的空场地了。”

“繁华？”林涛说，“你看，原来是繁华的，不可能藏尸啊，肯定是在一个月之内移动尸体到这里来的！地面还是要看啊。”

说完，林涛又趴在了地上。

我再次把林涛拽起来说：“你看看那尸体，尸体旁边的轮廓痕迹，显然是坐在铁箱子里存放了很久，才会留下那样的痕迹。”

尸体上覆盖了很多灰，尸体周围有一圈灰尘的轮廓。说明这具尸体放置在这里，保持坐姿已经有一段时间了，并不是一个月内移尸至此的状况。

“哦。”林涛又看了眼尸体，继续看铁箱门。

“我看过一个美剧，好像在医学院被福尔马林浸泡的尸体，就是这种干枯的黄褐色的样子。”程子砚躲在韩亮的身后说，“看起来挺吓人的。”

“巨人观、尸蜡化那么吓人、那么臭，你都不怕，这干尸你还怕？干尸没味道好吗？”大宝嬉笑道。

“那叫气味，不叫味道。”我戴上手套，捏了捏尸体的胳膊，说，“福尔马林泡的尸体标本和干尸是有区别的。这一具，确实是干尸。”

“嘿，好在是干尸，我最怕福尔马林泡的尸体了。”大宝说，“在医学院，我上解剖课最认真了，每次操作课都是我离尸体最近。现在吧，我的面部表情不丰富，都不太会笑，就是因为被福尔马林熏的。”

我和韩亮哈哈大笑起来，林涛、陈诗羽和程子砚则一脸蒙。

我突然感觉不妥，左右看看，还好没有围观群众能看到帐篷里，放心地解释说：“哦，大宝说了个冷笑话而已。福尔马林是可以固定软组织的液体，而且有挥发性。大宝，按你这么说，病理科的医生都不会笑喽？”

“干尸？我们以前是不是没见过？和尸体标本有什么区别吗？”程子砚很好学，对从来没有见到过的干尸虽然害怕，但还是很好奇。所以，她继续躲在韩亮的身后一边看一边问。

“尸体标本有福尔马林的气味，而且湿漉漉的。但是干尸则不同了，你看，这尸体全身严重脱水、干燥、萎缩才会成这样。”我顿了顿，继续科普道，“晚期尸体现象会分为毁坏型尸体现象和保存型尸体现象，我们最为常见的是毁坏型尸体现象，比如，尸体腐败到巨人观再到白骨化，又或是发霉的尸体，叫作霉尸。保存型尸体现象主要有四种，我们至少见过两种了，就是尸蜡化和泥炭鞣尸。”

“啊，泥炭鞣尸就是上次龙番市湿地公园的那个[①]。”程子砚怯生生地说。

我点点头说：“还有两种尸体现象比较少见，至少在我们长江中下游地区很少见，就是干尸和浸软。”

“在新疆那边干尸比较多见。”大宝说，“我们这里确实很少见，除非是埋尸体的土里有大量的硝酸盐什么的。对了，干尸又叫作木乃伊，埃及的木乃伊知道吧？就是通过人工手段来制作干尸。”

“之所以会去制作干尸，就是为了把尸体保存下来。”我说，“所以，干尸是保存型尸体现象。干尸的尸体，不仅可以保留下死者生前患有的一些疾病或者是受到的外伤，还能保存下尸体身上的一些特征，对寻找尸源有积极作用。”

---

① 见“法医秦明”系列第一卷第六季《偷窥者》。

“我记得，百度上对干尸形成的机理，是这样表述的。”韩亮插话道，“尸体因为水分迅速蒸发而不发生腐败，以干枯的状态保存下来。《洗冤集录》里好像把干尸称为什么‘白僵干瘁尸’。”

“我去，古籍你都背得下来。”我惊讶地说，“一般情况下，干尸是在通风、干燥和高温环境下形成的。有文献记载，当尸体所含水分减少百分之四十时，就可以抑制细菌的繁殖了；减少百分之五十以上，细菌的繁殖就会全部停止。如果细菌不再繁殖了，尸体就没有发生腐败的条件了。随着尸体水分的进一步丧失，就会变成干尸。”

“可是，我们这里的气候，也不可能那么干燥啊，空气湿度一直很高，难道关在铁箱子里就可以形成干尸了？”陈诗羽此时突然插话道，“而且、而且你看看外面，那么大的雨！”

“哎，对啊！”大宝突然叫道，“我们本来就很少看到干尸，这大雨天里怎么突然冒一具干尸出来了？真是奇了！”

我似乎已经习惯了大宝的粗心和一惊一乍，所以也没有搭理他。我弯腰钻进铁箱子里，观察铁箱子内部的情况。

这是一个半人多高的铁箱子，四周都是铁皮结构，大约有一个平方的大小。铁箱的外侧边角都已经掉漆生锈了，内侧则没有刷漆，到处都是黑洞洞的。铁箱子靠着一个废弃的电线杆放在地上，应该是有几年没有移动过了，箱体下缘陷入了泥土，如果再往下陷一些，可能就会阻碍铁门的开合了。铁箱子的正面是双扇对开的铁门，左侧铁门上有个搭扣，右侧铁门上有个锁环。把搭扣搭在锁环上，铁门就打不开了，而且还可以在锁环上上锁。不过我们通过了解，知道这扇铁门并没有上锁。

尸体靠在铁箱子的东侧壁，坐姿，双腿伸直顶住了西侧壁堆放的木炭。我把箱子内部西侧堆放的黑色物件拿起一根来仔细看了看，又闻了闻，确定那就是一摞木炭无疑。

我在箱子的各个壁用白手套蹭了一下，手套立即黏附上一层黑色的炭末。我又把尸体的腿往上抬了起来，看了看尸体腿部下侧面，果真也是乌黑的一片。

“干尸的形成不仅仅需要我刚才说的条件，而且需要时间。”我说，“在适宜的环境条件下，成人一般需要两到三个月的时间，才能形成全身干尸。”

“不过，形成干尸以后，尸体的外貌就保存了下来。”韩亮说，“所以，我们根本无法推断死者大概死亡的时间，也无法推算尸体到这里面的时间了。”

“我先来说一个故事吧。”我说，“你们知道吧，很多高僧圆寂之后，有可能会留下肉身。就是肉身千年不腐。这里说的肉身，其实就是干尸化。因为自然环境的不同，高僧圆寂以后，有的可以留下肉身，有的则不行。佛法上说，这是高僧大德圆寂之后所得的全身舍利。但法医们知道，符合自然条件而形成干尸，确实是需要一定概率的。圆寂的过程都一样，但只有少数高僧能留下肉身，就是机缘巧合而形成的。”

“圆寂之后，其实也有人工作用在里面。”韩亮说。

我点点头，说：“高僧在圆寂之前，会有几天不吃不喝，这就使得全身水分骤减，这是其一。其二是高僧在圆寂之后，会以坐姿放入一个大缸，大缸下面放置木炭、檀香。木炭是有较强吸水能力的，其实这就是人工作用所在。”

“那这个一模一样啊！”大宝说，“高僧来这里圆寂了？正好他没头发！”

“胡说什么？”我踢了大宝一脚，指了指尸体旁边箱底，说，“头发是脱落了而已，而且死者也并不是盘腿静坐啊。”

“老秦的意思是，这个环境，恰巧和高僧圆寂后的环境是一致的，那么就有一定概率形成干尸。”陈诗羽说。

我说：“对，但是我们这片地区，之所以很难留下高僧肉身，就是因为外界环境太潮湿了。即便晴了好几天，一场雨，就会让尸体体内的细菌继续活跃起来，开始让尸体腐败。我刚才说了，形成干尸是需要两到三个月的时间的。”

“不假。”陈诗羽说，“去年是大旱之年，绝对有两个月没下过一滴雨！”

“这就是我要表达的意思。”我说，“死者应该是去年夏天干旱的时候，被装进了这个箱子。因为长时间日照，加之铁箱导热，导致箱体内环境温度非常高，轻易地把尸体内的水分蒸发了出来。蒸发出来的水分没有来得及重新回到尸体里，就被一旁的这一摞木炭给吸收殆尽了，加速了尸体的水分丧失。时间一长，干尸状态就保留了下来。”

“这个分析很酷啊。”林涛一边检验着箱子门，一边说，“这样我们就划定了死者死亡的大概时间，是去年夏天。寻找尸源的范围就大大缩小了，找到尸源也就不是什么难事了。”

“现在，我还有一个问题。”我转向背后的赵局长，说，“你说过，去年这个区域是一个比较繁华的小镇，那么尸体为什么在这个箱子里放了一年，都没有人发现呢？”

## 2.

这个问题是在考赵局长，也是在考我。不过，我们两个暂时都没有想出好的答案。

“会不会是在别的地方形成了干尸，然后拆迁的时候移到这里来？”赵局长说。

我摇摇头，说：“很难再找到这么好的环境条件了。去年虽然大旱，但是我们也没有发现过一具干尸啊！而且，哪有等到拆迁再把尸体弄到这里？那不就是让警方发现吗？再看尸体周围的痕迹，肯定也是放在这里一年了。”

“可是，这里经常走人的话，就没人打开箱子看看？”赵局长说，“箱门又没有锁。”

“这个需要调查原住民。”我说。

“那，这个案子会不会是意外死亡呢？”赵局长心存侥幸地问道。

虽然箱子的外面搭了帐篷，但是因为箱子靠着电线杆，帐篷上有开孔，所以我也不敢轻易把尸体从箱子里搬出来，怕淋到雨。我重新钻进箱子里，查看死者的尸表状况。

因为干尸是保存型尸体现象，所以尸体的皮肤完整无缺地保存了下来。我查看了死者胸腹部和头部的皮肤，没有任何创口，也没有任何出血的痕迹。显然，他并不是被外界暴力导致的机械性损伤致死。我又看了尸体的口鼻腔，因为高度萎缩，黏膜干涸脱落，所以看不真切，但是似乎在口唇皮肤上有一些小的损伤。但我知道，这样程度的损伤，根本不可能导致死者窒息死亡。尸体的颈部皮肤干燥得凹凸不平，但是我用手套把皮肤捋平整后，也排除了他颈部受力的可能性。

至少从尸表上来看，并没有发现死者是被他人外力致死的依据。

我这么一说，赵局长的侥幸心理膨胀了起来，亲自戴上了手套，检查铁箱门的锁扣，说：“你们看，这种锁扣可能会出现问题。如果死者是个小孩子，再如果死者是自己不小心钻到了箱子里，然后因为作用力的巧合，导致了箱门的锁扣搭闭，这就等于是他自己把自己关进了箱子里。如果那样，木炭又不能吃，他就会饿死啊。”

“可是，他不会敲门呼救吗？”我说。

“万一他关起自己的时候是深夜，或者小孩子把自己关上了因为过度恐惧而不会呼救，是不是就能形成了呢？”赵局长问。

“那他的衣着？”我问。

赵局长说：“我们这里的农村小孩子，甚至农村汉子，夏天的时候，只穿一个大裤衩，光脚丫到处跑的现象还是存在的。”

我的心里隐约觉得这并不可能，但是一时也找不出好的理由来反驳赵局长，于是低头不语，静静思考。

还是林涛的一句话，把我从沉思当中叫醒。他说：“啊，我知道为什么这么久都没人发现尸体了。”

我赶紧蹲到林涛的身边，仔细听他讲解。

林涛把两扇铁门重新闭合，锁扣搭好，指着铁门正面，说：“你们能看到什么？”

大宝说：“门。”

“门上有什么？”林涛扑哧一声笑了出来。

“锁。”大宝说。

“再仔细看。”林涛拍了大宝的后脑勺一下。

我皱着眉头盯着箱门看了许久，说：“好像有字！”

“对！有字！”林涛兴奋地说，“能看出来什么字吗？”

铁箱门上，应该有三行字，每行四个字，一共十二个字。看起来，应该是黑色的记号笔写的，而且写上去有些日子了。经过日晒雨淋，记号笔褪色了，所以只能隐约看到轮廓。

“第一行最后一个字是‘箱’，第二行第一个字是‘有’，第三行最后一个字是‘近’。”我说，“这，是什么意思？”

“不要急。”林涛从勘查箱里拿出多波段光源和滤光眼镜，说，“记号笔里都有荧光剂，虽然已经褪色了，但是我们用这个激发荧光反应，有可能还原这些字的原形。”

说完，林涛开亮了多波段光源，戴上了眼镜，看了一会儿，说：“呵呵，我说吧。高压电箱，有电危险，请勿靠近。”

“不对啊。”我说，“这个箱子周围我都看了，黏附了大量的炭末，说明这个箱子本身的作用就是储存木炭的，而并不是高压电箱。”

林涛摘下眼镜，盯着我微笑着。

我拍了下脑袋，说：“哦，我大概是被大宝传染了。这些字是犯罪分子写的，把这个箱子伪装成高压电箱，放在电线杆下面。正因为伪装成了高压电箱，所以接近一年的时间里，附近的居民都老老实实地没有接触过这个箱子。因为在他们的潜意识里，这个箱子就是高压电箱。犯罪分子此举，就是为了延长案发的时间。”

“也就是说，有伪装行为，那么这肯定就是一起命案了。”陶法医说。

“是的，不出意外，这就是一起命案。”我说，“尸体运到殡仪馆进行检验，进一步确证死因和尸源线索。另外，恐怕需要排查这附近曾经经营木炭生意的人。”

赵局长点头说：“我知道你的意思，这个箱子里原来全是木炭，犯罪分子拿走了一部分木炭，把尸体装了进去。有机会接触到这个箱子的，自然最有可能就是经营木炭生意的人。而且这个箱子这么沉重，远抛近埋，把尸体藏在这里的，肯定是附近的人。放心吧，这个箱子这么特殊，我们在半天之内，一定把箱子的主人给找出来。”

“你们该尸检的去尸检，该抓人的去抓人吧。”林涛重新戴上了眼镜，说，“我得留下来，想办法把这些字用特殊刑事摄影的手法照下来，这些字被弄下来以后，拿到吴老大那里，就是可以证明犯罪的有力证据。”

吴老大是我们省厅刑警总队文件检验科的科长吴亢，之前的“清道夫”专案，就是因为吴科长通过文字上的一个细微发现，确定了犯罪分子从而破案的。

干尸的尸僵虽然早就缓解了，但是破坏他原来的姿势也不容易。因为肌肉干燥后的牵扯，我们费了半天劲，才把尸体从坐姿变成仰卧，然后放在了解剖台上。

“他们人呢？”我环顾左右，见只有大宝和韩法医，于是气喘吁吁地问道。

“小羽毛去抓人了。”大宝说，“程子砚好像很害怕干尸，在隔壁呢，韩亮在陪她。你说她一个见过那么多尸体的女警，咋就怕一具干尸呢？”

“每个人都有自己害怕的东西吧。”蟑螂在我的脑海里一闪而过，我说，

“不过最近韩亮和小程走得有点近啊。”

“嘿嘿嘿，老秦也开始八卦喽。”大宝叫道。

我做了个嘘声的手势，让大宝赶紧开始尸表检验。

在解剖室里灯光很好，所以可以更加清晰地观察尸表的状态，不过在良好的灯光之下，我们依旧没有发现尸体上有什么损伤。虽然我知道在这种尸体条件之下，想提取一些物证是很难的，但是我还是按照解剖提取物证的规范，提取了死者口腔、肛门、龟头的擦拭物，然后剪取了死者的指甲。

因为尸体严重变色，所以我们并没有发现死者指甲的异常。但是在剪指甲的时候，因为近距离观察，我才发现，死者的甲床颜色还是较周围组织要深。

“你说会不会有窒息征象？”我问。

大宝翻开死者的眼睑，说：“眼球萎缩了，结膜也都变色了，看不到出血点，口唇也看不出颜色了。所以不知道有没有窒息征象。”

“但是至少有一点可以肯定。”陶法医说，“他不是被捂压口鼻或者扼压颈部，或者压迫胸腹腔导致窒息的。”

“这个我赞同。”我说，“现场铁箱既不封闭，也不具备闷死的条件。看来我是想多了。”

“开始吧。”大宝亮出手术刀，看着我。

我点点头，大宝的刀就切了下去。

相比于医学院的尸体标本，干尸的皮肤要更加难切。虽然锋利，但是并不耐用的手术刀片，此时充分展现出了它的弱点。我们换了三次刀片，才把尸体的胸腹腔全部打开。因为死者的血液已经全部干涸，肌肉也都高度萎缩，所以我用剪刀剪下一块肋软骨，作为DNA检验的样本。

本身见过的干尸就很少，更别说解剖干尸了。不知道大宝和陶法医以前解剖过没有，反正我是没有。不过，和想象中一样，干尸的内脏虽然已经缺水萎缩了，但是其基本形态还都是完好的。这样的话，我们的解剖工作并不困难。

毕竟从尸表上没有发现可能的死因，所以我们把尸体的内脏分别取出来仔细检验。这样的尸体，组织细胞都已经干涸，是不具备进行组织病理学检验的。如果死者真的是疾病猝死，怕是我们也发现不了确切的依据，不能下确定的结论了，那么情况就比较麻烦了。

我最先打开的是死者的胃。胃内容物不多，但还是可以看到一些干涸的纤维。这说明死者并不是处于极度饥饿状态，就排除了赵局长之前说的孩子操作失误把自己关到箱子里的可能性了。

可是，他的死因究竟是什么呢？在我们检验完尸体的内脏之后，依旧没有答案，这让我焦躁不安。

大宝见没找出死因，也不浪费时间，开始锯尸体的耻骨联合。之前推断死者只是个孩子，那是根据身高、体态和残存面容进行推断的，自然不可信。只有对耻骨联合推断年龄，才能最终确证这个结果。

一个法医，若是连死者死因都找不出来的话，确实是一件很没有面子的事情。所以我没有放弃，继续检验死者的器官。

之前我曾怀疑死者有窒息征象，但是不怎么明确。但是看完了尸体的颅底，我发现死者的双侧颞骨岩部还真是有出血的迹象，这更加让我坚信死者是存在窒息征象的。既然怀疑是窒息，那么我的检验重点就在死者的肺脏上。死者的气管和支气管都已经被大宝打开了，并没有发现异物，也没有发现充血、瘀血后干燥下来的颜色加深的情况。尸体的肺脏看起来也没有什么异常。我想了想，继续用眼科剪沿着支气管往下剪，寄希望在细支气管里发现一些异物。

这不剪不知道，一剪还真的豁然开朗了。

死者双侧肺脏的细支气管里，果真有泥巴一样的异物。在干净整洁的解剖室里，是不可能对尸体造成污染的，那么死者的细支气管里的异物，一定就是导致他窒息死亡的原因。

我把细支气管里的异物小心地用镊子夹出来，摊平放在白纸之上观察，看不出来是什么东西。于是我摘了外层的手套，把异物拿到了隔壁的实验室，放在显微镜下观察。

我用镊子尖端不断地把异物摊平，显微镜的视野里逐渐开始清晰，一条条细小的纤维出现在视野中。这显然不是人体组织的成分，而是有纤维的软质异物。

“大宝，我们去市局刑科所，请微量物证检验部门的同事看一看。”我催促着正在处理耻骨联合的大宝。

“好了，好了，五分钟。”大宝说，“我大概粗略看一下，耻骨联合面沟和脊都非常明显，耻骨结节还没有形成。这果真是个十二三岁的小男孩啊。”

“有这个条件就够了。”我说，“一会儿打电话给小羽毛，让她传达给专案组。现在独生子女都是个宝，咱们知道了死者失踪的时间，以及大致的年龄。从报失踪的警情里，我们肯定很容易找出尸源的。现在我们需要知道死亡原因，快一点。”

大宝安排陶法医留下了，用高压锅把耻骨联合煮一下，这样能更精确地推断死者的年龄。不过在这一起案件中，我知道精确不精确其实并不重要。

我和大宝赶到了市局微量物证检验室，主任是一名姓祁的女孩子。祁主任其实和我们差不多年纪，但是因为长相显小，又活泼外向，所以让我们误认为她才二十几岁。

废话不多说，祁主任就用实物显微镜观察起异物的形态了。

“这种纤维，很显然，是纸啦。”祁主任一边看，一边说。

“纸？”这倒是很让我意外，我之前还考虑会不会是水草之类的纤维，考虑死者会不会是溺死的。

“还能看出什么吗？”我定定神，又问道。

“纤维细软，显然是卫生纸。”祁主任补充道。

“卫生纸在细支气管里？”大宝挠着脑袋说，“怎么进去的？这已经超出了我的智商能理解的范围了。”

“也超出了我的。”我说，“一般异物吸入性窒息，最多见的就是酒后胃内容物返流被吸入然后致死。但是吸进一团卫生纸的，这我还真是没法想象。”

“你们法医的知识我不懂。”祁主任说，“但是纸的微量物证检验，正是我硕士研究生三年所研究的课题方向。”

“也就是说，我们找对人了？”大宝问。

祁主任嘿嘿一笑，接着说：“不过很遗憾，我研究生三年，加上工作快十年，看过各种各样的卫生纸的细微结构。但，就是没有看到过这种样子的。”

“特殊不是坏事。”我说，“特殊就有辨识度，就有希望成为破案的线索。”

“你是说，又要让我去超市里找各种各样的卫生纸来给祁主任看了吗？”大宝哭丧着脸。

大宝是一个喜欢勘查现场、检验尸体的人，但是让他去做这一些外围搜寻线索的事情，则总是老大不愿意。

但是他不做，谁去做呢？我笑着朝大宝点了点头。

回到了专案组，我看见陈诗羽已经端坐在那里了。她满头大汗，微微笑着，我就知道他们已经把木炭经营户拘传到案了。

我走到专案组的电脑旁，插上U盘，先介绍解剖的情况。

“根据解剖情况，死者应该是一名十余岁的男孩，全身没有其他可以帮助寻找尸源的线索，但是孩子丢失，应该会很快报案。一个十余岁的男孩，有自己的辨识能力，常人无法把他带出很远的距离，所以在案发现场附近寻找去年三月至十月失踪的男孩，应该很快能寻找到尸源。寻找到尸源以后，必须仔细询问失踪的具体时间和情况。”我说，“死者的死亡时间和我们之前在现场推断的一致，去年三月至十月，死亡原因，是吸入性窒息。”

“吸入性窒息？”赵局长问，“吸入了什么？”

“卫生纸。”

“卫生纸？”赵局长说，“卫生纸怎么吸进去的？那还是不是案件？”

我笑了笑，说："根据现场的推断，应该是案件。至于为什么能吸进去卫生纸，我想，只有破案后才能知道了。不过，卫生纸的细微结构是有特殊性的，也就是说有辨识度。如果我们能找到同样的卫生纸，就可以划定范围，甚至作为之后的法庭证据。"

## 3.

通过尸检所获得的一些线索，虽然未知结果，但还是很振奋人心的。不过，这些刚刚被建立起来的破案信心，很快就被侦查部门对木炭经营主的外围调查和讯问情况所冲淡了。

"我有百分之百的把握，这个木炭经营主梁文不是作案人。"主办侦查员信誓旦旦地说，"通过外围调查，梁文确实在去年过完年时，也就是一月底，就已经离开我们彬源市，去广东省打工了。通过对他的讯问，他声称自己是因为木炭生意做不下去了，所以弃了自己的原住处和铁箱子。那个铁箱子，其实就是他的仓库。"

"有旁证可以证明吗？"我问。

主办侦查员坚定地点头，说："根据他的工友叙述，从去年开始，梁文就一直在一家建筑公司打工，因为他孤身一人，所以从来没有离开过。哦，离开过，就是一个月前，政府宣布拆迁征地令的时候，他回彬源市来，到区政府协商了拆迁补偿款的事宜。在彬源市住了一晚之后，坐高铁重新返回了广东。广东和我们那么远，要是来回，必须借助高铁和飞机。所以，我们也对购票信息进行了确认，梁文确实在这一年半的时间里，只回来了一次，就是一个月前回来的。"

"一个月前的话，就和我们推断的作案时间差距很大了。"我说，"而且，如果是在他离开彬源市之前作案的话，我记得去年过年附近天气还是很潮湿的，过年还下雨的对吧。那么尸体就应该直接腐败了，也不会有成为干尸的机会。”

“按照你们的调查证据，确实可以排除梁文的作案时间了。”赵局长说。

我想了想，点头说：“确实，不仅从作案时间上可以排除，从作案人动机上其实也可以排除。只是我们之前没有想明白，就贸然抓人了。既然犯罪分子在铁箱门上写字，其动意就是为了延长案发时间。而我们从讯问中得知，铁箱子其实是梁文的仓库。储存木炭的仓库，显然不可能放在室外日晒雨淋。那么，这个箱子原本应该是在室内的。”

“对，这个梁文也说了，箱子是在他那一间破旧的小房子里的。”侦查员说。

我接着说：“如果是梁文作案，没必要还把箱子挪出来，放在小房子里更安全、更容易延长案发时间，就不必在箱子上写字了。”

“那，其他人作案，也一样没必要把箱子挪出来啊。”赵局长问。

“这就说明犯罪分子对现场有认知，但是并不是非常熟悉。”我说，“他知道这里有一间废弃的小房子，但是并不知道房子的主人会在什么时候回来。所以为了安全起见，还是把铁箱子挪出去，伪装成变电箱最可靠。”

“好像只有这样解释了。”赵局长摊了摊手。

“除了小房子和铁箱子，梁文还有什么证词吗？”我问。

主办侦查员翻开笔记本看了看，说：“他是这样描述的。现场电线杆附近五百米处，就是他原来的祖宅，面积有三四十平方米，他平时住在那里，做木炭生意。现在木炭生意不好做，于是最终放弃了。去年过完年之后他就去了广东，一个月前回来过一次。原来的祖宅在他离开后就已经废弃了，因为家具家电都已经变卖了，所以没有上锁。铁箱子里还有小半箱木炭，开始考虑出手，后来出去打工了，因为麻烦就没管了。箱子也没有上锁，就放在小房子的一角。铁皮箱子很轻，加上木炭一共大约五十斤。原来箱子门上是没有写字的。另外，他是土生土长的彬源市人，但是性格内向，也没上过什么学，父母去世之后就没什么亲戚了，也没有娶妻生子。所以，在彬源市没有什么熟人，也不知道什么熟人知道他的住处和住处的情况。嗯，恐怕就这些了。”

“话虽不多，但信息量很大啊。”我微微一笑，想了一会儿，说，“他的房子不远，可以带我们去看看吗？毕竟犯罪分子从房子里挪出了柜子，说明作案地点很有可能就是房子里。”

“可是，那一片都拆完了。”侦查员一脸惋惜。

“去看看吧，哪怕是废墟，我们也要扒开废墟看看里面的杂物。”我说。

在木炭经营主梁文的带领下，我们重新回到了现场。这一次，我和林涛都事先穿上雨衣和胶鞋。车子在行驶到离拆迁场不远的地方，坐在副驾驶上的梁文就指着远处的一片还没有拆完的联排平房说：“看，我家就在那里，最旁边的那一栋。”

“还没有拆掉？”林涛激动得满脸通红。

车子开到开不进去的地方，我们几个人跳下车来。即便天已经停止了下雨，但是地面还是泥泞不堪。我们深一脚浅一脚地向小房屋跑去，任凭泥水溅起，弄脏了我们的衣服。因为，一辆大的推土机正缓缓地越过泥地，向小房屋驶去。巨大的推土铲，慢慢地向房屋墙壁靠近。我知道，一旦接触上，那弱不禁风的小房子会瞬间倒塌。

我们一边挥手，一边叫喊着向推土机跑去，好在推土机即将推倒小房子的时候，司机听见了我们的叫喊声，踩住了刹车。

我们几个人跑到小房子的木门旁边，弯下腰大口大口地喘气，看着对方满身泥点，还是忍不住笑了。真是无巧不成书，我们及时地保住了最关键的案发现场，而这个现场里，很有可能就有我们破案的捷径。

休息了一会儿，我们推开了尘封的木门。

摇摇欲坠的木门一打开，就扬起了一阵尘土，呛得我们直咳嗽。屋内果真不大，也没有什么摆设，甚至连屋顶中央的日光灯管都已经破碎了。地面上堆积了各种各样的生活垃圾，上面覆盖了大量的灰尘。我们想寻找到曾经放铁箱子的角落，但是地面条件实在是太差了，所以根本发现不了任何痕迹，只能根据梁文的描述大概知道一个位置。

大宝在逛超市的时候，远远地看见我们的警车，于是跟了过来。他说自己逛超市找卫生纸实在太无聊，又没有什么目标，还不如来和我们一起看看现场。

地面上的垃圾实在是太多了，于是我们找来扫把，把垃圾堆在一起，然后逐一看看垃圾里有没有什么特别的东西。这不扫不要紧，一扫还真的扫出来了惊喜。

我在清扫地面的时候，沾满灰尘的水泥地面上，突然出现了几个滴状的斑迹。我蹲下来仔细观察，虽然已经过了一年之久，但是依据我的经验来看，怎么看都像是从一米多高的位置滴落下来的滴落状血迹。

林涛见我有初步怀疑，于是用联苯胺实验[①]进行了一个快速检测，没想到滴落状痕迹当真是血迹。我们赶紧用棉签擦取了血迹，让韩亮先行送往彬源市公安局DNA实验室进行检测，然后和尸体上提取的肋软骨DNA进行比对。如果DNA真的可以认定同一，那么这个现场就可以确证是作案现场，那么这个现场里面的垃圾，可就真的有希望发挥破案作用了。

在联苯胺实验呈现出阳性结果的时候，我的疑惑也同时油然而生。尸体我们检查得非常细致，全身不可能存在任何开放性创口。既然没有开放性创口，血液会是从哪里来呢？是犯罪分子的血吗？如果是犯罪分子的血，那就等于我们获取了最直接的证据。但是，如果真的是死者的血，又该如何解释呢？仿佛是灵光一现，我的脑海里产生了一种想法。

“哟哟哟，这个好，这个好！”蹲在垃圾堆旁边大宝正在清理垃圾，突然叫了起来。

我的想法思路被大宝打断，赶紧跑到大宝身边，说：“什么？”

---

① 联苯胺实验，检验有无血的试探性试验，如翠蓝色则为阳性反应，系血痕。

“你看看这是什么？”大宝用镊子夹出一个抽纸袋。

“抽纸袋啊。”我说，“你咋知道这个抽纸袋，会和尸体里的卫生纸一致？”

“我也不知道啊。”大宝说，“但是这个抽纸是彬源市本地超市自己生产的抽纸，那么和我们平时在街面上见到的大众卫生纸肯定都不一样，既然祁科长说了卫生纸的纤维结构很特殊，那这种抽纸的可能性就很大啊。”

我想了想，觉得大宝说得很有道理，接着问：“垃圾里面都有什么？”

“有床单啊、啤酒瓶啊、塑料布啊什么的，都是基本的生活用品。”大宝说，“而且还有几盒卤菜都没有吃完，现在都已经发霉、变干巴了。”

“这显然不是梁文留下的。”我说，“说明真的有人把这里当成过‘据点’。那么，大宝说的可能性就进一步增加了。快，到这个超市找到这种抽纸，然后送祁科长那里检验！”

所有的检验结果在下午就全部出炉了。这时候我们才知道，去勘查小房子的决定有多么英明神武。

据说侦查部门对尸源的排查也基本完成，他们可能找到了几个疑似死者父母的人，然后采血进行亲缘鉴定。在亲缘鉴定结果还没有做出来之前，我们已经全部聚拢到了专案组，提前碰情况。

“通过对梁文小房子的勘查，我们找到了几滴血迹，经过DNA检验，确定是死者所留。所以，这个小房子应该就是本案的案发现场。”我说，“犯罪分子以这个小房子为据点，用某种方式导致死者死亡，然后装进铁皮箱，再把铁皮箱伪装成变电箱，搬到了电线杆的下面，这就是全部的作案过程。在现场，我们发现了一个抽纸袋，经过去超市取样，确定这个抽纸袋里的卫生纸纤维成分和死者细支气管里的纤维成分高度一致，这种抽纸就是导致死者吸入性窒息死亡的原因。鉴于这种抽纸是彬源市本地企业玲珑连锁超市自己生产的抽纸，所以，我们应该对玲珑超市在全市的五家门店进行排查，尤其是距离案发现场最近的一家玲珑超市是重点排查地点。虽然年代久远，但好在这个超市保存所有的监控录像，所以程子砚和韩亮已经协助市局图侦部门开始对所有的监控进行调取。但因为跨度时间长，工作难度较大，所以我认为，要等到尸源确定之后，确定了死者的失踪时间，然后按照失踪时间来寻找附近几天内到超市里购买这种抽纸的人。那样的话，人就不多了。”

“是的，一切工作都建立在尸源查找到的基础上。查到尸源，案件就破获了一半。”赵局长说。

我点点头，补充道：“另外，一个十二三岁的男孩，应该具有辨识能力，所以我分析凶手可能是熟人。所以在确认尸源之后，应该对死者父母的全部社会矛盾关系进行排查，进一步锁定目标。”

我的话刚说完，一名侦查员推开专案组的大门走了进来。还没见到人，倒是先听见了声音：“赵局长，尸源已经确定了，相关询问工作正在开展。”

“是不是绑架？”我急着问。

侦查员愣了一下，点头道：“好像是！”

死者叫作梁启发，男，十三岁，彬源市第四中学初一学生。去年四月十五日，晚上放学之后就没有回家。家长询问老师并查看学校监控后得知，梁启发是按时放学回家的。没心没肺的家长认为梁启发肯定是去同学家了，就没有在意，去朋友家打了一夜麻将。直到第二天一早，老师打来电话称梁启发没来上学，家长才急着去派出所报了警。因为失去了撒网寻找的最佳时期，派出所只有发动学校和亲属对学校周边方圆三公里的地界进行了寻找，未果。之后，这个失踪案件派出所一直在留意，但是梁启发一直活不见人，死不见尸。

“你怎么能确定这是一起绑架案件的？”赵局长问侦查员。

我打了个手势，表示我先来说。我说：“刚才我想明白了。死者的死因是卫生纸堵塞呼吸道。那么，卫生纸是怎么吸入细支气管的？尸体上没有损伤，死者的血又是哪里来的？”

“鼻出血！”大宝举着手叫道。

“这位同学答对了。”我笑着说，“把这两个疑问给联合起来看，答案好像就出来了。不知道什么原因梁启发的鼻子出血了，犯罪分子用卫生纸给他堵鼻孔。一般自己堵鼻孔的话，卫生纸团是不会插太深的，也不容易被吸入，所以应该是犯罪分子堵的鼻孔。此时可能出现了什么意外，导致梁启发把堵鼻孔的纸团吸入了呼吸道，导致吸入性窒息而死亡。这是犯罪分子始料未及的，所以想了一个其实并不保险的抛尸办法。”

“你是说，凶手导致人死亡，并不是有意的？”赵局长问。

我说：“一个初一的学生，凶手想弄死他的话，有一百种办法。这种办法显然具有极大的意外性质。”

“是这样的。”侦查员说，“经过调查发现，其实梁启发失踪当晚，就有一个固定电话拨打了梁启发父亲梁超的电话，但是因为梁超在打麻将没接到。第二天上午，在梁超观看学校视频的时候，又接到了这个电话。打电话的人就说了一句‘孩子在我手上，等我电话告诉你交款时间地点’，就挂了电话。当时梁超就报警了。警察秘密对固定电话周围进行了侦查，无果。而且，再也没有人打过电话来要钱。因为梁超的仇人很多，这些仇人肯定都在看热闹，所以梁超认为只是有人恶作剧罢了。这个固定电话其实距离案发现场只有两公里，可惜后期寻找的范围虽然覆盖了案发现场，但依旧没有人注意到这个伪装的变电箱。”

“你说梁超的仇人多？”我问。

侦查员点点头，说：“梁超是做小额贷款的，也就是民间比较多见的非法集资。后来倒闭了，欠了一屁股债。根据我们调查，至少有上百人在梁超那里都有债务。而且这上百人中，一半都是他的亲戚朋友。不过梁超债多不愁，有钱就花，当了个老赖。”

“既然是老赖，那么侦查范围就是那些债主了。”赵局长说，“杀人不是故意的，针对的又是弱小的孩子，还大多数是亲戚朋友，看来是那些债主的可能性最大。”

“有一百多号人，排查需要时间呢。”侦查员说。

“不用多少时间，下午就能破案。”是韩亮的声音。

韩亮走进了专案组，背后跟着捧着电脑的程子砚。韩亮做了个“请”的手势，让程子砚来和我们介绍他们图侦组的工作结果。

程子砚一如既往地用细细的声音说：“根据孩子四月十五日的这一情况，我们对前后三天的玲珑超市视频进行了分析研判。通过分析研判，我们锁定了一百零七张清晰的视频截图。这些截图都是事发三天在玲珑超市各个门店购买指定抽纸的人。刚才，我们到梁超家里，让梁超夫妇对这一百零七张截图进行了辨认，经过辨认，他们确定这个人和他有债务纠纷。”

程子砚在大屏幕上播放出一张中年男人的视频截图，显示时间是去年四月十五日晚八时十二分三十九秒。

## 4.

根据梁超的叙述，这一百零七人当中，只有这个叫作文化的人他认识。按亲戚算起来，文化应该是梁启发的表姨夫。通过图侦技术判断，文化这一次去超市，不仅购买了抽纸，还购买了啤酒、饼干等生活用品，和小房子现场的杂物有一定的吻合度。因此，文化浮出水面，成为重点嫌疑人。

但是，案发过去一年半了，现场和尸体上没有获取任何可以直接证明犯罪的证据，所以赵局长存在顾虑，仅凭借现有的证据，他不敢贸然下令抓人。一旦打草惊蛇，文化做好了心理准备，审讯不下来，这个案子就会烂尾了。

专案组再次沉寂了下来。

“表姨夫？梁超欠他多少钱？”韩亮问。

韩亮的一句话，继续开启了大家的思路。

“本金是二十万。”侦查员说，“至于利息嘛，时间有点长了，不好算。”

“二十万，不多嘛，犯得着杀人吗？”韩亮说。

“二十万还不多？我好几年工资好不好。”大宝说，“再说了，刚才你不在，老秦已经分析了，梁启发的死亡是意外，凶手也没想撕票。”

“为什么利息算不清？”我追问道。

“合同写得很复杂。”侦查员挠挠脑袋说，“我们走访的时候，看了他们当年手写的合同，我还拍了照。不过我数学不好，这条款我看不懂，你们看得懂就看看。”

“有手写的字？”林涛跳了起来，“有这么好的条件，为什么不早拿出来？”

我知道林涛的意思，让侦查员不要纠结合同里的条款了，而是把那张手写合同的照片传到了林涛的微信上，然后让林涛把照片传回省厅吴老大那里，进行分析。

“你确定这张合同是文化写的吗？”我问。

“梁超说，按照他的规矩，谁来集资，就自己抄写之前拟好的合同。”侦查员说，“梁超确认当年是文化自己来送钱的，所以合同应该是文化自己抄写的。”

“那就安静地等吴老大的消息。”我说。

“别安静，先让重案队派人去把文化给控起来。”赵局长说，“省得跑了。”

等待的时间过得最慢，我们坐在专案组里，看着天色慢慢暗了下来以后，吴老大的电话才打了过来。

林涛一脸严肃地接完电话，沮丧地说：“吴老大的检验结果出来了，根据现场铁箱上的字体和合同上的字体，排除了铁箱上的字是文化所写。”

“排除？会不会是伪装字迹？”赵局长连忙问道。

大家都是一脸沮丧，心凉了半截。

“不会。”林涛说，“文件检验就是干这个活儿的。在文件检验专家的眼里，再怎么伪装字迹，都是可以发现共同点的。吴老大是全国知名的文检专家，这个不会错的。”

“没事，我们有个问题忽略了。”我胸有成竹，说，“这个案子不可能是文化一个人作案。那个箱子虽然只有五十斤，但是体积大啊，一个人要移出五百米找电线杆子伪装变电箱，还是很难做到的。如果有两个人抬，就会好很多。再者，程子砚你们那边获取的文化的影像是十五日晚上，那个时候梁启发已经被控制了。如果是文化一个人作案，他是怎么可以脱身去买生活用品呢？”

“是了，箱子上面是另外一个人的笔迹。”赵局长说，“只要能确认笔迹，我们侦查部门再查出两人之间的联系，就可以证据确凿了。”

“从案犯心理上来看，另一个人很有可能是文化的近亲属或好朋友，可能从事和电工有关的工种。”我说，“侦查部门查到线索之后，不要打草惊蛇，先弄来这个人的笔迹。”

“吴老大今晚在办公室守着，你们一有结果，就传到省厅进行比对。”林涛说，“我们再不睡觉就会死的，所以等明天早晨你们的好消息。”

我早晨六点钟就接到了破案的电话，挂断了电话，又美美地睡了一个回笼觉。上午十点，我喊醒大伙儿打道回府。

“据文化交代，他是五年前在梁超那里放了一笔钱。”我说，“按照利息推断，到去年，梁超应该还他三十万。可是从前年开始，文化找梁超要钱，梁超就开始耍起了赖，要钱没有，要命一条。文化去法院起诉，判决了，可是执行未果。”

“恕我直言，对于民间债务纠纷，法院的执行力度真是弱得可怜。”大宝说。

我没接大宝的话头说：“恰巧这个时候，文化的父亲得了重病，他急于用钱。可是，无论他怎样软磨硬泡，梁超就一副嘴脸：‘你不是起诉我吗？现在有种别找我啊，去找法院啊。’被逼到无奈，文化只有动了歪主意。文化和他的弟弟文豪，彬源市的一个电工，两人先是到彬源四中附近看了地形，找到了梁文废弃在那里的小房子作为据点。毕竟文化是梁启发的表姨夫，所以文化很容易就把梁启发骗到了小房子里，进行了捆绑约束。”

“尸体干尸化的情况下，原来是看不出约束伤的啊。”大宝总结道。

我接着说：“在文化出去买生活用品、打电话的时候，因为文豪和梁启发并不相识，所以梁启发可能是因为害怕而开始喊叫。我们知道，那个时候，现场还是比较繁华的小镇。所以文豪赶紧捂压梁启发的口鼻腔，当然，也可能是殴打，但当事人不承认。这个动作导致了梁启发的鼻腔黏膜破损出血，文化回来后，对梁启发的鼻腔进行了堵塞止血。血止住以后，大家就相安无事了。因为当天晚上没有打通电话，所以三个人都熬了一个晚上没睡觉。十六号上午，文化继续跑出去打电话，而此时，梁启发的鼻腔又开始流血了。文豪没好气地给他堵上了双侧鼻孔。因为卫生纸塞得比较深，梁启发吃痛，开始喊叫。文豪无奈继续用手去捂压梁启发的口鼻。在挣扎当中，梁启发把纸团吸入了气管，导致吸入性窒息死亡了。文化回来以后就蒙了，他原来就是想用梁启发换回自己的钱，没想到事情惹了这么大，于是只有想办法藏尸，后面的事情大家都知道了。”

“文豪的笔迹和铁箱上的笔迹认定同一，两名犯罪嫌疑人对其犯下的罪行供认不讳。”林涛说。

“又破一案，好棒。”大宝鼓掌道，“可是这兄弟俩会以绑架罪判死刑吗？”

“不会吧？”程子砚说，“其实这两个人也是挺可怜的，被老赖逼得走投无路。”

“因为文化并没有具体实施勒索钱财的行为。”我说，“而且梁启发的死亡经过我们的判断，也是无意所为。所以，不应该判那么重吧。但非法拘禁和过失致人死亡是跑不了的了。”

“再值得同情，也不该对孩子下手。”陈诗羽愤愤地说，“老赖纵然可恨，但是老赖的孩子是无辜的！”

“这个案件的新闻报道出去，算是给所有的老赖和债主们都上了一课吧。”林涛说，“我们真的需要一个诚信的社会。只有诚信，才有和谐。”

我点了点头，说：“总之，不论有什么前因，心中都不要存恶念。因为任何因素都可以放大你所作的恶，甚至超出你的想象。”

“昨晚睡得超好，今天是不是要找点事情做做？”大宝兴奋地说。

林涛听大宝这么一说，一把把我的嘴巴给捂上了，说：“从现在开始，老秦禁言！”

我挣脱了林涛，笑着说：“知道啦！不说啦！但是今天不会闲着的。龙番市局的四起案件还没有头绪，今天下午是专案组约定碰头的时间。我们看看那十几组侦查员调查的结果怎么样，说不定能找得到线索呢？”

从第一起案件发生到现在，时间已经过去了一两个月了。在这气候交替、人困马乏的季节里，专案组百名刑警从来没有卸掉过压力。时间一长，大家的锐气严重受挫的同时，身体也都极度疲倦。有不少刑警因为长期熬夜，抵抗力下降而染病，但是因为警力匮乏，即便患病，依旧要撑在工作岗位上。

我们看到专案组成员们疲惫的表情，莫名地心疼。

就像是往常每周进行的专案例会一样，十几组侦查员的负责人依次介绍这一周侦查小组的侦查所得。

其实从走进专案组的时候，我就知道这一周并没有特别的收获。侦查员们还是按照之前的部署，一边调查几名死者之间的共同矛盾关系人，一边调查几名死者在失踪之前的行动轨迹。经过这一周的调查工作，活动轨迹能调查出来的都调查出来了，没调查出来的，估计再能查出来的可能性也就不大了。而共同矛盾关系人这一点，依旧没有任何结果。

我坐在会议室的角落里，听得昏昏欲睡。

第五组侦查员开始汇报：“我们组这周还是对耿灵灿失踪前的活动轨迹进行了调查。他在失踪前的几天，因为刚刚刑满释放，所以一直在寻找工作。

我们查来查去，各公司都称耿灵灿曾经来应聘过，但是并没有录用，所以也和他没有什么交情。”

我依旧是昏昏欲睡的状态。

“我们也拿着耿灵灿的照片，沿着他寻找工作所走的路线进行了走访。唯一可以说是和正常情况不太符的，也就是一个健身教练给我们说的情况。”侦查员接着说，“应该是耿灵灿失踪的当天，他在中强公司求职未果之后，途径龙番市中强写字楼下门面的一家小彩票站的时候，去买了一些彩票。从彩票站出来之后，这个健身教练就向他推销健身卡。因为耿灵灿的态度非常恶劣，所以这个健身教练对他有印象。据健身教练反映，耿灵灿在彩票站门口，曾经和一个衣着诡异的算命先生说过几句话，那个算命先生好像还给了耿灵灿什么东西。”

我猛地一下清醒了过来，急着问道：“那个算命先生是什么人？怎么会在彩票站门口？”

“这我们也详细问了。”侦查员说，“健身教练说，那个算命先生穿得很严实，看不清面孔和轮廓，不知道是什么人。至于算命先生什么时候坐在彩票站门口的，没有人注意过。我们问过彩票站老板，老板说从来没见过什么算命先生。我们守候在彩票站门口，询问了下班经过此地的群众，大部分表示没印象，也有几个人说好像见过算命先生。”

“街边的算命先生很正常吧，没依据证明他和此案有关啊。”林涛说。

我指了指韩亮，韩亮一脸肃穆，正在低头思考。

“你们都忘了吗？”我说，“韩亮当时遇险的时候，是怎么说的？说是遇见了一个‘高人’对吧？你们再问他一遍。”

“我大概知道是怎么回事了。”韩亮抬起头来说，“我遇险的前一天，也是遇见了一个算命先生。”

“遇见算命先生就遇险？”大宝惊讶道，“既然这么吻合，就不会只是巧合了。”

“不仅如此，我遇见的那个算命先生也是遮挡得很严实，连性别都看不清楚。现在想起来，说话也好像有伪装。”韩亮说，“而且去那个养鱼场，就是这个算命先生让我去的。”

“那就是了！”我拍了一下桌子，“这就是关键点！凶手是利用算命这个点，诱骗被害人到指定地点的。”

“而且韩亮当时去的地方，是一个黑鱼塘。”陈诗羽说，“是黑鱼——塘，不是黑——鱼塘。也就是说，塘里都是食肉的黑鱼。我猜，凶手是要把韩亮干掉，然后让黑鱼啃噬他的尸体。”

韩亮脸涨得通红，看得出他内心的挣扎。

大宝打了个寒战，说：“亮，他怎么骗你去的？”

韩亮没有说话，但是大家都在看着韩亮，等待着他的回答。韩亮想了想，顾盼左右，发现大家都在盯着他。他知道，这个线索可能就是破案的关键。但我也知道，此时的韩亮内心正在经历剧烈的挣扎和斗争。

过了许久，韩亮像是下定了决心，说：“这个算命先生说了很多算命的专业用语，我也听不懂。但是大概的意思是，因为我母亲的原因，我可能要渡一个劫。如果我非常思念母亲，可以在什么时候去什么地方，然后等待母亲的出现。”

我们都知道，韩亮指的是他很早以前就去世了的亲生母亲。

“这你也信？”大宝根本无法理解作为活百科的韩亮居然会迷信。

“我开始也不信。”韩亮说，“但他不仅知道我母亲的事情，而且知道我上次做的那件错事。现在想起来，他好像也就是知道一点皮毛，但是说得云里雾里的，把我绕进去了。我当时就坚信他能算到一切，而且他又不收钱，我觉得‘宁可信其有，不可信其无’吧，反正也没什么损失。”

“那你出事了以后，怎么也不怀疑？”我问。

“完全没有想到和算命先生有关。”韩亮说，“而且确实是车子的问题导致了我昏迷，我当时还后悔没有能见到呢。”

我皱眉想了想，对一大帮根本听不懂我们在说什么的侦查员说："来不及解释了，有很多条路可以走，但是我们必须要找最近的捷径。"

"好，你说。"赵其国副局长说。

"韩亮，在这个时候，我也就不考虑你的隐私了。"我说。

韩亮点了点头。

我接着说："韩亮做过一件错事，就是让一个女孩子怀孕了，而且没有选择和她在一起，最终女孩子流产了。因为这件事情，这个女孩子在一个微信公众号的下面进行了评论，发了长文控诉韩亮。如果我没有记错的话，在长文里，提到了韩亮母亲早逝，而且早逝原因还存疑。也就是说，这篇长文，可能就是犯罪分子锁定韩亮的原因。如果我没有猜错的话，这个微信公众号，也曾经报道过其他四名受害者所做的亏心事。"

"我查查。"程子砚拿出笔记本电脑。

"韩亮的事情非常隐秘，除了当事女子和韩亮知道，应该不会有其他人知道。"我说，"我们知道这件事情，是从一个微信公众号上得知的。而且，因为这种狗血的故事，其他媒体并没有兴趣，也就没有扩大化。我认为，能够泄露消息的，应该就是这个公众号和这篇长文。"

"查了后台，确实这个公众号曾经报道过四名死者以前做的亏心事。但是并没有直接指名道姓，而是客观报道的。"程子砚说。

"不需要指名道姓。"我说，"只要是有心之人，到事发地点附近去追问一下，就能问出四名死者的具体情况。然后用这件事情包装一下，加上算命的内容，来作为诱饵，把被害人骗去事发地点。"

"知道了，排查这个微信公众号所有的关注人。"一名侦查员说。

"关注人有十五万。"程子砚说。

侦查员吐了吐舌头。

赵局长说："有没有其他可以缩小范围的办法呢？"

我皱着眉头说："因为韩亮都不能确定算命先生的年龄、口音和特征，甚至性别都判断不了，那么唯一可以用于缩小范围的，就是算命这个身份本身了。”

“在十五万人中找算命先生？”侦查员问。

我摇摇头，说：“这人肯定不是算命先生，因为他刻意地在伪装自己。而且，十五万人要逐一排查其线下的真实身份，谈何容易？”

“你的意思是，线上的事情，线上办？”赵局长问。

我咬了咬牙，说：“不管错与对，就这么办了。我觉得可以查询这些关注人的线上账号有没有关注‘算命’这个关键词。如果他真的是假算命先生，又能说出那么多算命的专有名词，这就说明他肯定在网上学习过此类的知识。关注者加上算命关键词，现在只有这两个信息碰撞，结果会怎样，谁也不知道，但是可以一试。这个任务就交给程子砚了，你的大数据分析技术运用得最好，希望你明天可以给专案组反馈结果。”

# 第十案　血色教育

苦难超过了一定的程度，人们就会被某种邪恶的冷漠所征服。

——维克多·雨果

THE DOOMED

# 1.

“什么？五百多人？”我大吃了一惊，“现在的人对算命都这么感兴趣了？”

“不光是现在的人，中国几千年来，人们对算命都挺有热忱的好吧？”林涛说。

“如果是五百多人的话，范围虽然小了，但是破案的曙光我们还是看不到啊。”我说。

“有没有其他办法了？”程子砚合上笔记本电脑说。

“别急，别急，我想想。”我闭上眼睛，皱起眉头，用两个大拇指揉着自己的眉间。

案件的侦查情况，又逐一在我的脑海里翻滚。我已经真切地感觉到犯罪分子就要浮出水面，呈现在我们的面前了。可是，就是差那么一点点，我仍是没有抓住他的尾巴。

“实在不行，只有向赵局长汇报，调集警力逐一排查了。”大宝说，“我们以前有个案子排查了两千多人呢！这五百人算啥？你不要低估侦查部门的能力！”

“不是低估，是已经连续作战，兵困马乏了。”我说，“现在需要速战速决的办法。”

“那也不是我们刑事技术部门去解决的吧？”大宝说，“我们已经尽力了好吗！”

“不不不，还没有尽全力。”我突然想到一个问题说，“在昨天的专案会上，是不是有个侦查员提到算命先生给了耿灵灿一个什么东西？”

“有吗？”大宝说，“有的话，也就是顺嘴一提吧？”

“对于侦查情况，顺嘴一提的事情，通常是容易被忽略的线索。”我说，“韩亮，算命先生当时有没有给你什么东西？”

“没有。”韩亮说。

“没有？”我说，“不可能啊！我明明听见有侦查员这么说的。难道犯罪分子的作案手段在不停地变化？”

“肯定是有变化的。”林涛说，“连杀人的方式都不同。这个犯罪分子非常具备反侦查意识，不断变换作案手段，就是怕我们串并上案件。”

“可是我们还是串并上了。”大宝说。

“等等，韩亮，你还是把你遇见算命先生的经过再给我讲一讲。”我说。

韩亮想了想，说：“要说经过，因为我当时也没有过多注意，所以很多细节都模糊了。那一天不是我休假嘛，我就是和我爸又因为我妈的事情吵架了，心情非常烦躁，然后我就自己开车溜达。溜达完了，就开车回家。在我家附近的一块绿化带边，坐着一个衣衫褴褛的干巴老头，戴着宽檐帽，看不清楚脸，但是就坐在那里伸出胳膊。我当时不知道他是在拦我的车，还是在求助。”

“干巴老头？”我问，“你都说了看不清楚眉目，怎么知道是老头？”

“看穿着，就是那种感觉吧。”韩亮说，“而且后来说话的时候，就像是那种从嗓子里挤出声音一样，我猜他是不是喉咙得了什么病。”

“身体裸露部位，有没有看到他的皮肤状况？”我说，“声音并不能判断性别和年龄，但皮肤有的时候可以有指向。”

“那时候气候变化快，雨水多。”韩亮说，“我也不确定当天气温如何，但是这个人穿得很严实，戴了露五指的手套，裸露部位恐怕就是几根手指头的尖端了。我当时没注意他皮肤的状况。”

“你接着说。”我说。

“我怕是有人求助嘛，所以我就停车下来了，问他什么事。”韩亮说，“这人就总是指着我的后备厢，不说话，弄得我莫名其妙的。于是，我就打开后备厢看看。其实我的是新车，后备厢的勘查箱都拿下去了，什么也没有啊。然后这个老头就颤颤巍巍地站起来，走到我后备厢后面看着。看了半天，开始和我说话，就是用那种从喉咙里挤出来的声音说话，说得我云里雾里的。”

“都是用算命先生的那一套专业用语？”我说。

“对。”韩亮说，“反正就是听不太明白啊。但是从字里行间，我知道他是算命先生了嘛，就关起后备厢，准备赶他走。但是他突然说什么，我的后备厢里有什么不干净的东西，问我天黑的时候看不看后视镜。”

“天哪。”林涛堵起了耳朵。

我想了想，这个确实是鬼故事里经常吓唬人的桥段。曾经我刚工作的时候在殡仪馆解剖到夜里两点，因为我要提前回现场，就开了一辆车先走。还在解剖的师父，就吓唬我说，别看后视镜。我问为什么，师父说，这一段路黑，而且是在殡仪馆旁边，所以小心在后视镜里看到你的后座有人坐在那里。当时听得我心里毛毛的，师父就大笑说是吓唬我的。但我开车去现场的路上，始终是没看后视镜。从此以后，这经常是我吓唬他们的梗，没想到这个算命先生居然也用这招。

“这梗你很耳熟了吧？”我说，“你还会害怕？”

“没害怕，也没理他。”韩亮说，“可我正准备上车，那个算命先生突然来一句，你就不想知道是男孩还是女孩吗？”

“哦，他说的是那事。”陈诗羽淡淡地说。

韩亮点点头，说：“那段时间正好也是小羽毛不理我嘛，所以他这么一说，我也就想到微信曝光我的那件事情了。所以我就下来详细问他是什么意思。他就说，你不知道你有个孩子吗？你不知道孩子已经没了吗？我说我知道啊，那又怎么样？然后他就又是一大堆专用名词，大概意思就是说那个孩子是什么妖修炼成功，可以转世投胎了，结果就这样没了，所以钻进我的后备厢，伺机报复我。之所以我现在还没有事，是因为我母亲一直在压着他。”

“这你也信？”大宝捂着脸笑道。

“我觉得这个人肯定是跟踪我一段时间了。”韩亮说，“我开始也不信的，但是一来他说了一些我的近况，尤其是和父亲吵架的情况。二来他毕竟提到了我妈，所以我也不知道就怎么鬼迷心窍了。”

“这是高招。”我说，“如果韩亮在出事前不把这些事情告诉别人，就没人知道算命先生这回事。但是如果他告诉了别人，别人可能会真的相信是后备厢里的妖怪要了韩亮的命。”

“后来，我就问，你怎么知道我妈在保护我。”韩亮说，“那算命先生就说，他可以看得见，我妈一直没有进入轮回，一直在我身边。他这么一说，我就泪崩了。之后，基本上对这种谣言丝毫不具备抵抗力了，就追问他怎么才能见到我妈。算命先生就说在什么时间点，一个人，在什么地方，躺在车里什么的。说是因为这个时间、这个地方，妖怪会来找我麻烦，我妈就会出现。他让我躺在驾驶座上，半梦半醒之间的时候，注意看后视镜。然后，后面的事情你们就知道了。”

“我就想知道，你是不是真的看到了什么？”大宝笑着问。

韩亮摇摇头，说：“我往那个地点开车的时候，越开吧，头越晕，到了那地方，就觉得很困，甚至很恶心，想吐，然后就失去意识了。”

“看到没有，要不是我发现了你的车，及时赶了过去，你就已经被扔进黑鱼池子里去喂鱼了。”陈诗羽自豪地说，“看来，还真的是我把犯罪分子给吓走了啊。”

“救命之恩无以为报。”韩亮双手合十说。

“打住！”林涛跳到了韩亮的身前，隔开了陈诗羽。

“黑鱼也会咬人吗？”韩亮抖了抖身子。

“为什么感觉你描述的状态像是中毒的迹象？”我把话题重新拉了回来问，“你说的过程中，漏掉什么了没有？比如让你吃什么、喝什么，或者给你什么？”

“会不会是网上说的那种，拍一下就晕，就乖乖听话的那种？”程子砚说。

我摇摇头，说：“那都是谣言，都是被诈骗了以后，不好向家里人交代，所以说是什么‘拍花子’，拍一下肩膀，他说什么你就做什么了。其实，没有这种药。让人昏迷的药，必须是要经过某种途径进入人体后才能发挥药效的。”

“没有，真的没有，我又不像大宝那么好吃。”韩亮说，“但他往我后备厢里看的时候，好像双手在做什么动作，我没注意。他说什么后视镜什么的，吸引了我的注意力。”

“我小学的一个同学，特别调皮。”我说，“他经常去小摊贩那里偷玻璃弹球。怎么偷呢？就是戴着一个无指的手套，然后假装挑选弹球，趁老板不注意，把弹球从指尖塞进手套的掌部，神不知，鬼不觉。你说这个算命先生手上有动作，会不会是在你车里藏了什么？”

我和林涛对视了一眼，林涛说：“我当时对韩亮的车子进行了全面的拍照，你们看看。”

说完，林涛找来了照片，看着看着，我们发现了韩亮的后备厢中央，有一个绿色的物件。

“这是什么？”我问。

“不知道啊。”韩亮盯着屏幕。

“完蛋了，后来4S店是不是给你的车送了个车内清洗？那还能在吗？”大宝说。

我们几个人对视了一眼，向楼下车库跑去。

韩亮掀起后备厢门。毕竟是七座车，所以后备厢并不大。在韩亮掀起后备厢门的时候，后备厢是干干净净的。但是掀起后备厢垫，我就看见在垫子下面一角有一个绿色的东西。我下意识地从口袋里掏出手套戴上，把绿色的物件拿了起来。

“果真 4S 店是不会真的给你洗干净车的。”林涛说。

“这是你车里的吗？”我见这是一个绿色的小口袋，材质是无纺布的。

韩亮盯着绿色的无纺布小口袋看了半天，说：“虽是新车，但我印象中是没这个东西的。”

“这里什么都没有，所以不可能是新车带来的。”我说。

“什么都没有，那能说明什么问题？”大宝说。

“什么都没有，才能说明问题。”我说，“选用这种可以透气、透水的无纺布小口袋，自然是别有用心。我觉得，这可能就是凶手的投毒途径吧，送理化检验室进行检验吧！”

“果真是磷化铝！”理化实验室赵科长说，“开始从无纺布袋上残留的微量灰色粉末上看，我就感觉是磷化铝粉剂。”

“前面四名死者的现场，会不会都有这些东西，只是被我们勘查人员忽略了呢？”我问。

大宝点点头，说：“这种无纺布袋实在是太常见了。很多东西都用这种无纺布袋保护表面，甚至现在的鞋子的内袋都是无纺布袋。如果是可挥发的药剂，即便我们的勘查员在现场发现了无纺布袋，也会因为空空如也而被忽略掉。”

“第一个案子，苏诗死亡的现场有打斗，显然她没有磷化铝中毒。”我说，“之后的现场都有个通性，就是导致昏迷、死亡的现场，要么是车里，要么是小房子里，都是一个封闭的环境。而封闭的环境，是气体中毒必须具备的条件，这个我们怎么没有想到？犯罪分子从第一个案子中吸取教训，之后的案子手段升级，这也是常见的情况。”

“我已经安排市局勘查部门对另外三起案件现场的封闭环境进行复勘，并且对之前提取的物证进行清点。”林涛说，“我估计很快就能找出其他三个安放磷化铝的布袋。只可惜这些毫无特征的无纺布袋，完全没有办法去查它们的来源。”

“磷化铝？好像之前你说过这个东西。”韩亮说。

“对，之前有个一氧化碳中毒的案件中，我怀疑过是磷化氢中毒。”我说，“磷化氢中毒是比较常见的气体中毒的类型，大多数磷化氢中毒都是在收庄稼之后，为了杀虫而导致意外的人员中毒。但是这个无纺布袋就不简单了，显然不会是意外中毒了。”

“磷化铝遇见空气中的水，就会变成没有气味的磷化氢。”大宝说，“然后会造成恶心、呕吐、头晕甚至意识丧失、死亡。”

“可是，磷化氢中毒，我们是可以从死者的血液中检验出磷化氢成分的。”赵科长说，“但是你们之前的那几起案件中，死者的心血都送检了，并没有发现磷化氢成分啊。”

“如果量小的话，只会让人出现不适症状和意识丧失。但是，有可能因为在机体内含量小，而逃过普通的检验筛查。”我说，“因为几名死者，毕竟都不是因为中毒死亡的。中毒只是为杀人提供一个先决条件，更方便下手罢了。”

“让人意识丧失、失去抵抗力，又不让人死亡，还不让理化检验发现端倪，这个需要非常精确的用量计算吧。”韩亮显然有些后怕地说。

“要根据现场封闭空间的大小、中毒人员的体重来计算。”我说，“这活儿绝对不是一般人能做出来的。”

“是啊，即便是我来算，也未必有多少把握能算得准。”赵科长说，“这犯罪分子绝对是化学学科和毒理学科的高手。”

“不仅仅如此，他还具备能接触到磷化铝的条件。”我说，“如果这样的话，这人不仅仅有化学的学历基础，而且还应该有化工生产企业的工作背景。另外，一个需要先让人失去抵抗力再进行加害的动作，只能说明这个人控制力弱，但思维缜密。我们之前破过类似的案件，一般这种对自己的控制力极为不自信的人，甚至在和苏诗这样没有多少抵抗力的弱女子打斗中都占不到便宜的人，很有可能是女人。”

“女人？”韩亮叫了一声，但随即停下来想了想，说，“还别说，真有可能就是女人。”

“为什么？”大宝问。

韩亮说：“我认识的女人多，有经验。现在回头想想看，那人穿着一件宽衫，其实就是为了隐藏胸部的凸起。虽然她故意伪装自己的声音，但是发声的气流依旧细弱。”

“在我们之前通过微信排查的五百人之中，寻找女性、有化学学历基础和化工企业工作背景的人。”我说，“估计很快，凶手就要浮出水面了。”

“我去传达信息，并且协助市局进行信息排查和研判。”程子砚合起笔记本电脑，兴奋地说。

## 2.

专案组大屏幕上，平行排列着三张户籍照片。

“这是我们根据秦科长所说的，从我们前期筛选出来的五百名嫌疑人中，筛选其职业信息后得出的三个重点嫌疑对象。”程子砚站在大屏幕前，显得还有一些羞涩，“第一张照片的这个男人。”

“应该是女人吧。”我说，“之前我们分析过的，所以这个可以 pass 了。”

“哎呦呦，不得了了，要上天了，还夹英语了。”大宝说，“你四级过了吗？”

我白了大宝一眼，说：“我坚信，凶手一定是个女人。”

程子砚点点头，用激光笔指向下一张照片，说：“我们也就是确保万无一失，所以信息碰撞的时候容差了性别。第二位，叫作古灵，女，三十四岁。这人是龙番市某国营化工企业的营销总监。据说是国外某大学海归的博士，是外地人，独自在龙番工作、生活。”

我看了看屏幕上一个略显年轻的女性证件照，很是清秀柔弱的知识分子模样。

程子砚接着介绍："第三个人，叫作万清灵。"

大宝说："我还以为叫清开灵。"

我嫌大宝话太多，瞪了他一眼，点头示意程子砚继续。

程子砚说："这人三十岁，本科学历，目前在龙番市一个农药销售商店做店员。曾经因为容留卖淫被打击处理过，也因为吸毒被强制戒毒过。"

"农药？"陈诗羽用征求意见的眼光看着我。

我解释道："磷化铝是杀虫剂，有一些农药销售渠道是有机会接触的。"

程子砚接着说："万清灵有几个兄弟姐妹，但是因为万清灵污点比较多，所以家里的人也不愿意和她多接触。她的工作不繁忙，也经常请假。"

"上述两人的具体行踪，正在调查吗？"我压抑着心里的激动。

"有前科劣迹，可能心狠手辣。"胡科长说，"这个万清灵，是不是应该成为我们的头号嫌疑对象了？"

"那，这两个人，现在开始控制了吗？"我问赵局长。

赵局长点点头，说："两组精锐力量已经开始开展外围工作了，另外两组人负责跟踪控制。我现在正在等他们的反馈。"

话音刚落，赵其国副局长的两部手机同时响了起来。他把其中一部递给身边的主办侦查员，两个人同时眉头紧皱地开始听起了电话。

许久，两人几乎同时挂断了电话。

主办侦查员说："第一组人说，古灵的外围调查目前没有进展。这人是市政府招贤的时候，从外地招录进来的。对于她的家庭背景等情况，需要外地同行帮助协查。目前，协查报告已经发出了，需要等待反馈。控制组的反馈是，两天前，因为该企业需要拓展上海的市场，派古灵前往上海的公司办事处指导营销计划的制定。现在控制组正在寻找她的踪迹。"

"呵呵，还真是巧了。"赵局长说，"我接到的二组报告，是万清灵于昨天开始没有去店里上班，到现在处于失联状态。”

“那不就是这个万清灵了吗？”陈诗羽站起身来说，“说吧，怎么找她？”

“不过。”赵局长挥挥手，让陈诗羽先坐下来，说，“据店主说，万清灵这个人行踪不定，上班也心不在焉。这种突然不来上班，失联几天的情况还是比较多见的。”

“以前的失踪，肯定是去骗那些受害人了。”陈诗羽说，“这次失联说不准是通过某种渠道知道我们抓住了她的尾巴！”

“当然，不排除这种可能。”赵局长指了指大屏幕，说，“我让两组人通过微信传过来两个人的生活照片，韩亮你可以认出那个算命先生是哪一个吗？”

韩亮凝视了大屏幕许久，摇了摇头。

确实，虽然近看可以看出两个女人的外貌存在巨大的差距，但是远远地看生活照上的身形，还真是有一些相似。而且韩亮和凶手交谈的时候，凶手进行了精心的伪装，所以也难怪韩亮完全认不出来。

“事到如今，既然两人都不在家。”我说，“我申请，分两组，立即同时对两人的住处进行秘密搜查。最好是在她们回家之前，搞清楚我们找的人究竟是谁。”

“好，我去和检察机关协调。”赵局长说，“你们可以立即开展工作。”

“我去万清灵家！”大宝举手说道。

我把大宝举起的手臂按了下来，说：“我去吧，你和小羽毛、韩亮去古灵家。”

秘密搜查这种事，我们已经不是第一次做了。所以我们在万清灵家楼道里布置了两名放风的侦查员之后，就直奔万清灵家的大门。

古灵住的是出租屋，所以侦查员们直接从房东那里找钥匙了。而我们组的搜查对象，是自居房的万清灵，所以只有依靠林涛的技术开锁了。

万清灵家所在地是一片破旧的小区，小区房屋的门锁都是旧式的挂锁，这种锁对林涛来说毫无难度。可能只用了一分钟，挂锁就应声而开了。

我们穿上鞋套，小心翼翼地走进了现场，两名侦查员持枪打前阵，防止有意外情况发生。

万清灵显然是一个人居住，这个一室一厅的小房子里，堆放了许许多多的物品，这让我们一时不知道从何处下手。我的脑海里不断地翻滚着过去的四起案件，以及韩亮遇险事件的点点滴滴。我希望可以在这个小房子里找到匕首、血衣、锤头或者是无纺布袋，抑或是找到可以伪装外貌的奇怪衣着或帽子、手套，又或是找到比较显眼的男性衣物用品，说不定是属于被害人的。再者，我知道在这个小屋子里寻找到的所有可疑斑迹，都要进行血液预实验。

可能古灵那边的现场存在同样的问题，所以我在戴上手套之前，先给大宝发了一条短信，告诉他搜查的要点，然后揣起手机，戴上手套，开始帮助万清灵“整理房间”。

房间里的杂物太多，不过有侦查员在门外放哨，所以我们也不着急，而是一件一件地清理着现场。

虽然我知道这个犯罪分子有着缜密的思维、超强的反侦察能力，基本不可能在自己家里留下证据，但是那颗不到黄河不死的心还是支撑我们工作了三个多小时。

希望越来越渺茫，最终，我们完全心灰意冷。在我们即将结束工作的时候，我接到了大宝的电话。

“这个古灵家里好干净啊，而且除了最基本的生活用品，一件多余的物件都没有。”大宝的背景音很嘈杂，我知道他已经从现场出来了，他说，“按照你的要点，我们查了一整遍，虽然房子的面积不小，但是东西少啊，绝对没有可疑之处。”

这个结果，和我最终猜想的差不多，我们貌似又断掉了一条破案的捷径。看来，下一步还是要对两名犯罪嫌疑人进行寻找、控制以及外围调查。这不是一件轻松的工作，但在没有捷径可走的情况下，也只有用这种“笨”

办法了。

“还有，这个古灵估计胆子不小啊。”大宝接着说，“一个人租了个两室一厅，她自己住一个房间，另一个房间居然做了一个灵堂。我就想不明白了，一个人和一张遗照待在一个屋子里，不恐怖吗？”

“灵堂？”我已经平息下去的激情瞬间又被调动了起来，“什么人的灵堂？”

“不知道，一个小伙子，大概是她儿子吧。”大宝喘着粗气，可能是在爬坡。

“她才三十四岁，多大的小伙子？就是她儿子了？”我叫道。

“哦，那不对，这小伙子看起来二十多了。”大宝说，“那我就不知道了，弟弟？长得挺帅。”

“古灵有弟弟吗？”我转头问门口的侦查员。

“不知道。”侦查员说，“我听说这个古灵是海归的博士，是政府招揽人才招过来的，也是外地人，家庭情况不清楚，我们有一组人已经去她老家进行调查了。”

“也就是说需要时间对吗？”我有些着急。

侦查员摊了摊手。

“大宝，你们现在离开了吗？”我说，“现在你们赶紧回去，我马上过去看看。”

在我不断地催促下，我们很快抵达了古灵家出租屋的楼下。这是一个看起来挺不错的小区，虽然有一些年头了，但是物业管理看起来不错，维护得还可以。大宝正在小区门口等着我们，见我们来了，立即带我们到某一栋二楼的古灵家。

因为我的过度反应，引起了侦查员的警觉。此时，房东已经被民警叫到了出租屋门口，问着情况。但看起来，房东对这个房客的情况一无所知。

我对房屋内的灵堂非常好奇，所以迫不及待地穿上勘查装备，走到了里屋。

虽然家具、装修都已经很陈旧了，但这果真是一间收拾得非常干净整洁的房间，而且是面积不小的两居室，估计有一百二十平方米。主卧室的装修很有时代感，复杂的电视墙看起来像是在二十几年前流行的模样，主卧室非常大，但房间摆设简单。从整齐摆放的日用品来看，古灵好像并没有逃离的迹象。次卧室则小了许多，只有十几平方米的样子，可正如大宝所说，这就是一个灵堂。

灵堂是刻意做了遮光处理，唯一的一扇窗户被拉上了遮光窗帘。即便是阳光明媚的大白天，关上房门，这间房间里也是伸手不见五指的。我用勘查箱支撑住房间的木门，保证房间里是有光线的，然后细细地端详起这个诡异的灵堂来。

其实这个灵堂并不复杂，除了房门对面摆着的一个长条案几，没有任何摆设和装饰。案几上放着一个黑框的遗像。遗像上是一个眉目清秀的年轻男孩，二十三四岁的样子，留着短短的板寸。男孩穿着淡蓝色的制服，露出无比阳光的笑容，一口洁白的牙齿分外醒目。

我走到遗像的前面，用戴着白手套的手蹭了蹭镜框的表面和周围，果真是一尘不染。看来，古灵是非常频繁地擦拭着这个镜框。我的手指所到处，正是镜框里男孩的胸口，那是一枚徽章，一枚线条简单的徽章。简单的线条构成了一只威武的猎豹，跃然于胸口，闪闪发亮。

我转头看着身后的韩亮，说："知道他穿的是什么制服吗？"

韩亮凑过身来，蹙眉看了看，说："我没记错的话，应该是有好几个省都有的救援队，叫迅豹救援队。企业化管理，连锁经营。不少次天灾人祸的事件里，他们都发挥过作用。"

"我好像知道是怎么回事了。"我低头沉思了一会儿，说，"可以撤回对万清灵的调查了，专心调查古灵。调查重点是这个男孩，以及和这个男孩死亡有关的一切人和事。还有，当务之急是不惜一切代价找到古灵。"

侦查员看了看我，有些不放心地说："那好，我去请示赵局长。"

“可是找到她又有什么用啊？”大宝说，“我们好像没有任何证据可以拘她吧？再说了，你神秘兮兮的，究竟是怎么一回事啊？”

“自己想。”我没回答大宝，因为我发现了一个挺有意思的小物件。

遗像的前面，放着一个铜制的香炉，香炉很小巧，炉壁雕龙画凤，做工精致，看上去价格不菲。我左右看看，香炉附近没有看见香。而且，以大宝这个“人形警犬”的特质，如果这个密闭的空间里曾经焚过香的话，他一定可以发现。

如果不是用来焚香的话，放个香炉在这里，只是个摆设吗？

我整理了一下手套，小心翼翼地把香炉拿了起来。香炉的里面还真的有三分之二容量的香灰。我正准备用手指去翻动香灰，突然发现香灰的上面似乎有一层黑色的灰烬。这些灰烬不多，没有遮盖住下层灰色的香灰，所以在灰色的香灰之上，比较显眼。

我赶紧从勘查箱里拿出放大镜，然后用手指尖黏附了一点点黑色的灰烬，在放大镜下仔细观察。

身边几个人可能看到我有所发现，纷纷屏息观察。

观察完，我又仔细回顾了一下过去的四起案件，心里突然如明镜一般。

“大宝不是要证据吗？”我微笑着说，“这就是证据。”

“别扯了，香炉算什么狗屁证据啊。”大宝说。

我没理大宝，从勘查箱里拿出一卷保鲜膜。这是在我们提取物证的时候，为了防止物证流失，用来包裹物证的工具。我用保鲜膜小心地把香炉包裹好，然后放进了物证袋。

“现在我们需要一至两天的时间来进行检验鉴定。”我对侦查员说，“在这段时间里，搞清楚古灵的家庭关系，寻找到古灵，问题不大吧？”

“应该没问题。”侦查员点头道。

“你说啥？”DNA 室的郑大姐一脸惊愕，“在这么多乱七八糟的香灰里面找毛囊？你不是开玩笑吧？我哪有这个本事啊？”

“我相信你！郑大姐！”我微笑着说，“这案子已经死了四个了，连韩亮都差点儿嗝屁。能不能把凶手送上法庭，就只有靠您这一锤子买卖了！”

“可是……可是这怎么找啊？”郑大姐说，“都是灰，筛都没法筛。”

“您看，我把它送这儿来，是进行了完美保护，里面的灰都不会移动一点。”我说，“您的各种高端大气上档次的显微镜，该有用武之地了！”

“别油嘴滑舌的。”郑大姐扑哧一笑，说，“这可老费事了，而且你就给我两天。如果，我全实验室的人要是都压你这案子上，倒是能完成，但是靠谱吗？你要是分析不准，浪费了我们实验室一两天的宝贵时间，你的罪过就大了！”

其实我的心里也没底，但是到了这种时候，我也只有厚着脸皮来搏一把了。我说：“你看，我们在尸检的时候，发现四名死者都有头发缺损的情况出现。如果说第一起苏诗被害案，是搏斗中无意为之的话，那么后面三起案件的被害人都是在昏迷状态下被施加侵害的，那么他们缺头发又怎么解释？而且，并不是剪断、割断的，都是直愣愣薅下来的！又不是羊毛，你说这凶手薅人家头发干吗？”

“干吗？”大宝抢在郑大姐之前问道。

我笑了笑，说：“开始我心里也不确定是不是真的有薅头发的行为，但是看到这个香炉我就确信了。”

我用手指比画了一下，指清楚香炉里香灰中间的黑色，说：“你们说，什么香燃烧以后会是黑色的灰烬？”

“假香。”大宝说。

我拍了大宝的后脑勺一下说：“你快闭嘴吧！其实所有的香燃烧之后都是灰色的香灰，所以这黑色的灰烬肯定不是焚香留下的，而且现场也没有焚香的气味。和之前的尸检情况一联系，我就想明白了。凶手薅下死者的一缕头发作为信物，在遗像面前焚烧。”

“信物？”林涛抱着胳膊、摸着下巴，说，“你是说，凶手是在进行某种仪式？或者是用头发来祭奠遗像里的那个小伙子？”

“对！”我说，“应该是这样！黑色的灰烬是头发燃尽后的灰烬。我们都知道，头发很易燃，受热之后会迅速焚毁。但正是因为易燃，燃烧过程短，所以也会在两端出现燃烧不尽的情况。毛囊就在其中一端。”

“而且凶手是薅的头发，不是剪断头发，说明每根头发的一端都会有毛囊，可以进行 DNA 检验。”大宝说，“头发查不出 DNA，只有头发的毛囊可以。”

“总算说对一次。”我笑着说，“凶手应该焚毁了三缕头发，我觉得总会有没焚烧干净的毛囊。如果在古灵的家里找到死者的 DNA，就是证明她犯罪的铁证。”

“所以你就让我在一大堆灰里，找肉眼都看不清楚的毛囊？”郑大姐无奈地摇头。

“你要是真能找出来，我以后叫你郑阿姨！”我坏笑着说。

“你才是阿姨，你全家都是阿姨。”郑大姐拿起香炉，转身向实验室里走去，丢下了一句话，“争取在后天上午告诉你们结果。”

郑大姐真的接了这个看似不可能完成的活儿，我的心里松下一口气。我看了看办公楼的外面，天色已黑，我们勘查组的几个人都饥肠辘辘。我正准备带领大家去大排档胡吃海塞一顿的时候，我的电话应景地响了。

## 3.

“总得吃完再走吧！”大宝一脸可怜地望向还有五百米就能抵达的大排档。

“打包了路上吃吧。”我说，“云泰好久没大案了，这一发就是两人死亡而且丝毫没有头绪的案子，确实该是我们省厅出勘的案子。”

“有的吃就好，有的吃就好。”大宝舔了舔嘴唇。

“可是，在系列专案就要侦破的当口之上，调我们离开，我有些心急啊。”林涛说。

“郑大姐那边要到后天才能出结果。”我说，“侦查那边也还在积极寻找和调查古灵，我们其实也帮不上什么忙。如果真的心急，咱们好好加油，辛苦点，明天就争取破案，这样就两边都不耽误了！”

一路上，大家伙儿都没说话，纷纷在车里埋头苦吃。整整一车厢的食物味道，让韩亮只能干着急。

在韩亮停下车开始胡吃海塞的时候，我们已经“水足饭饱”地踏进现场的警戒线了。

我们的老熟人黄支队已经在现场的大门外等我们了。

案件的起因是 110 指挥中心接到了一个小孩子的报警，声称他的家里进来了一个歹徒，并且正在客厅里和他的父母发生激烈的打斗，而他把自己反锁在了小房间里。在报上他家的具体住址之后，孩子就挂断了电话。因为有几年前灭门惨案的教训，110 指挥中心直接调拨附近三个中队的特警，五分钟之内就包围了涉事小区，对所有进出人员进行排查，同时指挥刑警支队侦查、技术人员立即赶赴现场。

特警的铁桶阵并没有把犯罪分子给直接找出来，倒是技术人员抵达现场之后，还没进现场，就确证了案件。

涉事房屋位于五楼，五楼阳台的下水管边沿悬挂着一滴液体。技术人员抵达现场的时候，正是傍晚时分。夕阳如血，照射着的那滴液体也泛着红光。

那是一滴血。

侦查人员破门而入后，发现两名主人在客厅与阳台的交界处俯卧，气若游丝，神志已经丧失，随后，赶到的 120 医护人员对两人进行了抢救，但抢救无效，两人还是死亡了。侦查人员破门后，发现现场次卧室的大门紧闭，反复敲门后，发现次卧室里的正是用自己手机报警的小男孩。小男孩叫李岩，十五岁，云泰二中初中三年级学生。可能是他还不知道自己的父母已经双亡，所以神情除了慌张，倒没有过多的恐惧。在特警的保护之下，李岩被送往附近的刑警队接受询问和保护。

此时已经是夜里，为了不妨碍附近居民的休息，现场虽然有数十名警察，但是大家都自觉地不发出声音，尽量不让勘查灯光照射到别人家的窗户。

我们穿上了勘查装备，沿着勘查踏板走到了客厅的尽头、阳台的门口。两具尸体都仰卧在那里，据说是120赶来之后翻转的，之前两具尸体都是俯卧位。

两具尸体的上半身都是严重血染的，流出了大量的血泊聚集在尸体的周围。因为阳台的地面有坡度，所以血液向位置低的排水管口流去，有少量的血液沿着排水管滴向了楼下。为了给楼下的居民减少心理负担，民警用棉花堵住了排水管口。

“我们对尸体进行尸温测量的时候，是下午六点半。”高法医拿着尸体温度计说，“当时是三十六点五摄氏度。也就是说，是刚死亡半小时左右。120确实是在六点钟抵达现场，并很快宣布两人死亡的，小孩儿报警是五点四十分。”

“120来的时候，死者还有生命体征。”黄支队补充道，“所以死亡时间在这个案子上没有作用了。从报警电话可以明确是五点四十分作案，但是凶手作案后，当事人没有立即死亡，凶手就逃离了。”

“现场也没有任何翻动，看起来应该是明确的因仇杀人。”大宝说，“从血迹看，被害人从大门口开门的时候就遭到了攻击，并且有抵抗和后退的过程，在这个过程中，被害人受伤了，所以有向阳台方向的滴落血迹。”

“无威逼，见面就动刀，不管杀没杀掉就撤。”我说，“因仇的迹象确实很明显，但应该不是熟人。”

“不是熟人的仇杀？”黄支队皱着眉头说，“这两个人都是中学教师，难道是孩子家长吗？”

“或者是雇凶。”我说，“不管怎么样，当务之急，一是调查两人的社会矛盾关系，二是看看能不能从孩子口里问出一些什么。比如，凶手在行凶的时候，有没有说什么话，又或是两名死者有没有喊出什么？”

黄支队点点头，拿出手机安排工作。

林涛俯身蹲在勘查踏板上，用足迹灯照射地面。对于痕迹检验专业来说，晚上勘查现场，更有利于发现和提取物证。因为在周围光线较暗的情况下，用足迹灯可以更清晰地发现足迹。

“有什么吗？”我问。

林涛点点头，说：“有不少信息呢！不过我需要一点时间来发现、提取和整理一下。”

“好的。”我说。

说完，我拿起身后的勘查踏板，放到身前，然后以此类推，慢慢地挪步到了现场的各个区间。现场的卫生间和厨房显然没有异常情况，厨房里放着一些新鲜蔬菜和肉，有水珠附着，应该是从冰箱里刚刚取出准备做饭的状态。主卧室也没有血迹或者翻动的迹象。我把主卧室的床头柜、电视柜打开，柜子里的物品没有沾染血迹，也没有翻动的迹象。床头柜里有两张存折，夹着约两千元现金。存折的一旁，还有一些女式金首饰以及一块男式手表，都安然无恙。两名被害人的手机都放在电视柜旁充电，没有被人拿走。因为两人的手机都上了屏幕锁，所以也没能看到里面的情况。

次卧室因为被孩子反锁了房门，更是毫无异常可言。

我走到次卧室写字桌边，晃动鼠标，让电脑显示屏亮了起来。电脑处于黑屏待机的状态，电脑桌面上也没有打开任何程序。我顺手把写字桌的抽屉、衣柜等打开，里面的物件有一点杂乱，但都是孩子的一些日常学习、生活用品。孩子的手机放在写字桌上，屏保没有上锁，界面是显示拨打 110 挂断后的情况。

我环顾了一周，发现这个位于五楼的三居室各个窗户都被防盗窗保护了起来，就连封闭式阳台的外面也都有不锈钢防盗窗的包围。这些防盗窗都是完好无损的，所以犯罪分子的唯一出入口就是房屋的大门。

林涛在进门之后就对门锁、门把手进行了勘查。据他说，门锁是完好的，没有任何撬压的痕迹。门内侧的把手上，可以看到一些潜血手套印。从门口就可以看到有一些滴落的血迹往阳台门处移动，可以推断出凶手确实是敲门入室并行凶，然后从大门开门离开的。

搞清楚了凶手的出入口，程子砚便和云泰市局图侦部门的同事去现场周边开始寻找、登记摄像头并拷贝影像去了。

我们一大帮人在现场踩着踏板，只会给痕迹检验部门的人员增加麻烦。所以我在简单浏览完现场之后，和一干人等赶赴殡仪馆，对尸体进行解剖检验。

在云泰市公安局法医学尸体解剖室里，两间解剖间里正在同时进行两台解剖工作。

为了填补当地的空缺，法医出身的黄支队亲自穿上了解剖服，和我一起对男主人李亭厢的尸体进行解剖检验。

解剖的同时，我也偶尔去隔壁解剖间“串场子”，及时了解大宝和高法医那边对女主人丁华尸体的解剖检验情况。

李亭厢和丁华今年都是四十二周岁，是云泰二中高中部的老师。因为现在时处七月，初中、高中都刚刚开始放暑假，所以事发当天，一家三口都没有出门。

事发当时应该是李亭厢去开的门，因为他的双手都有严重的抵抗伤。他双侧上臂的贯通创就有十余处，还有一些切划痕迹。毕竟是赤手空拳，面对手持利刃的凶手，虽然李亭厢进行了激烈的抵抗，但最终还是因为过度疼痛和体力不支，而被凶手找到了破绽。

除了抵抗伤外，李亭厢尸体的胸前有四处创口，后背有一处创口。

法医的尸体检验工作，最惧怕的就是尸体上的损伤过多、过于复杂。因为在尸体解剖检验之前，法医需要对尸表所有的损伤进行测量、拍照、记录。如果损伤过多，就会在尸表检验工作上耗费大量的时间。

隔壁丁华尸体上的损伤则要少很多，所以在隔壁宣布开始动刀的时候，我们还在为李亭厢右臂上哪两个创口是贯通创而争执不休。

因为尸体前臂的直径有限，所以损伤通常不能完整还原凶器的特征，即便是这样，我们还是希望可以通过这些密集损伤的方向、程度，来发现一些线索。不过在李亭厢的上臂损伤上，我们没有做出推断。

搞清楚李亭厢上臂损伤之后，其躯干部位的损伤就要简单明了多了。死者的胸前有三处刺创，两处因为顶住了肋骨，所以只是深达皮下，而另一处，则从肋骨间隙进入了胸腔。从创口周围的“镶边样[①]”挫伤上分析，这一刀应该是把整个刀刃没入了胸腔，因为匕首柄部前端的护手作用在死者的衣物上，压迫了皮肤，才形成创口周围的环状挫伤。

这种损伤对法医来说很有意义，因为通过对创道的测量，可以准确地还原出匕首刀刃的长度。如果确定这样的损伤是“刺创”，而不是“刺切创”，则可以完全地还原出匕首的大致形状。

“知道这一处损伤为什么是刺创而不是刺切创吗？”黄支队把尸体皮肤上的创口并拢，问身后的实习生。

“刺创是一个垂直的动作，而刺切创是先刺进去，再沿着刀刃的方向切，所以是两个动作。”一名女实习生对答如流，“刺创的创口笔直，不会有转折；而刺切创是两个动作，不可能完全位于同一条线上，所以创口会有转折角度。刺创说明了匕首的横截面形态，而刺切创则不能反映出匕首的刃宽。”

黄支队满意地点点头，指着放在一旁的尸体衣物，说：“死者的衣服在那边，刚才我和秦科长看了，上面对应部位都有创口。衣服上的创口，因为

---

① “镶边样”挫伤，带有棱边的钝器打击在头部，导致头皮形成的挫裂创创口周边会有整齐的头皮挫伤，就像是在伤口周围“镶边”，故称之为镶边样挫伤带。

更加清晰，所以我们更加能肯定是刺创。你们也去看看。”

趁着实习生去看衣服的时候，黄支队和我合力把尸体翻转过来，观察其后背部的创口。

“那这一处呢？”黄支队把后背部创口周围的皮肤并拢，问实习生。

“这也是刺创。”实习生说，“只是这一处刺创比胸前的刺创要短很多，应该是不深。”

这个实习生学习成绩不错，而且也会融会贯通。我用探针从后背的创口探查进去，创口已经进了胸腔，而且貌似很深。我的心里咯噔一下，一时没想明白怎么回事。

为了节约时间，黄支队让实习生开颅进行常规检查，而我们则打开了死者的胸腹腔。死者的肺脏、心包、心脏和主动脉都有破口，虽然现场有大量的血迹，但是死者的胸腔之内还有不少剩余的积血。

我们小心地把尸体胸腔内的积血给舀了出来，足足舀出来了五百毫升。在清理完胸腔积血之后，我们更能看清楚死者胸腔内的创道了。

我一边用探针去探查创道，把皮肤、皮下、肌肉和脏器上的创口用探针连起来，一边说：“胸口的这一刀，从腋前线七八肋骨间隙进入了胸腔，刺破了左侧肺脏，最终抵达心包。刀尖刺破心包，并且在左心室上造成了一个长约两毫米的创口。如果这样的话，创道长度为十六厘米。凶手的凶器，长度为十六厘米，刀刃最宽的部位为七厘米。”

我一边说，一名实习生就在尸体检验笔录上把刀的形状给画了出来。

“这刀不长，但是很宽啊。”实习生说，“是那种比较矮壮的大匕首。”

实习生这么一说，我的眉头紧皱，我接着说：“死者后背的这一处创口，从右侧肩胛内侧肋骨间隙进入胸腔，刺破右侧肺脏、纵隔，最终导致了主动脉根部的五毫米破裂。这样看起来，这把凶器，长度至少也是，嗯，十六厘米，但是背部的创口长度也就三厘米，说明这把刀在刀刃十六厘米长度的时候，也就三厘米宽。”

实习生又在笔录上画出了一把匕首的模样，和之前的匕首形状完全不一样。

“那，怎么会是两把刀？”实习生惊愕地说。

“我刚才尸表检验用探针探查的时候，就感觉到不对劲了。”我说，“可没有想到，这不对劲得有些厉害啊！”

这一发现，让大家都陷入了沉思。

黄支队也没想明白，于是说：“那死者的死因究竟是什么？”

我说：“这两处损伤，都可以导致死者死亡了。胸口那一刀，心尖破裂，肯定是会导致心包填塞或者失血而死亡的。背后那一刀，破了主动脉，也会导致失血死亡。所以这两刀可以作为死者死亡的联合死因。一刀就死，两刀死得快一些吧。”

说完，我像是想起了什么似的，赶紧脱下手套跑到了隔壁的解剖室。对于丁华的尸体解剖，因为抵抗伤少，所以进度一直远远超过我们。但是等我再过去的时候，发现他们的进度和我们一样了，尸体的胸腹腔被打开着，没有缝合。高法医正在用探针探查死者胸腔的创口，而大宝扶着解剖床在苦思冥想。

“遇到什么问题了？”我走上前去问道。

“不对啊，死者胸口两刀，后背一刀。”大宝说，“可是我们推断了一下致伤工具，胸口这两刀都是由一把不长的宽匕首捅的，而后背那一刀，却是由一把很长的窄匕首捅的。这显然是两把工具啊，可是我记得黄支队说，那个孩子报警的时候，说是有一个人闯进了他们家。”

“确实，一个人双持两把工具的可能性不大。”我说，“究竟是不是一个人，还得看林涛那边的现场勘查情况。”

“双持？你魔兽世界玩多了。”高法医一边摆弄着探针，一边说，“难道你们那边的情况，和我们这边一致？”

我点点头，说：“不仅工具具备强烈的巧合，而且那多出来的工具损伤，都在背部。你们还记得 120 和初步到现场核查情况民警的话吗？两名死者，都是俯卧位。”

## 4.

“也就是说，凶手先是用一把大匕首去杀人，然后等两人失去抵抗能力的时候，又用一把小匕首去补刀？”新上任的云泰市公安局分管刑侦的局长黄从清说，“这是一种什么心态？”

“我们最先考虑的是双持。”我说，“一个凶手拿两把凶器的案件虽然很少见，但并不是没有。但是我们在发现这个问题之后，又对李亭厢双臂的抵抗伤进行了研究。两把凶器的差别不仅是刃长宽比不一致，而且矮壮的那把刀刃很厚，另一把瘦长的匕首要薄很多。所以，我们有理由相信，李亭厢双臂的所有抵抗伤，都是由矮壮的那把刀形成的，没有由瘦长的匕首形成的痕迹。如果是双持，怎么可能在初期搏斗的时候，只用一把刀呢？”

“对，不合理。”黄局长说。

我接着说：“然后，我们怀疑是凶手先后使用不同的刀。但是你们想一想，凶手持第一把刀进入现场，对两名受害人进行了侵害，等受害人失去抵抗能力之后，凶手收起第一把刀，从口袋摸出第二把刀来进一步加害。这，是不是更不合理了？”

“是。”黄局长点着头、皱着眉思考着。

“所以，只剩下一种可能了，那就是作案人是两个人。”我说，“第一个人用刀和被害人进行了搏斗，让被害人失去抵抗。这时候，第二个人出现，对两名死者进行了补刀。”

“不可能。”林涛举了举手，说，“我们在现场一共提取到十一枚较为完整的血足迹，另外还有四十几枚残缺的血足迹。过去的三个小时里，我们对现场所有的血足迹进行了分析。这么多血足迹，都不属于两名被害人。这说明两名被害人在抵抗后很迅速地就中刀被制服，没有再爬起来过。完整的血足迹和部分残缺血足迹，都来自一个身高大约一米七五的男性，是普通的运动鞋印。经过排除，可以确定这个足迹就是犯罪分子的足迹。”

“你说的是‘部分’，”我说，“剩下的呢？”

林涛说：“剩下的残缺血足迹有很多种，我们都取了照片。经过比对，我们确定，剩余的血足迹全部来源于初期进入现场核实情况的民警、120的医护人员，还有死者的儿子李岩。换句话说，除了这些正常进入现场的人员，只有一个嫌疑足迹。也就是说，凶手只有一个人。我敢肯定，在满是鲜血的现场，一旦进入，必然会留下足迹。除非他是飘着的。”

说完，林涛自己打了个寒战。

“我也可以印证林科长的观点。”程子砚看了一眼林涛，俏脸一红，说，“我们对现场周边进行了搜寻，发现这栋楼第一单元的一楼住户把自己家的房子改成了一个小超市，并且在小超市的门口安装了私人监控。非常巧合的是，虽然监控并不能完整地拍摄现场楼道的情况，但是监控范围的一角，正好可以拍摄到楼道口。即使看不清进出人员的详细体态面貌，但是至少可以看清楚人数。在案发时间点附近，又恰巧只有一个人进入楼道，十分钟后，跑步离开。你们之前现场勘查工作肯定的是，凶手是从正门进出的，所以，不出意外，这个人一定就是犯罪分子，就他一个人。”

“具备视频追踪的条件吗？”我问程子砚。

程子砚点点头，说：“这个工作正在做。”

我放下心来，继续思考，说：“我记得黄支队之前说，核实情况的民警进入现场之后，发现李岩还把自己锁在房间里，那么，他又是怎么留下血足迹的？”

“这个问题我也注意到了。”林涛说，“我专门去了刑警二中队看了李岩，他的鞋底还真是有血迹。但是在刑警和他之前的聊天中，他说过，自己在听见大门重新被关闭之后，曾悄悄开门出去过，他还触摸了父母，发现都不喘气了，所以吓坏了，又赶紧把自己锁了起来，直到警察过来。这也是一个十几岁小孩的正常反应。”

“你不是吧？一个十几岁的初中生你都要怀疑？而且死者还是他父母！”

陈诗羽注意到了我的言外之意。

“我不管对象是什么人，只要是证据指向，我就必须怀疑。”我也坦诚地承认了自己这种很可怕的想法，“非正常进入现场的，只有一个人。而通过法医学角度来看，应该有两个人作案才符合证据指向。那么，正常进入现场的人员中，警察和医生都是随机接受指令的，不可能是因仇杀人的嫌疑人，那么，只剩下李岩了。”

“见过小孩子杀祖父祖母的，但还真没见过弑父弑母的。”黄局长说，“毕竟在中国这种传统家庭观的教育里，这种现象还是极罕见的。就没有其他可以解释的可能了吗？”

我摇了摇头。

“可是，非正常进入现场进行搏斗的这个犯罪分子是谁？”大宝说，“开始不是怀疑是学生家长等和死者不熟悉的人吗？”

“我之前还说了一种可能性。”我说，“雇凶。”

“不可能，我不信。”陈诗羽说，“他还不到十五周岁。”

“查一下李岩手机通讯记录和QQ、微信等社交软件的聊天记录。”我说。

“查了，没有异常。”侦查员说。

“我说吧，根本不可能！”陈诗羽说。

“有没有可能有其他的社交软件，被他使用过后删除了？”我说，“可以到网络运营公司的后台去查吗？”

“好，我们去办。”侦查员说。

“你这也太吹毛求疵了吧？”陈诗羽说，“你一心怀疑一个十五岁的小孩，会让真的犯罪分子逍遥法外的。”

陈诗羽非常单纯，这种匪夷所思的设想，肯定是触及了她忍受的底线。所以，我也理解她的反应过度。我思考了一会儿，希望可以找出更加充分的理由去说服她。思考的过程中，我瞥见了程子砚正在操作电脑，于是灵机一动。

我问程子砚："小程，你们的监控显示，凶手进出现场的时间具体是什么时候？"

程子砚看了看屏幕，皱起眉头，说："这个时间不对，估计是超市老板从买回来就没有调整过。我需要校正一下。"

我点点头，耐心地等待着程子砚校正监控的时间。

过了大约十分钟，程子砚说："我算出来了。嫌疑人进入现场楼道的时间是下午五点零一分十三秒。离开楼道的时间是五点十七分二十一秒。"

"确定吗？准确吗？"我的眉毛扬了起来。

"确定！准确！"程子砚说。

我转向黄支队，说："可以确证一下李岩拨打 110 报警电话的具体时间吗？"

黄支队已经意识到我的思路了，早已提前翻阅到了时间，微笑着说："下午五点三十九分二十秒，通话时长二十一秒。"

"也就是说，李岩是在嫌疑人离开楼道之后二十二分钟才报的警。而且报警的时候，却在说有一个人闯进了他家里，正在行凶。"我微笑着问陈诗羽，"你觉得这正常吗？"

陈诗羽一时语塞。

"这个解释很合理。"黄局长说，"怪不得我心里一直在打鼓。在接到报警电话之后的五分钟，我三个中队的特警就包围了现场，逐一排查，居然还是让嫌疑人给跑了。现场是五楼，报警的时候说是正在打斗。凶手可以在五分钟之内杀完人，然后逃离楼道、逃离那么大的小区？我一直都想不明白。现在终于明白了，原来报警人是在凶手彻底逃离之后，才报的警。"

"就像老秦说的那样，现在所有的线索都指向了李岩。"大宝说，"可是，这一切都是根据我们的勘查检验结果分析推理出来的，并没有直接证据可以证明李岩犯罪啊。"

"十二点了。"我抬腕看了看表，说，"睡一觉，明天光线好的时候再复勘现场。哦，对了，黄支队，你们单位有狗吗？”

第二天一早，我们就整队出发赶往现场进行复勘。

“你说你要什么狗啊？”大宝一脸畏惧地说，“他们云泰还没狗，还要找青乡市公安局去借，你说我们去勘查勘查就好了，还要这么折腾人干吗？”

我知道大宝是被上次那条差点儿就动嘴咬他的搜爆犬吓着了，现在还心有余悸。我哈哈一笑，说：“怎么是折腾人，论搜寻，虽然你是‘人形警犬’，但你还是得被那些真正的警犬给甩掉几条街。放心吧，这次咱们要的是血迹追踪犬，不是那条搜爆犬。所以啦，你和它是有共同语言的。”

大宝没听出我在揶揄他，心里算是踏实了一些。

我们赶到现场的时候，恰巧看见青乡市公安局警犬大队的训导员正牵着一条穿着警犬马甲的史宾格在上楼。大宝一见它，立即想亲热地去打声招呼。可没想到，史宾格见到大宝，立即龇起了牙，还发出呜呜的声音。

这一下，吓得大宝一把抱住我，说：“你不是说是那条有共同语言的吗？”

训导员扑哧一声就乐了，说：“宝哥，这就是那条有共同语言的呀。不过，你天天玩人家耳朵，人家也不乐意了啊。”

我甩开大宝，说：“你能不能别动不动就上来一个熊抱？汉子一点儿行不？”

大宝不好意思地整理了一下衣角，拍了一下训导员的后脑勺，说：“你小子！入警队的时候还是我带着你玩，现在开始用狗来吓唬我。真是的，这小东西看起来那么萌，龇着牙倒是有点吓人。”

我知道大宝以前在青乡市公安局工作了好几年，人事关系都很熟，估计在熟人面前丢了面子又得说上半天。于是，我无奈地摇摇头，率先进入了现场，和训导员说完了案情，然后说：“案件就是这样。既然李岩有作案嫌疑，那么那一把细长的匕首必然就是他自己所有。李岩事发后没有离开，又直接被特警带走，所以，要么被他从窗口扔出了家，要么就藏在了他的房间里。外围现场已经被我们刑事技术的同事搜索过了，如果有匕首，早就发现了。”

“也就是说，那把凶器一定就在他的房间了。”训导员领悟道。

我点了点头。

训导员牵着史宾格，走到了客厅的血泊旁，指着血泊说：“大宝，嗅。”

“嗨！我就知道你小子没安好心！给你的狗起名叫大宝？怪不得上次你都不敢喊它！这次露馅了吧？”大宝就要往前蹿，被我一把拦住。

我说：“别打扰它工作。”

“你个小子，看我怎么收拾你。”大宝赶紧收声，小声地嘀咕着。

史宾格嗅完了客厅的血迹，被训导员带进了李岩的卧室。训导员指了指房间，对史宾格说：“搜！”

史宾格像闪电一样蹿了出去，沿着房间的地板仔细地嗅着。嗅着嗅着，它在李岩的写字桌底下坐了下来。

“不对，不对，写字桌我都查过了，没刀。”大宝自信地说。

训导员又试着发了两遍指令，史宾格连续两次都在写字桌下面坐了下来。训导员看着我，犹豫地说：“按理说，不会错。”

我盯着坐在木地板上吐着舌头的史宾格，想了想，说：“我知道了！”

我俯身跪在地板上，在史宾格刚才坐下的地方敲击着。木地板随着我指节的撞击，发出砰砰砰的声音。

“你地道战看多了吧？”大宝在一边说，“这是五楼！不会有暗格的！而且木地板下面都是地笼，都是空的，你能敲出来个啥？”

随着我指节的撞击，我突然发现一块木地板随着撞击抖了一抖。我微微一笑，从勘查箱里拿出骨凿，沿着地板边缘轻轻一撬，这一块长条形的木地板就应声而起了。

木地板被掀起，露出了下面的地笼。地笼的格子里，居然放着一个铁盒子。

“我去！真有！太牛了这个！”大宝说。

我以为大宝在夸我，炫耀式地一笑。

大宝接着说：“这小狗真的得甩我两条街。”

铁盒被我小心翼翼地取出，打开铁盒，映入眼帘的，是几百块钱人民币，十几个游戏币，还有一把带血的匕首。

我激动得手有些抖，看来我们要比预期更快地破案了。我把匕首拿了出来，示意林涛过来进行联苯胺实验。经过实验，确证这把匕首上真的有血迹。

“我马上提取刀柄的指纹，然后送DNA实验室进行血迹DNA检验。”林涛说，“这是铁的证据啊！不过，这剧情也太可怕了！”

我们发现了关键证据，情绪异常高涨，这起案件又是通过法医技术找到了破案的捷径。我转身宣布收队，却又看见大宝蹲在地上玩史宾格的耳朵。这条史宾格显然是被大宝的执着击溃了，彻底放弃了反抗。它无奈地趴在地上，眯着眼睛，任由大宝把它的耳朵掀起、放下、掀起、放下。

午饭时，在铁的证据面前，李岩终于承认了自己的罪行。同时，另一名犯罪嫌疑人也在龙番市火车站被抓获归案。

起因很简单，就是李岩担心自己的期末成绩。

按照李岩的交代，从小到大他都是在高压下成长的。在李岩看来，在他父母的眼中，他的成绩比他的生命更重要。每一次考试，成绩略有下降，他就会重重地被打。所以，在他十五年的人生中，有接近十年都是在恐惧下生活的。

每次考完试，李岩都会整夜整夜地睡不着觉，担心自己的成绩。有的时候，他自认为成绩还不错的时候，回去照样会因为没有达到父母心中的期待而被打。

日复一日，年复一年，李岩曾经想过自杀，可是他转念一想，与其自己死，不如让父母去死好了。

近期，因为李岩迷上了游戏街机，自知期末考试成绩肯定一塌糊涂。他知道，只有在成绩单下发之前，才能如此逍遥快活。几天之后，成绩下发之时，就是他遭厄运之日。

可能就是在这几天里，他脑中那些隐隐的邪恶之念，开始逐渐清晰了起来。

放假在家的时候，李岩开始使用手机的一款叫作“聊聊哦”的社交APP。聊着聊着，他恰巧认识了另一个走投无路之人。

这人叫作裘富贵，男，十七岁，南和省人。裘富贵在自己的家乡读书读不下去了，于是自作主张辍学去外地做生意。本来以为可以混出个模样来再回家求父母的原谅，结果本身就没偷出多少本钱的裘富贵亏空了自己所有的钱。他知道自己已无路可走，又不愿意跪求父母的原谅，于是动了歪心思。

和李岩聊了两天后，李岩提出让裘富贵杀死两个“天下恶人”，并且承诺给他十万元的报酬。为了表达诚意，李岩先行给裘富贵转账一千元作为定金。这是李岩所有的零花钱存款了。

李岩天真地想，等裘富贵杀了自己的父母，就报警，让他落网。这样，他李岩就可以高枕无忧了。他认为，在那个APP里，自己没有留下任何一点个人资料，警察根本就找不到他。

裘富贵在接到任务之后的一天下午，准时敲开了李岩家的大门，并且直接开始行凶。有明显身材优势的裘富贵，并没有费多大劲，就将两名被害人砍倒，然后仓皇逃离现场。在逃离去龙番的路上，裘富贵不断地给李岩发消息，希望他兑现承诺，把余款打给他。

然而，李岩早已在自己的手机上删除了APP。在裘富贵逃离后，李岩走进了客厅，却看见满身是血的父母正在用微弱的声音向他求救。李岩没有多想，转身去房间拿了水果刀，向自己的父母刺出了罪恶之刀。

坐在返程车上的我们，都被震撼到说不出话来。

大宝痴痴地念叨：“这也太可怕了，这简直就是魔鬼禽兽都做不出来的事情。”

“可能是教育有问题吧。”陈诗羽说，“我整天都希望一家三口人可以多在一起，我整天都希望我爸可以关心关心我的学习。完全没有想到真的有这种可以向自己父母挥刀砍杀的孽种。”

“不全是教育的问题。”韩亮开着车，冷冷地说，“受这种教育的，不只他李岩一个人。”

“难道你也是吗？”大宝想调节一下气氛，调侃一下。结果，这一问，直接冷场。

许久，都没有人打破沉寂。

我干咳了一声，说：“在我们的国家，有无数孩子承受这样的成绩压力，但是做这种挨天杀的事情的，还是极小概率事件。我觉得，这是综合因素导致的极端现象。对孩子的德行教育一定要放在学校成绩的前面。现在什么都说‘从娃娃抓起’，社会公德教育也是这样。哎，这一对夫妇，怕是在九泉之下也无法瞑目吧。”

气氛没有被调节，还是冷场。

最终，性急的陈诗羽直接问道：“别藏着掖着的了，韩亮。你的童年究竟经历了什么？咱们几个人不是无话不说的好朋友吗？有什么不能和我们说呢？而且，你之前把人家肚子搞大的事情也该解释一下了吧？还有你妈，究竟有什么故事？古灵怎么会把你妈的事情和你惹祸的这件事情扯到一起？是时候告诉我们了吧？”

接下来的，又是十分钟的沉默。

韩亮说：“我不知道怎么说，我真的不知道怎么说。我很想我妈，但我更知道，我妈的死绝对不简单。我不愿意放弃调查，也不愿意让自己的家事耽误你们的正常工作和生活。让我想想吧，既然你们都想知道我的过去、我妈的过去，等我想明白了，就告诉你们。”

我从后视镜里看见韩亮的眼睛早已悄悄湿了。

我伸手拍了拍韩亮的肩膀，说：“没关系，兄弟，你想好了再说。调查这种事情，是我们的长项。我相信你的人格，相信你的人品。你有你的难言之隐，但是一旦你和我们说出来，我们一定为你赴汤蹈火。要知道，不论什么时候，我们都是一条船上的人。”

# 尾声　天谴者

谁终将点燃闪电，必长久如云漂泊。

——

弗里德里希·威廉·尼采

THE DOOMED

# 1.

“DNA 结果我估计在两个小时之内会做出来。”我看了看手表说。

“那你们侦查组先把对古灵的调查和搜寻结果说一下。”赵局长指了指坐在会议桌一角的主办侦查员。

经过近两天的侦查工作，警方对古灵的调查工作卓有成效。

古灵是汉北省人，今年三十四周岁。古灵有个弟弟叫作古城，比古灵小六岁。两人从小就父母双亡，由爷爷奶奶照顾。在古灵十二岁的时候，爷爷奶奶也都去世了。举目无亲的姐弟两人，只有依靠福利院的照顾才能生存下去。

古灵、古城两人相依为命，在同一间福利院里，却养成了两种不同的性格。据福利院的老师们回忆，古灵外貌出众，内心却极度自卑，平时也极为内向，但是老师都看得出她心思缜密。而古城则性格开朗，善于交际，而且非常热心、乐于助人。

古灵把自己的弟弟当成自己生活的目标和希望，任何人都不可以欺负古城，否则睚眦必报。

九年前，二十五岁的古灵北京大学硕士研究生毕业后，获得了公费出国读博的机会。她唯一放心不下的，就是十九岁正在汉北省上大学的古城。根据古城的同学反映，古城在大学期间，就加入了他们省的迅豹救援队。一方面是古城自己的热爱和理想，另一方面也是为了勤工俭学。在国外读博的古灵，有着丰厚的奖学金，自己也在一家公司打工，所以古灵每周都会打电话来要求古城退出救援队。理由是救援队的工作过于危险，古灵在国外放心不下。

然而古城自己毕生热爱的就是救援工作。他深爱着那一身蓝色的制服，每次接到救援任务的时候，都会兴奋得像一个孩子。所以，六年前，在古灵学成归国的半个月前，提前大学毕业的古城瞒着姐姐，直接和迅豹救援队签了十年的劳务合同。

归国后得知一切的古灵暴跳如雷，第一次向自己深爱着的弟弟发火。不过，一切为时已晚。古灵总是对古城说，可怜之人必有可恨之处，那些需要救援的人，都不是什么善茬，所以他的工作毫无意义。古城完全不能理解姐姐怎么会有这么荒唐的想法，还曾和自己的同事探讨过。

总之，可想而知，古灵每天都在提心吊胆中度过，生怕自己的弟弟会为了那些并不值得的人出现什么意外。

可是，真的是怕什么来什么，古灵提心吊胆一年后，还是等来了噩耗。

那是一次大规模的救援活动，其实被救的对象只有一名大学生驴友，却出动了百名救援人员。起因是这个大学生驴友利用毕业后的最后一个暑假，去汉北省南部的汉山风景区未开发地区探险。结果爬上一处断崖后，下不来了。几经尝试，这名大学生终究没有办法脱离险境。大学生在万般无奈之下，只有在小小断崖之上，寻找着手机信号。好在他的手机最终连上了一格信号，让他顺利地拨打完了110。

因为只有大概位置，汉山风景区公安局出动六十余名民警，会同四十余名迅豹救援队队员，共同对可疑事发区域进行了搜索，并且在第二天天将黎明的时候，看到了大学生点燃的篝火。

此时，熬过了一天两夜的大学生，因为脱水已经奄奄一息。救援人员发现，事发断崖地势非常陡峭，攀爬难度很大。救援人员能攀登上去都非易事，更不用说把一个大活人再给解救下来，救援人员们顿时不知如何是好。年轻气盛的迅豹救援队员古城主动请缨，和另外两个民警一起，爬上了断崖，并设法把大学生给运送下来。

在运送下崖的时候，古城作为“前锋”在前方探路。因为光线昏暗，古城一脚踏空，从断崖一侧跌入了万丈深渊。

在把大学生安全运送到特警救援车里之后，百余名救援队员们继续对断崖之下进行了搜索，希望古城可以奇迹生还。然而，奇迹毕竟不是那么容易发生的，在进行了七个小时的搜索之后，民警在断崖下方的草丛里，发现了古城的尸体。

据当地风景区的民警反映，他们把这个结果告知了古城唯一的亲属古灵，古灵在惊愕之后，没有表现出丝毫悲恸。甚至在政府为古城举办的一场风风光光的追悼会上，古灵也没有流下一滴眼泪。

“我说过的，人悲伤到极致的时候，不会哭；人害怕到极致的时候，也不会叫。”大宝说。

“这段经历，结合古灵的生平来看，确实有可能引发她的极端思维。”我说。

“不仅如此，”侦查员喝了口水，接着说，“这个被救的大学生，居然在清醒了以后丝毫没有悔恨之意，一副傲慢的样子，拒绝道歉。当时，这件事情在汉北省的各家媒体报道里还沸腾过一段时间。”

侦查员说完，播放出一张幻灯片，幻灯片是《汉北晚报》的头版截图。头版标题是“大学生深山遇险，救援队员昨日清晨施救时牺牲，大学生拒绝道歉”。里面的内容我粗略地看了一下，大概意思是：这名叫作邓宗的大学生在被救清醒之后，受到了诸多网友的抨击，大量网友在网上谴责邓宗不负责任的行为，联名要求邓宗向古城的遗体和他的家属叩首道歉。

可能是网友的谴责激起了邓宗的逆反心理，又或是这个邓宗本身就很自私，所以邓宗在面对媒体的时候，居然公开表示救援队员是在履行自己的职务时死亡，是在挣政府的钱的时候死亡，所以应该由政府来负担责任。他作为一个大学生，言行是他自己的自由，所以他并没有错，无须道歉。

言论里，甚至连“牺牲”二字都没有使用。

这一段言论，更是激起了网民极大的愤慨。但是，网络热点就是网络热点，在口诛笔伐数天之后，网民们就忘记了这件事情，忘记了古城。

侦查人员随后对邓宗进行了调查。邓宗当年是在大学毕业后去旅游时遇险的，所以他被救后，直接回到了老家龙番工作。

而在古城牺牲后一年，古灵辞去了自己在汉北省的一份不错的工作，参加了龙番市政府的人才引进选录工作，并最终在一家国有企业里就职。

在古灵来到龙番之后至今的四年时间里，她中规中矩地在单位工作。单位同事对她的评价都是：性格内向，但工作能力超强，爱岗敬业，踏踏实实。虽然没有什么知心的朋友，但是与人为善，也没有和谁结下矛盾。

“这么看起来，因为邓宗的工作、生活地是在龙番，所以这个古灵来龙番是有所图的。”我说，“她心思缜密，所以隐藏得很深。她没有去动邓宗，可能是因为某种仪式还没有完成吧。之前的那些受害者们，可能都是某种仪式的一部分吧。”

话音未落，DNA 室的郑大姐推门走进了专案组，并交给我两张纸。

这是龙番市公安局 DNA 实验室的法医学物证检验报告。

我期待地翻到最后一页，顿时喜上眉梢。

“郑大姐就是郑大姐，这技术水准真是没得说啊！”我几乎要跳了起来，“居然在那么多香灰里，把四名死者的 DNA 都给找了出来！这就是铁证啊！我们需要马上找到并且逮捕古灵！她就是困扰我们几个月的系列杀人案的凶手！”

“可是，古灵的行踪，我们到现在还没有摸到！”主办侦查员惭愧地说，“非常奇怪，我们查询了所有火车、飞机或汽车信息，甚至请程子砚警官对交通点的视频进行了分析，但都没有找到古灵的行踪。根据她公司老板和同事的反映，她应该是去上海出差了。可是，去上海的所有可能的交通途径，我们都查了，无果！”

“难道她收到风声了？知道我们慢慢地发现她了？”我皱起了眉头。

“不会。”赵局长说，“这些关键信息，只有我们专案组十几个核心成员知道，我相信我们民警的纯洁性。”

“那，难道又去作案了？”我转头问韩亮，“你们网络侦查组，对这个微信公众号进行过分析吗？还有没有那种对‘不负责任的人’的报道吗？”

“分析了，太多了。”韩亮说，“这本身就是一个城市八卦公众号，每天都会推送消息，都维持好几年了。所以，各种城市八卦都有，你所谓的‘不负责任的人’，我也不知道是什么标准。反正以目前的四名死者为标准的话，该杀的人就多了去了。”

“也就是说，对于对象的选择，古灵有自己的偏好。”我说，“可能是她自己从道德层面上不能容忍的，抑或是选择那些可以被她发现隐私信息或有弱点、容易被骗的人。这样的话，我们可就不好查了。”

“在确定了犯罪嫌疑人之后，我们不应该再让她得逞了！”赵局长捶了一下桌子。

“可是，根据我们的调查情况来看，”侦查员说，“古灵的同事们居然没有发现古灵曾经有旷班、事假，或者假装出差的情况。也就是说，之前的四起案件，都是古灵利用自己业余的时间来作案的，并没有留下时间证据。”

“那就奇怪了。”我说，“在我们开始找她的前一天，她就失踪了，现在失踪已经四十八个小时了，她究竟想去干吗？”

我苦思冥想，无意中瞥见了大屏幕上仍展示着的那份《汉北晚报》。

晚报的时间是四年前的七月十二日。

“七月十二日的报道里说是昨日。”我说，“也就是说，古城是七月十一日牺牲的？”

侦查员纷纷点头。

我说：“那明天不就是古城四周年忌日了？你们说，古灵会不会在自己弟弟四周年忌日的那个清晨，去处决她的终极目标——邓宗？”

“这个我们已经想到了。”侦查员说，“昨天早晨，我们发现邓宗这一条线索之后，就派派出所民警到邓宗家里和邓宗谈了一次话，明确告知他现在有可能面对危险，有可能会有一个算命先生要找他，希望他提高警惕，有情况直接报警。但是邓宗确实是一个很自负的人，对民警的话好像无所谓。为了以防万一，我们民警就对邓宗进行了盯梢，对他进行暗中保护。直到现在，我们也没有收到前方民警的报告，说明他还在我们的控制之内。”

我看了看表，现在是七月十日下午四点。我说：“按照古灵的行事作风，她应该在今天下午对邓宗进行诱骗，今天晚上或者明天凌晨实施犯罪。你们确认一下邓宗目前是否正常？”

主办侦查员点头后走出门去，和前线民警通电话。

不一会儿，主办侦查员冲进了门内，神色慌张地说：“邓宗失踪了！而且是他自己主动想办法甩掉了我们民警！”

“不好！”我闷哼一声，最害怕的事情终究是发生了，“这个古灵的本事不小，她可以抓住目标猎物的心理，轻松地给他洗脑！”

“怎么失踪的？”赵局长急得跳了起来。

“自己的车没有开，好像是搭一辆出租车走的。”侦查员说，“他用自己的车牵住了我们民警，民警以为他还在上班，其实在两个小时之前，他自己坐了另外一辆绿色出租车走了。这是他的一个同事在楼上看见的，可惜太远了看不清也记不住车牌，只知道是往东走的。我问了，那条路上没有监控。”

“这不是古灵的行事作风啊。”我说，“看来她应该完完全全掌握了邓宗的心理弱点，非常有信心能控制得了他！现在没有别的办法了，只有寻找到出租车司机，问一下邓宗的下车地点，然后地毯式搜查了！”

“全面调集监控，寻访出租车公司。”赵局长下达指令，“另外，请特警支队三个大队民警全部集结待命，黑豹突击队集结待命。”

## 2.

“虽然邓宗上车地点没有监控，但是我可以根据特定时间点周围线路上的监控，来分析邓宗最有可能上的出租车是哪一辆。”程子砚说，“然后分析出租车的行驶轨迹。不过我需要一点时间。”

交警监控平台给专案指挥部开通了绿色通道，程子砚的电脑接口可以源源不断地收到提示信息，提示可以打开当前各路口的视频监控，以及回放各路口监控的往时视频。

我最羡慕的，就是程子砚的手速快到惊人。在我们还没有反应过来的时候，她就能瞬间完成嫌疑车辆的选取和截图。有的时候我觉得，这种手速的人，不去玩网络游戏实在是可惜得很。

程子砚的电脑桌面上，不断地跳出一张张视频截图。在我们还没有搞清楚这些截图是什么意思的时候，程子砚把其中一张截图放大，说：“应该没错了，就是这里。车牌照为‘龙 AT4433’的绿色出租车。”

“快，查询出租车所属公司，五分钟之内联系上出租车驾驶员。”赵局长说，“问清楚他在龙番超逸户外用品公司门口接的那个人，送去了哪里！”

“真是太神奇了。”大宝惊叹道，“没想到图侦技术这么牛啊！你怎么知道是哪辆车载了邓宗？”

程子砚害羞一笑，说：“其实也不复杂，首先在邓宗工作的这个户外用品公司门口的小路上确实没有摄像头，但是在两头大路上都有。我们知道邓宗大概坐车的时间，就可以根据车辆的正常速度判断驶入大路的时间。邓宗的同事说出租车是往东走的，所以我们只需要观察东面大路的南、北两个摄像头。我看了一下，特定时间内，经过的绿色出租车只有三辆。而且从小路拐上大路，不论他往北拐还是往南拐，因为角度问题，都会在摄像头的角落里看出车头的扭转。因此判断，这三辆出租车，有两辆是直行通过路口的，而只有一辆是拐进大路的，往北拐。我们再沿着大路往北找摄像头，可以根据特定的时间点和行驶路线，把这辆出租车的行驶轨迹给确定下来。一直找到距离路口两公里的地方，终于有一个交警的高清摄像头可以看清楚车牌照。所以，我就知道出租车的车牌了。”

“牛！”大宝竖起了大拇指。

时间一分一秒地过去，在五分钟之后，赵局长的电话准时响了起来。

“哦，好，是吗？”赵局长一边听电话，一边示意侦查员在大屏幕上放出龙番市龙北区的地图。

“侦查员找到了出租车司机，加了他的微信，传输给他看了邓宗的照片，确定程子砚的判断没错。”赵局长说，“司机回忆说，邓宗让他印象深刻，因为他背着一个很大的背包。他上车后要求去龙番市龙北区亿城路口。到了路口之后，邓宗继续指挥司机往北开，在一个村村通公路路口下车了。”

侦查员熟练地操作着电脑，大屏幕里的航拍地图被一点点放大，图片中的道路逐渐清晰。

“停，下车点应该就是这里。”赵局长用激光笔指出了邓宗下车的地点。

侦查员立即在图片上做了标记。

“缩小。”赵局长说。

图片又逐渐缩小，显示出下车点周围的地理环境。

“他下车的地方，是一个岔路口。”赵局长说，“他往三个方向走，会有不同的去处。继续往北的话，是龙番山，往西是龙番河，往东则有可能是火车北站。”

“背个大包，会不会是去火车北站离开龙番了？”大宝问。

我摇摇头，说：“如果是去火车北站，在他下车点右拐，就有一条大路可以直接到达，他没有必要在这里下车。之所以在这里下车，是因为这里距离目的地，已经开不过去车了。”

“那就是龙番山和龙番河了？”林涛抱着胳膊看着大屏幕，说。

我点点头，说：“他会在特定的时间点、瞒天过海地去这里，我猜必然是被古灵骗去的。古灵的弟弟是坠崖死的，她很有可能要用同样的方法来对付邓宗，所以我猜是龙番山。”

“可是古灵之前的报复手段都是让动物来咬噬尸体啊，并不是坠崖。”林涛说，“可能她觉得这样才能解恨吧。”

“不管她怎么处死邓宗，我还是感觉她会选取和她弟弟死亡现场类似的地方。”我说，“龙番山这一片区域也是未开发的，完全具备类似的条件。”

“可是，你们也知道，这山是未开发的，一旦进入了深山，我们怎么找他们？”赵局长说。

“怕是没有什么好办法。”我摊摊手，说，“面积那么大，用卫星图找特别的地方都不可能，只有大规模搜山了。”

赵局长看了看表，说：“五点多了，距离邓宗离开已经三个多小时了，现在希望渺茫。不过，希望再渺茫，都要先救人。向武警部队请求支援，调动武警，和我们的特警、刑警一起，以邓宗下车点为起点，开始搜山。”

“我们也去现场看看吧。”我说，“也许能有所帮助。韩亮，你的车没问题吧？”

小时候看电视，都是一大堆警车，拉着警报依次驶出公安局，威武雄壮。可是实际工作中，这种场景几乎没有见到过。因为没有哪里的警察会傻到还没开始抓人就打草惊蛇，所以这种场景除了炫耀，丝毫没有意义。

这一次，算是我第一次见识到了电视里的场景。

十几辆警车，包括特警的运兵车、武警的“卡车”，还有各种各样的勘查车、防暴车，排着整齐的队伍，向事发地段疾驰。虽然没有拉响警报，但是这么大的阵仗，加上闪耀的警灯，照亮了已经擦黑的街道，引得周围的群众频频侧目。

韩亮的车跟着大部队行驶在马路上。从大路到高速，再到国道、县道、乡道，最后目睹着大“卡车”们费劲地挤过村村通公路，到达了龙番山脚下。

看地图还没有什么感觉，一走到龙番山的脚下，才知道和大自然相比，人力是如此渺小。这么大一片山林，猴年马月才能查完？如果把尸体藏在山林的一角，猴年马月才能找到？我顿时对我们的工作前景产生了质疑。

“夏天，搜山，想想就恐怖。”林涛搓了搓胳膊，说，“这得给蚊子吃了吧？”

“而且这一片再往上，都没有开发过啊，连路都没有，怎么搜啊？”大宝也产生了畏难情绪。

专案指挥部正在调兵遣将，分配各组警力进行地毯式搜索。我们几个人躲在车里，希望可以躲避蚊虫的攻击。可不知道为什么，车里还是进来了一些蚊子，咬得我们各种拍打。

“我看我们这些文弱书生，就不要去了吧？”林涛指了指车窗外，说，“你看外面，天都那么黑了，这……这山里也不知道有什么。”

“能有什么？野兽吗？”陈诗羽不屑地说，“武警们都有枪。”

“我们确实也帮不上什么忙。”我说，“如果真的给古灵得手了，我们恐怕还真的要去现场进行勘查呢。”

坐在第三排的大宝一把捂住了我的嘴巴。

“那我们就静观其变？”韩亮转过头来问我。

我点了点头。

天完全黑了下来，这一片区域又没有照明。但是我们可以从山脚下的车里，看见山脊上有无数条灯光闪耀着，正在缓缓地向山上移动。

我们在苦等了一个多小时之后，车里的对讲机突然响了起来。

“我是黑豹突击队。”对讲机里的声音，“南山一号峰半山腰发现可疑灯光，我突击队正在向灯光靠近，请附近战友注意。”

韩亮不知道从哪里摸出一个望远镜，坐在车里，向南山一号峰的方向看去。

“你还真是装备齐全，这玩意儿看起来高大上啊！哪里来的？拿来我玩玩。”大宝探出身体，但无法从第三排够到第一排。

韩亮一边看一边说：“刚刚一个朋友给弄的，说是军用品，级别最高的望远镜，很贵呢。你还别说，那边好像还真是有亮光。”

此时的天气阴沉了下来，丝毫看不到月亮和星光。所以在这种环境里，能看到远处的亮光也是正常。

“那么远都能看到？”我说，“我在想，我们是不是该往那个方向移动一些？”

“没问题，我开去南山一号峰脚下。”韩亮收起望远镜，放下手刹开始越野。

前方完全没有道路，韩亮对他的新车也是够狠的。即便我们都牢牢地系着安全带，但剧烈的颠簸，还是让我们的脑袋依次撞上了顶棚。

感觉这三公里的路程开了半个小时，差点儿没把我们全部都颠吐了。

“你这是什么破车。”大宝坐在第三排，最颠簸。在车子停下来之后，他扶着椅背喘着粗气。

“路不好，怎么能怪车？”韩亮又掏出望远镜，朝山上看去。

可以看得出来，现在没有谁比韩亮更想抓住这个差点儿害死他的凶手。

“确认位置，确认位置。”对讲机里说，“南山一号峰半山腰，看起来应该是一处断崖。从南山一号峰南边的小路可以直达。请各单位迅速向目标靠近。”

“汇报现场情况。”赵局长的声音从对讲机里传出来。

“嫌疑人和被害人两个人。”对讲机里说，“挟持状态。嫌疑人有武器。所处位置地势陡峭，我突击队正在研究突击方案。”

“部署狙击手。”赵局长说。

“对方处于高地势，狙击手难以选位。”

“行了，别说了，这就是黑豹突击队说的那条小路吧？我们赶紧上！”我指了指眼前的小路。

韩亮点点头，说：“方向是对的。”

我们几个人在韩亮使用的警用手电筒的折射下，沿着小路蜿蜒向上。估计半个多小时后，就到达了现场断崖的崖下。

在这里，黑豹突击队、特警队和武警特勤队的负责人都已经到齐了，正在研究强攻的策略。

我抬眼看了一下现场，真是匪夷所思，不知道他们两个人是怎么上去的。

断崖是从南山一号峰半山腰伸出去的一个崖口，从小路爬到半山腰，正好是断崖的南侧。小路在崖下中断，因为山壁突然变得陡峭，想要继续上山是不可能的。从小路尽头到断崖之上，坡度大约是八十度，徒手攀爬根本爬不上去。断崖的西侧靠着陡峭的山壁，东侧是万丈悬崖，而北侧似乎也是悬空的，但是在崖下却看不清楚。

“他们是怎么爬上去的？”大宝和我产生了同样的问题。

“他们有登山专用设备。”一名特警说，“我们在崖壁和山下发现了不少绳索和锁扣，应该是他们遗留的。”

“对啊。”我一拍大腿，说，“邓宗本身就是资深驴友，这种小山根本不算什么事儿。而且，他离开的时候，背了一个大包，肯定都是登山设备。既然邓宗能瞒过警方来和古灵见面，说明他已经完全受了古灵的骗，被她玩弄于股掌之中了。邓宗能上去，就能帮助古灵也上去。”

“灯光是从断崖上面平台的东北角发出来的，是人为的照明光。”特警说，“如果不是这束光，我们一时半会儿还真找不到这里。就算找到这里，也未必会登上断崖平台进行搜寻。”

“你怎么知道两个人都在上面？”我很纳闷。因为从我的角度来看，根本看不见平台上的情况。

特警指了指空中。

此时我才注意到，在断崖附近的空中，悬浮着一架无人机。无人机闪烁着红色的光点，正在对古灵进行拍摄。

在临时指挥部，无人机拍摄的画面正在被实时传输回来。

“无人机侦查！”大宝说，“那古灵岂不是已经知道我们发现她了？”

“那是当然。”特警说，“从我们搜山开始，那么多光线在黑夜之中，她怎么可能不知道？”

“她到现在还没有动手杀人，是在挑衅警方吗？”我说，“这个崖，你们是不是也要设备才能上去？”

“徒手就能上。”特警队长自信地说，“不过，我们不敢贸然上去，怕她对人质不利。”

越来越多的警力集结到了现场，另外三架无人机也升空了。

我们在崖下的指挥部屏幕上，清晰地看到了古灵和邓宗目前的状态。

## 3.

断崖的东北角，是一棵大树。

古灵就站在大树的旁边，而邓宗全身赤裸被吊在大树的树冠之上。

邓宗没有被吊得多高，大概比站在地面的古灵略高一点。可是，邓宗是被吊在崖边的。此时天气不仅阴沉，而且极度闷热。因为黑暗，邓宗的脚下是什么情况完全看不清楚，不知道下面有多深。

也就是说，只要拿着菜刀的古灵砍断绳索，邓宗就会跌落到断崖的北侧崖下。

这也是特警迟迟不敢强攻的原因，只能和古灵隔空喊话。

视频里的邓宗，没有任何反抗或挣扎，只是偶尔会晃动一下身体。不出意外，他正处于一种意识不清的状态。

“古灵这是什么意思？”大宝很诧异，“要是她想杀人，推他下崖不就完了？吊在这儿，拍电视剧哪？”

断崖之上，因为缺乏光线，一片混沌状态。唯有一束强光照亮了邓宗的全身。古灵蜷缩在大树旁边的身影也隐约可见，但我们都知道，她控制着绳子，就等于控制着邓宗的生命。

“说吧，你想要什么，我们都可以满足你，只要你保证人质的安全。”心理专家已经开始隔空喊话了。

在僻静的山谷里，有人喊话，可以听得一清二楚，甚至还有一些回音。

“我要的东西，你们警察给不了。”古灵的声音随着山风飘了过来，“你们别想靠近，无人机也不准靠近，否则我就砍断绳子。”

古灵的声音相对于一般女孩的声音要粗一些，和她清秀的外貌不太搭配。此时，她那略粗的声音里，似乎掺杂着焦急和恐惧。

这不应该是一个杀人惯犯该有的情绪。

“你什么都不要，那你为什么要挟持人质？”谈判专家说。

“人质？”古灵冷笑了一声，“他是人质？不不不，他不是人质。他的血管里流淌着冷漠的鲜血，他是个冷血动物。”

“血，光，动物。”我拍了一下脑袋，说，“我知道她在干什么了！”

特警队长转头看我。

我说：“这人以前杀人以后，都要让动物咬噬尸体，可能是对死者的惩罚。那么，她现在还是在使用自己的惯用手法啊！把邓宗脱光，吊在那里，用灯光照射着他！这不明显是在利用蚊子的趋光属性，吸引蚊子来咬邓宗吗？”

“我的天哪。”陈诗羽惊呼了一声，抱紧了双臂。可能她想象了一下邓宗全身爬满蚊子，蚊子们纷纷在吮吸他的血液的样子。

“山里的蚊子不是不咬人吗？”大宝说。

我指了指大宝脸上的一个大包，说：“你不是人吗？公蚊子是不咬人，但是母蚊子为了繁衍，肯定会咬人畜的。现在邓宗全身应该布满了蚊虫叮咬的大包小包了吧？”

“可是她吸引了蚊子来，蚊子不会只咬邓宗一个人啊，也会咬她啊。”林涛说。

我说：“毕竟她穿了衣服，有遮挡。而且，蚊子是根据人体排出的二氧化碳来寻找目标的。一个赤裸的男人，机体代谢排出的二氧化碳更多、更明显，就更能吸引蚊子。这也是古灵不是先处死他，再惩罚他尸体的原因。因为蚊子不叮死人。”

“这女人太变态了。”韩亮抹了抹额头上的冷汗。

“现在有个问题。”特警队长说，“我们强攻的话，人质势必会跌落山崖。不强攻的话，他就会被活活叮死。怎么办？”

“其实被再多的蚊子咬，若不是传播传染病，也不会轻易死亡的。”我说，“最多会导致过敏性休克，但也是可以抢救过来的。不过，总是处于这种对峙状态肯定是不行。”

“她地势高，我们地势低。我们强行攀爬，肯定会引起她的注意。”特警队长说，“断崖西边靠山，东边是万丈悬崖，北边什么情况我们也看不到，这各个方向都没法强攻啊。”

大家都在思索。

视频里的古灵走到崖边，用手戳了邓宗一下，邓宗剧烈地扭动了几下。古灵突然失控了：“为什么？为什么？网上不是说蚊子咬人肯定能咬死吗？为什么这么久了还活得好好的？”

“网上的话也能信？真是天真。”大宝说。

“我觉得古灵情绪可能会失控，抓紧时间准备强攻。”赵局长的命令从对讲机里传了出来。

几名特警开始检查身上的安全绳。陈诗羽也套上一套安全绳索，说：“我也去！”

我的心情也异常焦急，顾不上劝阻陈诗羽，盯着视频，想看看古灵下一步会做什么。

特警队长看看天，说：“马上暴风雨要来了！无人机怕是要失效了。”

“暴风雨？”我刚想问一句，这句话被突如其来的一声炸雷淹没了。

“无人机返航。”特警队长说。

“等等，等等。”我制止了特警队长。

因为在视频里，我看见古灵仰头看了看天，突然像歇斯底里一般狂笑了起来。

“哈哈哈哈哈！天意啊！天意！”古灵大声说道，“老天你终于开眼了！你终于要让人遭报应了！哈哈哈哈哈！”

“强攻！”赵局长下达了命令。十余名特警、数名刑警开始登山。

“无人机撑不住了。”特警队长看着被大风刮得东倒西歪的无人机说。

我见古灵突然从一个大背包里拿出一个伞形物，除去了伞体，留下了伞骨架，然后往邓宗身上捆绑。

“不好！她在引雷！”我叫道，“快！快救人！”

“雷电密集，请注意安全。”对讲机里传出警告声。

此时风雨大作，雷声不断。在我们周围的山峰之上，可以看到密集的闪电。我虽然知道被雷击中，这种极小概率事件是不会发生的。但是介于当时的紧急情形，压抑不住内心的紧张和急迫。

我知道，既然古灵执意要让老天来惩罚邓宗，就不会轻易砍断绳索，让邓宗摔死。她有这个心理，特警们就有机会救下邓宗。

无人机撤了下来，看不到断崖上的情况。而先行抵达断崖的警察已经放下了绳梯，让后面的同志方便攀登上来。

林涛和韩亮率先沿着绳梯往上爬。我虽然恐高，但也不能露出怯色，只有咬着牙硬着头皮跟在后面。

在攀爬的过程中，我们听见古灵正在用砍断绳子来要挟警察不准靠近，警察显然正在伺机强攻。

在我爬上断崖的一刹那，我从人缝中看到一条犀利无比的闪电，居然真的击中了邓宗头上的伞尖。我顿时就蒙了，当然，不只是我，所有的警察都蒙了。

闪电过后，邓宗的头发像是被引燃了，一阵暗红色的火光，像是昙花一现，亮了瞬间又灭了下去。捆绑邓宗的麻绳被闪电击断，邓宗应声跌落崖下。

不仅警察们蒙了，甚至连古灵都蒙了。她回头看了看消失不见的邓宗，以及那段被烧焦了的绳头，哈哈大笑，仰面长啸：“弟弟啊！你看见了没有！是有天谴的！有天谴的！我就是那个天谴者！我的任务完成了！我来了，弟弟！我来了！”

几个反应快的特警，快步向古灵扑去。可是，最快的特警，也只是触碰到了古灵的衣角。古灵一个箭步蹿到断崖东边，纵身跳了下去。

警察们都愣在了断崖之上。费了这么半天劲，居然两手空空而归。人质没有救下，犯罪嫌疑人也跳崖身亡。作为警察，每个人都深深地感觉到了自责。所以，断崖之上顿时死寂了下来。

我也是不知所措，东张西望之际，却看见站在断崖最北边的陈诗羽正在脱自己身上的安全绳套。

“小羽毛，你干吗？”我叫道。

我的声音刚落，陈诗羽一个纵身跳了下去。

这一下，让所有的警察全部傻了眼。

这是怎么回事？难道这个古灵会洗脑？或者会催眠？刚才还好好的小羽毛，怎么就跟着跳崖了？

我已经被惊得全身都是鸡皮疙瘩，连滚带爬地来到断崖的北侧。

数十条警用手电的光束把断崖北面照得雪亮。来到了北侧，我才知道，我们之前想的都错了。断崖的北侧根本就不是万丈悬崖，而是台阶似的又一处断崖。这个断崖地势较低，和我们所处的断崖有不到两米的落差。因为我们正好身处断崖南边，无人机又不敢贸然靠近，所以我们并不知道断崖的北侧状况。

较低的断崖中央，是一处水洼，看起来水不浅，但是很混浊。

此时我才想到，古灵为什么会选择这个地方。水洼是蚊子繁殖的必需条件，而把邓宗悬吊在一个水洼之上，再给予一束光束，就能吸引更多的蚊子。

把食物送到蚊子的家门口，这就是古灵自以为是的想法吧。

而且，在警察靠近以及无人机升空的时候，作为一个心理素质极佳的人，古灵之所以声音里带着焦急和恐惧，正是因为她知道，即便她砍断绳索，也达不到处死邓宗的目的。而直接用刀杀了邓宗，又达不成她心中的那份愿望。所以，她害怕警察发现身后并不是深崖。

还是特警反应快，在我还晕头转向、没回过神的时候，两个救生圈和两条安全绳索已经被特警抛了下去。

在被手电筒照射得犹如白昼的池塘里，我看见陈诗羽麻利地把绳索套在邓宗的身上，又把另一条绳索套在了自己的身上。

大约只花了三分钟，两人就被特警拉上了断崖。

邓宗全身赤裸，他皮肤上像是血管一般，呈细条状、暗红色的蜿蜒交错的痕迹清晰可见、触目惊心。

“雷击纹！”大宝说，“这就是雷击纹！我工作这么多年，第一次见到！”

我则没什么心情研究雷击纹，赶紧调整姿势，开始对邓宗进行心肺复苏。

此时大雨倾盆，我也顾不上淋透了的全身，专心致志地一下一下地按压。进行了十几分钟后，邓宗长出了一口气，恢复了正常的呼吸心跳。

我累得瘫软到一旁，说：“好了，没白来，没白来。”

此时林涛也才回过神来，从口袋里掏出一小包餐巾纸，伸手就给满身泥污的陈诗羽去擦。

陈诗羽一把挡开林涛，笑着说：“你这么点纸怎么擦？收队吧！我要回去洗澡！”

“你真厉害！你怎么想得到这么去救他的？你这等于又救了一条人命啊。”林涛仰慕地对陈诗羽说。

陈诗羽哈哈一笑，说：“我当时正好在断崖北边，看到了其实下面并不是悬崖。而且，我记得秦科长和我们说过，雷击未必会死人。遭雷击之后，只有四成的人会死亡。所以，我觉得我有必要跳下去试一试。”

“给你点赞。”大宝看着邓宗被特警抬下山崖，往山下走去，对陈诗羽竖了竖大拇指说，“在雷击后，不少人会心跳骤停，如果几分钟之内不进行CPR，一样会死。”

“算他命大吧，虽然他也不是什么好人。”陈诗羽转过头，丢下一句话，从绳梯上下去。

“我们不能走。”我对大宝和林涛说，“我们要等特警找到古灵的尸体后，进行现场勘查。”

“至少也得回去换身衣服吧？”林涛掀了掀全湿透的衣服说。

“没时间了，武警和特警们已经开始在山脚下寻找了。”我说，“这不是什么难事，估计很快就可以找到。”

果真，在我们回到韩亮的勘查车边的时候，对讲机里赵局长就指示市局技术民警向某一个特定地点移动。因为古灵的尸体，在她跳崖点下方找到了。

此时雨已经停了。我们拎着勘查箱，忍受着全身衣服紧贴在皮肤上的难受，走到了发现古灵尸体的现场旁边。

小路的下方有个斜坡，斜坡的下方才是尸体。我们必须要重新穿戴上安全绳，才能下到坡底。

在穿戴安全绳的时候，一名武警的少尉军官看着我就笑。我很是纳闷，问他为什么笑。他问我还记不记得曾经有过一个案子，我也是穿戴着安全绳下到了坡底，结果工作完成后，三个人都拉不上来我。所以他建议，我就不用下去了。

体重又被嘲笑，我很是郁闷。但我还是坚持穿戴上了安全绳下到了坡底。

现场惨不忍睹。

在我们的脑海中，古灵的面孔很是清秀。虽然说不上国色天香，但至少也有闭月羞花的容貌。可是眼前，面孔已经不复存在。

我抬头看了看上方的断崖，至少有一百米高。而且，古灵着地的时候，是头部先着地，且撞在了一大块岩石之上。可想而知，现场该有多么的血腥。

我们几乎看不清古灵头部的形状了，只有根据那披肩的长发，判断出她的头颅原来的位置。颅脑已经完全崩裂，在大岩石之上，脑浆和血液呈放射状、扇形喷溅出去。虽然是头部先着地，她的躯干和四肢还是有多发性骨折，右侧上臂和双侧大腿都形成了假关节。

与其说是一具尸体，不如说是一摊肉泥。

虽然这样的尸体接触上去的感觉非常瘆人，但我还是戴上了手套，仔细检查古灵的每个口袋。

也是幸亏检查了口袋，我在她的牛仔裤口袋里，掏出了一个U盘。

“这样的情况，尸体怕是不好运走了。”我说，“都成泥了。不如在这里就地掩埋吧。”

其实山区、风景区的警察会做一件事情，就是到山崖下去检验坠崖的尸体，如果排除他杀，就会把尸体在山里就地掩埋。

一来，山区里想从山崖下运走一具高坠的尸体是非常困难的；二来，既然坠崖者选择了在这里结束自己的生命，那么警察也会成全他，让他长眠于此。

“那这个U盘呢？”林涛指了指我手里的U盘问。

“拍照固定取证。”我说，“回去专案组，看看古灵想留下些什么。”

“估计拉你回去，又是一件费劲的事情了。”大宝指了指我腰间的安全绳。

## 4.

“警察兄弟们，你们辛苦了。”

这是一个让人惊愕的开场白。

我们在古灵身上获取的U盘里，只有一个视频文件。我们围坐在会议桌旁，认真地观看着专案组大屏幕上播放的视频。

这是古灵的一个自拍。视频的开头，古灵调整好摄像头之后，就开始了叙述。在我看来，这与其说是她的心路历程，不如说是一封总结人生的遗书。

看着画面里那一张沉着冷静的清秀面孔，我们不禁想到了古灵的尸体，那一具看不出面孔的尸体、那一具颅脑完全崩裂的尸体，还有那扇形喷溅的脑组织，不禁心里一阵难受。

“警察兄弟们，你们辛苦了。”古灵整理了一下长发，对着摄像头说，“当你们观看这段视频的时候，可能已经检验完我和邓宗的尸体了。所以，你们辛苦了。对于过往的案件，我认罪，但是不认错。”

画面里的古灵低下头去，思考了一会儿，又重新振作精神地抬起头来，说：“我的人生不长，但是对一些现象看得很多。怎么说呢，我是看得透、想不开吧。在我看来，所谓的因果报应都是骗人的。什么老天？什么上帝？是，有因果，但是根本就没有报应。不然，为什么好人不长久，坏人活百年呢？

“你们可能都认为，我是在为我弟弟报仇对吧？其实，我并没有那么肤浅。只是我深爱的弟弟，为了那么傲慢的一个社会渣滓献出了生命，渣滓却仍在毫无负担地享受生活。这能说有‘报应’的存在吗？所谓的报应，不过就是懦弱的人自我安慰的想法吧。

“很多人的理念就是，法律处置不了的人，就要用道德标尺去量。量来量去，又有什么意义呢？对待那些坏人，除了咒骂一句‘你要遭天谴’，还能有什么办法？你们看不惯那些坏人，但又能拿他们怎么样？

“既然这样，不如我来替天行道，当这个‘天谴者’好了。

“是啊，我就是一个弱女子，怎么去惩治这些坏人呢？这确实是一个问题，我也痛恨上天没有给我男儿身。不过，可以用脑子。并不是所有的办法用体力都是有效的。比如那个苏诗，害死了自己的孩子，居然还能逍遥自在？要是我，肯定就随着自己的孩子去了。我跟踪她，观察她的言行，最后发现了她的弱点。她好像很关注自己的命运，总是想去找一些所谓的‘大师’来给她指点迷津。我之所以后来一直用算命先生的身份来钓鱼，就是从苏诗开始的。

“最开始，我认为自己对付一个弱小的苏诗并不成问题。所以我把她约到了野外，准备趁她不备，弄死她。可是没有想到，一个人在极度想要求生的状态下，爆发出的潜力也是非常可怕的。我已经打伤了她，可她还是能奔跑、呼救。好在那个鸟不生蛋的地方，她叫破了喉咙也没有用。在追逐的过程中，苏诗一个踉跄跌下了山崖。我其实是想拉住她的，可没想到，只是拽下了她的一缕头发。

“苏诗掉下去的地方，居然是一处动物养殖场。暂且认为是动物养殖场吧，因为我也不知道那是个什么地方，除了成群的猫、狗，居然也看不到人。这些动物开始是四散逃开，然后开始尝试着去攻击苏诗。我也不知道她死了没有，但是在被数十只猫、狗的围攻之下想活下来，应该很难了。

“从这个时候开始，我觉得我的所作所为是有天意在协助了。这样的结果已经超出了我的预期，让我更加觉得痛快！甚至，是天意让我留下了一缕坏人的头发。后来我请教过大神，我相信，在弟弟面前焚毁这缕头发，弟弟就能听得见这个人的故事。因此，接下来的每次行动，我都会带回去一缕头发，告诉弟弟坏人们的故事。没有别的意思，就是希望九泉之下的弟弟，能够醒悟，能够明白我的一片苦心，能够理解我当初为什么不让他去做好事。

“为了改良惩治坏人的手段，仅仅靠趁其不备是不行的。所以，我觉得该使用一些非常规的办法了。好在，我是这个领域的专家。”

画面里的占灵从桌上拿起一个锡纸包，说：“相信警察兄弟们已经知道了，我用了这个——磷化铝。撕开锡纸，它就会慢慢地发挥出药效了。为了不让你们发现，又能发挥出药效，我做了无数次实验。

“化装成算命先生，抓住坏人们的心理弱点，直接骗取信任，约好坏人们到某地点。找辆封闭的车辆或者找个小屋，放置药物。等坏人们逐渐失去意识或者丧失抵抗能力之后，我会用不同的手法去处死他，然后让他接受来自自然界的惩罚。

“相对于野猫野狗，老虎咬人的情景更精彩。但是相对于老虎咬人，被无数老鼠、蟑螂啃噬，才是最过瘾的。”

画面中的古灵露出了一丝微笑。这让观看视频的我们不寒而栗。

“当然，不是所有人都相信我这个算命先生的。我所有的业余时间，几乎都在调查各种坏人们，寻找坏人们的弱点，也尝试着去接触这些坏人。可是非常可惜，上当的，也就四个人。哦，不，是五个人。若不是发生意外，你们的那个坏蛋同行，也早已葬身鱼腹了。”

我们不约而同地看了一眼韩亮，韩亮一脸尴尬。

“你们肯定要问我，如果只是针对邓宗，那么杀这些人干什么？我现在回答你们，他们罪有应得，我只是想在天谴日到来之前，多找一些陪葬的坏人。而且，他们算是我练手的实验品吧。因为，他们死有余辜。

“哦，对了，天谴日还没告诉你们是什么意思。他们都说，九泉之下，四年一轮回。今年的七月十一日，也就是后天，就是我弟弟重生的日子了。我会在这个日子，让邓宗万劫不复，用以祭奠弟弟的英灵。

“万事俱备，只欠东风了。警察兄弟们，你们肯定很纳闷我为什么这么自信。其实，在我来到龙番的时候，就开始了对邓宗的调查。你们一定不知道吧，邓宗居然是某国外邪教的成员。他到处登山，就是为了去采集什么天地之灵气。呵呵，愚昧至极。我用了大半年的时间，去和他联系，去取得他的信任。现在，邓宗已经坚信我是这个邪教的高层成员了。对我说的话，他坚信不移。即便你们现在去保护他，他也会不惜一切代价，在天谴日赶到惩罚点去赴死。当然，他不知道他此行是去赴死，还以为那里的灵气可以延年益寿呢，哈哈哈！

“我会在他的水杯里下药，并且让那里的蚊子吸干他的血液。网上说了，即便吸不干血液，他也会因为蚊子释放到他体内的毒素而过敏致死。

“这就是最高等级的天谴仪式。我会在仪式完成之后去追寻弟弟的脚步。弟弟，你听见了吗？我就要来了，你想我吗？”

画面中的古灵突然有一些歇斯底里。但是，她很快就又镇定了下来，说："是的。为了天谴日的天谴仪式，我做了很多很多工作。可以说，我来龙番的前三年，都是在做准备工作。我查清了邓宗的底细，获取了邓宗的信任，在龙番山里寻找到了天谴仪式的宝地。那真的是一块风水宝地啊！啊，你们能看得到这段视频，一定也知道那个地方了，我说得不错吧？

"一年前，我就已经准备完毕了。但是我没有动手，因为我必须等到天谴日。所以，这一年的时间，我寻找到了四名陪葬品，让这些坏人在天谴日之前遭受天谴。因为，我是天谴者，我不仅仅是为了给弟弟报仇，我要让更多的坏人遭受天谴！

"不知道你们调查到哪一步了。但请放心。在完成天谴仪式之后，我会打电话告诉你们地点。希望你们可以把我埋在我逝去的地方。

"好了，要说的就这么多了。我认罪，但我不认错。我要去执行我的使命了，想想就觉得非常兴奋！再见了，警察兄弟们，你们辛苦了！"

画面中的古灵，又是一脸微笑，她探身向前，关闭了摄像头。

视频放完，会议室的灯全部打开，所有的专案组成员都一片哗然。

"天谴者？"赵局长叹了口气，说，"人人都是天谴者的话，法律岂不是成为一纸空谈了？"

专案组的人们，或是感慨，或是唏嘘，或是思考，一时没有人说话，会场里鸦雀无声。

我们勘查组也算是圆满完成了任务，集体退场。

在返程的车上，我想起了邓宗，问："大宝你去了医院，那个邓宗怎么样？"

"医生说是雷击综合征。"大宝说，"鼓膜破裂、传导性耳聋、视网膜剥离、视神经受损，还有部分皮肤烧伤。不过，各项生命体征平稳，已经度过了危险期。还有哈，和书上说的一样，他身上的雷击纹果真消失了。真是好神奇啊！"

“说这么一大堆，啥意思啊？”韩亮问。

“失明、失聪。”我说，“即便是听力能有一些恢复，但也是终生失明了。”

“嚯，这还真是天谴啊，终生残疾了。”林涛说。

“这个邓宗，真够命大。”大宝说，“浑身被蚊子咬得不成样子，还被雷劈，掉水里去，这都没死！真是命不该绝啊。不知道九泉之下的古灵做何感想？”

“九泉之下在哪里？”我问。

大宝尴尬地挠了挠头。

“即便是没有真正的‘天谴’，我们做人也要恪守底线，也要有自己的道德指标。”坐在副驾驶的陈诗羽侧目对韩亮说，“韩亮，你说对吗？”

（未完待续）

图书在版编目（CIP）数据

法医秦明：天谴者 / 法医秦明著 .—南京：江苏凤凰文艺出版社，2018.11

ISBN 978-7-5594-2755-7

Ⅰ .①法… Ⅱ .①法… Ⅲ .①长篇小说－中国－当代 Ⅳ .① I247.5

中国版本图书馆 CIP 数据核字（2018）第 190988 号

书　　名　法医秦明：天谴者

---

著　　者　法医秦明
责任编辑　王　青
出版发行　江苏凤凰文艺出版社
出版社地址　南京市中央路 165 号，邮编 210009
出版社网址　http://www.jswenyi.com
印　　刷　天津旭丰源印刷有限公司
开　　本　700mm × 980mm　1/16
印　　张　24
字　　数　316 千字
版　　次　2018 年 11 月第 1 版　2021 年 9 月第 15 次印刷
标准书号　ISBN 978-7-5594-2755-7
定　　价　45.00 元

---

# 参与活动，成为锦鲤只需三步!

**活动主题 1：**
**选出你最爱的破案搭档**

胆大心细的法医秦明
胆小怕鬼的颜值担当林涛
堪比人形警犬的大宝
什么都知道的富二代韩亮
行动力超强的暴力萝莉小羽毛
火眼金睛的害羞小姐姐程子砚

《天谴者》里你最喜欢哪对组合？
快来选出你最爱的破案搭档！

**活动主题 2：**
**众生卷胶卷碎片彩蛋竞猜**

我们在《天谴者》书中
附赠了众生卷的第一块胶卷碎片
之后每本新书都会附赠新的碎片
收集全套，就可以解锁完整彩蛋！

第一块胶卷碎片里，到底透露了什么信息？
胶卷中的两个人是谁？椅子上的人又是谁？
他们身在何处？正在干什么？
大胆说出你的猜想！

---

**活动参与方式：**

Step 1　任选一个你喜欢活动主题
Step 2　选择下面任意平台，发表你的见解
（1）豆瓣——搜索“天谴者”，为新书打分，并找到“我要写书评”区发表你的看法
（2）微博——记得加上话题 #法医秦明天谴者最佳搭档# 或 #法医秦明天谴者彩蛋#
Step 3　关注早安元气社微信公众号，刷新最新中奖名单！

扫码关注
早安元气社微信小站
有趣的灵魂、多彩的故事、丰富的生活
早安元气社，治愈你的元气制造机

法医秦明微信公众号
追踪冷门悬案，揭密法医专业
细说高分影片
撕破黑暗，和法医秦明一起
给世界一束光

扫码关注企鹅 FM 法医秦明悬疑电台
聆听专业的法医故事
走进真实的案发现场
闭上眼
跟着法医秦明一起进入悬疑的世界

**我们为各位『锦鲤』准备了限量福袋！**

福袋里可能会有：

**老秦亲笔签名书、**
**限量版签名明信片、**
**限量版徽章……**

中奖者将收到随机发出的一个神秘福袋，
收获未知的惊喜！
新书上市后 3 个月内，
每周公布一位中奖者！
(详情见早安元气社公众号说明)

你也可以关注微博 @法医秦明 @磨型小说 @元气社　　了解 #法医秦明# 更多有趣活动

# 法医秦明系列 · 万象卷

死亡不是结束，而是另一种开始

**第二季《无声的证词》**

一桩七年前的家族隐秘

牵连出一串诡秘连环奸杀案

**第三季《第十一根手指》**

碎尸块中发现第十一根手指

深陷圈套老秦竟成嫌疑人

**第四季《清道夫》**

他在城市中留下血字预告

谁都可能成为下一个猎物

**第五季《幸存者》**

两个如影随形的连环杀手

一个生死边缘的幸存者

**第六季《偷窥者》**

年轻女子接二连三失踪

谁在黑暗中窥视着她们

# 守夜者系列

**第一季**

**《守夜者：罪案终结者的觉醒》**

22 个逃犯流入街头

1 个神秘组织临危受命

倒计时开始

黑暗中究竟藏着什么

**第二季**

**《守夜者 2：黑暗潜能》**

一家厄运缠身的黑旅店

一个女婴不断夭折的小镇

当黑暗潜能逐渐被揭开

是凶险，还是转机？

# 法医秦明系列 · 众生卷

众生皆有面具，一念之间，人即是兽

**第一季《天谴者》**

疯狂啃食的野犬

目露凶光的鼠群

贪婪撕咬的恶虎

是谁唤醒了嗜血的饿兽

**第二季《遗忘者》（暂定名）**

正在创作中

敬请期待